Anne-Marie Käfer

Temperament hat rote Haare

Roman

Dies ist die Fortsetzung von Karo Geigers, geb. van Goch, Geschichte. Der erste Roman „Lügen haben rote Haare“ und der zweite Roman „Eifersucht hat rote Haare“ sind als Taschenbuch und eBook erhältlich.

Taschenbuch 1. Auflage Dezember 2014

annemariekaefer@yahoo.de

www.annemariekaefer.de

Herausgeber: Karin Wachsmann, Ottenschlag 7a, 46244 Bottrop
Korrektorat, Buchblock-Erstellung und Umschlag-Gestaltung:
ebokks, www.ebokks.de
Umschlag-Motive: © NinaMalyna - Fotolia.com

Für die wichtigsten Menschen in meinem Leben:
Rainer, Björn und Britta.

1. Ich packe meinen Koffer …

An manchen Tagen gestehe ich mir ein, dass es nicht einfach ist, eine geduldige Mutter zu sein. Heute ist so ein Tag. Fine ist zum dritten Mal unter unser Bett gekrabbelt, dabei gluckst sie fröhlich.

Nein, ich lege mich nicht wieder auf den Boden, um sanft mit dem Besen nach ihr zu fischen, denn genau darauf legt sie es an. Stattdessen schminke ich mich in aller Seelenruhe weiter und schmunzele über ihre lautstarke »Mam-mam-mam … Be-Be«-Tirade, die jetzt sehr ärgerlich klingt.

Ich presse die geschminkten Lippen aufeinander und betrachte zufrieden mein Gesicht im Spiegel. Mit wenigen Bürstenstrichen bringe ich meine roten Locken in Form. Mit einem Blick auf meine Armbanduhr stelle ich fest, dass wir verflixt spät dran sind.

Ich seufze. »Komm hervor, Finchen, wir müssen arbeiten.« Meine kleine Tochter reagiert nicht, die Notfalllösung muss zum Einsatz kommen. Ich krame in der Schublade meines Schminktischs nach einer Tüte mit kleinen roten Dauerlutschern, die Fine heiß und innig liebt, und knistere mit der Folie.

»Leckerleckerlecker! Mmh, so ein schöner roter Lutscher!«

Wenige Sekunden später greifen zwei kleine Hände nach dem Saum meines Kleides, um sich daran hochzuziehen … und schon wechselt die Süßigkeit den Besitzer.

Meine Tochter vergisst zu schimpfen und strahlt mich glücklich an. Der Lolly verschwindet in ihrem Mund. Ich puste einige Wollmäuse aus ihren Haaren, die sie sich unter dem Bett eingefangen hat.

Fine sieht zum Anbeißen aus. Sie ist mittlerweile dreizehn Monate alt und ein ganz niedliches Mädchen. Sie hat Pauls grüne Augen geerbt, von mir hat sie die lockigen roten Haare, die ich ihr zu einem kleinen Puschel auf dem Oberkopf zusammengebunden habe.

Fine lässt sich bereitwillig auf den Arm nehmen und die Treppe hinuntertragen. Dabei brabbelt sie in einer Tour, ohne den Lutscher aus dem Mund zu nehmen.

Mit einem Blick in die Küche vergewissere ich mich noch einmal, ob die Kaffeemaschine ausgeschaltet ist.

»So, jetzt müssen wir uns aber sputen. Papa wird schon fleißig arbeiten und Sehnsucht nach dir haben, Bruni und Maria warten bestimmt auch schon auf uns.«

Fines Hände spielen mit meinen Haaren, als ich in meine Schuhe schlüpfe und anschließend mit einer Hand meine Tasche schultere.

Nachdem ich meine Tochter im Kindersitz angeschnallt habe, fahre ich, streng nach Straßenverkehrsvorschrift, in Richtung Firma.

Nach Fines Geburt habe ich mich von Paul nicht überreden lassen, meinen Job in unserer Kaugummifabrik aufzugeben, um mich ausschließlich um unsere kleine Tochter und den Haushalt zu kümmern. Ich liebe Fine über alles, aber nur Hausfrau sein? Nein. Das kann ich mir, im Moment jedenfalls, nicht vorstellen. Den Vormittag über bleibt sie bei uns im Büro, um 12 Uhr holt sie mein Vater oder meine Mutter ab. Bis zum Nachmittag genießt Fine es, von meinen Eltern, meinem Opa Heini und deren Lebensgefährtin Gundula betreut zu werden. Sie ist der Sonnenschein der gesamten Familie.

Meine beste Freundin Bruni arbeitet ebenfalls seit vielen Jahren bei *Geigers Jummy-Gum.* Wir sitzen uns am Schreibtisch gegenüber. Bruni hat wenige Tage nach mir entbunden. In der Zeit, in der sie arbeitet, kümmert sich Brunis Mutter um die kleine Paula.

Bruni und ich sind im Betrieb eher für die kleineren Aufgaben zuständig, die Federführung in Pauls Vorzimmer hat Maria Pellegrino, unsere hochgeschätzte Management-Assistentin, mit der Bruni und ich mittlerweile sehr gut klarkommen.

Paul stellte Maria ein, als ich schwanger war. Eine Zeit lang hegte ich den Verdacht, dass die beiden ein Techtelmechtel haben, was sich jedoch als falsch herausstellte.

Wer zu spät kommt, den bestraft das Leben. Ich ergattere noch einen der wenigen freien Parkplätze im hinteren Teil der Tiefgarage.

Fine weigert sich, wie jeden Morgen, an den schönen Autos vorbeigetragen zu werden. Sie möchte laufen. Ihre linke Hand umklammert meinen Zeigefinger, unter dem rechten Arm hält sie Tiddy, ihren flauschigen Teddy, und bleibt hinter jedem geparkten Auto stehen. Als wir an dem zitronengelben, alten Porsche unseres Prokuristen Herrn Dröpjes vorbeilaufen, sage ich laut: »Bah! Das ist *kein* schönes Auto!«

Ich lache mich schlapp, weil Fine mir nacheifert. »Pah! Pah!« Dann quietscht sie laut, weil sie sich freut, dass ich laut lache.

Dröpjes und ich sind Erzfeinde. Er mag mich nicht und ich ihn noch viel weniger. Sobald sich unsere Wege kreuzen, liefern wir uns Wortgefechte, die mitunter stark unter die Gürtellinie gehen. Ich glaube, wenn wir beide alleine auf einer einsamen Insel wären, würden Kokosnüsse fliegen.

Finchen streckt mir die Arme entgegen. Ich hieve sie nur zu gerne hoch. Mit kleinen, schnellen Schritten laufe ich zum Aufzug. Fine darf den Knopf drücken, der dem Lift den Befehl erteilt, sich in Bewegung zu setzen.

»Ui. Da seid ihr ja!« Bruni springt vom Schreibtischstuhl auf, nimmt mir Fine ab und knuddelt sie durch.

Ich werfe meine Handtasche mit Schwung in den Kleiderschrank. »Ich musste Fine wieder mit einem Dauerlutscher unter dem Bett hervorlocken, du weißt ja, wie gerne sie unter Bettgestellen verschwindet.« Ich verdrehe die Augen.

Bruni lacht. »Sei doch froh. Dann brauchst du unter den Betten nicht zu wischen … Schau mal in den Spiegel, der Lolly klebt in deinen Haaren.«

Maria, die in einem vollverglasten Raum sitzt, der in unserem Büro integriert ist, telefoniert und winkt uns zu. Ich winke zurück, dann taste ich meine Haarpracht nach der Süßigkeit ab und werde schnell fündig. Ich verziehe das Gesicht. »Iieh! Das Zeug klebt wie Hulle.«

Bruni stellt Fine auf den Boden, weil sie laut »Baba!« und »Mara!« ruft. Dann pest die Kleine zuerst zu der Glastür, hinter der Maria sitzt, und klopft dagegen, dann rennt sie in Richtung Pauls Arbeitszimmer und schlägt kräftig gegen die Tür.

»Bababa! Auf!«

Wenige Sekunden später öffnet sich die Tür einen Spalt breit, eine Kasperlehandpuppe streckt ihren Kopf heraus. »Oh. Guten Morgen. Da ist ja das Finchen. Dann habe ich endlich jemanden, der mit mir spielt.« Kasper lässt seine Zipfelmütze kreisen, was Fine immer besonders gefällt.

Jetzt taucht Pauls Kopf auf. Fine umarmt ihren Vater und kuschelt sich an ihn.

Nachdem er mich mit einem Schmatzer begrüßt hat, hält er die Tür auf. Fine trippelt in sein Arbeitszimmer, in dem wir, genau wie in unserem Raum, eine zusätzliche kleine Spielecke eingerichtet haben.

Hinter der Tür wird es laut. Finchen kreischt aus Leibeskräften, irgendetwas scheint ihr nicht zu passen.

Maria kommt nachdenklich aus ihrem Büro. Sie hält eine kleine Tüte aus unserer Stammbäckerei in den Händen. »Hallo, Karo. Ich habe für Fine ein kleines Teilchen mitgebracht. Kann ich es ihr geben?« Sie macht ein bedröppeltes Gesicht.

»Hallo, Maria … natürlich! Sie liebt deine Mitbringsel. Was ist los? Geht es dir nicht gut? Du wirkst bedrückt.«

Sie schüttelt eilig mit dem Kopf. »Nein, nein. Es ist nichts.« Sie streicht ihre langen, schwarzen Haare hinter die Ohren. »Alles gut.« Dann verschwindet sie in Pauls Arbeitszimmer.

Ich fahre meinen PC hoch. »Die hat doch was!«

Bruni stellt die Kaffeekanne und zwei Kaffeepötte auf den Schreibtisch. »Ach, Karo. Jeder hat mal was. Vielleicht hat sie Krach mit ihrem Freund. Vielleicht kriegt sie ihre Tage, vielleicht konnte sie heute früh nicht aufs Klo gehen …«

Bruni schenkt uns von dem heißen Gebräu ein, ich pruste los. »Nun, Letzteres kann einem schon die gute Laune verhageln. Du weißt ja, wie unsere Mädels quäken, wenn ein Pups klemmt.«

Ich nehme einen Schluck Kaffee und öffne mein E-Mail-Postfach. Während ich die Mail-Eingänge überfliege, erkundige ich mich, wie es Paula und Heiner geht.

»Paula geht es prächtig, sie isst momentan richtig gut. Und Heiner, na ja. Du kennst ja unser Thema. Gestern Abend hat er wieder angefangen zu diskutieren. Es würde ihn freuen, wenn ich hier kündigen – und zu Hause bleiben würde. Den ganzen Tag nur Pampers wechseln, kochen, putzen und Wäsche waschen. Das ginge mir auf die Nerven.«

Ich lehne mich zurück und verschränke die Arme vor der Brust. Heiner ist selbstständiger Malermeister, sein Geschäft floriert. Bruni hat es genauso wenig nötig wie ich, arbeiten zu gehen. Unsere Männer kapieren aber nicht, dass es uns nicht ums Geld geht. Wir wollen arbeiten, weil es uns *Spaß* macht.

Ich spitze die Lippen. »Ha! Wie gut ich dich verstehen kann. Die Art von Gesprächen kenne ich zur Genüge! Paul hat mir auch schon oft genug diesen Vorschlag gemacht.« Ich beuge mich vor. »Aber weißt du was? Auf dem Ohr bin ich taub, verdammt taub.«

Bruni nippt an ihrem Kaffee. »Der einzige Grund, meinen Job hier aufzugeben, wäre der, dass Heiner mich in seiner Firma als Bürokraft brauchen würde. Diesen Job macht aber seit ewigen Zeiten seine Mutter und das ist auch gut so. Die beiden sind ein perfekt eingespieltes Team, so wie du und ich.« Bruni grinst.

Ich winke ab und gähne herzhaft. »Die Vorschläge unserer Männer sind eh paradox. Selbst wenn wir nicht berufstätig wären, wären wir ohnehin nie zu Hause. Wir würden uns jeden Tag treffen, shoppen gehen, auf dem Spielplatz abhängen, Kaffee trinken, Torte essen, Tupperpartys am Vormittag und Mutter-und-Kind-Turnen am Nachmittag. Also ist es scheißegal, wo wir sitzen. Hier … da oder dort. Und genau das sollten wir Paul beziehungsweise Heiner immer wieder erklären. Ich meine, die sind doch nicht doof, das leuchtet doch jedem ein.«

Bruni grinst noch breiter. »Stimmt.«

Weil ich keine Mail entdecke, die es wert ist, prompt beantwortet zu werden, hole ich aus der untersten Schreibtischschublade bunte Filzplatten, eine Schere und Kleber hervor. Seit Tagen bin ich nicht dazu gekommen, die kleinen Schmetterlinge zu basteln, die ich an ein Regal in Fines Kinderzimmer kleben möchte.

Bruni hantiert mit einem Kabel, mit dem sie eine Festplatte an ihren Rechner anschließt. »Ich muss flott die Fotos, die ich in der letzten Woche von Paula gemacht habe, bearbeiten. Zu Hause komme ich einfach nicht dazu.« Das Speichermedium surrt leise.

Ich halte mit dem Vorzeichnen der Schmetterlingsflügel inne. »Siehst du, Bruni. Wenn wir nicht berufstätig wären, würde der ganze Kram nicht erledigt werden und liegen bleiben.«

Bruni betätigt im Sekundentakt die Maustaste. »Oh. Die Aufnahme ist aber viel zu dunkel geworden …«

Ich betrachte die Schmetterlingsflügel, die ich gezeichnet habe. Perfekt!

Als sich die Tür von Pauls Arbeitszimmer öffnet, schweigt Brunis Maus. Ich werfe einen Blick in das Zimmer. Fine sitzt unter Pauls Schreibtisch und lässt sich von Maria, die bäuchlings vor ihr liegt, mit Gebäck füttern.

»Karo, Bruni, könntet ihr diese Schreiben hier bitte einscannen und anschließend abheften? Zuerst bitte die Verträge, die brauche ich nach dem Scannen sofort retour, die müssen zurück in den Safe.« Paul legt einen Stapel Unterlagen in unseren Ablagekorb. »Es wäre nett, wenn mir eine von euch gleich den Ordner mit den Papiermustern rüberbringen würde.«

»Später, Paul. Später ...« Jetzt kommt die Schere zum Einsatz. Ich schneide vorsichtig an der vorgezeichneten Linie entlang und vollende meinen Satz. »... wenn ich den Schmetterling fertig gebastelt habe.«

Pauls Finger trommeln nervös auf dem Schreibtisch. »Und du, Bruni? Was musst *du dringend* erledigen?« Seine Stimme klingt leicht gereizt.

»Ich arbeite am PC, ich muss noch einige Dateien bearbeiten. Aber gleich ...«

Paul hustet und läuft zum Schrank, in dem sich die Akten befinden. Dabei stolpert er über große Bauklötze, die auf dem Boden verteilt sind. »Macht euch keine Mühe, neein, macht in Ruhe weiter. Ich komme schon alleine zurecht.«

Er brummelt leise vor sich hin, zieht einen Ordner aus dem Schrank, wirft die Schranktür viel zu laut zu und verschwindet samt Ordner wieder in sein Büro.

Ich schüttele mit dem Kopf. »Was hat *der* denn?«

Brunis Nasenspitze hängt jetzt dicht vor dem Bildschirm. »Ach, Karo. Jeder hat mal was.« Dann widmet sie sich wieder Pixel und Co und klickt sich weiter durch das Bildbearbeitungsprogramm.

Die Bastelei war doch aufwendiger, als ich dachte. Erst um 11:30 Uhr blicke ich stolz auf sieben kunterbunte Schmetterlinge aus Filz. Ich verstaue die fertigen Falter in meiner Handtasche, die restlichen Utensilien wandern zurück in die Schublade. Fine hat nicht *einmal* nach mir verlangt.

Nachdem ich sie aus Pauls Büro geholt habe, muss ich mich beeilen, ihr die Pampers zu wechseln, damit mein Vater sie frisch gewickelt in Empfang nehmen kann. In der Zeit, in der ich sie wickele, leert sie zufrieden eine kleine Flasche Tee.

Als mein Vater kommt, läuft Fine ihrem ›Oba‹ so schnell entgegen, dass sie hinpurzelt. Mein Vater hilft ihr auf die Beine, dann geht er vor seiner kleinen Enkeltochter in die Hocke und streichelt ihr über die Haare. »Du wirst ja mit jedem Tag schöner. Und wie schick du bist! Die Oma, Opapa und Gundula freuen sich schon auf dich.«

Erst dann werden Bruni und ich begrüßt, Paul wird nicht gestört. Mein Vater hält sich nie lange auf, er weiß, dass um 12 Uhr unsere Mittagspause beginnt. Darum macht er sich sofort mit Fine und Tiddy auf den Weg in die Tiefgarage.

Ich winke beiden hinterher.

Bruni kann sich glücklich schätzen. Nach Paulas Geburt hat sie stetig abgenommen und bis auf zwei Kilo fast wieder ihr altes Gewicht erreicht.

Meine Waage zeigt noch vier Kilo mehr an.

Zähneknirschend wähle ich das gleiche Gericht, das sich Bruni in der Kantine von Theken-Sabine auf den Teller legen lässt. Ein Hähnchenschenkel ohne alles.

Als wir unseren Stammtisch ansteuern, sitzen unsere liebsten Kolleginnen Ulrike Assmann und Heike Gebauer aus der Buchhaltung auf ihren Stammplätzen und genießen das Menü Nummer zwei: Bratenfleisch mit Püree, das förmlich in Sauce schwimmt. Zusätzlich liegt eine große Portion Apfelrotkohl auf ihren Tellern.

Hinter unserem Tisch hat sich bereits, wie jeden Tag, Doof-Dröpjes breitgemacht. Er lauscht mit Vorliebe unseren Gesprächen und gibt ab und an dumme Kommentare dazu, heute gilt seine Aufmerksamkeit Gott sei Dank der Schlagzeile der *Hamburger Morgenpost.*

Nach einem fröhlichen »Mahlzeit« setzt Ulrike die Brille auf die Nasenspitze und schielt auf unsere Teller. »Nanu? Warum esst ihr heute nichts?« Dann gackert sie.

Heike verkneift sich ein Grinsen. »Dass ihr euch manchmal so quält. Ihr seht doch toll aus.« Sie schiebt ihren Teller zu uns rüber. »Will jemand was abhaben? Ist saulecker.«

Bruni schüttelt den Kopf, meine Gabel stibitzt eine kleine Portion Püree. Als Heike den Teller zurückziehen will, halte ich ihn fest und schneide noch ein kleines Stück Fleisch ab, das auf der Zunge zergeht wie Butter.

Ich seufze. »Ihr wisst doch, dass ich am Abend noch einmal warm esse. Deswegen bemühe ich mich, wenigstens ab und an am Mittagessen zu sparen. Mein Schwachpunkt sind die Hüften und der Po.«

Ich schließe entnervt die Augen, weil ich hinter mir ein Stuhlrücken vernehme. Ich fresse das Hühnerbein mit Knochen, wenn Dröpjes jetzt keinen vom Stapel lässt. Er hat mit Sicherheit nicht gelesen, sondern wieder einmal unser Gespräch verfolgt. Sekunden später steht er neben unserem Tisch und pult sich mit einem Zahnstocher Fleischreste aus den Zahnzwischenräumen.

»Mit Verlaub, Frau Geiger.« Während seine Zunge nach weiteren Essensresten sucht, spricht er weiter. »Das sind die Gene. Ich hatte in der letzten Woche das Vergnügen, Ihrer Frau Mutter zu begegnen, als sie Ihre kleine rote Rübe abgeholt hat.«

Meine Hände umkrampfen das Essbesteck. Ich schüttele mich. *Hat der Fine gerade ›rote Rübe‹ genannt?*

Seine Hände fahren über seine Hüften und seinen Hintern. »Ihre Frau Mama hat ja hier auch eine rieesengroße Baustelle. Schlimmer als alle Baustellen auf der A1 zusammen.« Er grinst boshaft.

Ich hebe den Zeigefinger und kneife die Augen zusammen. »Ach, Dröpjes, jetzt haben Sie mich rausgebracht. Ich wollte Ihnen noch etwas mit auf den Weg geben … Hach, was wollte ich noch sagen? Mein Gott … mir will es nicht einfallen …«

Dröpjes lacht laut und greift nach seinem Tablett. Dann dreht er sich irritiert um, weil ein Kollege, der an einem der letzten Tische sitzt, nach ihm ruft. Er folgt dem Ruf.

Ulrike, Heike und Bruni starren ihm mit offenen Mündern hinterher.

Bruni wischt sich energisch mit einer Serviette den Mund ab. »So ein Kotzbrocken!«

Heike fehlen die Worte. Sie isst schweigend weiter.

Ulrike schüttelt mit dem Kopf. »Mach dir nichts draus, Karo.«

Ich lächele vor mich hin und schweige. Die krosse Haut des Hähnchens, die ich eigentlich nicht essen wollte, wandert in meinen Mund.

Ich setze mich seitlich auf den Stuhl und habe Dröpjes im Visier, der sich, mit dem Tablett in den Händen angeregt mit einem Außendienstler unterhält. Wenige Sekunden später kommt er so angehastet, als habe er soeben erfahren, dass sein zitronengelber Porsche lichterloh in Flammen stünde. In dem Moment, als er an mir vorbeiläuft, verselbstständigt sich mein Fuß und schnellt nach vorne. Dröpjes sagt »Urgs«, stolpert, reißt das Tablett nach oben und macht ein Hohlkreuz. Dann sackt er vornüber, stößt gegen den Nachbartisch, prallt zurück und landet direkt neben meinem Stuhl auf dem Hosenboden. Und all das mit noch immer beladenem Tablett in den Händen und ohne Porzellanbruch.

Dröpjes macht ein so saudummes Gesicht, dass alle, die im letzten Gang sitzen, vor Lachen kreischen.

Meine Mädels kriegen sich ebenfalls nicht ein.

Ich lächele unseren Prokuristen an. »Das ist nett, Dröpjes, dass Sie hier noch einmal einen Boxenstopp einlegen. Jetzt weiß ich auch wieder, was ich Ihnen mit auf den Weg geben wollte …« Ich beuge mich vor und zische ihn leise an. »Nennen Sie meine Tochter nie wieder rote Rübe. Kapiert? Nie wieder! Sonst sorge ich dafür, dass Ihr Porsche in einen Schuhkarton passt.«

Dröpjes rappelt sich auf. Ohne mich eines Blickes zu würdigen, schleicht er sich davon.

Ulrike schmunzelt noch immer. Sie lehnt sich zurück und reibt ihren fülligen Bauch. »Was bin ich voll! Will jemand meinen Nachtisch essen?«

Da sich niemand erbarmt, greife ich nach der Erdbeerquarkspeise und löffele sie langsam und genussvoll.

Auf dem Weg in unser Büro hakt Bruni sich bei mir unter. »Hat Dröpjes sich zufällig langgelegt oder hast du nachgeholfen?«

Ich setze eine Unschuldsmine auf. »Nachgeholfen? Ich bitte dich, Bruni! Als wenn ich Dröpjes ein Bein stellen würde …«

Bruni lacht.

Zurück im Büro kommt Maria aus Pauls Zimmer, sie meldet sich zur Mittagspause ab. Ich widme mich den Unterlagen, die darauf warten, abgeheftet zu werden, und blättere sie oberflächlich durch. Dann reiche ich Bruni die Hälfte der Papiere.

Bruni macht sich viel zu viel Mühe. Sie heftet nach dem Scannen Seite für Seite in diverse Ordner, während ich die Hälfte durch den Schredder jage.

»Sag mal, Karo. Kann das wirklich alles weg? Paul hat gesagt: abheften, und nicht: vernichten.«

»Ach, Bruni. Was sollen wir damit? Schau mal, hier … eine Konditionsvereinbarung zwischen *EBL* und *Geigers Jummy-Gum*, die noch der Senior unterschrieben hat. Das ist doch längst alles überholt. Es gibt aktuellere Vereinbarungen. Und hier, der Pachtvertrag für das Firmengebäude zwischen der *Markmann Brauerei* und Pauls Vater …, doppelt gemoppelt, weg damit. Der Safe ist ohnehin schon voll genug.«

Ich schiebe die Seite in den Aktenvernichter.

Paul kommt hektisch aus seinem Büro gestürmt, er telefoniert und macht einen gestressten Eindruck. »Natürlich, das wurde vor wenigen Tagen schriftlich fixiert. Ganz klar.« Er beugt sich über den Schreibtisch, greift nach einem Zettel, schreibt etwas darauf und reicht ihn mir.

Ich brauche die Verlängerung des Pachtvertrages für das Firmengebäude.

Er geht zurück in sein Arbeitszimmer.

Mein rechtes Augenlid zuckt. Ich blinzele. »Hä? Wie jetzt. Verlängerung des Pachtvertrages?«

»Du hast doch eben einen Vertrag in den Händen gehalten, dieses doppelte Dingsbums.« Brunis Hand wedelt in der Luft.

»Boah. Das war aber kein Verlängerungsvertrag, es war einfach ein Vertrag.« Ich blicke mich suchend um, entdecke ihn neben meiner PC-Tastatur und laufe flott zu Paul, der noch immer telefoniert, und reiche ihm das Papier.

Noch bevor ich meinen Schreibtisch wieder erreicht habe, streckt Paul den Kopf aus der Tür. Dieses Mal ohne Handy am Ohr.

»Nicht den. Das ist der erste Vertrag, Möhrchen. Ich brauche den Folgevertrag …, den Verlängerungsvertrag für das Firmengebäude, den ich vor Kurzem mit Markmann Senior abgeschlossen habe.«

Nachdem ich das Blatt wieder in der Hand halte und die Tür geschlossen ist, muss ich nicht lange nachdenken. Ich weiß, dass ich ihn vor wenigen Minuten geschreddert habe.

Bruni stößt hörbar Luft aus. Sie scheint das zu ahnen, was ich weiß.

»Kann es sein, dass du … ich meine …?« Ihr Finger zeigt auf das Gerät, in dessen Bauch Millionen von Papierschnipseln liegen.

Meine Kopfhaut fängt dermaßen an zu jucken, als hätte sich dort eine Kompanie Läuse eingenistet. Sicherheitshalber blättern wir noch zweimal die Papiere durch. Ein Verlängerungsvertrag ist definitiv nicht dabei.

Bruni reißt die Augen weit auf. Ich blaffe sie an. »Verflixt! Ja! Ich habe ihn wohl geschreddert! Mensch, mach kein Drama daraus! Wir fordern eine beglaubigte Kopie an, und gut ist! Markmann hat doch auch so einen Wisch.«

Irgendetwas hält mich davon ab, zu Paul zu laufen. Ich rufe ihn an.

Geduldig erkläre ich ihm zum zweiten Mal, dass weder Bruni noch ich die gewünschte Unterlage finden können.

Und wieder kommt Paul angehastet. »Das gibt es doch nicht! Er *muss* in dem Stapel liegen.« Er macht sich über die Unterlagen her. Ich muss neidlos gestehen, dass ich Paul bewundere, wie schnell er umblättern kann. Anschließend bückt er sich und schaut unter unserem Schreibtisch nach der Unterlage, nach der er lange suchen kann. Dabei fällt sein Blick auf den Aktenvernichter, der neben meinem Stuhl steht. Seine Augen wandern zwischen dem Gerät und meinem Gesicht hin und her. Ich habe mich voll im Griff und verziehe keine Miene, allerdings spüre ich, dass sich meine Wangen rot färben.

Er räuspert sich. »Könnte es sein, dass …?«

Ich zeige Paul den Vogel. »Also, Paul! Als wenn ich einen Verlängerungsvertrag schreddern würde. Ich bin doch nicht blöd. Frag Bruni.«

Brunis Mundwinkel zucken. »Nein, Paul. Im Leben nicht. So blöd ist Karo echt nicht.«

»Ist er denn sooo wichtig … der Vertrag?« Meine Fingernägel krallen sich in meine Handflächen.

Paul fährt sich durch die Haare. »Der erste Pachtvertrag für unser Firmengebäude war auf fünfundfünfzig Jahre befristet. Ich habe ihn vor zwei Wochen mit Heinz Markmann um Jahrzehnte verlängert, denn in sechzehn Monaten liefe er aus. Vorhin rief Markmanns Sohn Lennard an. Er berichtete, dass sein Vater vor wenigen Tagen plötzlich verstorben sei, er wurde in aller Stille im engsten Familienkreis beigesetzt. Ich war total erschüttert. Er erklärte mir, dass er die Firma weiterführe, und lenkte das Gespräch auf unser Pachtverhältnis. Dann hat er ein wenig herumgedruckst und gesagt, dass er nicht an einer Verlängerung des Pachtvertrages interessiert sei, weil er das Gebäude aus Expansionsgründen nach Ablauf selbst nutzen wolle. Das war ihm hörbar unangenehm. Ich erklärte ihm daraufhin, dass der Vertrag erst kürzlich mit seinem Vater verlängert worden sei. Lennard Markmann war sehr erstaunt. Er habe sämtliche Unterlagen gesichtet, die mit unserer Firma zu tun haben, ein Pachtverlängerungsvertrag läge definitiv nicht dabei. Er erklärte außerdem, dass er sich sehr darüber wundere, dass sein Vater das Gebäude weiter verpachtet habe … denn sein alter Herr war selbst auf Expansionskurs ausgerichtet. Er wolle sich jedoch noch einmal intensiv mit den Unterlagen befassen, denn er möchte mir nicht unterstellen, dass ich mir das alles aus den Fingern sauge. Vielleicht habe er ja etwas übersehen. Wir haben für morgen einen Termin in seinem Büro vereinbart. Seht bitte noch einmal alles *gründlich* durch.« Pauls Stimme wird jetzt sehr laut. »Der neue Vertrag *muss,* verdammt nochmal, hier irgendwo liegen! Er kann sich doch nicht in Luft aufgelöst haben!«

Ich zucke zusammen, Bruni zieht den Kopf ein.

»Und wenn wir ihn nicht finden sollten?« Jetzt muss ich feuerrot im Gesicht sein, denn meine Wangen glühen.

Paul verschränkt die Arme auf dem Rücken und läuft einmal im Kreis. »Ich erwähnte es bereits. Markmann sagt, er hat keinen Vertrag vorliegen. Bis jetzt jedenfalls. Sollten wir unser Exemplar nicht finden, wovon ich nicht ausgehe und gar nicht daran denken mag, dann können wir uns ein neues Firmengebäude suchen und die Koffer packen.«

Maria kommt zurück. Paul nimmt sie an die Hand und zieht sie hinter sich her. Beide verschwinden in sein Büro.

Ich lasse mich auf den Schreibtischstuhl fallen und fummele an der Klappe des Schredders, in dem die gehäckselten Blätter liegen. Dabei sage ich laut: »Okay. Bereiten wir uns auf das Schlimmste vor. Ich packe meinen Koffer und nehme mit: unsere Kaffeemaschine.«

Bruni lacht und schaut sich um. »Ich packe meinen Koffer und nehme mit: die Kaffeemaschine und den Kühlschrank.«

Sie schaut mich an, ich muss nicht lange darüber nachdenken, was ich als Nächstes mitnehme. »Ich packe meinen Koffer und nehme mit: die Kaffeemaschine, den Kühlschrank und … den Schredder.«

Nach etwa fünf Sekunden Grabesstille und Blickkontakt können wir uns vor Lachen nicht halten.

Meine Stimmung schlägt um, als ich den Abfallbehälter des Aktenvernichters öffne und die winzig kleinen Partikel aus Papier begutachte. Ich nehme eine Prise davon und lasse sie auf den Schreibtisch rieseln. »Wer hat sich denn so eine Kacke ausgedacht? Was meinst du, kann man das noch retten? Also, wieder zusammenkleben?«

Bruni beugt sich vor. »Nee. Ich glaube nicht, dass das funktioniert … aber frag mal Tante Google. Die ist schlauer als ich.«

Meine PC-Tastatur klappert. Nach wenigen Klicks habe ich die notwendigen Informationen. »Also, dieses Gerät hat die Sicherheitsstufe P6 und ist für die Vernichtung von Dokumenten, die besondere Sicherheitsvorkehrungen verlangen, geeignet. Die Partikelgröße beträgt zehn Quadratmillimeter … eine Wiederherstellung der Dokumente ist bei heutigem Stand der Technik unmöglich.«

Bruni stöhnt. »Ich packe meinen Koffer und nehme mit: den Kühlschrank …«

Ich unterbreche sie barsch. »Kann mir mal jemand erklären, warum Paul dieses Profigerät bestellt hat, das Papier in Staubkörner verwandeln kann? Wir sind doch nicht beim Geheimdienst oder beim Militär!«

»Hm. Keine Ahnung.«

»Tja, Bruni. Da hat sich der liebe, gute Paul wieder einmal selbst ein Ei gelegt.«

Die restlichen Stunden des Arbeitstages verbringen wir mit sinnlosem Suchen. Maria ist natürlich im Bilde, sie blättert gewissenhaft alle Ordner durch, die im Schrank stehen, denn, es könnte ja sein, dass eine von uns den Vertrag in Gedanken irgendwo abgeheftet hat.

Als Paul um 16 Uhr mit ungewohnter Strenge befiehlt, dass wir erst Feierabend machen dürfen, wenn dieses wichtige Dokument gefunden wurde, raste ich aus.

Ich stemme die Hände in die Hüften und keife los. »Was macht dich eigentlich so sicher, dass du uns diesen Verlängerungsvertrag gegeben hast?! Vielleicht liegt er irgendwo in deiner Butze! Vielleicht ist er aus dem Fenster in den Innenhof gesegelt, ein Hund ist gekommen und hat ihn ... schnappschnapp ... aufgefressen!« Ich klappere mit den Zähnen. »Oder, er hat sich in deiner Gürtelschnalle verheddert und ist, als du pinkeln warst, ins Klo gefallen und du hast ihn in die Tiefen der Kanalisation gespült. Wir lassen uns nicht schikanieren! So. Komm, Bruni, wir gehen.«

Ich packe meinen Koffer ... quatsch ... raffe meine Klamotten zusammen. Als Bruni zögert, nickt Paul ihr zu.

Ich bekreuzige mich, als sich die Aufzugtür hinter uns schließt. »Bruni. Paul darf niemals erfahren, niemals, dass ich das Ganze verbockt habe.«

»Ach, Karo. Als wenn ich dich verpetzen würde.« Sie drückt mir einen Kuss auf die Wange.

2. Opa Heini macht Geschäfte

Ich gebe Gas. Auf dem Weg zu meinem Elternhaus lege ich den Schalter um, denn es gibt weiß Gott wichtigere Dinge im Leben als Verträge. Zum Beispiel: Finchen. Oder meine Eltern und Opa Heini, der viele Jahre nach dem Tod von Oma Fine wieder eine Lebensgefährtin gefunden hat, die liebe Gundula.

Meine Eltern, Opa Heini und Gundula leben gemeinsam in der Birkenstraße 18 in Sülldorf. Mama und Papa im Haupthaus, Opa und Gundula in einem Flachdachbungalow, der vor Monaten auf dem großen Grundstück meiner Eltern an deren Haus angebaut wurde.

Auch meine Nichten, die Zwillingsmädchen Hanni und Nanni, sowie ihre Brüder Max und Moritz, ebenfalls Zwillinge, sind mir wichtig. Meine Schwester Conny, die drei Jahre älter ist als ich, ist mir auch wichtig, obwohl wir uns ständig in den Haaren liegen. Na ja. Dann gibt es noch Anton, Connys Mann, der mir ebenso ans Herz gewachsen ist.

Conny und ihre Töchter Hanni und Nanni besuchen meine Eltern auch täglich in den Nachmittagsstunden. Meine Schwester liebt es, die Füße hochzulegen, was sie in der Birkenstraße ungehindert machen kann. In dieser Zeit sorgt in ihrem und Antons Haus Ludmilla, die Hausangestellte und Mädchen für alles, dafür, dass die Jungs betreut werden und der Haushalt geschmissen wird.

Wenn man einen faulen Menschen am Geruch erkennen könnte, würde Conny müffeln wie ein nasses Bärenfell. In letzter Zeit spannt sie an den Abenden und Wochenenden Anton zusätzlich bei der Hausarbeit mit ein, was für ordentliche Reibereien zwischen den beiden sorgt.

Sobald ich meinen altersschwachen Corsa vorsichtig auf die Garagenauffahrt meines Elternhauses gelenkt habe, kommen Hanni und Nanni angerannt. Sie fliegen mir förmlich um den Hals und sprudeln gleichzeitig los. Hanni hält ihrer Schwester den Mund zu. »Sei still, *ich* will es Karo erklären.« Dann tritt sie von einem Bein auf das andere. »Wir möchten einen BH. Außer uns tragen alle Mädchen in unserer Klasse einen, Mama kauft uns aber keinen …«

Ich stutze und taxiere unauffällig die Oberweite der Mädels, die so flach wie Ostfriesland ist.

Jetzt redet Nanni. »Oma und Gundula wollen uns helfen, Mama zu überreden. Kannst du bitte auch sagen, dass wir einen Büstenhalter tragen sollten?«

Ich lache. »Klaro, das macht die Karo!« Es folgt noch eine Umarmung, dann stürmen sie davon.

Finchen kommt wie ein kleiner Pinguin angewatschelt. Die unebenen Steine des Gartenwegs erschweren ihr das Laufen, sie kräht laut: »Mamam.«

Meine Mutter läuft ihr langsam hinterher. Ich nehme Fine auf den Arm, küsse sie und drehe mich einmal im Kreis. »Hui, das ist eine schöne Begrüßung. Wie toll du schon sprechen kannst.«

Dann küsst die nächste Mutter ihr Kind. Ein Schmatzer meiner Mutter landet auf meiner Wange.

»Ach, ist das schön warm heute.« Mama trägt kurze Hosen, darüber ein ärmelloses Top. Ein ungewohnter Anblick, denn meistens trägt sie bei dem Wetter Kittel aus leichtem Stoff.

Hanni ruft nach Fine, die auf meinem Arm prompt anfängt zu strampeln. Ich stelle sie auf die Wiese, sie läuft in Richtung Decke los, auf der sich die Zwillinge lümmeln.

Opa Heini steht vor dem großen Blumenbeet und lässt sich von meinem Vater fotografieren.

Connys Stimme klingt genervt. »Ich habe doch gesagt, Mama, dass Karo kommt. Du musst doch nicht ständig hinter der Kleinen herrennen.« Sie gähnt laut.

Ich beuge mich zu ihr hinunter, weil ich genau weiß, dass sie ihren Hintern keinen Millimeter bewegen wird, um mich zu begrüßen.

»Hallo, Schwester«, sage ich fröhlich.

Es folgt ein knappes »Dito« und eine nächste Gähnattacke.

Gundula bekommt ebenfalls einen Kuss. Ich muss mir ein Lachen verkneifen, als ich sehe, was *sie* heute trägt. Eine Rüschenbluse zu einem engen schwarzen Rock. Ein Outfit, das man eher bei einem Besuch in der *Wiener Staatsoper*, statt im Garten trägt.

Meine Mutter schenkt Kaffee ein, Opa Heini ruft nach Gundula. »Kommst du? Du bist jetzt dran, schönste aller Frauen.«

Gundula rückt ihre Brille zurecht, dann springt sie auf.

»Gott sei Dank! Ich sehne mich nach meinem luftigen Kleid.«

Conny dreht sich um und sieht ihr kopfschüttelnd hinterher. »Die beiden werden immer bekloppter. Als wenn irgendjemand diese ollen Plörren kauft.« Sie grinst mich an. »Unser verrückter Großvater vertickt ab heute alte Klamotten bei eBay.«

»Echt?« Ich muss lachen.

Meine Mutter reagiert sauer. »Hör auf zu stänkern, Conny. Die Sachen sind alle noch recht ordentlich. Wir haben ja immer gute Kleidung gekauft. Das zahlt sich jetzt aus.« Sie sieht an sich hinunter. »Opa meint, dass ich für diese Kombination mindestens drei Euro bekommen könnte.«

»Drei Euro!« Conny ist jetzt hellwach, sie kreischt und äfft Opa Heinis Stimme nach. »Donnerwetter. Dann könnt ihr euch ja bald eine Flugreise nach Mallorca leisten.«

»Blödsinn, Conny. Das können wir auch so. Papa und ich finden die Idee, die Kleidung zu verkaufen, seehr gut. Warum wegwerfen, wenn Menschen, die nicht so viel Geld haben, sich dadurch auch mal schicke Sachen leisten können.«

Wieder kreischt Conny los. »Schicke Sachen? Boah, Mama. Die Klamotten sind so alt, daran vergreifen sich noch nicht einmal die

Motten. Ist hier irgendwo das ›Verstehen Sie Spaß‹-Team versteckt? Willst du mich verarschen?«

Die Vorstellung reizt mein Zwerchfell.

Jetzt ruft mein Vater nach meiner Mutter. Sie ist an der Reihe.

Gundula verkündet laut, dass sie sich jetzt umziehen wolle, und öffnet die Knöpfe der Bluse schon auf dem Weg in den Bungalow.

Der Kaffee ist heute besonders lecker. Ich schmecke heraus, dass meine Mutter ein Stück Schokolade zum gemahlenen Kaffee gegeben hat. Dann erfahre ich die nächste Neuigkeit.

»Opa malt seit dem Wochenende auch Bilder. Er will sie ebenfalls auf der Plattform verkaufen.« Sie zieht hinter dem Gartenstuhl, auf dem Opa Heini immer sitzt, eine Leinwand hervor, auf der ein buntes Farbgemisch gepinselt ist.

Ich betrachte es eingehend. »Also, ich würde es nicht kaufen. Aber vielleicht bekommt er tatsächlich ein paar Euro dafür.«

Conny grunzt und lehnt sich zurück. »Der alte Mann scheint sich mit dem Hausbau verkalkuliert zu haben, der braucht bestimmt Kohle …«

Wir erschrecken, als wir Opa Heinis laute Stimme hinter uns vernehmen. »Nein, der Opa hat sich *nicht* verkalkuliert, du Nuss. Das kannst du dir von der Backe putzen. Der Opa ist lediglich voller Inspirationen, die er auf Leinwände malt.«

Conny spielt mit ihren Haaren. »Wenn das jemand kauft, befreie ich hier an einem Tag sämtliche Beete von Unkraut und putze in eurem Bungalow alle Fenster.«

Opa Heini denkt nach. Er hält ihr die Hand hin, nach der Conny grinsend greift.

Er lacht. »Abgemacht! Ich sehe dich schon auf allen vieren im Garten herumrobben. Solltest *du* recht behalten, was ich jedoch nicht glaube, kaufe ich dir ein Parfüm.«

Er steigt aus der alten Hose, unter der er eine Shorts trägt, und hängt sie ordentlich über die Lehne seines Stuhls.

Jetzt huscht Mama an uns vorbei, die verkündet, dass sie sich auch flott umziehen will. Dafür kommt Gundula zurück. Sie stellt ein Tablett voller selbstgebackener Kekse und Muffins auf den Tisch. Ich kann mich nicht beherrschen und greife sofort zu, denn der Hähnchenschenkel von heute Mittag ist längst verdaut.

Hanni und Nanni setzen sich zu uns an den Tisch, Finchen kommt auch langsam angestolpert. Gundula nimmt sie auf den Schoß und reicht ihr einen Keks, nach dem Fine dankbar greift. Dann legt sie den Kopf schief, blickt in die Runde und lächelt verschmitzt. Dabei zieht sie ein krauses Näschen.

Meine Mutter kommt aus dem Haus. Sie steckt wieder in einem Kittel, sie bringt Tee für Fine mit.

Opa Heinis Gesichtszüge werden weich, als er seiner Urenkelin über die Haare streichelt.

Hanni rutscht unruhig auf dem Stuhl herum. »Ähm. Oma, haben wir eigentlich schon erzählt, dass in unserer Klasse alle Mädchen einen BH tragen?«

Conny verdreht die Augen und blickt ihre Töchter streng an. »Könnt ihr dieses Thema bitte ruhen lassen? Wenn ihr *alle* sagt, sind es mit Sicherheit nur zwei Mädchen. Ihr habt doch einen Vogel, ihr seid erst zwölf Jahre alt.«

Mama horcht auf und lacht. »Na, jetzt wo du es sagst, Hanni ...« Sie wendet sich an Conny. »Ich meine, dass hübsche Bustiers für die Mädchen angebracht wären. Ich wollte dieses Thema längst ansprechen.«

Gundula schaukelt Fine. »Mir geht es genauso. Die Frage brannte auch auf meiner Zunge ... Die Mädels sind doch heute viel weiter, als wir es früher waren.«

Ich mische mich ein. »Das ist ja witzig. Ich wollte Hanni und Nanni zum Shoppen einladen. Ich hatte tatsächlich vor, ihnen neue Unterwäsche zu sponsern. Unter anderem Bustiers.«

Conny blickt in die Runde. »Habt ihr einen Knall? Ihr kennt doch den Edgar ... unseren direkten Nachbarn ... braucht der einen Föhn?«

Meine Mutter hält mit dem Kauen inne. »Blödsinn, der hat doch eine Glatze.«

Conny lächelt süffisant. »Jetzt habt ihr es hoffentlich alle kapiert! Ohne Haare benötigt man keinen Föhn und ohne Brüste keinen BH oder Bustier. Basta!«

Sie springt auf. »Kommt, Mädels, ab nach Hause. Als wenn ich nicht merken würde, dass ihr euch untereinander abgesprochen habt!«

Als Conny sich umdreht, zieht Hanni die Augenbrauen zusammen und zeigt ihrer Mutter hinter dem Rücken den Stinkefinger. Opa Heinis Mittelfinger wandert auch nach oben, die Zwillinge kichern.

Meine Mutter begleitet die drei noch bis zu Connys Sportwagen.

Sie seufzt, als sie zurückkommt. »Conny geht zu streng mit den Mädchen um. Sie werden in die Pubertät kommen, in der Zeit sind solche Wünsche doch vollkommen normal.«

Fine lässt sich um 20 Uhr bereitwillig ins Kinderbett legen, ihre Augen fallen zu. Ich schalte das Babyfon ein und schleiche mich aus dem Kinderzimmer. Als ich die Küche betrete, schleiche ich noch immer. Paul sitzt am Küchentisch, er ist tief in Gedanken versunken.

Auch während des Abendessens ist Paul sehr wortkarg. Er äußert, dass er sich mittlerweile wirklich nicht mehr sicher sei, ob er Bruni und mir den Pachtverlängerungsvertrag auf den Schreibtisch gelegt hat oder nicht. Er habe den kompletten Stapel aus dem Safe genommen, ob der besagte Vertrag dabei war, könne er jedoch nicht beschwören. Er denkt laut und malt Bilder in schwarzen Farben.

Er bedeckt sein Gesicht mit beiden Händen. »Vielleicht hat die neue Vereinbarung nie im Safe gelegen. Vielleicht habe ich sie schon am Tag, nachdem ich von Heinz Markmann kam, mit anderen Papieren versehentlich weggeworfen. Eine andere Erklärung fällt mir nicht ein.«

Ich kaue auf der Unterlippe und schiele Paul von der Seite an. Mir wird flau im Magen, ich traue mich jedoch nicht, ein Geständnis abzulegen. Die Scham, so oberflächlich gehandelt zu haben, ist größer als meine Wahrheitsliebe. Im Grunde ist es jetzt auch vollkommen egal, wer den Bockmist gebaut hat. Die Sachlage ändert sich dadurch nicht.

3. Lenny

Innerhalb von fünf Minuten habe ich Bruni im Flüsterton erklärt, welche Vermutung Paul hegt.

Sie streicht einige Haarsträhnen aus der Stirn und flüstert zurück: »So brutal es sich auch anhören mag, Karo. Es ist gut so, wie es ist. Halte bloß die Klappe. Wenn du jetzt mit der Wahrheit herausrückst, wird Paul dir *nie* mehr etwas glauben. Außerdem wird er dich am heimischen Herd anketten … und das wird auf Dauer mit Sicherheit sehr langweilig sein.«

Ich nicke heftig mit dem Kopf.

Sie hockt sich zu Finchen auf den Boden. Mit lachender Stimme sagt sie: »Wo ist deine Nase?« Dann nimmt sie Fines Zeigefinger und führt ihn an deren kleine Nasenspitze. »Daaa ist deine Nase.« Finchen antwortet mit unverständlichem Kauderwelsch.

Maria und Paul befinden sich im verglasten Büro, dessen Tür weit geöffnet ist. Ich spitze die Ohren.

Paul redet aufgebracht, seine Arme wedeln in der Luft. »Wir stehen nackig vor Markmann. Wir haben nichts in den Händen. Wir sollten die Katze also nicht zu früh aus dem Sack lassen. Wir erwähnen mit keinem Wort, dass unser Vertrag wie vom Erdboden verschluckt ist. Wir überlassen ihm das erste Wort.«

Maria legt einige Papiere in ihren Aktenkoffer. »Das sehe ich genauso. Außerdem wollte er ja noch einmal die Unterlagen durchgehen. Es klingt höchst seltsam für mich, wenn beide Exemplare plötzlich spurlos verschwunden wären.«

Marias Argumente klingen prima. Ich krakeele dazwischen: »Genau! Maria hat recht! Dieser Markdingsbums wird den Vertrag längst gefunden haben!«

Das Telefon in Pauls Büro klingelt, Paul wehrt ab. »Geh du ran, Möhrchen, ich bin nicht mehr zu sprechen. Wir machen uns jetzt auf den Weg.«

Ich renne los.

Lennard Markmann meldet sich. Seine Stimme klingt sehr sympathisch. Ich erkläre ihm, dass Herr Geiger und seine Sekretärin Frau Pellegrino bereits auf dem Weg zu ihm seien.

»Prima. Er wird sich freuen, ich habe eine gute Nachricht für ihn.«

Ich unterbreche Markmann und höre mich laut: »Das ist ja wundervoll!«, rufen.

Mir fällt ein Stein vom Herzen. Markmann hat den Vertrag! Wenn das mal keine gute Nachricht ist! Ich nehme das Telefon vom Ohr und winke Paul und Maria aufgeregt zu, die bereits im Aufbruch sind. Ich halte den Hörer zu. »Herr Markmann hat den Vertrag …«

Dann widme ich mich wieder dem netten Mann. Es sprudelt nur so aus mir heraus und wer mich kennt, weiß, dass ich im Augenblick sehr glücklich bin.

»Ach, Herr Markmann … das ist ja wunderbar! Wir haben, wir haben den Vertrag nämlich nicht mehr …«

Ich registriere, dass Paul wie eine Rakete angeschossen kommt, er scheint sich auch richtig zu freuen.

»Er ist weg … futsch … er hat sich wie von Geisterhand in Luft aufgelöst … wir haben schon in Gedanken die Koffer gepackt …«

Paul reißt mir so rabiat den Hörer aus der Hand, dass ich ein Schüppchen ziehe und leise »Menno« sage.

»Hallo, Herr Markmann …«

Ich hänge an Pauls Lippen und kaue auf meinem Daumennagel.

»Ein Großauftrag? … Aha …«

Mir deutet Paul mit dem Zeigefinger unmissverständlich an, dass ich den Raum verlassen soll. Unverschämt! Als wäre ich ein Dackel, der in sein Körbchen dirigiert wird. Ich schließe die Glastür mit einem lauten Knall.

Ich gebe zu: Ich war wieder einmal zu spontan. Markmann weiß nun das, was er noch nicht wissen sollte.

Maria lehnt an der Tür und schlägt die Hände vors Gesicht.

Gereizt starre ich sie an. »Was ist? Darf man sich in dieser beschissenen Firma nicht *einmal* richtig freuen? Nicht *einmal*, ohne dass man sofort eins auf den Deckel bekommt?«

Bruni bekommt ihren obligatorischen Hustenanfall, ich weiß, dass sie einen Lacher wegbellt. Finchen hustet gekünstelt mit.

Ich schiebe Maria beiseite. »Weg da. Ich muss pinkeln.« Dann renne ich, so schnell ich kann für kleine Mädchen.

In Wirklichkeit muss ich gar nicht aufs Klo. Paul kann ein Brathuhn komplett entbeinen, seine sensiblen Finger ertasten jedes kleinste Knöchelchen. Wenn er mich jetzt in die Finger bekommt … ich habe Angst um mein Skelett.

Vollkommen außer Atem lehne ich mich gegen das Waschbecken und überlege kurz, ob ich mich bei Ulrike und Heike im Büro unter dem Schreibtisch verstecken soll, verwerfe den Gedanken jedoch sofort wieder. Das wäre ja total albern.

Ich spreche mit meinem Spiegelbild. »Karo, du hast niemanden umgebracht, du hast dich *lediglich* gefreut. Okay. Ein wenig zu früh, aber das konntest du ja im Vorhinein nicht wissen. Mach dich nicht klein und lass dich von Paul nicht kleinmachen.« Diesen Satz wiederhole ich gebetsmühlenartig.

Nach zehn Minuten dackele ich mental gestärkt zurück in die Höhle des Löwen.

Bruni sitzt am Schreibtisch, Fine schimpft laut mit ihren Bauklötzen.

»Mein Gott, Karo. Du reißt immer wieder neue Schoten. Paul ist vollkommen angepisst abgerauscht. Er hat geflucht und gesagt, dass Markmann den Vertrag nicht gefunden hat, uns aber einen Großauftrag besorgt habe.«

Ich knabbere erneut an meinem Daumennagel. »Siehst du, Bruni. So ist Paul. Statt sich über einen Großauftrag zu freuen, hängt Herr Undankbar Dingen nach, die sich eh nicht mehr ändern lassen.«

Ich stehe auf und laufe auf und ab. »Manchmal passieren komische Dinge im Leben. Erst glaubt man, dass sie von Nachteil sind, im Nachhinein stellt sich jedoch heraus, dass es gut war, dass es so gekommen ist, wie es ist.«

Ich stütze mich auf den Schreibtisch und blicke Bruni fest in die Augen. »Was würdest du sagen, wenn wir in achtzehn Monaten in einem neuen Gebäude am Stadtrand säßen und durch die Nachrichten erfahren würden, dass ein Meteorit auf die Erde gesaust ist …, und zwar direkt in dieses Gebäude?« Ich zeige auf den Fußboden.

Bruni macht große Augen. »Boah. Ich würde sagen: Gut, dass wir dort nicht am Schreibtisch gesessen haben …«

»Siehst du? *Dann* stellte sich heraus, dass es gut war, dass ich den Verlängerungsvertrag geschreddert habe.«

Während ich jetzt sehr gewissenhaft arbeite, zeige ich Bruni eine weitere Möglichkeit auf, sich alsbald auf einen Umzug zu freuen.

»Es könnte eine tonnenschwere Bombe aus dem Zweiten Weltkrieg unter dem Fundament liegen, von der niemand etwas weiß. Und ... bei den kleinsten seismografischen Wellen könnte sie in die Luft fliegen ... peng ... und wir mit.«

Bruni wirft den Kopf in den Nacken. »Also, mich hast du überzeugt! Ich bin froh, wenn wir hier raus sind.« Sie schüttelt sich. »Schreckliche Vorstellungen.«

Ich arbeite zufrieden weiter, Bruni ist so nett und wickelt Fine. Es geht auf die Mittagspause zu.

Durch die Art und Weise, wie plötzlich die Tür auffliegt, weiß ich a), dass Paul der Türöffner ist, und b), dass er übelst gelaunt sein muss.

Maria geht sofort in ihr Büro. Bruni verdrückt sich mit Fine in die Spielecke. Paul setzt sich auf Brunis Schreibtischstuhl.

»Ich bringe eine gute und eine schlechte Neuigkeit, Möhre.«

Bei dem Wort Möhre zucke ich zusammen. Wenn Paul Möhre, statt Möhrchen zu mir sagt, ist nicht gut Kirschenessen mit ihm.

Er fährt mit fester Stimme fort. »Lennard Markmann, den ich übrigens seit heute duzen und *Lenny* nennen darf, hat uns einen Großauftrag zugeschustert. Das ist nett ... sehr nett. Der Folgevertrag ist jedoch *nicht* aufgetaucht. Wir haben kein Exemplar des Verlängerungsvertrages, er hat kein Exemplar, demzufolge gibt es für Markmann keinen Vertrag. Er ist ein knallharter Geschäftsmann, er sieht nur seine Interessen. Lenny kann also seine Expansionspläne umsetzen.«

Ich räuspere mich und starte den Versuch, Paul zu beruhigen. »Es könnte doch sein, dass der Vertrag *doch* noch auftaucht. Vielleicht liegt er irgendwo ...«

Paul unterbricht mich. Sein Mund lacht, seine Augen lachen nicht mit. »Sei nicht albern! Jetzt, wo Lenny weiß, dass wir keinen rechtskräftigen Vertrag vorlegen können, wird er ihn, sollte er ihn finden, in tausend Stücke zerreißen ... oder besser noch: durch den Schredder jagen!«

»Pah. Das wäre aber voll fies!« Ich beuge mich kämpferisch vor.

Paul schlägt auf den Schreibtisch. »Es geht um eigene Interessen, um Geld, um Geschäfte. Das, was für dich *voll fies* ist, ist für Lenny ein

Glücksfall, ein gefundenes Fressen. Wir haben keine Chance, wir haben verloren. Hättest du den Mund gehalten! Ich weiß nicht, wie es ausgegangen wäre, aber vielleicht hätten wir noch etwas retten können.«

Ich werde ärgerlich und äffe Paul nach. »Hätte, hätte! Hättest du dieses wichtige Schreiben nicht verschlampt, wären wir erst gar nicht in diese Bredouille gekommen.«

Paul setzt erneut zum Reden an. Er schweigt, als meine Mutter unser Büro betritt, um Finchen abzuholen. Sie telefoniert.

»Ach, Conny. Wenn Anton keine Lust hat, am Abend noch die Fenster zu putzen, kann ich das sehr gut verstehen. Der Junge arbeitet doch den ganzen Tag …« Sie verdreht die Augen. »Papa hat nie die Fenster geputzt.« Sie nimmt Fines Hand, die am Stoff ihres Kleides zieht. »Nein, Papa ist *kein* Pascha! Sei nicht so ungezogen …« Sie nimmt das Handy vom Ohr und schaut verdutzt auf das Display. »Na, sowas. Conny hat wohl aufgelegt.« Sie schüttelt den Kopf und verstaut das Mobiltelefon in ihrer Handtasche. Anschließend knuddelt sie ihre Enkeltochter, die fröhlich quietscht. Dabei wandern ihre Augen zwischen Paul und mir hin und her.

»Ach, Kinder, es ist jedes Mal eine Freude, euch beide zu sehen. Selbst im Büro könnt ihr nicht voneinander lassen.« Sie kichert. »Conny und Anton führen eine sehr unruhige Ehe … ständig diese Meinungsverschiedenheiten.«

Paul drückt meine Mutter, die Fine sanft hin- und herschaukelt.

»Ja, Hildegard. Eure Tochter macht mich sehr glücklich. Sie ist so eine … ehrliche Haut, sie macht im richtigen Moment die falschen Dinge, sie bereichert mein Leben. Und was ich ganz besonders an ihr schätze, sie spricht so oft Sachen aus, die sie lieber für sich behalten sollte … und wenn sie durch einen Porzellanladen läuft, hinterlässt sie jedes Mal einen Haufen Scherben.« Jetzt grinst er. Paul weiß aus Erfahrung, dass meine Mutter nie richtig zuhört, wenn sie mit Finchen knuddelt. Man könnte ihr den Teufel schönreden, sie würde es nicht bemerken.

Meine Mutter tätschelt Pauls Wange. »So ist es recht, mein Junge. So ist es recht.«

Nachdem meine Mutter und Finchen weg sind, will Paul den Faden wieder aufnehmen, den ich ihm aber ganz flott wegziehe. Mit einem

Fingerzeig auf die Uhr erinnere ich ihn daran, dass ich ein Recht auf meine Mittagspause habe. Er schüttelt unmerklich den Kopf, bläht die Nasenflügel und geht wortlos in sein Büro.

Schon während wir mit unseren Tabletts zu unserem Tisch laufen, bekommen wir mit, dass Ulrikes Stimme aufgeregt klingt. Heike hört aufmerksam zu.

Dröpjes Jacke, die über der Stuhllehne hängt, ist voller Schuppen, ich schüttele mich kurz und lasse Bruni den Vortritt.

»Nanu? Was ist mit dir los?« Bruni setzt sich in ihre Ecke.

Heike verdreht die Augen. »Es geht wieder einmal um Rebecca. Ulrike hat sie im Keller beim Rauchen erwischt.«

Rebecca, Ulrikes 14-jährige Tochter, ist mitten in der Pubertät. Sie sorgt ständig dafür, dass der Haussegen der Assmanns schief hängt. Mal will sie überschminkt und halbnackig in die Schule gehen, mal kommt sie nicht zur verabredeten Uhrzeit nach Hause. Ulrike hat es im Augenblick nicht leicht mir ihr. Neuerdings hängt sie täglich mit Liane ab, die mit ihrer Mutter in der Nachbarwohnung lebt und vor wenigen Wochen sechzehn geworden ist.

Ulrike hat sich so in Rage geredet, dass sie beim Kauen wie ein Walross schnauft. »Ich schwöre euch, wenn ich Rebecca noch einmal beim Rauchen erwische, entferne ich den Fernseher aus ihrem Zimmer.« Sie lässt die Wut an den Kartoffeln aus, die sie mit der Gabel energisch zu Brei zerquetscht. »Und zusätzlich verbiete ich ihr den Kontakt zu Liane. Mensch, die sollen sich mit Gleichaltrigen treffen.«

»Das sind ja schöne Aussichten.« Ich widme mich der Brühwurst und seufze. »Bei Fine dauert es noch Gott sei Dank ewig, bis sie in das schwierige Alter kommt. Aber meine Nichten Hanni und Nanni sind zwölf Jahre alt. Sie fangen langsam an erwachsen zu werden und kämpfen mit meiner Schwester darum, endlich BHs tragen zu dürfen. Mit Bustiers wären sie auch zufrieden.«

Ulrike schaut aus dem Fenster. Sie schickt einen Blick in den Himmel. »O Herr, erfülle den Mädels diesen bescheidenen Wunsch.«

Wir lachen und schließen uns der Bitte an.

Ulrike schnauft weiter. »Na ja, wenigstens redet Rebecca noch mit mir. Sie schottet sich nicht ab. Deine Schwester wird auch noch die Erfahrung machen, dass sie Hanni und Nanni nicht an der zu kurzen

Leine halten sollte. In dem Alter sind die Mädchen erfinderischer, als man denkt. Was nicht erlaubt wird, wird heimlich gemacht.«

Bruni lacht. »Stimmt. Als ich sechzehn Jahre alt war, habe ich mal vier Wochen lang geraucht. Meine Eltern haben es nicht mitbekommen.«

Heike erzählt, dass sie sich heimlich mit Jungs getroffen hat, während sie vorgab, bei einer Freundin zu sein.

Ich erzähle, dass ich mit vierzehn Jahren nach einer Geburtstagsfeier die Reste Alkohol aus den Weinflaschen im Keller gesüppelt habe und anschließend in der Kartoffelkiste eingeschlafen bin.

Die Mädels grinsen.

Ulrike gackert. »Ich bin auch kein Unschuldslamm. Als ich im Zickenalter war, habe ich ebenfalls geraucht und an alkoholischen Getränken genippt. Was rege ich mich über meine Tochter auf?«

Als wir aus der Mittagspause kommen, macht sich Maria auf den Weg in die Kantine. Sie bleibt kurz an unserem Schreibtisch stehen. »Paul telefoniert mit Immobilienmaklern. Es geht kein Weg daran vorbei, wir müssen so schnell wie möglich ein neues Gebäude finden. Er möchte nicht gestört werden.«

Mir ist es sehr recht, dass Paul von meiner Person abgelenkt ist. Und so ein Umzug wirft die Erde schließlich nicht aus ihrer Umlaufbahn. Opa Heini und Gundula haben das vor wenigen Monaten hinter sich gebracht, die beiden leben auch noch.

»Dann suchen wir uns aber ein schöneres Büro als dieses hier aus, nicht wahr, Bruni?« Ich kaue auf einem Bleistift. »Ich werde es Paul heute Abend sagen, dass wir auch einen größeren Schreibtisch brauchen könnten.«

»Du hast Nerven! An deiner Stelle würde ich für eine Weile die Klappe halten und einen Gang zurückschalten.«

»Ach, Bruni. Du kennst mich doch. Das funktioniert eh nicht.«

Bevor wir in den Feierabend gehen, streckt Paul den Kopf aus seinem Büro. »Ich bin heute nicht vor 22 Uhr zu Hause. Ich habe noch Termine.« Und schon ist er wieder weg.

Ich trete unter dem Schreibtisch nach Bruni. »Hast du Lust, um 18 Uhr mit Paula zu mir zu kommen? Wir könnten mit den Kindern im Keller im Schwimmbad eine Runde plantschen.«

Bruni reißt begeistert die Augen auf. »Au ja! Soll ich Simone und Ratiba fragen, ob sie mit Emil und Tutu dazukommen wollen?«

Jetzt reiße ich die Augen weit auf und klatsche in die Hände. »Klar! Toll. Ich bereite etwas zu essen vor. Sind Sandwiches okay?«

»Und wie! Ich freue mich!« Bruni strahlt mich an.

Die Stunden, die Simone, Ratiba, Bruni und ich gemeinsam mit den Kindern verbringen, genieße ich ganz besonders. Wir sind die perfekte Mädeltruppe, unsere Kinder lieben sich auch heiß und innig.

Simone ist Brunis Cousine. Eine fast zwei Meter große Frau, die der Herr mit wenig Hirn, dafür mit umso mehr Herz bedacht hat. Sie sorgt für jede Menge Spaß, weil ihr naiver Wortwitz unschlagbar ist. Ihr kleiner Emil ist sechs Wochen jünger als Paula und Fine und ein verflixt intelligentes Kerlchen. Dazu ist er außergewöhnlich groß. Er schlägt äußerlich mehr nach Simone, dessen Mann Willi eher klein und zierlich ist. Willi ist mächtig stolz auf seinen strammen Stammhalter. Er nimmt ihn oft mit in seine Firma, in der Yachten gebaut werden, damit sich der ›Firmennachfolger‹ so früh wie möglich mit den Gegebenheiten vertraut machen kann. Wir lachen uns jedes Mal schlapp über den stolzen Papa, der die Zukunft seines kleinen Sohnes längst geplant hat.

Ratiba ist Ärztin, die gemeinsam mit ihrem Mann Machungwa seit geraumer Zeit eine Praxis für Orthopädie und Unfallchirurgie in Hamburg führt. Beide haben ihre Wurzeln in Afrika. Sie sind vor Monaten von Frankfurt nach Hamburg übergesiedelt, weil Machungwa gerne in der Nähe seiner Eltern leben wollte. Die Praxis läuft leider noch nicht so gut, wie die beiden sich das erträumt haben, es mangelt an Patienten. Ratiba leidet sehr darunter. Ihr Sohn Tutu ist der Boss der Kleinen, mit seinen fünf Jahren führt er das Regiment der Pampers-Gang.

Ich steuere einen Supermarkt in Sülldorf an und greife zielsicher nach den Lebensmitteln, die ich für die Zubereitung der Sandwiches benötige.

Auf dem Weg zu meinem Auto entdecke ich Hanni und Nanni, die mit zwei Jungs, die einen Kopf größer sind, auf der Rückenlehne einer Bank neben der Ausfahrt sitzen. Ihre Fahrräder liegen auf dem Boden.

Die Mädchen tragen sehr knappe Shorts und bauchfreie Oberteile.

Ich kann mir nicht vorstellen, dass ausgerechnet Conny den Kindern erlaubt hat, *diese* Klamotten außerhalb des Gartens zu tragen.

Jetzt haben die beiden mich entdeckt. Sie hüpfen von der Bank, dabei fummeln sie gleichzeitig an ihren T-Shirts herum, die plötzlich nicht mehr bauchfrei sind.

Sie kommen angerannt. Beide werden rot, als mein Blick an ihren Shorts hängen bleibt.

»Wir sollten für Oma Puderzucker einkaufen, wir wollten gerade zurück in die Birkenstraße fahren.« Nanni spielt verlegen mit ihren Händen. »Uns war so warm auf dem Fahrrad, da haben wir die T-Shirts ein wenig hochgekrempelt, damit etwas Luft an den Bauch kommt. Unsere Beine haben auch geschwitzt. Die Leggins, die unter die Shorts müssen, ziehen wir auch gleich wieder an. Die haben wir solange an den Fahrradlenker gebunden.«

Hanni macht ein altkluges Gesicht. »Verpetz uns bloß nicht bei Mama, dass uns so warm war, sonst dürfen wir heute Abend kein Fernsehen gucken.«

»Ihr sollt auf eure Mutter hören! Es ist richtig, dass sie euch nicht erlaubt, so viel Haut zu zeigen. Wer sind die Jungs überhaupt. Kennt ihr sie?«

Nanni verschränkt die Arme vor der Brust. »Ja, meinst du, wir lassen uns von Fremden anquatschen? Wir kennen sie aus der Schule.«

»Gut. Ich erzähle eurer Mama nichts von euren Schwitzanfällen. Aber wenn ich euch noch einmal so erwische, *dann* sage ich es ihr. Ihr seid erst zwölf Jahre alt!«

Ich mache auf dem Absatz kehrt und steuere meinen Corsa an.

»Zwölfeinhalb sind wir … und nicht zwölf!«, schreit Hanni mir wütend hinterher.

Papa und Opa Heini sitzen alleine im Wintergarten. Sie starren auf den Bildschirm von Opas neuem Laptop. Ohne mich anzuschauen, sagen sie zweistimmig: »Hallo, Kind.«

Opa Heini fügt hinzu: »Die Frauen sind mit Finchen in der Küche.«

Meine kleine Tochter steht auf einem Hocker an der Küchenspüle, ihre kleinen Hände versuchen, nach dem Wasserstrahl zu greifen. Meine Mutter hält sie am T-Shirt fest.

»Da ist ja deine Mama.« Gundula dreht den Wasserhahn zu und wischt mit ihrer Schürze Fines Hände trocken. Fine streckt mir die Arme entgegen. Ich bin stolz, dass ich interessanter bin als ein Wasserstrahl.

Ich erkläre kurz, dass ich heute ein wenig in Eile sei, weil meine Freundinnen heute mit ihren Kindern zu mir kämen.

Meine Mutter verzieht das Gesicht. »Muss Paul heute wieder länger arbeiten?«

Ich nicke.

Conny, die Rosinen aus einem Hefezopf pickt, horcht auf. »Geht ihr schwimmen? Könnte ich mit Hanni und Nanni ...«

Das fehlte mir noch! Conny passt absolut nicht in unsere fröhliche Runde. »Neein. Wir gehen nicht ins Schwimmbad, Conny. Der Chlorgehalt ist zu hoch. Paul kann sich erst in den nächsten Tagen darum kümmern. Bis dahin ist Badeverbot.«

»Hm. Schade.«

Als sie weiter in dem Kuchen herumpicken will, schlägt meine Mutter leicht nach ihrer Hand. »Ihr habt doch den Pool im Garten, Conny.« Mama putzt ihre Brille. »Bei dem Wetter kannst du doch von morgens bis abends schwimmen.«

»Pfff, als wenn ich bei uns in Ruhe schwimmen könnte. Sobald ich einen Fuß ins Wasser setzen würde, hätte ich Max und Moritz am Hals. Bist du schon mal mit zwei Kindern am Hals geschwommen?«

Meine Mutter lacht. »Ja, sicher! Erinnerst du dich denn nicht mehr daran? In der Ostsee hatten Papa und ich euch ständig in den Armen. Ihr wart doch ganz verrückt nach Wasser.«

Hanni und Nanni kommen in die Küche gestürmt. Sie werfen die Packung Puderzucker auf den Tisch, das Wechselgeld fliegt hinterher und schon rennen sie wieder nach draußen. Fine läuft, so schnell sie kann, hinter den großen Mädchen her.

Als ich mich verabschieden möchte, bettelt meine Mutter, dass ich doch wenigstens auf eine Tasse Kaffee und ein Stück Kuchen bleiben solle. Ich gebe nach.

Gundula lässt Puderzucker über den Hefezopf rieseln, meine Mutter, Conny und ich schlendern in den Wintergarten.

Opa und Papa beschäftigen sich noch immer mit dem Laptop.

Mein Vater tippt mit zwei Fingern auf der Tastatur herum, Opa Heini sieht ihm dabei ungeduldig zu.

»Hermann. Wenn du weiter so lahmarschig arbeitest, dann …«

Mein Vater mosert ihn an. »Du quatscht mir ja ständig dazwischen! Wo war ich jetzt stehen geblieben?«

Opas Fingernägel klappern an einer Wasserflasche. »Du wolltest mich bei eBay ›einlocken‹.«

Ich muss lachen und schenke Kaffee ein.

»Wie war noch mal dein Nickname?«

Opa Heini sagt: »Herrje. Den kannst du dir langsam mal merken: *Kuchenheini2*. Du musst nur dran denken, dass ich gerne Kuchen esse, Heini heiße und zwei Enkeltöchter habe.«

»Ach, ja.« Mein Vater schlägt sich vor den Kopf.

Conny grabscht förmlich nach dem Kuchen, den Gundula auf den Tisch stellt.

»Und wie lautet dein Passwort nochmal?«

Opa Heini schüttelt den Kopf. »Das habe ich dir auch schon fünf Mal erklärt. Ich habe mit fünfzehn Jahren mein erstes Bier getrunken und hatte hundert Prozent einen im Tee. Locke ein: 15Bier100%Tee.«

Wieder schlägt mein Vater sich gegen die Stirn.

Opa Heini kratzt seinen Bart. »Donnerwetter. Das läuft ja wie geschmiert.« Er zeigt auf den Bildschirm. »Hier … mein erstes Bild. Ich habe es für vierhundertneunundneunzig Euro als Sofortkauf angeboten. Es hat einen neuen Besitzer.« Er klopft sich vor Lachen auf den Schenkel.

Wir springen alle auf. Das müssen wir mit eigenen Augen sehen. Tatsächlich!

Conny kneift die Augen zusammen, sie presst ein leises »verdammte Kacke« hervor. »Warum musste ich blöde Kuh auch mit dir wetten.« Sie wirft unserem Großvater einen bösen Blick zu.

Opa Heini kramt in seiner Hosentasche und hält Conny den Schlüssel für den Geräteschuppen hin. »Morgen früh kannst du anfangen. Bevor du dich an die Beete machst, putzt du aber erst im Bungalow die Fenster. Dann scheint die Sonne nicht auf das Glas. In der Zeit gehen Gundula und ich neue Farben kaufen.«

Conny schmollt und versucht sich aus der Affäre zu ziehen. Sie gibt vor, es im Rücken zu haben, was Opa Heini jedoch ignoriert.

Ich hoffe sehr, dass Conny morgen noch am Schuften ist, wenn ich hier auflaufe. Diesen seltenen Anblick werde ich genießen.

Simone sorgt für Stimmung. Während sie Emil, der in einem Schwimmsitz aufgeregt mit den Armen wedelt, im Wasser vor sich herschiebt, erklärt sie ihm die Welt in englischer Sprache. Ihre Hand klatscht auf die Wasseroberfläche.

»Look, Emil … this is water.« Dann wiederholt sie den Satz auf deutsch: »Guck, Emil … das ist Wasser.«

Emil interessiert sich mehr für Simones Armband, an dem er kräftig zieht.

Bruni prustet los und hält Paula so, dass sie Simone sehen kann. »Look, Paula, this is your plemplem big cousin lighthouse. Und weißte was, Simone? Ich brauche das noch nicht einmal übersetzen. Paula versteht es auch so.«

Ich wende beiden den Rücken zu, weil mich ein Lachanfall schüttelt. Wir nennen Simone auch scherzhaft *Leuchtturm*, weil sie so groß ist. Fine lacht mit.

Simone reagiert fuchsig. »Verarsch mich nicht, Bruni. Emil soll zweisprachig aufwachsen. Wenn er später die Firma übernimmt, muss er perfekt Englisch sprechen.« Unbeirrt fährt sie fort. »I'm your mother, Emil … Ich bin deine Mutter, Emil.« Dann giftet sie Bruni wieder an. »Du wirst schon noch an meine Worte denken, wenn Paula in der Schule im Englischen hinterherhängt. Sie wird nur Fünfen schreiben. Ich weiß, wie es ist, wenn man die Klassendoofeline ist. Ich hatte echt Schwierigkeiten beim Lernen, Emil soll es anders ergehen.«

Bruni denkt nach. »Mach dir keine Gedanken, Cousinchen. Emil *wird* es anders ergehen, er schlägt intelligenzmäßig nach Willi.«

Simone küsst ihren Sohn. »Ihr könnt mir glauben, doof war ich nie. Ich bin damals nur zu schnell gewachsen, da kam mein Gehirn nicht mit … hat der Doktor jedenfalls gesagt.«

Mir tut Simone manchmal leid. Bruni ärgert sie ständig damit, dass sie nicht die Hellste ist.

Ich lenke das Gespräch in andere Bahnen. »Schade, dass Ratiba und Tutu nicht mitgekommen sind.«

Simone reibt sich die Nase. »Ja. Ratiba hat kaum noch Zeit. Sie hätte sich nie träumen lassen, dass es so schwierig ist, sich einen Patientenstamm aufzubauen. Die Praxis ist seit einigen Tagen sogar bis 19 Uhr geöffnet, damit auch Berufstätige kommen können, die länger arbeiten müssen. Machungwa bereut, dass er und Ratiba keine Praxis übernommen haben, denn dann hätten sie das Problem jetzt nicht.«

Simone erzählt, dass sie in ihrem Umfeld ordentlich die Werbetrommel für die Praxis gerührt habe. Bruni und ich wollen das ab morgen auch machen. Opa Heini hat so viele Kumpel, deren Knochen mit Sicherheit ab und an untersucht werden müssen. Auch in der Firma werde ich auf die neu niedergelassenen Ärzte aufmerksam machen.

Wir bleiben noch eine halbe Stunde mit den Kleinen im Wasser.

Nach einer Dusche schlüpfen wir in gemütliche Klamotten und setzen uns ins Wohnzimmer. Ich stelle einen großen Teller mit dick belegten Sandwiches auf den Tisch.

Simone ist begeistert. »Look, Emil … Sandwiches. Schau, Emil … Sandwiches.«

Bruni und ich tauschen einen belustigten Blick. Eine Übersetzung hätte sich hier fast erübrigt.

Die Kinder reißen wie kleine Vögelchen den Schnabel auf und schieben sich gegenseitig kleingeschnittenes Toastbrot in den Mund, das mit Leberwurst bestrichen ist. Teefläschchen kullern über den Boden. Finchen verteilt Küsschen und streichelt ihre Freunde. Paula und Emil lassen sich die Schmusereien gefallen.

»Die Arbeit in eurer Firma reißt auch nicht ab, was, Karo? Ich meine, weil Paul oft so spät heimkommt.« Simone spricht mit vollem Mund.

»Bei uns brodelt es. Wir müssen in sechzehn Monaten mit Sack und Pack das Firmengebäude geräumt haben.«

Simone macht große Augen. »Was?«

Bruni und ich erzählen haarklein, was passiert ist.

Unsere Freundin ist entsetzt. Sie reibt ihre Nasenspitze. »Und was ist, wenn ihr in Hamburg kein passendes Haus findet?«

Bruni wirft ihre Serviette auf den Tisch. Sie kichert. »Mensch, bist du naiv, Leuchtturm. Wir suchen kein Haus! Wir suchen ein Firmengebäude, dazwischen liegen Welten.«

Ich mische mich ein und werfe Simone einen strengen Blick zu. »Quatsch. Natürlich werden wir etwas Geeignetes in Hamburg finden. Weißt du, wie groß Hamburg ist?«

»Und wenn nicht?« Simone kneift die Augen zusammen.

Jetzt betont Bruni mit Nachdruck: »Hör zu, wir werden ein *Haus* finden.«

»Und wenn nicht?«

Bruni rastet aus. »Sag mal, war dein Sandwich mit einem Papagei belegt?« Sie spricht langsam und betont weiter. »Wir... wer...den... eins... fin...den.«

»Ich meine ja bloß. Bis nach Lübeck oder Bremen hättet ihr nämlich einen weiten Anfahrtsweg.«

Bruni und ich schauen uns verdutzt an.

Die Bedenken, dass die Produktion unserer Kaugummis eventuell in eine andere Stadt verlegt werden müsste, ist mir noch nicht gekommen. Bruni scheint es ebenso zu ergehen.

Sie reibt sich ihr rechtes Ohr. »Mist. Jetzt hast du mir einen Floh ins Ohr gesetzt.«

Ich mache es ihr nach. »Mir auch.«

Mein Blick fällt auf die spielenden Kinder. »Bruni, der Gedanke macht mir Angst.«

Brunis Augen werden feucht. »Dann wird dir jemand anders gegenübersitzen, Karo. Wenn das der Fall ist, müsste ich meinen Job kündigen. Der Weg wäre viel zu weit.«

Meine Lippen zittern. »Das würde mir aber keinen Spaß machen. Ich will keine andere Bruni. Du würdest mir schrecklich fehlen. Ich würde auch kündigen.«

Jetzt lächelt Bruni wieder. »Klar. So machen wir es. Darüber freuen sich Paul und Heiner, die wollen doch eh, dass wir zu Hause bleiben. Wir schlagen also zwei Fliegen mit einer Klappe.« Ihre Hand knallt auf ein Sofakissen.

»Genau.«

Wir erheben die Hände zum High five, es klatscht laut.

Simone holt Luft. »Und wenn Paul nur ein Haus in Frankfurt oder Berlin findet und Karo umziehen muss? Was macht ihr dann?«

»Blöde Kuh!« Bruni bombardiert den Leuchtturm mit Sofakissen.

Simone lacht. »Das war doch nur Spaß. Jetzt siehst du mal, wie es ist, wenn man geärgert wird. Und du ärgerst mich ständig.«

4. Wochenendplanung und … Finchen stört

Spaß hin, Spaß her. Simones düstere Prophezeiung hat sich in unseren Köpfen festgesetzt. Fine sitzt in ihrer Spielecke und kräht laut.

Ich lege meinen Zeigefinger auf die Lippen. »Pst. Nicht so laut, Fine. Papa arbeitet.«

Sie quiekt weiter. Noch lauter.

Bruni stibitzt ein Stück von der Banane, die ich für Finchen auf einem Teller zu Brei zerdrücke. »Ich will ja nicht den Teufel an die Wand malen, aber Simone hatte schon oft recht mit irgendwelchen Vermutungen. Sie hat manchmal eine Bauernschläue, die fast unheimlich ist.«

Ich stimme ihr zu. »Darum sollten wir ebenfalls aktiv werden und Ausschau nach Firmengebäuden halten.«

»Ich habe noch gestern Abend mit Heiner gesprochen. Er kommt viel herum, er spitzt die Ohren.«

Der Duft der Banane hat Finchen in ihrer Spielecke erreicht. Sie sagt »Mmmh … Nane« und kommt mit kleinen Schritten angepest. Ich binde ihr einen Schlabberlatz um und nehme sie auf den Schoß. Sie kann schon länger alleine essen und greift nach der kleinen Gabel.

Paul rauscht an uns vorbei.

»Warte mal, Paul.« Er macht eine Vollbremsung. »Bruni und ich helfen mit, wir kümmern uns ebenfalls darum, eine entsprechende Immobilie zu finden. Damit sind wir ruckzuck durch. Was glaubst du, wie flott wir was Schönes gefunden haben.« Ich zwinkere ihm aufmunternd zu.

Er verzieht keine Miene. »Klar. Das kann ich mir sehr gut vorstellen. Mit Meerblick und nur zweihundert Meter zum Strand … *ihr* macht das schon.« Er zwinkert zurück, drückt Fine einen Kuss auf die Wange und verlässt das Büro.

»Hör mal, Bruni. Kann es sein, dass Paul meinen Spruch nicht ernst genommen hat?« Ich bin beleidigt.

»Jau. Das klang so.«

Ich wische mit einem Taschentuch Bananenbrei vom Schreibtisch.

Fine brabbelt. Als sie nicht mehr isst, sondern nur noch matscht, wasche ich ihr die Hände. Das gefällt ihr nicht, sie schreit wie am Spieß.

Paul war wohl nur für kleine Jungs, denn er kommt wieder zur Tür herein. Fine schreit weiter aus Leibeskräften. Paul massiert seine Schläfen. Ihn scheint es zu nerven, das Finchen heute so schlecht drauf ist.

Die kleine Heulsuse ruft mit weinerlicher Stimme nach ihrem »Baba«, der ihr erklärt, dass er sich jetzt nicht um sie kümmern könne, weil er das Geld für die Leberwurst verdienen müsse, die sie so gerne esse.

»Also, Paul! Als wenn sie das versteht!«

Paul überhört meinen Vorwurf, gibt Maria einen Fingerzeig und ist weg.

Maria folgt Paul auf dem Fuß, sie macht schon wieder einen unglücklichen Eindruck.

Bruni reckt sich. »Ich glaube, wir sollten uns aus der Immobiliengeschichte raushalten. Du leidest unter Schuldgefühlen und hast wahrscheinlich den Drang nach Wiedergutmachung oder so was ähnliches. Dein Unterbewusstsein wird dein Bewusstsein unter Druck setzen. Du weißt doch, dass das Unterbewusstsein einen unglaublichen Einfluss und Macht über uns und unser Leben hat?« Brunis Finger hämmern auf die PC-Tastatur.

Ich klopfe leicht gereizt mit einem Radiergummi auf den Schreibtisch. »Ja doch! Das weiß ich. Du könntest recht haben. Ich habe tatsächlich das Gefühl, etwas tun zu müssen. Schließlich ist es meine Schuld, dass wir jetzt dieses Elend am Hals haben.«

Ich beobachte Fine, die auf allen vieren durchs Büro krabbelt und Hund spielt. Sie macht ulkige Bellgeräusche.

Bruni seufzt. »Quäl dich nicht mit diesen Gedanken. Lenk dich ab. Füttere dein Gehirn mit anderen Informationen. Arbeite etwas, wobei du angestrengt nachdenken musst. So überlistest du den ›Willi‹ in deinem Kopf, der andauernd dazwischenquatscht.« Ihre Finger hämmern weiter.

Über den ›Willi‹ muss ich herzhaft lachen. Dann mache ich es Bruni nach. Ich arbeite ebenso besessen.

Als mein Vater kommt, um Fine abzuholen, weint sie schon wieder. Kurz zuvor ist sie gegen die Glastür von Marias Büro gerannt und hat sich den Kopf gestoßen. Obwohl ich ihre Stirn sofort mit kaltem Wasser gekühlt habe, ist ein kleines Horn gewachsen.

»Oba … aua.« Ihr Finger zeigt auf ihre Verletzung.

Mein Vater pustet auf die Beule, Finchen blinzelt mit den Augen. »Na, da wird die Oma aber staunen … ich bringe heute ein kleines Einhorn mit.«

Wir betreten die Kantine, Ulrike und Heike kommen uns entgegen.

Bruni stutzt. »Wie jetzt. Ihr seid schon fertig mit Essen? Wie habt ihr das denn geschafft?«

»Seht euch die Menüs an, wir essen in der Pommesbude um die Ecke. Habt *ihr* Appetit auf Graupensuppe oder pochierte Eier?« Heike zieht Ulrike hinter sich her. »Komm, wir müssen uns beeilen.«

»Nee. Bestimmt nicht. Wir kommen mit.« Bruni zieht mich ebenfalls hinter sich her.

Im Aufzug sehe ich, dass Heike ziemlich angeschlagen aussieht. »Du siehst nicht gut aus, hast du schlecht geschlafen?«

Heike gähnt. »Im Gegenteil. Ich habe *zu* gut geschlafen. Nach etlichen Gläsern Rotwein kam ich heute früh kaum aus den Federn. Der Wein war so schwer wie Ulrike nach dem Mittagessen.«

Ulrike lacht und gibt ihrer Kollegin eine Kopfnuss.

»Meine Tante Silvia und ich haben gestern einen über den Durst getrunken. Sie war vollkommen fertig. Ihr neuer Chef drangsaliert sie, wo er nur kann. Er hat innerhalb weniger Tage offensichtlich *das* geschafft, was ihr Ehemann seit Jahren versucht … sie zur Schnecke zu machen. Sie steht kurz vor der Pensionierung und würde am liebsten gar nicht mehr in die Firma gehen. Ihre Nerven klappern regelrecht.«

»Mensch, die soll sich wehren!« Bruni hakt sich bei mir unter.

Wir steuern zügig den Imbissbetrieb an.

Heike seufzt. »Tante Silvia ist nicht auf den Mund gefallen, aber gegen den neuen Boss kommt sie nicht an. Sie wird dreiundsechzig Jahre alt. Ich meine … einen alten Ackergaul quält man doch nicht mehr. Dem gibt man seine Portion Heu und lässt ihn in Ruhe. Sie arbeitet seit vierzehn Jahren in der Firma. Tante Silvia war in dieser Zeit nur zwei Mal krank. Grippe. Der Senior hat sie hochgeschätzt, der hat sich aber leider verabschiedet. Er ist vor wenigen Tagen über die Wupper gegangen. Ganz plötzlich. Beim Golfen umgekippt, bums, tot. Der Sohnemann hat sich vorher nur sporadisch um den

Betrieb gekümmert, er hat eher das Leben genossen. Der ist durch die Welt gejettet. Jetzt muss er ran ...«

Ich stutze. Das kann kein Zufall sein. Das hört sich verdammt nach Lenny an.

Bruni wird ebenfalls hellhörig, sie kneift mir in den Arm. Ich signalisiere durch zurückkneifen, dass ich ihre Botschaft verstanden habe.

Brunis Interesse ist geweckt. »Wo arbeitet deine Tante denn?«

»Bei *Markmann.* Kennt ihr bestimmt. Die Brauerei, die dafür sorgt, dass leckeres Bier auf dem Tisch steht.«

»Ja.« Bruni und ich antworten gleichzeitig. »Die kennen wir.«

Wir betreten die Pommesbude, bestellen alle eine Curry-Wurst mit Pommes, die wir draußen an einem der vielen Tische vertilgen.

Während Heike isst, regt sie sich weiter über den neuen Chef ihrer Tante auf. Es sprudelt aus ihr heraus, wie aus einer frischen Quelle.

»Der kennt keine Skrupel. Tante Silvia hat Andeutungen gemacht, dass er jemanden übers Ohr ...« Sie vollendet den Satz nicht, sie presst die Lippen aufeinander.

Ulrike ist genauso neugierig wie ich, sie hakt zuerst nach. »Los, erzähl. Hat er jemanden betrogen? Oder Steuern hinterzogen?« Sie gackert. »Dann könnten wir ihn anscheißen ...«

»Ähm. Im Grunde weiß ich es nicht genau, sie hat nur Andeutungen gemacht. Darum halte ich besser die Klappe. Am Ende kommt Tante Silvia noch in Teufels Küche.« Sie nimmt jede von uns scharf ins Visier. »Ihr müsst mir versprechen, dass ihr das, was ich euch von Markmann und meiner Tante erzählt habe, niemandem weitererzählt, hört ihr? *Niemandem!* Wenn Tante Silvia zu Ohren kommt, dass ich über ihre Probleme getratscht habe, wird sie kein Wort mehr mit mir sprechen.«

Die liebe Bruni gibt ihr Ehrenwort. Ich auch, allerdings weiß ich schon jetzt, dass ich mit Paul darüber sprechen werde. Diese Ausnahme gestatte ich mir.

Bruni und ich tauschen tiefe Blicke. Lennys Ruf scheint nicht der Beste zu sein. Die Anspielungen, die Heike macht, lassen darauf schließen, dass Markmann ein ausgebuffter Mensch ist.

Nach dieser sehr aufschlussreichen Mittagspause gehen wir wieder gestärkt an die Arbeit.

Als wir das Büro betreten, kommt uns Dröpjes entgegengeschossen, er rempelt mich an.

»Ihr Gatte wartet schon auf Sie, verehrte Frau Geiger.« Er grinst.

Ich laufe direkt durch in Pauls Büro, der mir sagt, dass er gleich mit Maria ein Gewerbeobjekt besichtigen wird.

Er sieht müde aus. Ich setze mich auf seinen Schoß und umarme ihn. »Ach, Paul. Sollen wir am Wochenende nach Fehmarn fahren? Du könntest dich dort ein wenig erholen. Wir könnten schwimmen gehen … am Abend grillen …«

Paul drückt mich an sich, er gähnt. »Ich wollte dir denselben Vorschlag machen. Ich werde für Samstag keine Termine vereinbaren, nach keinem Gebäude Ausschau halten, ich muss den Kopf freibekommen. Wir fahren über die Sundbrücke und lassen die Probleme für eine Weile auf dem Festland hinter uns. Frag deine Eltern und die beiden alten Turteltauben, ob sie Lust haben mitzukommen. Ich möchte ihnen dort in Ruhe von den Gegebenheiten berichten, oder hast du es ihnen schon erzählt?«

»Nein. Sie wissen noch nichts davon. Aber, weißt du was? Heike Gebauer hat gerade erwähnt, dass ihre Tante bei Markmann arbeitet. Puh. Der soll ein richtiges Ekelpaket sein. Er soll angeblich was mit einer anderen Firma haben …«

Paul streichelt meinen Oberschenkel. »Wir sollten uns um *unsere* Firma Gedanken machen, Möhrchen.« Er befreit sich sanft aus meiner Umarmung. »Ich könnte noch stundenlang so sitzen bleiben. Aber, ich muss weitermachen … du weißt ja … die Leberwurst für Fine kostet Geld.« Er ringt sich ein Lächeln ab.

Ich hauche ihm einen Kuss auf die Lippen.

»Übrigens … was war wieder zwischen Dröpjes und dir? Er hat gesagt, dass er morgen später käme, weil er einen Orthopäden aufsuchen müsse. Als ich ihn fragte, ob er schlimme Beschwerden habe, meinte er … sein Steiß … ich solle dich fragen, du wüsstest Bescheid. Seine Stimme klang irgendwie zynisch.«

So ein Penner! Petzen geht *gar* nicht.

Ich winke ab. »Ach, der Trottel ist in der Kantine an unserem Tisch vorbeigelaufen und über mein Bein gestolpert. Nach einer Pirouette ist er auf dem Hintern gelandet. Ich konnte nichts dafür, ich habe nur *so* gemacht.« Mein Bein schnellt nach vorne.

Paul schüttelt den Kopf. »Ausgerechnet dann … wenn Dröpjes kommt, macht dein Bein *so*?« Sein Arm schießt nach vorne.

»Genau. So war das.« Ich springe auf. »Ich werde dann auch mal weitermachen.«

Weil Paul und Maria außer Haus sind, erlauben wir uns, zwanzig Minuten eher Feierabend zu machen.

Wir fahren hintereinander aus der Tiefgarage und winken uns noch einmal zu.

Ich freue mich auf das Wochenende auf Fehmarn. Paul hat mich mit dem Kauf eines wunderschönen Hauses überrascht, als ich mit Fine schwanger war. Wir haben es *Haus Kasper* genannt, weil wir während meiner Schwangerschaft den Sonnenschein unter meinem Herzen stets Kasper genannt haben. Zusätzlich hat Paul einen wunderschönen großen Kasperkopf schnitzen lassen, der neben dem Hauseingang hängt. Das Haus hat so viele Zimmer, dass unsere komplette Familie locker darin Platz hat.

Einziger Wermutstropfen sind unsere neuen Nachbarn beziehungsweise die Tochter des Nachbarn. Friedrich von Hohenhausen, ein verwitweter Gestütsbesitzer aus Osnabrück, hat seiner Tochter Viktoria den Wunsch erfüllt, auf der Insel ein Haus zu bauen.

An dem Tag, an dem ich das erste Mal *Haus Kasper* besichtigt hatte, tauchten plötzlich die von Hohenhausens auf und zeigten Interesse für das Nachbargrundstück. Viktoria, bekennende Anhängerin der Freikörperkultur, schmachtete Paul dermaßen an, dass ich ihnen im übertriebenen Maße berichtet habe, dass wir sehr laute und unruhige Nachbarn seien. Im ersten Moment sah es so aus, dass Vater und Tochter durch meine Schilderungen vom Kauf abgeschreckt wurden, letztendlich entschieden sie sich doch für das Grundstück.

Viktoria und ihr ›Paps‹ sind fast jedes Wochenende in Bojendorf. Die blonde, kurvenreiche Schönheit aalt sich, sobald das Wetter es erlaubt, so wie der liebe Gott sie erschaffen hat, im Garten.

Und das gefällt uns Mädels gar nicht. Gundula, Mama, Conny und ich haben schon etliche Ferngläser versteckt, mit denen die Männer der Familie die ›Natur‹ des schönen Nachbargartens bestaunten, es tauchen jedoch immer wieder neue auf.

Im Garten meiner Eltern bietet sich ein ungewohnter Anblick. Meine Schwester arbeitet! Conny ist total eingesaut. Sie kniet auf einem Kniekissen und zupft lustlos Unkraut aus der Erde.

Fine steht hinter ihr und spielt mit der Schleife ihrer Schürze. Als sie mich sieht, kommt sie angelaufen.

Ich begutachte ihre Beule, die jetzt bläulich schimmert.

Conny stöhnt laut. »Karo, eine Beule ist was ganz Normales bei Kindern. Ihr schenkt der kleinen Prinzessin viel zu viel Aufmerksamkeit … hilf mir lieber bei der Arbeit.« Sie wischt mit dem behandschuhten Handrücken über ihre Nase, die jetzt schmutzig ist. »So langsam kriege ich das Kotzen!«

Ich überhöre ihre Worte, sage stattdessen: »Hallo, Conny.«

»Nix da!« Opa Heini, der Connys Aufforderung mitbekommen hat, stellt sich zu uns. »Wettschulden sind Ehrenschulden. Es sollte dir eine Ehre sein, meine liebe Conny, diese Arbeit zu erledigen.«

»Ich pfeif auf Ehre, Opa. Und zwar die Top 100 Musik-Charts rauf und runter.«

Opa Heini schmunzelt. »Gleich biete ich Bild Nummer zwei auf der Datenautobahn an. Dieses Mal für fünfhundertfünfundfünfzig Euronen. Sollen wir wetten, dass es verkauft wird?«

Statt zu antworten, schnaubt Conny wütend. Opa kichert und zeigt mit dem Finger, an welcher Stelle im Beet seine Enkelin noch einmal ranmüsse.

Meine Mutter, Gundula und mein Vater können sich ein Lachen nicht verkneifen, als ich mich zu ihnen an den Tisch setze.

Gundula flüstert. »Dein Opa ärgert Conny schon seit heute Mittag. Er macht sich einen richtigen Spaß daraus. Conny tut mir langsam leid.«

»Die Bewegung an der frischen Luft wird ihr mehr guttun als schaden.« Mein Vater kratzt sich an seinem Bart.

Mama findet das auch. Dann sagt sie: »Hm. Ich habe ehrlich gesagt auch nicht damit gerechnet, dass Vater das gemalte Bild verkauft. Ich wäre auch jede Wette mit ihm eingegangen, jede.«

Gundula kichert. »Wer mit Heini wettet, wird immer der Verlierer sein.«

Conny und Opa kommen angeschlendert, meine Schwester lässt sich erschöpft auf den Stuhl fallen. Sie zieht die Arbeitshandschuhe aus und wirft sie rücklings auf die Wiese.

Ich schaue mich kurz um. »Wo sind Hanni und Nanni?«

Die Stirn meines Vaters legt sich in Falten. »Sie haben gebettelt, für uns im Supermarkt etwas einkaufen zu dürfen. Sie müssten längst wieder hier sein.«

»Jetzt, wo du es sagst ...« Meine Mutter schaut ebenfalls auf die Uhr.

Conny reibt ihren Rücken. »Sie haben wahrscheinlich keine Lust mehr, immer nur mit alten Leuten zusammen zu sein.«

Opa Heini reagiert sauer. »Du spinnst ja wohl! Wer schleppt die Mädels denn täglich hier an? Dann lass sie doch zu Freundinnen gehen, anstatt hier bei den *Alten* abzuhängen.«

Finchen hat das Blumenbeet erobert. Als sie Anstalten macht, Erde zu essen, rase ich los.

Ich knuddele sie auf dem Rückweg durch, sie lacht so herzlich, dass mir das Herz aufgeht.

»Wann gibt es denn endlich was zu essen, Mama. Mein Magen hängt im Keller.«

Ich höre tatsächlich Connys Magen knurren.

Gundula und meine Mutter springen gleichzeitig auf und laufen in die Küche.

Kurze Zeit später steht nicht nur Kuchen, sondern auch Brötchen, Butter und Aufschnitt auf dem Tisch. Conny erklärt mir, dass sie mal etwas anderes essen wollte, nicht immer nur Süßes. Darum habe sie Aufschnitt und Brötchen bestellt.

Finchen weiß, was ihr besser schmeckt. Sie pfeffert das trockene Brötchen, das Conny ihr reicht, auf den Boden und zeigt auf den Kuchen. Dabei zappelt sie so, als hätte sie eine Hummel im Hintern.

Meine Familie freut sich wahnsinnig über den Vorschlag, am Wochenende nach Fehmarn zu fahren. Obwohl ich Conny gar nicht angesprochen habe, sagt sie sofort zu.

»Super! Das wird die Kinder und Anton freuen.«

Meine Mutter lacht. »Dann haben wir auch endlich mal wieder Max und Moritz für ein ganzes Wochenende. Wie schön.«

Opa Heini schlürft lautstark seinen Kaffee, dann reibt er sich die Hände. »Ich muss dran denken, mein neues Fernglas einzupacken.« Er grinst meinen Vater an, der rot wird und den Kopf senkt. »Hermann, das habe ich bei dem Brillenfutzi neben der Eisdiele gekauft. Feinste Zeiss Optik, feinste Zeiss Optik.«

Wir Frauen tauschen bedeutungsvolle Blicke, Gundula wirkt sehr verschnupft. Viel Freude an der neuen Zeiss Optik wird Opa Heini nicht haben.

Opa steht auf und macht eine Kniebeuge. »Ich lege es besser schon mal raus.«

Er macht sich auf den Weg ins Haus. Dabei singt er aus voller Kehle: »Drei Määänner gingen auf die Jaagd, nach einer alten Sau ... Die Jagd ist aus, die Männer wieder daaa ... Vik-Vik-Vik-Vik-Vik-Vik-Viktoriaaa!«

Meine Mutter verschluckt sich, mein Vater hustet, Conny und ich kreischen vor Lachen.

Gundula springt auf, sie fasst sich ans Herz. Ihre Stimme klingt schrill. »*Heini!*«

So eine Tonlage und Stimmengewalt habe ich ihr nicht zugetraut.

»Diese Ferkelei geht mir jetzt aber eindeutig zu weit!« Sie stampft mit dem Fuß auf.

»Meine *liebe* Gundula, das ist keine Schweinerei, sondern ein Auszug aus dem alten Schlager: *Viktor und die Viktorianer.* Das hat ein gewisser *Graber* getextet und nicht ich!« Er kichert und verschwindet durch die Terrassentür.

Gundula ruft ihm laut hinterher: »Das werde ich ergoogeln, Heini ... und wehe, das stimmt nicht!«

Ich warte ungeduldig auf Paul und hoffe, dass er gute Neuigkeiten mit nach Hause bringt. Es wäre herrlich, wenn das Gewerbeobjekt, das er und Maria besichtigt haben, seinen Vorstellungen entspräche. Manchmal ist es ja so, dass man etwas sieht und *peng*, man hat sich sofort darin verliebt.

Mir geht es sehr oft so, wenn ich an dem Schaufenster eines Schuhgeschäfts vorbeilaufe. *Peng*! Die roten Schuhe mit dem Bleistiftabsatz ... die müssen es sein.

Als Paul kurze Zeit später kommt, sehe ich ihm an, dass es nicht *peng* gemacht hat. Ich bedränge ihn nicht mit Fragen, sondern nehme mir vor zu warten, bis er das Thema von selbst anschneidet.

Er scheint froh zu sein, dass Finchen längst schläft, denn er sagt nicht wie üblich, wenn das der Fall ist: ›Schade, ich hätte gerne noch ein wenig mit ihr gespielt.‹ Er registriert auch nicht den schön gedeckten Tisch. Das Essen, den herrlich duftenden Hackfleisch-Gemüseauflauf, lässt er erst kalt werden, dann stopft er ihn regelrecht in sich hinein, ohne ihn auf der Zunge zergehen zu lassen.

Nachdem er uns ein Glas Wein eingeschenkt hat, fängt er endlich an zu reden.

»Das war heute nichts, Möhrchen. Wir müssen weitersuchen. Die Halle für die Produktion ist zu klein, die Büroräume sind dagegen viel zu groß. Außerdem ist die Pacht wesentlich höher.«

Ich nehme seine Hand und streichele sie. »Können wir die Maschinen nicht enger zusammenstellen? Und was die Büroräume angeht, größere Räume sind doch eigentlich viel schöner. Darin hätte auch ein größerer Schreibtisch für Bruni und mich Platz. Außerdem hätte Finchen auch mehr Auslauf.«

Paul zieht seine Hand weg und springt auf. »Mein Gott, du bist doch nicht wirklich so naiv, wie du dich ausdrückst, oder? Fine hätte mehr Auslauf! Größerer Schreibtisch! Maschinen zusammenstellen! Die Walzstraßen für die verschiedenen Kaugummiformate kann man nicht *enger* zusammenstellen.« Seine Hände verschwinden in den Hosentaschen. »Wie oft warst du eigentlich unten in der Halle? Du scheinst nur die Tiefgarage, die Toiletten, das Büro und vor allem die Kantine zu kennen.«

»Boah. Jetzt wirst du aber gemein, Paul. Ich arbeite nicht in der Produktion, sondern in deinem Vorzimmer. Darum bin ich nie … ähm … selten unten. Außerdem, wenn ich ständig in der Produktion wäre, würdest du auch meckern und sagen, ich faulenze statt meiner Arbeit nachzugehen. Ich kann machen, was ich will, ich bekomme *ständig* eins auf den Deckel.« Ich strecke trotzig mein Kinn nach vorne.

Paul geht nicht darauf ein, er redet weiter.

»Und was Finchen anbelangt, Karo … warum lassen wir sie nicht den ganzen Tag bei deiner Familie? Sie haben sich schon so oft angeboten, sie auch am Vormittag zu betreuen.«

»Ich *will* Finchen aber nicht den ganzen Tag betreuen lassen. Ich will sie am Vormittag um mich haben. Und daran wird sich nichts ändern.«

Paul seufzt und geht vor mir in die Hocke und schaut mich treuherzig an. Er räuspert sich und sagt mit sanfter Stimme: »Möhrchen, bleib doch einfach zu Hause. Dann hast du Finchen den ganzen ...«

»Ach, neee. Fängst du schon wieder mit diesem Thema an?« Jetzt springe ich auf, Paul verliert das Gleichgewicht, rudert mit den Armen in der Luft und kann sich gerade noch fangen. Es gelingt mir, nicht zu lachen.

Er fährt fort. »Außerdem wird sie immer lebendiger. Fine braucht keine Büroluft, sie braucht einen Garten, einen Spielplatz ... andere Kinder, mit denen sie spielen kann. Und wo wir schon mal dabei sind, es stört mich bei der Arbeit, wenn sie laut schreit. Ich vermute, dass es Maria genauso ergeht.«

Aha! Jetzt weiß ich auch, warum Maria ab und an so ein mieses Gesicht zieht. Die hat keinen Pups quersitzen, nein ... sie mag es nicht, wenn Finchen sich wie ein normales Kleinkind benimmt.

Ich nehme einen kräftigen Schluck Wein. »Wie bitte? Es stört dich, wenn unser erstes gemeinsames Kind schreit? Das hättest du dir vorher überlegen sollen, dass Kinder auch *mal* heulen. Was glaubst du, was Kindergärtnerinnen aushalten müssen.« Ich flöte: »*Oh ... Frau Meier ... könnten Sie Ihr Kind bitte zu Hause bespaßen? Es stört mich, wenn es heult.*«

Paul rauft sich die Haare. »Dreh mir nicht die Worte im Mund herum, wir könnten einen Kompromiss schließen. Du arbeitest weiter, jedoch nur noch halbe Tage.«

Ich stampfe ins Wohnzimmer. Um etwas Luft zu gewinnen und Ruhe zu haben, sage ich: »Ich denk drüber nach, okay?« Schon jetzt weiß ich, dass ich nicht eine Sekunde darüber nachdenken werde.

Paul geht in sein Arbeitszimmer, ich höre ihn telefonieren.

5. Tante Silvia

Paul macht heute früh einen entspannten Eindruck.

Fine sitzt in ihrem Hochstuhl und bombardiert ihn mit kleingeschnittenen Stutenstückchen, die mit Marmelade beschmiert sind. Ein Stückchen landet in Pauls Kaffeetasse.

»Hör auf damit, du kleine Hexe.« Paul lacht.

Fine klatscht in die Hände.

Ich verdrehe die Augen. »Wenn du ihr etwas verbietest, solltest du nicht gleichzeitig lachen. Das animiert sie umso mehr, Blödsinn zu machen.« Ich werfe Fine einen strengen Blick zu. »Nein, Fine. Wir werfen nicht mit Brot! Das gehört *hier* hinein.« Ich will sie füttern, sie schlägt nach meiner Hand und wendet den Kopf ab.

»Ich gelobe Besserung. Unsere Tochter wird dir immer ähnlicher. Manchmal ist sie genauso ein kleiner Trotzkopf wie du.« Paul küsst ihre marmeladenbeschmierten Fingerchen. »Ach, was bist du süß.«

Er knüllt seine Serviette zusammen, zielt auf den Abfallbehälter für Papier und trifft. Anschließend räumt er sein Geschirr in die Spülmaschine. »Übrigens, am Freitag wartet eine Überraschung in *Haus Kasper* auf euch.« Er lächelt mich an.

»Auf Fine und mich?« Paul hat mich neugierig gemacht.

»Ähm … auch. Im Grunde eine Überraschung für die gesamte Familie.«

Mehr Informationen sind leider nicht aus ihm herauszulocken.

Dann macht er sich auf den Weg ins Büro.

Während ich Finchen und mich bürofein mache, denke ich angestrengt darüber nach, um welche Überraschung es sich handeln könnte. Wir waren vor drei Wochen das letzte Mal dort … ich bin gespannt wie ein Flitzebogen.

Sobald ich mit Fine das Büro betreten habe, heult sie wie eine Sirene los und sagt ständig: »Mamam … Kutza.« Sie steht vor mir, dicke Tränen kullern über ihre Wangen.

Bruni zuckt hilflos mit den Schultern. »Was möchte sie? Kutza? Was ist das?«

»Was weiß denn ich? Keine Ahnung.« Ich nehme die kleine Heulsuse auf den Arm und spiele Karussell.

Bruni hält ihr diverse Spielzeuge vor die Nase, Fine schlägt danach.

Paul ist Fines Gezeter nicht entgangen, er öffnet die Tür und hockt sich vor Finchen. Er scheint bester Laune zu sein.

»Baba … Kutza.«

»Was? Du möchtest einen Lutscher? Na, dann komm mal mit. Aber danach muss Papa arbeiten, weißt du?« Er schaut mich ernst an. »Bitte, Karo, ich möchte jetzt nicht mehr gestört werden.«

Kurz darauf kommt unsere Tochter, hochzufrieden, mit einem kleinen Kirschlutscher in der Hand zurück.

»Ah, das war es.« Bruni lacht. »Paul, der Frauenversteher.«

Es ärgert mich ein wenig, dass ich nicht von alleine darauf gekommen bin.

Fine trippelt in ihre Spielecke.

Maria trippelt, mit einem fröhlichen »Guten Morgen« zu ihrem Chef.

Bruni ist nicht begeistert, als ich ihr erzähle, dass es Paul nervt, wenn Fine im Büro Rabatz macht. Sie denkt genauso wie ich. Das sollten sich die Männer vorher überlegen.

Als hätte Fine verstanden, dass ihr Papa im Büro nur liebe Mädchen toll findet, benimmt sie sich heute wie ein Musterkind. Sie strahlt, unterhält sich mit den Tieren in ihrem Bilderbuch oder sitzt unter unserem Schreibtisch und spielt mit den Riemchen unserer Sandalen. Währenddessen plappert sie in einer Tour.

Maria hat unseren Ablagekorb mit sehr viel Papier gefüllt, Bruni und ich machen uns an die Arbeit.

Ich freue mich sehr, dass Gundula und Opa Heini um kurz vor Mittag im Büro auftauchen, um Finchen abzuholen. Dieser Job ist hart umkämpft. Meine Eltern lassen sich diese Aufgabe normalerweise nicht gerne aus den Händen nehmen, ab und an setzt sich Opa Heini jedoch durch.

Bruni und ich balancieren unsere Tabletts ungeduldig hinter Dröpjes her, der langsam, leicht vornübergebeugt seinen Tisch ansteuert.

Heike grinst, als wir uns setzen. Sie flüstert: »Na, den hat es ja voll erwischt.«

Ulrike pickt mit ihrer Gabel Kidneybohnen aus ihrem Salat und verteilt sie auf unsere Teller. »Jedenfalls hat es dieses Mal den Richtigen getroffen.«

Bruni kichert.

Heike sortiert Gurkenscheiben aus, die ebenfalls auf unsere Teller wandern. Sie redet im Flüsterton weiter. »Sag mal, Karo. Du hast doch eine Freundin, die Orthopädin ist. Kannst du mal mit ihr reden? Tante Silvia geht es überhaupt nicht gut. Der Stress mit Markmann macht sie ganz kirre. Sie bräuchte eine Krankschreibung. Tante Silvia ist heute zu Hause geblieben, sie hat ihrem Chef erklärt, dass sie unter Rückenschmerzen leiden würde.«

Bruni horcht auf. »Warum geht sie nicht zu ihrem Hausarzt? Für eine solche Situation hat doch jeder Arzt ein offenes Ohr. Dass Mobbing am Arbeitsplatz krank macht, ist doch mittlerweile bekannt.«

»Das will sie aber nicht. Tante Silvia hat keine Lust, sich total auf den Kopf stellen zu lassen. Letztendlich wird sie eine Überweisung zu einem Facharzt für Psychiatrie bekommen, und darauf hat sie erst recht keinen Bock. Weißt du eigentlich, was der alles mit ihr anstellen würde? EKG, EEG, Blutabnahme, Gehirn röntgen, Allergietests, Stromstöße, Akupunktur, Lichttherapie und womöglich noch ab in die Röhre oder was weiß ich nicht. Meinst du, sie hat Ruhe, wenn sie jeden Tag zum Arzt rennen muss, der an ihr herumexperimentiert und zu guter Letzt feststellt, dass sie einen an der Klatsche hat?«

Ich muss lachen. »Heike, du übertreibst maßlos.«

Sie redet sich weiter in Rage. »Sie braucht eine Auszeit, mehr nicht. Alles andere würde ihr nur noch mehr auf die Nerven schlagen. Einfach eine gewisse Zeit auf Rücken machen und zu Hause die Füße hochlegen. Mehr nicht.«

Ich denke einen Augenblick nach. »Okay, Heike. Ich rufe Frau Doktor Adamu … ähm … Ratiba nach der Mittagspause an.«

Heike ist die Erleichterung anzusehen. »Dieser Arsch von Markmann ist sowas von link. Gestern Nachmittag hat er ihr erklärt, dass er mit ihren Leistungen absolut unzufrieden sei. Er hat durchblicken lassen, dass frisches, junges Blut ein Jungbrunnen für die Firma sei. Im Klartext: Er will Tante Silvia vorzeitig aus dem Betrieb boxen und eine neue Kraft einstellen.«

Ulrike seufzt laut. »Mein Gott, was haben wir für ein Glück. Unser Chef ist ein Chef, von dem jeder Arbeitnehmer träumt.« Sie knufft Heike in die Rippen. »Und unsere Chefin erst! Die ist mit Gold nicht aufzuwiegen.«

Die Mädels klopfen anerkennend auf den Tisch, ich bin gerührt.

Bruni kuschelt sich auf dem Rückweg ins Büro dicht an mich. »Ulrike hat recht. Uns geht es so gut in der Firma. Kein Druck, keine Intrigen … na ja, von Dröpjes mal abgesehen. Paul ist der beste Chef der Welt.«

Mir wird es warm ums Herz. Ich drücke Bruni einen dicken Schmatzer auf die Wange. Es stimmt. Paul ist wirklich ein toller Chef! Und ich bin eine tolle Chefin!

Ratiba kann mich nicht täuschen. Sie bemüht sich, ihre Stimme fröhlich klingen zu lassen, ich höre jedoch, dass es ihr nicht besonders gut geht. Meine Frage, ob sich mittlerweile mehr Patienten eingefunden hätten, beantwortet sie erst mit einem Lachen. Dann erklärt sie, dass sich die Situation nicht gravierend geändert habe.

»Weißt du, mittlerweile glauben Machungwa und ich, dass es an unserer dunklen Hautfarbe liegt, dass die Patienten unsere Praxis ignorieren.«

Wenn sie neben mir stehen würde, würde ich sie wortlos in den Arm nehmen. Per Telefon bleiben mir nur Worte. »Ach, Ratiba. Haltet die Ohren steif, es muss sich erst herumsprechen …«

Ratiba unterbricht mich. »Danke, Karo. Du bist lieb. Wie geht es Paul, Finchen und deiner Familie?«

Ich akzeptiere, dass sie nicht weiter darüber reden möchte, und gebe bereitwillig Auskunft. Wir tauschen uns kurz über die Neuigkeiten aus.

Als ich ihr durch die Blume von Heikes Tante, deren momentanen Lebensumständen und ihren Rückenschmerzen berichte, hört sie aufmerksam zu. Sie antwortet ebenfalls durch die Blume.

»Ich kann jeden Patienten krankschreiben, der nicht in der Lage ist, arbeiten zu gehen. Während meiner langjährigen Tätigkeit sind mir jedoch Patienten untergekommen, die direkt nach einer Krankschreibung gefragt haben, also unumwunden erklärten, dass sie lediglich einige Tage ausspannen möchten. Wenn ich dem nachgeben würde, würde ich mich strafbar machen.«

Sie bietet an, dass Heikes Tante heute bis 19 Uhr in die Praxis kommen könne.

Bruni hat mich die ganze Zeit, in der ich telefonierte, nicht aus den Augen gelassen. Aus meinen Antworten hat sie entnehmen können, dass es unseren Freunden mehr als bescheiden geht. Es herrscht betretenes Schweigen.

Heike bedankt sich überschwänglich, als ich sie telefonisch über das soeben geführte Gespräch informiere. Auch hier spreche ich unmissverständlich durch die Blume. Heike kapiert sofort. Sie wolle ihre Tante gleich anrufen und ihr sagen, dass sie sich auf den Weg in die Praxis der Doktoren Adamu machen könne.

Ich suche im Internet den Artikel über die Orthopädische Praxis, der vor der Eröffnung erschienen ist , und drucke ihn zigmal aus. Bruni findet die Idee prima, einen an das Schwarze Brett zu hängen, die anderen zur Mitnahme danebenzulegen.

Wir sind beide froh, als die Uhrzeiger in Richtung Feierabend ticken.

Meine Laune bessert sich erst, nachdem ich in meinem Elternhaus angekommen bin. Finchen sitzt in einer Schubkarre und lässt sich von Opa Heini um die Blumenbeete kutschieren. Sie jauchzt laut. Gundula läuft vorneweg, bleibt plötzlich stehen, dreht sich um, worauf Opa Heini mit der Schubkarre eine Vollbremsung macht. Dann ruft Gundula mit hoher Stimme: »Kuckuck, Fiiinchen«, was sie vollends zum Lachen bringt.

Ich störe die drei nicht, sondern setze mich zu meinen Eltern, Conny, Hanni und Nanni, die sich angeregt unterhalten, in den Wintergarten.

Meine Mutter beugt sich so vor, dass ich sie küssen kann. »Hallo, Kind.« Dann schlägt sie mit der flachen Hand auf den Tisch. »Herrje, Conny. Lass die Mädchen doch einmal alleine entscheiden!«

Mein Vater rauft sich die Haare. »Langsam läuft das Fass über. Jeden Tag dieses Gezeter.«

Meine Nichten sind den Tränen nahe. Sie sitzen mit verschränkten Armen auf den Gartenstühlen und sehen mich hilfesuchend an. »Wir wollen die Haare abschneiden lassen, sie sind zu lang, uns ist zu warm. Mama erlaubt es uns aber nicht.«

Conny nickt mir kurz zu. Dann konzentriert sie sich wieder auf ihre Töchter. »Nein. Das kommt gar nicht in Frage. Die langen Haare sind viel praktischer. Kämmen, Haargummi rein und fertig. Wenn ich mir vorstelle, dass ihr jeden Morgen eine halbe Stunde vor dem Spiegel stehen müsst, um eure kurzen Locken zu bändigen. Schrecklich!«

Ich mische mich ein. »Welche Frisur findet ihr denn schön?«

Hanni scheint sich zu freuen, dass ich Interesse zeige, sie rutscht begeistert nach vorne. »Also, die Sängerin Rihanna hatte mal kurze Haare.« Ihre Hand fährt über die rechte Gesichtshälfte. »Hier soll ein langer Pony hin ...«

Ihre Schwester erklärt weiter. »Ja. Und die Seiten sollen fransig geschnitten werden und so kurz.« Ihre Hände zeigen eine Haarlänge bis zum Kinn.

Conny zeigt ihren Töchtern einen Vogel. »Ihr habt sie doch nicht mehr alle.«

Die Mädels springen wütend auf. Nanni schimpft leise, jedoch laut genug, dass meine Schwester ihre Worte, »Scheiß Mama«, mitbekommt. Auch Hanni kann sich nicht beherrschen, ihr rutscht ein »Blöde Kuh« über die Lippen. Bevor Conny sie am T-Shirt zu fassen kriegt, rennen sie in den Garten zu Opa Heini, Gundula und Fine. Ihr wildes Gestikulieren zeigt, dass sie ihr Herz bei ihrem Opapa und Gundula ausschütten.

»Hört ihr, wie ungezogen und respektlos sich die Mädchen benehmen?« Conny schnaubt vor Wut.

Meine Mutter schüttelt den Kopf. »Kein Wunder, du schürst ja ihre Aggressionen regelrecht.«

Es macht keinen Sinn, weiter auf Conny einzureden. Wir wissen alle aus Erfahrung, dass sie bei jedem weiteren Versuch, ihre Meinung zu ändern, noch mehr dichtmachen würde.

Mama und ich gehen in die Küche, um die tägliche Kuchenration, Kaffee und Apfelsaft für die Kinder zu holen. Als wir wieder in den Wintergarten kommen, sind die Zwillinge wie ausgewechselt. Sie hüpfen kichernd vor Opa Heini von einem Bein auf das andere, der aus seiner Geldbörse zwei Zehn-Euro-Scheine hervorholt, die er lachend Hanni und Nanni in die Hand drückt. Einen weiteren Geldschein für Fine legt er neben meine Kaffeetasse.

Gundula beobachtet amüsiert, wie ihr lieber Heini herzlich von den

Kindern gedrückt wird. Fine eifert ihren Cousinen nach, sie umarmt Opa Heinis Knie.

Die Mädels melden sich ab, sie wollen um die Ecke zum Kiosk laufen, um sich mit Süßigkeiten einzudecken. Ich erlaube ihnen, Fine mitzunehmen, und rufe ihnen drei Mal hinterher, sie in die Mitte zu nehmen und nicht von der Hand zu lassen.

Conny hält mir ihre Kaffeetasse hin. Sie bedient nie, sie lässt bedienen.

Sie zieht die Augenbrauen hoch. »Du verteilst Geld … deine Geschäfte scheinen ja zu florieren, Opa.«

Opa Heini grinst. »Jau. Mein zweites Bild ist verkauft. Der Opa ist um fünfhundertfünfundfünfzig Euro reicher.«

Conny, die an ihrem Kaffee nippt, verschluckt sich. »Nee, ne? Das glaub ich jetzt nicht.«

Gundula nickt begeistert. »Doch, doch, Conny. Das ist unglaublich, aber wahr.«

Papa nickt ebenfalls. »Tja, wer hätte das gedacht. Mein Vater mischt im Alter noch die Kunstszene auf.«

Opa Heini zieht die Hosenträger lang und lässt sie vor den Bauch klatschen. »Wenn der nächste *van Goch* verkauft ist, spreche ich den Oberfuzzi vom Kulturamt an. Die stellen sehr oft in der Stadthalle Bilder heimischer Künstler aus. Dann wird die Presse informiert und zur Eröffnung meiner Kunstausstellung geladen. Mein Kumpel, der Gustav, schwingt jetzt auch den Pinsel. Mein Erfolg hat seinen Ehrgeiz geweckt.«

Conny wedelt mit ihrer Kuchengabel durch die Luft. »Kann ich mal zugucken, wenn du malst, Opa? Ich meine, ich habe ja Zeit, ich könnte auch mal einen Versuch starten, etwas Schönes auf eine Leinwand zu malen.«

Nach den Worten »Ich habe ja Zeit« hüstelt mein Vater dezent.

Opa Heini kichert. »Sicher. Ich nehme Farben, Pinsel und Leinwand mit nach Fehmarn. Dann zeige ich dir, wie du den flotten Euro machen kannst.«

Meine Schwester lehnt sich hochzufrieden zurück. Wer Conny kennt, kann ihren Gesichtsausdruck deuten. Ich kenne sie und sehe, dass sie bereits in Gedanken in einer Badewanne voller Geldstücke badet. Sie schürzt die Lippen und erinnert mich irgendwie an Dagobert Duck.

Und weil Conny nichts anbrennen lässt, verabschiedet sie sich sofort, als die Kinder zurückkommen. Sie will noch schnell in die Stadt fahren, um alles einzukaufen, was man zum Malen braucht.

Fine und ich machen uns kurz darauf auf den Weg. Sie lässt sich von jedem durchknuddeln, dann will sie von Opa Heini auf den Arm genommen werden. Mein Großvater trägt sie bis zu meinem Auto und setzt sie in den Kindersitz. Danach macht er eine Kniebeuge.

»Was sagst du dazu, dass deine Schwester den Mädchen nicht erlaubt, die Haare kurz zu tragen?«

»Ich finde es albern.« Ich seufze. »Aber, Conny hat leider das letzte Wort.«

Opa Heini kratzt sich den Kopf. »Na, wir werden sehen …« Dann grinst er wie ein Spitzbube, der einen Sack voller Äpfel geklaut hat.

Ich muss lachen. »Ach, komm, Opa. Was heckst du wieder aus?«

Er reißt die Augen auf. »Ich? Nichts, Kind, nichts. Ähm … grüß deinen Paul. Er soll mich heute Abend anrufen. Ich muss mit ihm etwas beschnacken.«

Fine läuft über den Kiesweg in Richtung Treppenstufen, während ich die Restmülltonne aus der hölzernen Mülltonnenbox wuchte und sie auf den Weg ziehe. Paul kann sie später an die Straße stellen. Ich wasche meine Hände im kleinen Waschbecken, das in der Garage angebracht ist, und krame anschließend mit nassen Händen in meiner Handtasche nach dem Haustürschlüssel, öffne die Tür und lasse Finchen den Vortritt. Sie läuft sofort ins Wohnzimmer und macht sich über die Kiste mit den Spielsachen her.

Ich ziehe mich in Windeseile um und fange an, in der Küche zu wuseln. Dabei rede ich laut mit Fine, die brav antwortet. Mit viel Fantasie kann ich verstehen, was sie mir erzählt. Es geht doch nichts über eine gute Kommunikation.

Spareribs wandern in den Backofen, mit geübten Handgriffen zerkleinere ich eine Zwiebel, Tomaten, eine Gurke und rühre die Salatsauce. Dann klemme ich Fine unter den Arm und düse in die obere Etage. Ich schimpfe nicht, als Finchen, flink wie ein Wiesel, unter unsere Betten krabbelt. Dort ist sie gut aufgehoben und ich kann in Ruhe aufräumen.

Ich schüttele die Betten auf, werfe Stinkesocken in die Wäschetruhe und ärgere mich, dass Paul eine Anzughose so unordentlich über den Stummen Diener gehängt hat, dass sie zerknittert ist und ich sie bügeln muss. Ich werde mich jedoch hüten und mich darüber beschweren, sonst kommt wieder die ›Bleib-doch-zu-Hause‹-Ansage. Ich streiche die Hose glatt und hänge sie ordentlich hin, dabei fällt ein klein zusammengefaltetes Blatt Papier aus der Hosentasche zu Boden.

Ich schnüffele daran ... kein Parfümduft ... und entfalte es vorsichtig.

HERR GEIGER, HERR MARKMANN IST EIN BETRÜGER. ER HAT DEN VERTRAG IM SAFE LIEGEN. ICH KANN IHNEN VERSICHERN, DASS IN NAHER ZUKUNFT NOCH GANZ ANDERE PROBLEME AUF SIE ZUKOMMEN WERDEN.
BESTE GRÜSSE

Meine Hände zittern leicht. Das ist eindeutig ein anonymer Brief. Wann hat Paul ihn bekommen? Warum hat er nicht mit mir darüber gesprochen? Ich verstaue das Schreiben in meiner Hosentasche. Sobald Paul kommt, werde ich ihn zur Rede stellen.

Ich erledige mechanisch die restlichen Hausarbeiten, anschließend bade ich Fine. Mit jeder Minute, die verstreicht, werde ich wütender auf meinen Mann, der es vorzieht die Probleme alleine zu stemmen, anstatt mich daran teilhaben zu lassen. Mir kommt Tante Silvia in den Sinn, die nicht ahnt, dass ihre Nichte hinter ihrem Rücken geplaudert hat. Ich kann mir gut vorstellen, dass *sie* Paul diese Botschaft gesandt hat.

Als Paul um 18:30 Uhr nach Hause kommt, warten knusprige Spareribs, ein knackiger Salat, eine duftende Tochter und eine saure Ehefrau auf ihn.

Fine sitzt im Hochstuhl und schlägt wie eine kleine Rebellin mit der Gabel auf dessen Holztisch.

Als Paul Finchen küssen will, ziehe ich ihn am Ärmel seines Anzugs und halte ihm den Brief unter die Nase.

In Pauls Gesicht ist nicht die kleinste Spur eines schlechten Gewissens zu lesen. Sein Zeigefinger wandert unter mein Kinn. »Wir reden gleich darüber, ich mache mich kurz frisch.«

Ich zerdrücke eine Kartoffel und vermenge sie mit etwas gebratenem Hackfleisch, das ich extra für Fine gebraten habe.

Sobald der Teller vor ihr steht, fängt sie an zu futtern. Sie öffnet weit den Mund, die gefüllte Gabel wandert umständlich hinein.

Nachdem Paul wieder zurück ist, kümmert er sich um das Auftischen des Essens.

Paul und ich haben uns vorgenommen, niemals in Fines Gegenwart zu streiten, darum pfeffere ich lachend den Brief vor seinen Teller und sage mit fröhlicher Stimme: »Ich finde es voll blöd von dir, dass du mir *so* etwas vorenthältst. Hatten wir uns nicht geschworen: deine Sorgen … meine Sorgen?« Ich kichere, Finchen lacht mit vollem Mund mit. Sie strahlt mich an.

Pauls Stimme klingt noch fröhlicher. Er zerrupft die Spareribs mit der Hand und beißt kräftig zu. Während er kaut, spricht er weiter. »Ha, ha, ha … ich wollte dich nicht damit belasten. Diesen Brief habe ich gestern Abend im Briefkasten gefunden.«

Ich beuge mich vor und tätschele mit fettigen Fingern Pauls Wange fester als beabsichtigt. Er muss sich darüber freuen und das macht er auch.

Wieder lache ich. »Das war keine gute Idee, mein lieber Paul, denn es *belastet* mich! Verstehst du? Insbesondere die Äußerung, dass noch ganz andere Probleme auf uns zukommen werden.«

Paul zieht eine lustige Grimasse, Finchen kräht vor Freude. »Wir sollten uns nicht mehr damit befassen. Dieses Match haben wir verloren, da könnten uns zwanzig anonyme Schreiben ins Haus flattern.« Er rollt mit den Augen.

Jetzt lache ich so laut, als hätte Paul den Kalauer des Jahrhunderts gerissen. »Wir sollten mit diesem Brief Lenny aufsuchen und ihm Feuer unterm Hintern machen … ihm mit einer Anzeige drohen, denn jetzt wissen wir, dass er lügt.« Ich breche die nächste Rippe der Spareribs ab.

Pauls Lachen ist jetzt echt. »Ohhh, da wird Lenny sich aber vor Angst die Hosen vollmachen. Jemand schreibt einen anonymen Brief und behauptet, dass Lenny uns betrogen hat. Das heißt noch lange nicht, dass es stimmen muss. Er würde sich schlapplachen.«

Ich streichele mit dem Handrücken Fine, die bis an die Ohren mit Hackfleischsauce beschmiert ist, über die Haare.

»Du lässt dir die Butter vom Brot nehmen, Herr Geiger? Du machst noch einen Diener, wenn du hintergangen worden bist?« Ich kichere.

Paul hebt sein Wasserglas und hält es mir hin. Ich stoße so feste an, dass das Wasser überschwappt. Unsere Vorstellung bespaßt unsere Tochter. Sie beobachtet uns, legt den Kopf schief und macht einen zufriedenen Eindruck.

»Du bist ungerecht, Möhre! Wir könnten Lenny zur Rede stellen, wenn wir Beweise hätten, die haben wir aber nicht. Ich dachte mir schon, dass du mit solch naiven Vorschlägen kommst. Jetzt weißt du auch, warum ich dir diese Zeilen vorenthalten habe.«

Ich strahle ihn an. »Du bist kein Kämpfer, Paul. Du bist ein zahnloses Krokodil, ein Kopfeinzieher, ein … ein … Allesakzeptierer.«

Fine isst jetzt mit den Fingern. Paul holt einen Waschlappen. Während er unserer Tochter die Fingerchen säubert, redet er heiter weiter.

»Dass Markmann aus Eigennutz lügt, habe ich längst geahnt. Das ist nichts Neues. Dass wir dadurch Schwierigkeiten haben oder bekommen werden, ist die logische Folgerung. Auch das ist uns bekannt. Wer immer diesen Brief verfasst hat, wird – wenn er alle Sinne beisammen hat – wissen, dass sich durch diese Zeilen die Situation nicht ändert. Uns ist damit nicht geholfen. Der Absender will Markmann ins schlechte Licht rücken, sich aus irgendeinem Grund an Lenny rächen wollen. *Das* ist die Botschaft dieses Schreibens. Ein Angestellter oder eine Angestellte könnte Mitwisser sein. Oder ein vermeintlicher *Freund*, dem Markmann vorgeprahlt hat, wie clever er ist. Und mit diesem Menschen ist er mit Sicherheit auch Schlitten gefahren und liegt jetzt mit ihm im Clinch.«

Ich spitze die Lippen. »Okay, Dr. Freud, dann zieh halt den Schwanz ein.«

Paul unterbricht mich mit singender Stimme. »Ich möchte nicht mehr darüber diskutieren. Wir werden deiner Familie am Wochenende von unserer Situation berichten, dann ist diese leidige Geschichte Vergangenheit. Wir konzentrieren uns auf die Zukunft.«

Ich singe zurück. »Guhut. Ganz wie du meinst, Herr Geiger. Wenn du nichts dagegen hast, werde ich jetzt in den Keller verschwinden und mich der Bügelwäsche widmen.«

Finchen streckt Paul die Hände entgegen, er nimmt sie auf den Schoß und knabbert an ihrem Ohr. Sie kuschelt sich an ihren Papa.

»Nein, bügele du ruhig. Ich spiele noch ein wenig mit Finchen und bin wirklich froh, dass ich keine fröhlichen Gespräche mehr mit dir führen muss.«

Ich springe auf und drücke Finchen einen Kuss auf den Mund.

An der Tür drehe ich mich noch einmal um. Mir ist danach, Paul noch einen mit auf den Weg zu geben.

»Beschwer dich bloß nicht, wenn ich demnächst auch Dinge vor dir verheimliche, nur um dich nicht zu beunruhigen.«

Paul wirft mir einen Handkuss zu. »Wenn ich mich recht erinnere, Möhre, hast du diesbezüglich mehr auf dem Kerbholz als ich.«

Auf diese dumme Antwort gehe ich nicht ein, stattdessen sage ich Paul, dass er Opa Heini später anrufen solle, denn er habe irgendetwas auf dem Herzen.

Ich stöhne auf, als ich den Berg Bügelwäsche in meinem ›Hobbyraum‹ im Keller begutachte, und frage mich kopfkratzend, wann ich das letzte Mal gebügelt habe.

Das schwere Bügelbrett quietscht vor Freude, als ich es aufstelle. Während sich das Bügeleisen auf Temperaturen bringt, schalte ich den kleinen Fernseher und den DVD-Player ein. Ich brauche dringend Ablenkung, ich kann das Wort *Vertrag* nicht mehr hören, ich mag auch nicht mehr daran denken.

Mir ist nach Jennifer Grey und Patrick Swayze. Ich krame aus dem Regal die DVD *Dirty Dancing* hervor, lege sie in den Player und drücke die Start-Taste. Als die Musik erklingt, wiege ich die Hüften. So macht Hausarbeit Spaß!

Innerhalb weniger Minuten bin ich im Ferienresort „Kellerman's" in den Catskill Mountains, wir schreiben das Jahr 1963, ich bin siebzehn Jahre alt und heiße Frances Houseman. Man nennt mich auch Baby. Als ich eines Tages unerlaubterweise eine Party für die Hotelangestellten besuche, lerne ich Johnny kennen.

Ich erschrecke zutiefst, als Paul in dem Moment mit Fine hinter mir steht, damit ich ihr gute Nacht sagen kann, als Johnny mich in den Arm nimmt, um mit mir zu tanzen. Weil ich den Moment nicht verpassen möchte, drücke ich die Pausentaste der Fernbedienung.

Fine schläft schon fast. Sie hält krampfhaft die Augenlider geöffnet, als ich ihr liebevoll über die Wangen streichele. Paul erklärt, dass er, nachdem er Fine ins Bett gebracht hat, ebenfalls noch arbeiten müsse. Er wünscht mir viel Spaß mit Johnny.

Na dann!

Ich begleite Paul und Fine nach oben und winke beiden am Treppenaufgang hinterher. Ich husche ins Wohnzimmer, bewaffne mich mit einem Weinglas, einer Flasche Portwein und freue mich auf den Tanz mit Johnny.

Dank der wunderbaren Unterhaltung und des süffigen Portweins schrumpft der Berg Wäsche wie eine Eisskulptur, die neben einem offenen Feuer steht.

Beim Abschlusstanz, *The Time of My Life**, bin ich so hacke, dass ich tatsächlich für die lang einstudierte Hebefigur Anlauf nehme, um auf Johnnys Arme zu springen. Mit wackeligen Beinen stolpere ich, renne mit Schmackes vor das Bügelbrett und falle auf die Nase. Dann gehen die Lampen aus.

6. Endlich Wochenende

Paul grinst mich so frech an, dass ich ihn am liebsten hauen möchte. Er lässt mich nicht aus den Augen, während er sein Brötchen aufschneidet.

»*Was* soll ich gesagt haben?« Ich senke meinen Blick und starre auf meine Kaffeetasse.

»Du hast es nicht gesagt, Baby … ähm, Möhrchen, du hast es gelallt.« Er ahmt meine Stimme nach. »Nimm misch, Schohnny … nimm misch. Lasch misch dein Baby schein.« Dann lacht er, Fine lacht mit.

Es passiert selten, aber es passiert ab und an. Ich schäme mich.

»Menno, pst. Nicht vor Fine!« Mein Kopf dröhnt. »Das saugst du dir aus den Fingern, Paul. Das glaube ich dir nicht.«

---

* Komponisten *The Time of My Life*: Bill Medley und Jennifer Warnes.

Paul schmunzelt. »Du warst süß … *Baby*. Ich liebe es, wenn du so temperamentvoll bist … wenn dir wieder mal nach Johnny ist, lass es mich wissen.«

Ich werde feuerrot.

Paul wedelt mit der Hand. »Du hast vielleicht eine Fahne. Du hast nach dem stärksten Portwein gegriffen, der im Haus ist. Sechzehn Prozent!«

Ich mag nichts essen. Mir ist leicht übel.

Paul langt kräftig zu, Finchen futtert ebenfalls mit großem Appetit ihr Brötchen.

»Ich bringe unser Kind gleich zu deinen Eltern. Ich habe ihnen gesagt, dass wir heute im Büro einige Besucher empfangen würden und dass wir Fine erst gegen 17 Uhr abholen, wenn wir auf die Insel fahren. Wenn du willst, bleib zu Hause. Dein Kopfpuckern ist nicht zu überhören.«

Das fehlte noch! Paul versucht es scheibchenweise, mich ans Haus zu fesseln.

»Kommt nicht in Frage! So schlecht geht es mir nun auch wieder nicht.«

Eine halbe Stunde später verlassen Paul und Fine das Haus.

Nachdem auch ich startklar bin, kaue ich eine rohe Knoblauchzehe, um mit einer Knoblauchfahne die Portweinfahne zu überdecken, anschließend kaue ich fünf *Jummy-fresh*, um die Knoblauchfahne zu entschärfen.

Dann stopfe ich den anonymen Brief, den Paul in die Obstschale auf dem Küchentisch gelegt hat, in meine Handtasche. Ich bin gespannt, was Bruni dazu sagt.

Auf dem Weg ins Büro kurbele ich die Seitenfenster meines Corsas herunter und lasse mir den frischen Fahrtwind um die Nase wehen. Meine roten Locken wirbeln durch die Luft.

Als ich gemächlich in die Tiefgarage tuckere, sehe ich Bruni und Dröpjes hinter dem Oldie unseres Prokuristen stehen, sie scheinen sich ordentlich in den Haaren zu liegen.

Brunis Hände wedeln in der Luft, Dröpjes' Zeigefinger saust vor Brunis Nase hin und her.

Ich parke eine Reihe weiter hinten.

»Ach, hören Sie doch auf! Sie sind mir fast in mein schönes Auto gefahren, Sie waren viel zu schnell. Ich habe im Rückspiegel genau gesehen, dass Sie mit einem Affenzahn angeprescht kamen.« Dröpjes macht einen sehr angepissten Eindruck.

»So ein Tinnef! Nachdem ich eine Vollbremsung gemacht habe, war noch ein Meter Abstand zwischen unseren Fahrzeugen.« Bruni dreht sich zu mir um. »Karo, Dröpjes behauptet, ich wäre ihm fast hinten reingefahren …«

Ich strahle Bruni an. »Dann ist ja alles gut, Bruni. Denn *fast* bedeutet ja, dass es nicht passiert ist.«

Ich hake sie unter und ziehe sie hinter mir her.

Dröpjes bleibt uns auf den Fersen. Er lamentiert weiter.

»Das nennt man rücksichtsloses Verhalten im Straßenverkehr. Ab Montag habe ich Urlaub. Ich will mit dem Auto nach Italien fahren. Es wäre nicht auszudenken, wenn ich wegen eines Blechschadens meinen Urlaub verschieben müsste.«

Wir betreten den Fahrstuhl.

Er hört nicht auf zu keifen. »Ich bleibe dabei, es hätte fast gescheppert und an mir hätte es nicht gelegen.«

Ich hole tief Luft. »Herr Dröpjes. Als Kind bin ich einmal auf einem See im Eis eingebrochen und wäre *fast* ertrunken. Und? Sehe ich aus, als wäre ich ertrunken?«

Dröpjes schaut mich erst verdutzt an, dann fächert er sich mit der *Hamburger Morgenpost*, die unter seinem Arm klemmte, Luft zu. »Hui. Kann es sein, dass Sie schon zum Frühstück kräftig einen gebechert haben? Das riecht verdammt nach Knoblauchfusel. Wenn ich jetzt ein Pusteröhrchen dabei hätte, würde ich darauf bestehen, dass Sie da hineinblasen. Mit Alkohol im Blut sollte man sich nämlich nicht ans Steuer setzen.«

Ich beuge mich vor und hauche ihn an. »Knoblauchbutter auf Toast. Und Weinbrandbohnen, Herr Dröpjes. Weinbrandbohnen aus feinster Zartbitterschokolade … und merken Sie sich eins: Ich blase nicht in fremde Röhrchen … und in Ihres schon mal gar nicht!«

Wir lachen noch über Dröpjes dummes Gesicht, als wir am Schreibtisch sitzen.

Maria telefoniert, sie zeigt in Richtung Kaffeemaschine und winkt uns zu. Sie hat schon Kaffee aufgebrüht, wir versorgen uns sofort mit dem tiefschwarzen Gebräu.

Ich atme tief aus. »Herrlich! Dröpjes hat Urlaub. Was bin ich froh, diesen Penner für eine Weile nicht sehen zu müssen.«

Bruni verzieht das Gesicht und wedelt mit ihrem Schal vor meinem Gesicht herum. »Ich sage es nur ungern, Karo. Aber Dröpjes hat recht. Du hast vielleicht Ausdünstungen …«

Bruni hört belustigt zu, als ich ihr von meinem Bügelmarathon mit Portwein, *Baby* und *Johnny* sowie von meinem Crash mit dem Bügelbrett und dem Filmriss berichte.

Als ich ihr anschließend den anonymen Brief reiche und erkläre, dass Paul ihn vorgestern Abend im Briefkasten gefunden hat, pfeift sie leise durch die Zähne. »Wahnsinn! Und jetzt?«

Ich zucke mit den Schultern. »Nichts!«

»Nichts?«

»Ja. Nichts.« Ich lehne mich zurück. »Paul ist der Meinung, dass wir in die Zukunft schauen sollten. Neues Gebäude, neues Glück. Lenny ade.« Ich gebe weiter, wie und was Paul über den Brief denkt und wie er gestern Abend diesbezüglich argumentiert hat.

Brunis Faust saust auf den Schreibtisch. »Mensch, den hat bestimmt Heikes Tante geschrieben!«

Ich nicke. »Der Gedanke ist mir auch sofort gekommen.«

»Hast du Paul von Tante Silvia erzählt?«

Meine Finger wandern an meine Schläfen, ich massiere sie. »Ja. Ich habe kurz erwähnt, dass Heikes Tante bei Markmann arbeitet und er etwas mit einer anderen Firma haben soll. Es ist alles so kompliziert, Bruni. Paul hat mich aber abgewürgt. Es ist schon schlimm genug, dass ich mein Versprechen nicht gehalten habe.«

»Ja, sag mal! Spinnst du? Mach dir kein schlechtes Gewissen. Dein Ehrenwort in allen Ehren. Hier geht es aber um den Firmensitz. Um Geld, um mehr als ein gebrochenes Wort. Sprich noch einmal mit Paul, Karo. Er muss wissen, woher der Wind weht. Dann wird er seinen Hintern bewegen … und Lenny zur Rede stellen.«

Wir schweigen, als sich die Tür öffnet und Paul hereingeschneit kommt. Bruni beugt sich blitzschnell vornüber, sie verdeckt mit ihren Unterarmen den Brief.

Paul bestellt liebe Grüße von meinen Eltern, dann geht er in Marias Büro.

Bruni spricht weiter. »Weißt du eigentlich, was so ein Umzug kostet? Ha! Den nächsten Wintermantel kannst du dir anschließend von der Backe putzen. Danach ist nämlich Ebbe in der Geigerschen Kasse, das kannst du mir glauben. Wir sollten Heike einweihen. Wir müssen ihr die ganze Misere verklickern. Sie muss unbedingt mit ihrer Tante reden und sie fragen, ob sie tatsächlich diesen Brief verfasst hat.«

Paul kommt aus dem verglasten Büro. Wir hüllen uns wieder in Schweigen und fahren unsere PCs hoch.

Maria läuft mit kleinen Schritten hinter Paul her. »Das heißt doch nichts, Paul. Das ist die Meinung des Maklers, er ist nur einer von vielen.«

Paul bleibt so abrupt stehen, dass Maria ihm in die Hacken tritt. Er dreht sich blitzschnell um. »Herr Goldau ist seit mehr als dreißig Jahren auf diesem Gebiet tätig, Maria. Er kennt jedes Gebäude in Hamburg, jedes! Wenn *er* mir sagt, dass es sehr schlecht aussieht, ein Gebäude nach unseren Vorstellungen zu finden, dann glaube ich es. Und darum halten wir jetzt ebenfalls Ausschau nach Baugrundstücken. Es muss irgendwie weitergehen und es wird weitergehen.« Er rauft sich die Haare. »Mach mir bitte für die nächste Woche einen Termin mit dem Vorstand der Bank.«

Maria kneift die Lippen zusammen und nickt.

»Und noch eins.« Pauls Blick wandert zwischen Bruni und mir hin und her. »Ich möchte, dass die Türen dieses Büros dicht sind. Es dringt nichts nach draußen, was in diesen Räumen besprochen wird. Ich möchte Unruhe in der Belegschaft vermeiden.«

Für zwei Sekunden ist es ganz still, dann ergreift Bruni das Wort. »Aber, das ist doch selbstverständlich, Paul.« Ihre Wangen färben sich rosa.

»Also ehrlich, Paul. Als wenn wir tratschen würden.« Auch meine blassen Wangen bekommen Farbe, ich spüre, dass sie warm werden.

Als Bruni und ich alleine sind, schüttele ich den Kopf. »Manchmal glaube ich, Paul ist uns einen Schritt voraus. Okay, Bruni, ich weihe Heike ein. Aber *nur* Heike, ich werde sie nach der Mittagspause beiseite nehmen.«

Bruni holt tief Luft. »Aber, Paul hat doch gerade gesagt …«

»Paul! Paul!« Ich winke ab. »Weißt du eigentlich, warum Paul so stramme Pobacken hat? Weil er ständig den Hintern zusammenkneift.«

Wenn Bruni sich jetzt im Spiegel sehen könnte, würde sie lachen. Sie sieht aus wie ein verängstigtes Häschen. Ihre Nasenflügel zittern leicht.

Nach der dritten Tasse Kaffee fühle ich mich wieder topfit. Die Arbeit geht mir leicht von der Hand.

Wir laufen mit großen Schritten den Flur entlang, in Richtung Kantine. Mein Magen knurrt böse, ich freue mich wahnsinnig auf das Mittagessen.

Theken-Sabine grinst mich an, als wir an der Reihe sind. »Na? Bist du wieder okay? Dröpjes hat dich vorhin durch den Kakao gezogen. Er hat gesagt …«

Ich lasse sie nicht ausreden. »Mir ist es vollkommen egal, welchen Stuss Dröpjes von sich gibt. Einmal eine große Portion Nudelauflauf bitte.«

Sabine summt leise eine Melodie, ich sehe ihr an, dass sie sich ein Lachen verkneift. Jetzt wüsste ich *schon* gerne, was dieser Obertrottel durch die Belegschaft getratscht hat, hake aber nicht mehr nach.

Bruni bestellt sich ein Jägerschnitzel.

Dröpjes speist heute in Gesellschaft. Während sein Essbesteck auf dem Teller quietscht, tuschelt er mit einem Kollegen, der ihm gegenübersitzt.

Heike ist glücklich, dass ihre Tante Silvia vorerst für zehn Tage krankgeschrieben wurde. Sie bedankt sich bei mir, weil ich so viel Einsatz gezeigt habe.

»Gott sei Dank! Sie ist vorerst aus dem Schneider. Ich glaube ja, dass die Sache mit den Tintenpatronen und dem Kopierpapier an ihrem Dilemma schuld ist. Danach hat der Stress mit Markmann nämlich richtig angefangen.«

Bruni kämpft mit ganzen Champignons, die ständig weghüpfen, wenn sie sie mit der Gabel aufspießen will. »Wieso? Verstehe ich nicht.«

Heike greift mit den Fingern nach einem Pilz, der von Brunis Teller gehüpft ist, und lässt ihn in ihrem Mund verschwinden. Sie schmatzt und verdreht die Augen. »Seit Tante Silvia bei Markmann arbeitet, hat sie ab und an eine Packung Kopierpapier mitgenommen. Und manchmal, wenn sie knapp bei Kasse war, hat sie auch schon mal eine

Tintenpatrone für ihren Drucker mitgehen lassen, jedoch immer nur eine schwarze! Der alte Markmann hat nie so genau hingeschaut. Aber der Junior guckt mit der Lupe. Kaum war er da, hat er sie auf frischer Tat ertappt.« Sie lässt ihre Hand durch die Luft sausen. »Stellt euch vor, er hat ihr mit einer Anzeige gedroht.«

Ich halte mit dem Kauen inne. »Warum macht sie auch so einen Blödsinn? Stell dir vor, das würde jeder machen.«

Heike und Ulrike werden feuerrot.

Bruni lacht und droht mit ihrer Gabel. »Na, na, na … sehe ich da etwa zwei schlechte Gewissen?«

Ich belasse es bei einem Schmunzeln.

»Quatsch! Wir würden so etwas nie machen, nicht wahr, Heike?« Ulrike knufft ihrer Kollegin in die Rippen.

»Natürlich nicht! Aber, es ist immer dasselbe. Die Kleinen werden geschnappt, die Großen lässt man laufen! Tante Silvia hat gesagt, dass Lennard Markmann bloß die Klappe halten solle. Der hat noch ganz andere Dinge verbockt. Der alte Markmann würde sich im Grab umdrehen, wenn er davon wüsste.« Sie grunzt verächtlich.

Ich spitze die Ohren. »Wenn sie genau weiß, dass er Dreck am Stecken hat, ist es nicht richtig, dass sie ihn deckt.«

Heike beugt sich vor und flüstert. »Sie deckt ihn nicht. Sie *muss* die Klappe halten. Was glaubst du, was der mit meiner Tante anstellt, wenn sie in dem Drama in die Rolle der Whistleblowerin schlüpft? Der zerrt sie vor Gericht. Sie trug nämlich auch noch eine goldene Armbanduhr, die aus dem Büroschrank des Chefzimmers gefallen ist und sich direkt um ihr rechtes Handgelenk geschlungen hat. Am Ende ist sie die Dumme.«

Ich beuge mich ebenfalls vor und rede mit gedämpfter Stimme. »Ganz ehrlich, Heike. Deine Tante hat doch einen Knall! Weißt du denn, was Markmann verbrochen haben soll? Ich meine, ist es etwas Schlimmes? Du kannst es ruhig sagen, es bleibt unter uns.«

Ich sehe Heike an, dass sie sich einen Ruck geben muss, um zu antworten. »Tante … Tante Silvia hat lediglich gesagt, dass es um einen Vertrag gehe, von dem Markmann behauptet, dass er nicht existiere. Sie weiß jedoch hundertprozentig, dass genau dieser Vertrag abgeschlossen wurde, weil er nach der Unterzeichnung beider

Parteien einen halben Tag auf ihrem Schreibtisch gelegen hat. Den hat der alte Markmann noch unterschrieben. Ich habe sie gelöchert, welche Firma Lennard beschissen hat. Sie rückt nicht mit der Sprache raus. Sie hat gesagt, sie würde sich eher die Zunge abbeißen, als darüber zu reden.«

Bruni rutscht auf ihrem Stuhl hin und her. »So einen Schwachsinn habe ich noch nie gehört! Die Gegenseite muss doch auch den Vertrag haben.«

Jetzt gackert Heike. »Nee, eben nicht. In der besagten Firma sollen nur Idioten arbeiten. Die haben dieses wichtige Dokument verschlampt … sagt Tante Silvia.«

Mir bleibt das Lachen im Halse stecken, Bruni hustet. Aus den Augenwinkeln sehe ich, dass sie eine Hand vor den Mund presst.

Nach der Mittagspause sind Bruni und ich uns einig. Nach dem, was Heike uns erneut anvertraut hat, erübrigt sich ein Gespräch mit ihr. Tante Silvia wird im Leben nicht zu ihrem Wissen stehen. Markmann hat sie in der Hand. Ich könnte mit dem Kopf vor die Wand rennen. Wie kann man nur so dumm sein und alles, was nicht niet- und nagelfest ist, einheimsen?

Meine Stimmung befindet sich in der dunkelsten Ecke eines Hochhauskellers, in der die Kohlen liegen, die nur darauf warten, verheizt zu werden.

Bis 14 Uhr kleckern wir und sind heilfroh, dass endlich die Wochenendglocken läuten. Paul verspricht, zeitig zu Hause zu sein.

Bruni und ich verabschieden uns mit einem dicken Wangenkuss. Sie wünscht mir viel Spaß mit meinen Leuten auf Fehmarn, ich wünsche ihr ein schönes Wochenende mit Paula und Heiner.

Für den Wochenendaufenthalt muss ich keine Vorbereitungen treffen. Mittlerweile ist unsere Familie so gut in *Haus Kasper* eingerichtet, dass wir nichts einpacken müssen. In diversen Schränken hängen, liegen und stehen jede Menge Anziehsachen und Schuhe, es ist tatsächlich ein nach Hause kommen in einem komplett eingerichteten Haushalt. Das Einzige, was vor Ort besorgt werden muss, sind frische Lebensmittel.

Kurz vor der verabredeten Zeit biegen wir in die Birkenstraße ein.

Der Mercedes meines Vaters parkt bereits am Straßenrand, die Heckklappe ist weit geöffnet. Antons Van steht dicht dahinter.

Hanni und Nanni sitzen auf der Stufe vor dem Hauseingang, sie lesen in der *BRAVO*, stecken ihre Rotschöpfe zusammen und kichern. Die Mädels scheinen gut gelaunt zu sein, sie winken uns zu.

Fine kommt barfuß den Gartenweg entlanggestolpert, der ein wenig abschüssig ist. Ihre Arme sind angewinkelt, mit jedem Schritt wird sie schneller. Wieder fällt mir auf, dass sie wie ein kleiner Pinguin watschelt. Ein Bild für die Götter!

Paul und ich gehen in die Hocke und breiten die Arme aus. Paul grinst. »Ich wette, sie kommt zuerst zu mir …«

Ich halte dagegen. »Quatsch. Sie wird *mich* vermisst haben …«

Unsere Tochter macht uns einen Strich durch die Rechnung. Sie bremst am Gartentor ab, droht hinzufallen, fängt sich jedoch wieder und läuft in Richtung ihrer Cousinen. Wir akzeptieren, dass wir momentan abgemeldet sind, und müssen lachen.

Opa Heini kommt, mit schweren Taschen beladen, um die Ecke. »Hallo, Kinder, gleich geht es los!« Um seinen Hals baumelt sein neues Fernglas. Er wuchtet die Reisetaschen in den Kofferraum, die Heckklappe fliegt zu. Dann steigt er auf den Beifahrersitz und krakeelt laut: »Hermann! Schwing die Hufe! Ich bin startklar!«

Hanni und Nanni steigen in den Van, Paul schnallt Fine auf dem Kindersitz fest.

Dann wird es turbulent. Nach einem kurzen »Hallo« läuft meine Mutter noch einmal ins Haus, um nachzuschauen, ob der Elektroherd auch tatsächlich ausgeschaltet ist. Mein Vater sprintet zurück in den Garten, er braucht ebenfalls Gewissheit. Er will sich davon überzeugen, dass die Türen des Wintergartens ordentlich verriegelt sind.

Anton kommt mit Max und Moritz unter den Armen aus dem Haus gestürmt und ruft laut, dass wir vorfahren sollen, er müsse Ludmilla noch von zu Hause abholen.

Ich verdrehe die Augen und hole tief Luft. Es war nicht die Rede davon, dass Ludmilla das Wochenende mit uns verbringen soll. Paul tätschelt beruhigend meine Hand.

Gundula übernimmt die Funktion der Schließerin. Sie dreht den

Schlüssel im Türschloss, rappelt am Türgriff und ruft: »Zu!«

Als sie den Haustürschlüssel in ihrer Handtasche verstaut hat, öffnet sich im ersten Stock das Badezimmerfenster. Conny streckt den Kopf heraus und keift: »Seid ihr bescheuert? Ihr wollt doch wohl nicht ohne mich fahren!«

Gundula schlägt sich vor den Kopf und kramt den Schlüssel wieder hervor.

Opa Heini hievt sich aus dem Auto. »Wenn die Tür schon mal auf ist ... kann ich auch noch mal kurz Papier falten gehen.«

Papa schimpft ihm laut hinterher. »Ach, Vater. Das hättest du auch vorher erledigen können!«

Opa Heini dreht sich wütend um. »Ich bin Vollblutrentner und kein Metzger, Hermann! Ich liefere keine Wurst auf Bestellung, sondern wenn mir danach ist! Und ... jetzt ist mir danach!«

Die ›Überraschung‹, die Paul angekündigt hat, ist nicht zu übersehen. Sobald wir das Wohnzimmer in *Haus Kasper* betreten haben und in den großen Garten blicken, sticht das rote Baumhaus im Schwedenstil, das auf den Ästen des riesigen Pflaumenbaums gebaut ist, unweigerlich ins Auge.

Hanni und Nanni kreischen vor Freude, reißen die Terrassentür auf und rennen in Richtung Baum, auf dem das Haus steht. Max und Moritz laufen hinterher.

Wir gehen auf die Terrasse und sehen den Kindern nach.

Opa Heini lässt die Hosenträger schnappen. Er kichert und schlägt Paul freundschaftlich auf die Schulter. »Dass du meine Idee umgesetzt hast, Junge. Das finde ich prima.«

Mein Vater reibt sich die Hände. »Toll, Paul. Endlich mal eine sinnvolle Anschaffung. Wir können von dort aus die Rehe beobachten, die auf dem Feld hinter dem Grundstück äsen.«

Die Augen meines Schwagers strahlen. »Genau! Und die herrlichen Sonnenuntergänge ... Mann, das macht mir richtig gute Laune. Wir können auch Fotos schießen.«

Gundula hüstelt. »Ja. Und ganz nebenbei habt ihr einen wunderbaren Ausblick in Nachbars Garten, in dem ein nackter Popo in der Sonne schmort.«

»Das habt ihr euch doch ausgemacht!« Meine Mutter kneift die Augen zusammen.

Conny fährt Anton an. »Du bleibst schön mit beiden Beinen auf dem Boden, mein Lieber! Die herrlichen Sonnenuntergänge und die Fotos davon kannst du dir abschminken.«

Anton zieht den Kopf ein.

Finchen ist die Einzige, die sich nicht für die Neuanschaffung interessiert. Sie legt ihren Kopf auf einen Gartenstuhl, sie ist müde.

Hanni und Nanni sind die Leiter hinaufgeklettert und winken uns aus einem geöffneten Fenster, dessen weißer Rahmen in der Abendsonne strahlt, zu.

Paul breitet die Arme aus. »Ich habe das Baumhaus vor vierzehn Tagen einem Schreiner aus Burg in Auftrag gegeben. Ich habe ihm die Zweitschlüssel der Garage geschickt, so konnten sie in den Garten und ungestört werkeln. Ich dachte, ihr freut euch.«

Ich werfe Paul einen giftigen Blick zu. »Ja, besonders ich. Wo ich doch unter Höhenangst leide …«

Ludmilla, die keine Ahnung hat, was hier vor sich geht, zeigt Begeisterung. »Was für eine herrliche Haus. Eine Datsche auf Baum.«

Die Strafe für die Männer folgt auf dem Fuße. Mama und Gundula schreiben in Windeseile einen Einkaufszettel, die Männer müssen einkaufen gehen. Eine Aufgabe, die sie sehr ungern erledigen.

Meine Mutter erteilt Befehl, noch vor der Fahrt in den Supermarkt Ludmillas Gepäck und Opa Heinis Reistaschen in die jeweiligen Zimmer zu tragen.

Ich mache Finchen für die Nacht zurecht, sie bekommt heute Gläschenkost.

Conny ist gereizter Stimmung. Sie knallt die Türen der Küchenschränke und lässt ihre schlechte Laune an Ludmilla aus. Ihre Stimme klingt schroff, als sie ihrem Mädchen für alles Anweisungen gibt. »Ludmilla, ich zeige dir gleich die Schlafzimmer. Du kannst schon mal alle Betten überziehen, frische Wäsche liegt in den Schränken. Anschließend kannst du Max und Moritz baden.«

Ludmilla nickt.

Ich finde Connys Verhalten unverschämt. »Nein, Conny! In diesem Haus bezieht jede Familie ihre Betten alleine!«

Meine Mutter nickt. »Also, das meine ich aber auch. Ludmilla kann doch nicht unsere Arbeit verrichten. Und die Kleinen bade *ich* heute, Conny. Ich sehe die Kinder doch so selten.«

Ich überlasse Fine in der Obhut meiner Mutter. Ich nehme Ludmilla an die Hand, laufe mit ihr in die obere Etage und zeige ihr das kleine Reich, das für dieses Wochenende ihr Zuhause ist.

Sie ist ganz angetan von dem freundlichen Zimmer, dem großen Bett und der herrlichen Aussicht. Ich zeige ihr, wo die Bettwäsche liegt.

»Danke, Frau Karo. Der Wäsche ist so schön und wie der duftet.« Sie vergräbt ihr Gesicht darin.

Ich beobachte die kleine, schlanke Frau, deren kurzgeschnittene, graue Haare einen sehr gepflegten Eindruck machen. Ihre wasserblauen Augen sind wunderschön.

Sie öffnet ihre Reisetasche und hält mir freudestrahlend eine Flasche Wodka hin. »Hier, ein Dankeschön, für Sie und Herr Paul … weil ich darf schlafen in so eine schöne Bett.«

Ich bedanke mich ganz herzlich für die nette Aufmerksamkeit. Ich höre Ludmilla zu gerne reden. Das könnte ein interessanter Abend werden. Gundula ist ebenfalls russischer Abstammung. Beide Frauen kennen sich zwar, haben sich, soviel ich weiß, jedoch nie intensiv miteinander unterhalten.

Dann lasse ich Ludmilla alleine, damit sie sich in Ruhe einrichten kann.

Conny erteilt mir sofort eine Rüge, als ich wieder die Küche betrete. »Hör mal, Karo. Verwöhne Ludmilla nicht so, sie ist eine Hausangestellte und kein Familienmitglied.«

Ich habe die Pappe auf. Meine Schwester scheint hier irgendetwas zu verwechseln. »Du irrst, liebe Schwester. Ludmilla ist in *diesem* Haus keine Angestellte. Vergiss nicht … es gibt *deinen* und *meinen* Haushalt.« Ich halte Conny Ludmillas Geschenk unter die Nase. »Schau mal, wie aufmerksam sie ist. Sie hat uns diese Flasche geschenkt.«

Meine Schwester schüttelt sich. »Brrr. Wodka, so ein Billiggesöff. Der kostet im Lebensmitteldiscounter keine fünf Euro.«

Gundula setzt die Brille auf und studiert das Etikett. »Von wegen Billigdiscounter! Das ist original *Zarskaya Vodka* aus einer Destillerie in St. Petersburg. Der schmeckt köstlich.«

»Na, da haben wir ja heute Abend zwei richtige Schnapsdrosseln am Tisch sitzen. Zwitschert nur nicht zu viel, Ludmilla muss sich morgen früh um die Kleinen kümmern, ich will ausschlafen.«

Gundula lächelt Conny an und legt die Flasche in das Eisfach des Kühlschranks.

Meine Mutter mischt sich ein. »*Ich* werde die Jungs morgen früh fertig machen.«

»Sag mal, Mama, spinnst du? Wozu habe ich denn Ludmilla mitgenommen?«

Niemand antwortet Conny.

Als Ludmilla zurückkommt, schickt Conny sie in den Garten, sie solle Max und Moritz müde spielen.

Fine ist auf dem Arm meiner Mutter eingeschlafen. Ich nehme sie behutsam auf und bringe sie nach oben in unser Schlafzimmer. Sie wird nicht wach, als ich sie ins Kinderbett lege und mit einer leichten Decke zudecke. Ich schalte das Babyfon ein. Dann überziehe ich flott unsere Ehebetten.

Als ich wieder in die Küche laufe und meine Schwester den Empfänger des Babyfons sieht, biegt sie sich vor Lachen.

»Mensch, ihr habt ja richtige Stasi-Methoden. Wir hören doch auch so, wenn die Prinzessin schreit.«

Und wieder läuft ihr Kommentar ins Leere.

In diesem Moment kommen die Männer, bestens gelaunt, von den Einkäufen zurück. Sie wuchten vollbepackte Taschen auf den Küchentisch.

Paul und Anton wollen den Grill anfeuern, Opa Heini will mal gucken, was es so zu gucken gibt.

Conny mischt sich ein. »Anton, Paul kann den Grill alleine anzünden. Du kannst oben unsere Betten beziehen.«

Opa Heini kneift die Augen zusammen und schickt Anton einen warnenden Blick. Sein Kopf ruckt nach vorne, dann schürzt er die Lippen und zeigt ihm andeutungsweise den Stinkefinger.

Anton druckst herum. »Ähm … die Betten, also, die Betten kannst du alleine beziehen …«

Conny dreht sich so blitzschnell um, dass Anton einen Schritt nach hinten macht. »Wie bitte? *Was* hast du gesagt?«

Opa Heini steht vor Anton. Er rollt mit den Augen, dann ruckt sein Kopf wieder nach vorn, in Richtung Conny.

Anton setzt erneut an. »Ähm ... beweg deinen Hintern alleine. Ich habe heute den ganzen Tag gearbeitet ... ich bin ... ich bin müde.« Anton macht einen Schritt nach vorne und klopft mit der Faust zaghaft auf den Küchentisch.

Meine Mutter, Gundula und ich grinsen uns an. Hier scheint jemand Nachhilfe in puncto ›Ich lasse mich nicht wie einen Hund behandeln‹ von Opa Heini bekommen zu haben.

Die Augen meiner Schwester verengen sich zu schmalen Schlitzen. Sie schluckt schwer. Dabei bedenkt sie Anton mit einem Blick, der nichts Gutes verheißt.

Die Stimmung ändert sich erst während des Abendessens. In stiller Eintracht sitzen wir gemütlich auf der Terrasse und genießen das saftige Grillfleisch und die leckeren Salate. Max und Moritz pesen durch den Garten, sie essen die Grillwurst aus der Hand.

Hanni und Nanni freuen sich, als Paul ihnen einen kleinen Stoffbeutel, in dem jede Menge Kaugummis liegen, zuwirft.

»Cool. Da sind ja neue Tattoo-Motive drin.« Nanni begutachtet einige der kleinen Tütchen, die sie anschließend ihrer Schwester reicht.

Opa Heini grinst verhalten, Gundula kichert.

Nach dem Essen bin ich so müde und träge, dass ich mir einen Ruck geben muss, um den Tisch abzuräumen. Mama, Gundula und Ludmilla springen auf. Sie packen mit an.

Später, als wir alle bei einem Glas Rotwein den lauen Abend genießen, erklärt Paul unserer Familie, dass wir nach einem neuen Firmengebäude Ausschau hielten, weil der Pachtvertrag in einigen Monaten ausliefe und nicht verlängert wird. Der Besitzer des Gebäudes wolle expandieren. Er lässt die Katze nicht aus dem Sack, die Einzelheiten behält er für sich.

Paul berichtet so locker und leicht, dass man meinen könnte, er redet über den Kauf neuer Pantoffeln, weil die alten hinüber seien.

Mein Vater lächelt ihn an. »Ach, das bekommt ihr hin. Manche Firmen gehen mit ihrer gesamten Produktionslinie ins Ausland, da ist so ein Umzug innerhalb Hamburgs ein Klacks!«

»Ein Fabrikumzug ist heute kein Thema mehr.« Opa Heini zündet ein neues Teelicht an. Dann klopft er Paul auf die Schulter. »Fabrikumzugsfirmen kommen mit schwerem Gerät, demontieren und montieren die gesamte Fabrikausrüstung, Junge. Das habt ihr in wenigen Tagen überstanden.«

Gundula studiert Pauls Gesichtszüge. Sie hat mehr als dreißig Jahre als erste Sekretärin für Pauls Vater, anschließend eine Weile für Paul gearbeitet.

Sie schnieft kurz. »Heinz Markmann will den Vertrag nicht verlängern, Paul? Das kann ich nicht glauben.«

»Nein, Gundula. Heinz Markmann ist vor einigen Tagen verstorben. Lenny ... ähm, sein Sohn Lennard hat das Regiment übernommen. Er benötigt das Fabrikgebäude selbst.«

»Hm. Na sowas. Ich hoffe, ihr werdet schnell ein geeignetes Objekt finden.« Sie wirkt nachdenklich.

Paul gähnt laut. »Noch haben wir nichts Passendes gefunden ... aber das wird schon.«

7. Kommunikationsstärke und der ganz normal Wahnsinn

Obwohl der Himmel bewölkt ist und eine frische Brise weht, decke ich den Frühstückstisch auf der Terrasse. Ludmilla, die kurz nach mir runtergekommen ist, hantiert mit der Kaffeemaschine. Anschließend schneidet sie mit einem Messer, so perfekt wie eine Brotschneidemaschine, Brot und Stuten in dünne Scheiben und drapiert sie in Brotkörbe.

Sie lässt sich nicht überreden, es sich schon mal an der frischen Luft gemütlich zu machen. Stattdessen öffnet sie den Kühlschrank und stellt Teller, auf denen Wurst und Käse liegen, auf das Tablett. Sie ist so routiniert, sie weiß, was zu tun ist. Wir arbeiten Hand in Hand.

Als Nächstes kommt meine Mutter, dicht gefolgt von Max und Moritz, die lautstark nach Milch und Brot verlangen. Mama erwärmt in einem Topf Milch, die Jungs klettern auf einen Stuhl und stibitzen Wurstscheiben.

Aus der oberen Etage ertönt Musik, die immer lauter wird. Ich muss nicht lange nachdenken, wer gleich mit einem Kofferradio unter dem Arm in die Küche gelaufen kommt. Bingo! Opa Heini und Gundula rufen laut »Guten Morgen«, dann stiefeln sie nach draußen.

Ludmilla schwingt die Hüften. »Ah. Das ist schönes Lied von Herr Rudolf Baumbach.« Dann singt sie laut mit. »Hoch auf der gelbe Wahagen sitz ich bei Schwager vorn ... Aaaber, dem Waaagen dem rollt ...«

Max und Moritz klatschen in die Hände, ihnen scheint der Trubel zu gefallen.

Jetzt kommt Leben ins *Haus Kasper*. Wenige Minuten später knallen Türen, Conny keift laut, Hanni und Nanni heulen, Finchen kräht und Paul lacht laut.

Meine Mutter läuft nach draußen. Ich höre sie schimpfen. »Vater! Stell sofort das Radio leiser, du weckst ja die halbe Insel auf ...!«

»Ha! Wer um diese Zeit noch nicht wach ist, ist selbst schuld, wenn er geweckt wird!« Opa pfeift nach der Melodie, Gundula summt mit.

Meine Mutter nimmt Opa das Radio weg und dreht die Lautstärke auf leise.

Eine halbe Stunde später sitzen alle, bis auf Conny und die Zwillingsmädchen, am Frühstückstisch.

Antons Hand zittert leicht, als er nach der Kaffeetasse greift.

Opa Heini beobachtet ihn kopfschüttelnd. »Was ist los, Anton? Hast du schon *wieder* deine Eier verloren?«

Mein Vater und Paul verkneifen sich ein Lachen.

Jetzt kommt Conny angesaust, sie zieht Hanni und Nanni hinter sich her, deren Haare total zerzaust sind.

Meine Schwester ist außer sich. »Tja, jetzt haben sie es geschafft, die Grazien. Die Haare müssen ab!« Sie dreht ihre Töchter so, dass sie mit dem Rücken zu uns stehen. In ihren langen Haaren, die ganz zottelig über den Rücken fallen, kleben unzählige Kaugummis.

Meine Mutter schlägt eine Hand vor den Mund, sie lacht laut los. »Mein Gott, wie konnte *das* denn passieren?«

In Nannis Augen blitzt es auf. »Wir hatten gestern Abend vor dem Einschlafen Streit. Hanni hat mir einen Kaugummi in die Haare geklebt, dann habe ich ihr einen in die Haare gedrückt … und so weiter und so weiter! Und dann sind wir eingeschlafen. So war das.« Sie presst die Lippen zusammen.

Hanni legt einen Arm um die Schulter ihrer Schwester. »Ja. So war das.«

Opa Heini zwinkert den Mädchen zu. »Not macht erfinderisch! Dann könnt ihr euch ja jetzt die Haare wie diese Marianna schneiden lassen.«

Nanni kringelt sich vor Lachen. »*Rihanna*, Opapa … *Rihanna* heißt sie.«

Jeder am Tisch ahnt wohl, dass der Kaugummi-Tipp von Opa Heini kam, denn alle grinsen.

Conny bleibt erstaunlich gelassen. Sie fährt direkt nach dem Frühstück mit den Mädchen nach Burg. Sie beschließt, dass es nicht schaden könne, sich auch die Spitzen ihrer Lockenmähne schneiden zu lassen. Ich bitte sie, einen Abstecher zum Fischladen zu machen und zum Mittagessen Räucherfisch und hausgemachten Kartoffelsalat zu besorgen. Sie nickt und hält die Hand auf. Ich reiche ihr mein Portemonnaie.

Nachdem wir gemeinsam im Haus Ordnung geschafft haben, machen sich die Männer an die Gartenarbeit. Die Wiese des großen Grundstücks muss gemäht werden, die welken Blumen müssen ihre Köpfe lassen. Opa Heini übernimmt auch hier, wie in der Birkenstraße, das Kommando. »Wir mähen aber von rechts nach links, verstanden?«

Ludmilla möchte gerne mit Max und Moritz zum Strand laufen, ich erkläre ihr den Weg. Als sie fragt, ob sie Finchen mitnehmen darf, zögere ich keine Sekunde, ihr unsere Tochter anzuvertrauen. Damit sie zügig vorankommt, schlage ich vor, die Kleinen in den Bollerwagen zu setzen. Ich winke Ludmilla und den Kindern hinterher.

Mein Blick fällt aufs Nachbargrundstück. ›Paps‹ Friedrich und Viktoria scheinen noch zu schlafen, denn aus dem Briefkasten lacht mich die Samstagausgabe der *Hamburger Morgenpost* an.

Herr von Hohenhausen genießt einen besonderen Luxus. Wann immer er auf der Insel lebt, besorgt ihm seine Reinemachefrau, die ebenfalls im Ort wohnt, in aller Frühe die Tageszeitung und stopft sie in seinen Briefkasten.

Was gibt es Schöneres, als an einem Samstagvormittag bei einer leckeren Tasse Kaffee eine Zeitung zu lesen?

Ich gehe in die Hocke und watschele im Entengang unter dem Küchenfenster entlang, bis zur Treppenstufe. Mit langem Arm ziehe ich die Zeitung aus dem Briefkasten, die metallene Klappe scheppert zu. Im Turbotempo watschele ich zurück. Auf dem letzten Meter verkrampfen sich meine Oberschenkelmuskeln derartig, dass es mir fast nicht gelingt, wieder aufzustehen.

Ich ziehe mich an dem großen Türgriff hoch, meine Kniegelenke knacken.

Während ich auf die Terrasse laufe, überfliege ich die erste Seite. Gundula und meine Mutter stöbern in einem Backbuch nach Kuchenrezepten und überlegen, welche Köstlichkeit sie für den Nachmittagskaffee backen sollen.

»Karo, was hältst du von einem Pfirsichkuchen vom Blech … nanu? Wo hast du denn die Zeitung her?«

Ich nehme einen Schluck Kaffee und setze eine Unschuldsmiene auf. »Die hat vor unserem Grundstück auf der Straße gelegen, die wird jemand verloren haben.«

»Ach, das ist aber ein netter Zufall. Darüber werden sich Papa und Opa Heini freuen.«

Gundula und Mama verschwinden in die Küche. Ich rufe ihnen hinterher, dass ich einen Pfirsichkuchen vom Blech ausgezeichnet fände.

Der Motorrasenmäher macht so einen Lärm, dass ich mich nicht aufs Lesen konzentrieren kann. Ich blättere Seite um Seite durch, bei den Stellenangeboten sticht mir sofort eine sehr große Anzeige ins Auge:

Persönliche Assistentin / Sekretärin der Geschäftsleitung (m/w)
Markmann-Brauerei

Aha. Lenny lässt nichts anbrennen, er sucht Ersatz für Tante Silvia.

Die Aufgaben:
Sie übernehmen Verantwortung für die Bearbeitung der administrativen und organisatorischen Aufgaben im Sekretariat der Geschäftsleitung. Dabei kümmern Sie sich sowohl um geschäftliche als auch um private Themen der Geschäftsleitung.

Sie planen und koordinieren die Termine, Reisen und Veranstaltungen der Geschäftsleitung und übernehmen selbstständig die Reisebuchungen sowie Abrechnungen und Überweisungen – auch auf privater Ebene.

Also, *so* schwierig hört sich das jetzt nicht an. In unserer Firma kümmere ich mich sowohl um das Geschäftliche, wie auch Private. Termine kann ich ebenfalls machen und Reisen planen … das konnte ich schon immer gut. Und die Planung von Veranstaltungen dürfte auch nicht so schwer sein, allerdings nur, wenn ich nicht für hundertzwanzig Leute kochen müsste.

Ich überfliege weiter Zeile um Zeile.

Abgeschlossene Ausbildung, Loyalität, souveränes Auftreten, Kommunikationsstärke, Organisationsstärke und Diskretion. Sie überzeugen durch Ihre schnelle Auffassungsgabe, Kontaktfreude sowie Ihre Bereitschaft, sich zügig in neue Themen einzuarbeiten … Ihr Tätigkeitsfeld ist fordernd und abwechslungsreich … kollegiales Umfeld, flache Hierarchien und interessante Einblicke … aussagekräftige Bewerbungsunterlagen an Frau Melinda Sidopoulos.

Also, damit könnte ich dienen. Ich bin loyal und souverän. Kommunikation ist eine meiner Stärken, ein Organisationstalent bin ich ohnehin. Und kontaktfreudig war ich schon im Kindergarten. Ich gebe zu, dass ich an meiner Diskretion ein wenig arbeiten müsste … aber dafür ist an meiner Auffassungsgabe nichts auszusetzen, denn die ist pfeilschnell.

Dass, was mich an diesem Job am meisten reizen würde, wären die *interessanten Einblicke*, vorzugsweise in den Firmensafe.

Mein Gesicht spiegelt sich in der Glasscheibe der Terrassentür wider. Ein verrückter Gedanke keimt. Ein Gedanke, der so irre ist, dass mir bei dem Gedanken an den Gedanken schwindelig wird.

Sehr geehrte Frau Poppolos … ein so großes und erfolgreiches Unternehmen wie Markmann-Edelmetall lebt von engagierten Mitarbeitern …

Ich reiße die Seite heraus, falte sie zusammen und stopfe sie in die Hosentasche meines Joggers. Ein Stich in meinem Hinterkopf kündigt an, dass der Gedanke bereits eine kleine Wurzel geschlagen hat. Ich muss Bruni anrufen. Sofort!

Auf leisen Sohlen schleiche ich mich an der geöffneten Küchentür vorbei, damit ich nicht als Backhilfe angeheuert werde, und husche die Treppe hinauf in unser Schlafzimmer. Ich krame mein Handy aus meiner Handtasche und mache es mir auf der breiten Fensterbank gemütlich.

Brunis Stimme klingt mürrisch und leicht gereizt. Sie erklärt mir, dass Heiner bis kurz vor 4 Uhr so laut geschnarcht habe, dass sie nicht schlafen konnte. Anschließend habe Paula sie bis um 7:30 Uhr auf Trab gehalten. Sie hätte eine Erkältung, ihr kleines Näschen war ständig am Laufen. Ich höre es klappern, ein Wasserhahn läuft. Bruni scheint in der Küche zu werkeln. Sie gähnt laut ihn mein Ohr. »Ich bin noch nicht klar im Kopf. Was gibt es bei dir Neues? Du rufst doch nicht nur an, um mir einen Guten Morgen zu wünschen.«

»Bruni. Ich habe eine Idee, wie wir vielleicht an den Vertrag kommen könnten, den Lenny unter Verschluss hat.«

»Toll. Ruf mich an, wenn du ihn hast. Dann trinken wir ein Sektchen darauf.« Sie gähnt wieder.

»Bruuni. Hör mir zu! Markmann hat eine Annonce in der *Hamburger Morgenpost* aufgegeben. Er sucht eine Sekretärin. Ich könnte mich bewerben … wenn wir Glück haben, werde ich eingestellt und zack, ran an den Safe.« Ich schnippe mit den Fingern.

Bruni schweigt. Ich lasse ihr einen Augenblick, um meine geniale Idee zu verarbeiten, dabei schaue ich aus dem Fenster und beobachte die Männer, die mit nackten Oberkörpern am Zaun stehen und mit Viktoria einen Plausch halten. Sie hat ihre langen, blonden Haare zu einem Pferdeschwanz gebunden und trägt ein sündhaft knappes Bikinioberteil. Ich muss lachen, weil Opa Heini sich so weit über den Zaun gelehnt hat, dass er mit der Nasenspitze fast ihre Nippel berührt. Paul und Anton stehen in komischer Haltung dahinter. Ihre Brustkörbe sind aufgebläht, die Bäuche eingezogen. Mein Vater hat ein Grinsen im Gesicht, das meiner Mutter mit Sicherheit nicht gefallen würde.

Bruni hat heute echt eine lange Leitung, sie schweigt noch immer. »Bruni! Was sagst du dazu?«

»Du spinnst! Wie soll das funktionieren? Du heißt Karolina *Gei-ger*.

Der Name wird Musik in Lennys Ohren sein. Der hackt deinen Namen bei Tante Google ein und du fliegst auf. Denk dran, es existieren gemeinsame Fotos von dir und Paul im Internet. Besonders schöne gibt es vom letzten Wohltätigkeitsball in Lübeck.«

»Oh. Ja. Das stimmt. Das hatte ich nicht mehr auf dem Schirm.« Ich denke pfeilschnell. »Und wie wäre es, wenn *du* …?«

»Vergiss es! Echt nicht, Karo. Der Gedanke ist absurd. Ich müsste kündigen. Heiner würde mich für bescheuert erklären, Paul ebenso. Als wenn ich bei euch kündigen würde, um in einem anderen Betrieb zu schuften! Außerdem müsste ich Arbeitspapiere vorlegen. Und mit *dem* Zeugnis, in dem meine Qualifikationen stehen, würde ich die Stelle ohnehin nicht bekommen.«

Ich muss zugeben, dass Bruni recht hat.

Sie fährt fort. »Also, die Idee ist nicht übel. Maria könnte das gut machen, aber die können wir auf keinen Fall einweihen. Paul würde durchdrehen, wenn er von diesen krummen Touren erfahren würde.«

Ich verabschiede mich von Bruni und der herausgerissenen Seite aus der Zeitung. Ich pfeffere sie in den Papierkorb.

So läuft es nicht. Ein Rad ist rund – und nicht eckig. Mein Rad ist dreieckig.

Meine Mutter schüttelt den Kopf, als ich sie frage, ob ich etwas helfen könne. Sie verteilt bereits den Teig auf das Backblech, das Gundula festhält, damit es auf dem glatten Tisch nicht hin- und herrutscht.

Als ich zurück in den Garten laufe, kommt mir Gundula in den Sinn. Sie wäre auch eine Kandidatin für die ausgeschriebene Stelle. Ich verwerfe den Gedanken jedoch sofort wieder. Gundula in der Rolle eines Maulwurfs? Unvorstellbar.

Ludmilla hat die Stunden mit den Kindern am Strand genossen. Sie hat genauso eine frische Farbe wie die Kleinen. »Tut mir leid, Frau Karo. Finchen hat sich so dreckig gemacht. Sie hat gespielt mit Seetang.«

Ich winke lachend ab und küsse den kleinen Dreckspatz, der sich schnell aus meiner Umarmung windet und zu ihrem Vater läuft, der schon von Weitem die Arme ausbreitet.

Als Conny mit den Mädchen zurückkommt, fallen wir regelrecht aus allen Wolken. Hanni und Nanni steht die neue Kurzhaarfrisur ausgezeichnet. Ich finde, dass sie jetzt viel älter aussehen, als *fast* dreizehn Jahre. Sie stolzieren wie Top-Models auf Zehenspitzen auf der Wiese hin und her und lassen sich bewundern. Nach einem lauten »Tadaaa« heben sie ihre T-Shirts, darunter tragen sie Bustiers.

Wir klatschen Beifall. Meine Mutter seufzt glücklich. »Na, endlich hat sich eure Mutter erbarmt.« Sie wirft Conny einen strengen Blick zu. »Du solltest die neue Unterwäsche erst waschen, bevor die Mädels sie tragen. Da ist doch Chemie drin ...«

Conny schließt die Augen. »Mama, die haben jetzt wesentlich mehr Chemie auf dem Kopf als in der Wäsche. Extra starker Festiger und dreifach Haarspray.«

Hanni und Nanni kommen angerannt. Hanni erinnert mich daran, dass ich ihnen auch Unterwäsche sponsern wollte. Ich erwidere schmunzelnd, dass wir das nachholen werden.

Anton kneift die Augen zusammen. »Jetzt ist es an der Zeit, sich eine Fletsche zu kaufen. Und wehe dem Burschen, der sich näher als drei Meter an unser Grundstück herantraut.«

Conny zeigt Anton den Vogel. »Pass mal schön auf, dass ich dir keine mit der Fletsche verbrate, wenn du die Leiter zum Baumhaus hinaufsteigst.«

Dann drückt sie mir die Tüte mit dem Räucherfisch und mein Portemonnaie in die Hand. »Die Quittung liegt drin. Ähm ... ich hatte nicht genügend Geld dabei, Schwesterherz. Ich habe die Frisuren der Kinder und die Bustiers von deinem Geld bezahlt. Du bekommst es zu Hause wieder. Merke dir mal achtzig Euro.«

Ich weiß, dass ich mir die Summe nicht merken muss, ich bekomme das Geld eh nicht zurück. Dummheit muss bestraft werden. Wie konnte ich nur so dämlich sein und Conny meine Geldbörse überlassen. Meine Schwester kostet jede Gelegenheit aus, ihren Geldbeutel zu schonen, was ich mehr als unverschämt finde.

Wenn wir im *Haus Kasper* sind, halten wir es so, dass der Vormittag im Garten verbracht wird, die Mittag- und Nachmittagsstunden tummeln wir uns am Strand. Dort wird in der Regel auch etwas Kaltes zu Mittag gegessen. Die Kleinen werden stets vorher versorgt, denn sobald wir den Strand erreicht haben, steht der gewohnte Mittagsschlaf an.

Opa Heini, mein Vater und Paul fahren mit Fahrrädern vor, hinter die Anhänger montiert sind. In einem sitzen Max, Moritz und Fine, in den anderen beiden befinden sich Proviant, Sandspielzeug, Decken, Handtücher und ganz wichtig: Opas Malutensilien.

Wir Frauen nehmen Anton in die Mitte und laufen in bester Stimmung hinterher.

Nach einem kurzen Fußmarsch haben wir unseren Stammplatz am Strand erreicht. Die Männer haben fünf Strandkörbe im Halbkreis aufgestellt. Hanni und Nanni ärgern sich über die frische Brise, die ihre frischgestylten Frisuren durcheinanderwirbelt. Hanni benutzt Schimpfwörter, wie: »Kackwind« und »Sauwetter«, Nanni setzt noch eins drauf, sie kreischt aus Leibeskräften: »Verfickte Scheiße!«

Anton unternimmt einen Versuch, seinen Töchtern den Marsch zu blasen, was ihm jedoch nicht gelingt. Sie lachen ihren Vater aus.

Conny hält sich raus. Sie macht es sich in einem Strandkorb bequem.

Ich breite eine große Decke im Schatten eines Strandkorbs aus, Finchen weiß, was jetzt passiert. Sie krabbelt auf die Decke, auf Fehmarn wird an der frischen Luft Mittagsschlaf gehalten, Max und Moritz legen sich freiwillig daneben.

Gundula verteilt Räucherfisch und Kartoffelsalat auf Pappteller, wir essen alle mit großem Appetit. Die Essensreste heben wir auf. Die Kinder können später die Möwen damit füttern.

Conny quengelt wie ein kleines verzogenes Gör, dass Opa Heini endlich seine Staffelei aufstellen solle, denn sie brenne förmlich darauf zu sehen, wie ein schönes Bild entstünde.

Opa denkt nicht dran. Er verteilt kleine Schnapsfläschchen. »Wohlsein! Damit der Fisch weiß, in welche Richtung er schwimmen muss.«

Wir greifen beherzt zu.

Conny lehnt dankend ab, sie verzieht angewidert ihr Gesicht. »Ihr wisst doch, dass ich so gut wie nie Alkohol trinke …«

»Das solltest du aber mal. Der entkrampft verkniffene Gesichtszüge.« Opa Heini leert noch ein zweites Schnapspinnchen auf ex und bricht in Gelächter aus. Dann lehnt er sich zufrieden zurück, nimmt Gundulas Hand und schließt die Augen.

Er sieht nicht mehr den bösen Blick, den Conny ihm zuwirft.

Ich schmiege mich an Paul, der entspannt neben mir sitzt. Er nimmt mich in den Arm und drückt mich sanft an sich. Ich beobachte Conny, die an ihrem Daumennagel kaut und Hanni und Nanni zuschaut, wie sie im Wasser abwechselnd über ein Stück Holz hüpfen, das in Richtung Strand gespült wird.

Opa Heini hat recht. Ihre Gesichtszüge sind tatsächlich verkrampft. Meine Schwester macht permanent einen unzufriedenen Eindruck.

Conny war auch in früheren Zeiten immer zickig und launisch, aber sie war nie so unzufrieden, wie sie es heute ist.

Sie hat zwei Monate, bevor sie Anton geheiratet hat, ihre Arbeitsstelle als Sekretärin bei *Wegener&Blum* aufgegeben. Ein globales Unternehmen, in dem sie einen großen Verantwortungsbereich hatte. Ich glaube, das hat sie im Nachhinein bereut.

Oops. Da ist er wieder. Der Gedanke an den Vertrag, der in Lennys Safe liegt. Von der Ausbildung her wäre Conny ebenfalls eine perfekte Kandidatin, die als U-Boot in fremden Gewässern nach dem ›Schatz‹ Ausschau halten könnte. Sie hat mit Sicherheit ein Arbeitszeugnis, das jeder Arbeitgeber, der auf der Suche nach einer neuen Kraft ist, gerne lesen wird. Diesen Gedanken muss ich nicht weiterspinnen, denn er ist Spinnerei. Dennoch brennen mir einige Fragen auf der Zunge.

Ich befreie mich aus Pauls Umarmung und hocke mich vor Conny in den Sand.

»Sag mal, Conny. Was musstest du eigentlich damals alles machen, bei *Wegener&Blum*?«

»Machen?« Sie verzieht spöttisch das Gesicht. »Du möchtest wahrscheinlich wissen, welche Aufgaben ich damals erledigen musste.«

Blöde Kuh! Die weiß doch genau, was ich meine. Ich schlucke einen bissigen Kommentar herunter. »Ja.«

Jetzt entspannen sich ihre Gesichtsmuskeln. »Oh, ich war in verschiedenen Direktionsbereichen tätig. Ich habe für einen reibungslosen Geschäftsablauf gesorgt … eine professionelle Büroorganisation war selbstverständlich. Außerdem gehörte das Vorbereiten von Meetings, Planung und Koordination von Geschäftsreisen sowie Terminmanagement zu meinem Verantwortungsbereich. Ich habe selbstständig gearbeitet. Und Diskretion sowie effiziente Teamarbeit waren für mich selbstverständlich. Selbst unter hoher Belastung bin ich sicher aufgetreten und meine Freundlichkeit wurde in allen Etagen hochgelobt.«

Die Vorstellungsgabe, dass Conny wegen ihrer Freundlichkeit gelobt worden ist, besitze ich nicht. Ich unterdrücke den Impuls, mich vor Lachen zu kugeln. Stattdessen sitze ich kerzengerade. »Aha! Dann hast du ja bestimmt ein ganz tolles Arbeitszeugnis, was?«

Conny fährt mit dem Zeigefinger über ihre Augenbraue. »Oh, ja. Das kann man wohl sagen. Wenn ich einen Job suchen würde, ich schwöre dir, Schwester, ich würde vom Fleck weg eingestellt werden.«

Ich nicke heftig, dann lächele ich sie an. »Tja, aber du wirst ja wahrscheinlich *nie* mehr arbeiten gehen, was? Oder, doch?«

Sie verdreht die Augen. »Du stellst vielleicht blöde Fragen. Mit vier Kindern? Die Akte mit meinen Arbeitspapieren verstaubt in der alten Glasvitrine, die in Antons Arbeitszimmer steht. Die hole ich nur noch hervor, um meine Rente zu beantragen.«

Ich schlage mir mit der flachen Hand vor die Stirn und antworte vollkommen geistesabwesend. »Klar. Darauf hätte ich auch von alleine kommen können.« Dann fange ich hinter vorgehaltener Hand an zu gackern. Conny wirft mir einen mitleidigen Blick zu. Sie denkt wahrscheinlich, dass ich nicht alle Tassen im Schrank habe. Sie kann unmöglich ahnen, dass mich mit voller Wucht ein Geistesblitz getroffen hat.

Wenige Sekunden später liege ich wieder im Strandkorb neben Paul, der leise schnarcht.

Durch die Windungen meines Gehirns schlagen kühne Gedanken Purzelbäume. Ein Film läuft vor meinem inneren Auge ab. *Ich schleiche in Antons Arbeitszimmer, nehme Connys Arbeitspapiere aus der Akte des Glasschranks, bewerbe mich damit bei* Markmann *… und werde vom Fleck weg eingestellt. Nun, der Rest erledigt sich fast wie von selbst.*

Die Vorstellung reizt mein Zwerchfell, ein alberner Kiekser kommt über meine Lippen.

Ich beobachte die Wolkentürme, die langsam am Himmel vorüberziehen. Aus einem Elefanten formt sich eine Ente, aus einem Schmetterling wird ein Gespenst. Dann nehme ich meine Schwester in Augenschein … ihr Gesicht verschwimmt vor meinen Augen. Conny Jörgensen verwandelt sich in … Karo Geiger.

Conny kommt erst nach dem Abendessen im Garten von *Haus Kasper* in den Genuss, einen Einblick in die Kunst des Malens zu erhalten, denn den Nachmittag hat Opa Heini im Strandkorb verpennt.

Jetzt steht er mit Palette und Pinsel bewaffnet vor seiner Staffelei, meine Schwester sitzt auf einem Gartenstuhl daneben und beobachtet jede Handbewegung, die unser Großvater macht.

Die Zwerge schlafen längst, nach dem Aufenthalt am Strand waren sie so groggy, dass sie schon auf dem kurzen Nachhauseweg im Fahrradanhänger gegähnt haben.

Die großen Mädels sind im Ort unterwegs. Sie lernten am Strand Birte und Dörte kennen, deren Eltern im Dorf einen Bauernhof bewirtschaften. Anton hat ihnen erlaubt, ihre neuen Freundinnen dort zu besuchen. Die Zwillingsmädchen haben versprochen, pünktlich um 21 Uhr zurück in *Haus Kasper* zu sein.

»So. Schau genau hin, Conny …« Opa malt auf rotem Untergrund mit gelber Farbe zwei halbe Kreislinien nebeneinander, deren Rundungen nach unten zeigen.

Conny legt den Kopf schief. »Toll, Opa. Das sieht gut aus.«

»Und? Erkennst du, was ich male?«

»Hm. Augen. Das sollen Augen werden.«

Opa Heini wiegt den Kopf hin und her. »Ja. *Augen* könnte man es auch nennen … ich nenne sie Tröten.« Er malt zwei dicke weiße Tupfen unter die Halbkreise.

»Tröten?«

Paul, Anton und mein Vater stecken die Köpfe zusammen, flüstern kurz, dann brechen sie dermaßen in Gelächter aus, dass Mama, Gundula, Ludmilla und ich mitlachen müssen, ohne zu wissen, worum es geht. Wer unsere Familie kennt, weiß, dass das der ganz normale Wahnsinn ist.

Anton kreischt und hält sich den Bauch. »Conny … Opa Heini malt Mimmis, Omsen, Aparillos, Atomköpfe …«

Pauls Oberkörper liegt jetzt quer über dem Tisch. Er lacht und ruft gleichzeitig. »Booooritos! Melonen!«

Opa Heini und mein Vater können sich jetzt auch nicht mehr halten.

Conny springt auf. Den Begriff Melonen kann sie zuordnen. »Boah, Opa. Wie kommst du bloß auf *so* einen Schwachsinn?«

»Ich habe mich von einem Kollegen inspirieren lassen … Peter Paul … der hat *Das Urteil in Paris* auf Leinwand verewigt. Mann, hat der tolle Tröten gemalt.«

Opa Heini scheint mit seinem ›Gemälde‹ fertig zu sein, denn er signiert es.

Gundula tupft sich mit dem Ärmel ihrer Jacke Tränen aus den Augenwinkeln. »Peter Paul? Wer ist das denn schon wieder? Kenne ich den?«

»Rubens. Peter Paul Rubens, liebe Gundula. Diesen begnadeten Maler solltest du aber wirklich kennen.« Opa Heinis Kommentar klingt so trocken, dass wir erneut kreischen.

Die dicken Blüten der großen Hortensie, die vor dem Gartenzaun steht, biegen sich wie von Geisterhand auseinander. Friedrich von Hohenhausen streckt seinen Kopf durch die Blütenpracht.

»Na, man könnte fast neidisch werden. Bei Ihnen herrscht immer eine so fröhliche Stimmung …«

Als Friedrich mit einem Blick auf Opa Heinis Bild fachmännisch feststellt, dass die prallen Busen zwar etwas naiv, dafür umso ausdrucksstärker gemalt seien, winkt Opa unserem Nachbarn zu.

»Endlich mal ein Mensch mit Kunstverständnis. Steigen Sie über den Zaun, Herr Nachbar, bei uns am Tisch ist noch Platz.«

Friedrich von Hohenhausen lässt sich nicht zweimal bitten.

Wenige Minuten später sitzt nicht nur Friedrich, sondern auch seine Tochter Viktoria mit bei uns am Tisch.

Als Opa Heini im Haus verschwindet und mit einer Flasche seines berühmten *Allgäuer Enzians* zurückkommt, ahne ich, dass das der Anfang vom Ende ist. Wenn dieser Rachenputzer auf dem Tisch steht, liegen die Genießer des Gesöffs bald darunter.

8. Der Tag danach und Connys Launen

Mama, Conny und ich sitzen allein am Frühstückstisch. Finchen, Max und Moritz spielen friedlich im Sandkasten, der im hinteren Teil des Gartens liegt. Die Mädchen haben sich direkt nach dem Frühstück wieder aus dem Staub gemacht. Sie sind zu Dörte und Birte gelaufen, deren Eltern jede Menge Nutzvieh haben, dazu mehrere Reitpferde.

Die Ahnung, die ich gestern Abend hatte, hat sich bewahrheitet. In den Betten, die noch belegt sind, liegen nach dem sehr feuchtfröhlichen Abend Schnapsleichen. Opa Heini hat ordentlich ausgeschenkt. Unsere Nachbarn haben sich nicht lumpen lassen und mit einigen Flaschen eines vollmundigen Rotweins dafür gesorgt, dass unsere Hacken immer voller wurden. Mama, Conny und ich haben die Schnapsgläschen mit dem Enzian nicht getrunken, sondern weitergereicht. Darum fiel uns das Aufstehen heute nicht sehr schwer.

Opa Heini, der zu unserer Überraschung seinen alten Plattenspieler und etliche Schallplatten im Gepäck hatte, hat ununterbrochen für Beschallung gesorgt. Kurz nach Mitternacht hat Paul den *Zarskaya Vodka* aus dem Eisfach geholt und einige Absacker spendiert. Gundula und Ludmilla haben im Duett schwungvolle russische Volkslieder gesungen, wozu Viktoria und Opa Heini eine flotte Sohle auf die Terrasse gelegt haben.

Meine Mutter schenkt uns Kaffee nach. »Ach, es freut mich richtig, dass wir uns jetzt alle duzen.« Sie schnappt nach einer Serviette, die sich verselbstständigen will. »Hui. Das ist aber auch wieder windig heute …«

Conny macht ein mürrisches Gesicht. »Schrecklich! Ludmilla duzt Anton und mich nun auch. Also, ich finde, dass es unangemessen ist, seinen Arbeitgeber zu duzen. Opa Heini regt mich echt auf. Ich frage mich, warum er jedem Menschen das Du anbietet und uns da mit hineinzieht.«

»Mensch, Schwester. Ludmilla gehört doch schon fast zur Familie.« Ich tätschele Connys Arm.

»Eben.« Meine Mutter beißt in ihr Marmeladenbrot. »Wir sind doch moderne Menschen.«

Conny antwortet mit gedämpfter Stimme. »Pah. Und der Blödmann von nebenan … habt ihr mitbekommen, wie er Ludmilla angeflirtet hat? Der ist genauso notgeil wie Opa Heini.«

Meine Mutter macht ein entrüstetes Gesicht. »Ach, hör auf, so zu reden, Conny. Als wenn ältere Menschen keine Gefühle mehr hätten. Tot sind wir erst, wenn wir im Grab liegen.«

Meine Mutter schweigt, weil Ludmilla kommt. Sie macht einen fitten Eindruck, zur Begrüßung umarmt sie mich. »Danke, Karo, dass ich durfte kommen mit in *Haus Kasper*. Was für eine schöne Tag am Strand und was für eine schöne Abend.« Dann wendet sie sich an

Conny. »Dass du nette Familie hast, wusste ich, aber das sind alle so herzlich und gut, wusste ich nicht.«

Conny schließt die Augen, atmet tief ein und presst die Lippen aufeinander. »Tja, jetzt hast du sie ja alle mal *richtig* kennengelernt. Ich glaube, wenn wir das nächste Mal hier sind, werde ich mit den Kindern alleine zurechtkommen.«

Ludmilla senkt den Blick, sie nickt.

Friedrichs Kopf taucht zwischen den Hortensienblüten auf. Die harten Getränke haben keine sichtbaren Spuren bei ihm hinterlassen. Er sieht so ausgeruht aus, als habe er gestern Abend lediglich Tee getrunken. Er bedankt sich noch einmal für den wundervollen Abend, dann fragt er Ludmilla, ob sie Lust auf eine kleine Inseltour habe.

Nicht Ludmilla, sondern Conny erteilt ihm einen Korb. Sie flötet mit zuckersüßer Stimme: »Ach, Friedrich. Ludmilla ist meine Hausangestellte, sie muss gleich unsere Betten abziehen und waschen. Ihren freien Tag hat sie am ... am ...«, sie lacht albern. »Ja, wann hast du eigentlich mal frei, Ludmilla ...?« Wieder lacht sie.

Ich könnte Conny eine klatschen.

Was meine Schwester kann, kann ich auch. Jetzt antworte ich für Ludmilla. »Eben! Weil Ludmilla so selten frei hat, hat sie *heute* frei!«

Conny wirft mir einen giftigen Blick zu, dann verschwindet sie ins Haus.

»Na, prima. Bist du in einer halben Stunde startklar?« Er schaut auf die Uhr.

Ludmilla errötet und nickt eifrig. »Ja. Werde ich sein fertig.«

Friedrich tippt sich zum Gruß gegen die Stirn, dann fällt ihm noch etwas ein. Er möchte mit Paul sprechen. Als ich ihm erkläre, dass der noch schlafen würde, greift er in seine Hosentasche und überreicht mir eine Visitenkarte. »Hier steht meine Handynummer drauf. Dein Mann hat mir gestern Abend erzählt, dass er auf der Suche nach einem neuen Firmengebäude ist. Ich habe mit einem Freund telefoniert, ich glaube, ich habe da etwas Interessantes für ihn. Allerdings, in Soltau.«

Meine Hand zittert leicht, als ich nach der Visitenkarte greife. »In *Soltau*? Das ist doch viel zu weit entfernt.«

Er zuckt mit den Schultern. »Wie gesagt, wenn er Interesse hat, kann er mich jederzeit anrufen.«

Meine Mutter winkt burschikos ab. »Quatsch. Ihr findet was in Hamburg, warte mal ab.«

Ludmilla springt auf. Als sie ihr Kaffeegeschirr zusammenräumen will, halte ich ihre Hand fest. »Lass nur, Ludmilla. Ich erledige das, genieße den Tag.«

Sie nickt mir dankbar zu, dann verabschiedet sie sich.

Anton und Paul amüsieren sich köstlich über den gestrigen Abend. Sie schenken sich gegenseitig Kaffee ein und grunzen vor Lachen, als sie die Stunden Revue passieren lassen.

Dass es meinem Vater nicht gut geht, ist nicht zu übersehen. Sein Gesicht ist zerknautscht, sein Frühstück besteht lediglich aus trockenem Zwieback und Tee. Er schielt auf Gundula und Opa Heini, die ihre Brote ordentlich buttern und mit doppelt Wurst belegen.

Opa Heini schlürft an seinem Milchkaffee. Papa verzieht das Gesicht und massiert seine Schläfen. »Bitte, Vater … nicht so *laut.*«

»Mein lieber Hermann, wenn du dir am Abend einen hinter die Binde kippst und am nächsten Morgen einen leisen Furz wie einen Donnerschlag wahrnimmst, solltest du mit dem Saufen aufhören!« Er schlürft erneut. »Bleib demnächst bei Mineralwasser, du Weichei.«

»Tja, Hermann, ich muss Vater recht geben. Da musst du jetzt durch.« In der Stimme meiner Mutter liegt kein Mitleid.

Außer Conny finden es alle prima, dass Friedrich mit Ludmilla unterwegs ist, um ihr die Insel zu zeigen.

Meine Schwester schaut nervös auf ihre Armbanduhr. »Hoffentlich ist sie zeitig zurück. So ein Wochenende auf Fehmarn ist ja wunderschön, aber ständig die Arbeit mit den Betten, furchtbar! Es fehlte noch, dass ich Ludmillas Bettwäsche abziehen solle. Das kann sie schön allein machen.«

Ihre Meckerei findet kein Gehör.

Opa Heini betrachtet mit einem Schmunzeln sein gemaltes Bild, das über Nacht in einer Ecke auf der Terrasse gelegen hat. Ich will nicht glauben, dass er *das* zum Verkauf anbieten möchte. Zwei Sekunden später verkündet er, dass er sich dann heute Abend mal wieder bei eBay ›einlocken‹ wird, damit die Dinge ihren Lauf nehmen könnten.

Meine Schwester will etwas sagen. Sie setzt zum Reden an, spricht jedoch nicht aus, was ihr auf der Zunge liegt.

Anton schnieft laut. »Sag mal, Opa, was machst du mit dem Geld, das du mit deiner deiner *Kunst* verdienst? Plant ihr eine weite Reise?«

»Quatsch. Das kommt in den Sparstrumpf, davon werden Weihnachtsgeschenke für die Kinder gekauft. Die Gelder von den Klamottenverkäufen wandern auch da rein.«

Conny rutscht aufgeregt auf ihrem Stuhl nach vorne. »Also, Opa, *das* finde ich super!« Sie hebt den Zeigefinger. »Aber Hanni und Nanni sollten etwas mehr bekommen, sie sind ja schon älter und haben ganz andere Bedürfnisse als die Kleinen.«

Opa Heini verdreht die Augen. »Nicht für *eure* Kinder! Die kriegen das, was sie immer bekommen. Jeder exakt einhundert Euro. Ich rede von Kindern, deren Eltern es finanziell nicht so gut geht!«

»Ja.« Gundula wischt ihre Hände an einer Serviette ab. »Eure Eltern und wir sind uns einig. Das Kaufhaus *Langemann* stellt in der Vorweihnachtszeit zum ersten Mal in der Spielzeugabteilung einen großen Weihnachtsbaum auf. Das stand kürzlich in der Zeitung. Das Besondere daran ist, dass ihn Kinder aus einkommensschwachen Familien mit Wunschzetteln schmücken dürfen. Jedes Kind darf sich etwas wünschen. Das Ganze wird von einem eingetragenen ortsansässigen Verein organisiert und betreut.«

Opa Heini klärt uns weiter auf. »Wir werden uns einige Wunschzettel aussuchen, die Geschenke kaufen und sie zeitig vor dem Fest bei dem Verein abgeben, der die Gaben an die Kinder verteilt.«

»Wie schön. Das ist eine tolle Idee.« Ich bin wirklich schwer beeindruckt, was sich meine Eltern, Opa Heini und Gundula ausgedacht haben.

Conny grinst mich an. »Was ist? Willst du dich nicht daran beteiligen? Ich meine, ihr habt doch genug Kohle … dein Paul und du. Und dazu habt ihr ein sooo großes Herz.« Sie macht eine ausladende Handbewegung.

Pauls Finger trommeln auf dem Tisch. »Warum nicht? Wir könnten …«

Ich unterbreche Paul und schenke Conny ein strahlendes Lächeln. »Du brauchst mir die achtzig Euro nicht wiedergeben, Conny. Du darfst Christkind spielen und damit ein Kind glücklich machen. Somit wäre schon mal die erste gute Tat vollbracht.«

Conny wird so rot wie eine Boje.

Opa Heini lässt die Hosenträger schnappen und grinst schelmisch. »Wir gehen aber gemeinsam einkaufen, Conny. Damit kein Euro durch den Rost fällt.«

Opa Heini wird durch Antons Handyklingeln unterbrochen. Mein Schwager zieht die Augenbrauen hoch und nimmt das Gespräch an. »Hallo, Ludmilla. Ja … das ist kein Problem. Natürlich. Aber nein. Conny kann deine Sachen einpacken, wir stellen sie dann über den Zaun in den Garten … ja. Viel Spaß und gute Fahrt.« Antons Finger wischt über das Display seines Handys. »Friedrich fährt heute gegen 19 Uhr zurück nach Osnabrück. Er nimmt Ludmilla mit und setzt sie zu Hause ab. Ähm … Conny, packst du ihre Sachen in die Reisetasche? Es ist niemand mehr nebenan, Viktoria ist bereits auf dem Weg nach Hause. Du sollst die Tasche über den Zaun auf die Wiese stellen.«

Das ist zu viel für Conny. Sie springt auf. Der Stuhl, auf dem sie gesessen hat, fliegt nach hinten. »Die spinnt ja wohl! Bin ich ihre Minna oder was?«

Paul erinnert sich nur vage daran, mit Friedrich über die Firma gesprochen zu haben. Er kratzt sich am Kopf und grinst mich schräg an. Die Visitenkarte wandert in seine Hosentasche, er will von Hohenhausen erst am späten Abend anrufen.

Die Stunden bis zum Nachmittag vergammeln wir regelrecht. Nachdem wir gemütlich Kaffee getrunken und den restlichen Kuchen vernichtet haben, machen wir klar Schiff im Haus. Conny bleibt nichts anderes übrig, als Ludmillas Klamotten zu packen.

Hanni und Nanni können sich nur schwer von der Insel lösen. Die Pferde, die auf der Koppel neben dem Bauernhof stehen, haben es ihnen angetan. Sie schwärmen nun nicht nur von Dörte und Birte, sondern auch von den Stuten Hanja und Jaschka. Sie quengeln, dass wir das nächste Wochenende unbedingt wieder in *Haus Kasper* verbringen müssten.

Opa Heini findet das auch, denn an diesem Wochenende sei sein neues Fernglas leider nicht so zum Einsatz gekommen, wie er sich das gewünscht habe.

Paul stimmt lachend zu. »Warum nicht? Es ist ja schließlich unser Wochenenddomizil.«

Während die Männer die Kleinen in den Kindersitzen anschnallen, verriegele ich die Haustür.

Anschließend starten wir im Konvoi in Richtung Hamburg.

9. Der Plan

Fine ist mit einem Schnoddernäschen aufgewacht. Sie hustet ab und an, das Fieberthermometer zeigt 38,1 Grad.

Paul nimmt sie aus dem Hochstuhl, als sie einmal kurz hüstelt und anschließend ein putziges »Hatschi« von sich gibt.

»Sie hat sich bestimmt am Strand verkühlt.« Er streichelt ihr über die Wange. »Bleib zu Hause, Möhrchen und mache ihr Wadenwickel, das Fieber muss unter Kontrolle gebracht werden. Nicht, dass sie einen Keuchhusten hat oder schlimmer noch, eine Lungenentzündung. Vielleicht solltest du mit ihr zum Kinderarzt gehen, sie fühlt sich richtig heiß an.«

Ich pruste los. »Paul, unsere Tochter hat eine kleine Erkältung! Ihre Temperatur ist nur leicht erhöht, die muss nicht unter *Kontrolle* gebracht werden. Das ist auch kein Grund, um zu Hause zu bleiben. Ich bringe sie zu meinen Eltern. Ich habe am Samstag mit Bruni telefoniert, Paula hat es auch erwischt, entspann dich bitte.«

Ich sehe Paul an, dass ihm meine Entscheidung nicht gefällt. Er zögert kurz, dann sagt er, dass *er* Fine zu meinen Eltern bringen würde, weil er eh Maria abholen wolle, um gemeinsam mit ihr nach Soltau zu fahren.

So, wie mich Paul jetzt anschaut, ist mir klar, dass auch ich zum Ausdruck bringe, dass mir Pauls Entscheidung, nicht gefällt.

Er hat gestern Abend mit Friedrich telefoniert, der ihm in den höchsten Tönen von dem Gebäude vorgeschwärmt hat, in dem die Produktion unserer Kaugummis bestens untergebracht werden könne. Dann hat er Paul die Telefonnummer seines Freundes gegeben, mit dem er anschließend fast eine Stunde telefonierte. Es folgten per E-Mail Fotos des Gebäudes und der Räumlichkeiten, die Grundrisspläne wurden ebenso per Datenautobahn übertragen.

Ich löffele meinen Joghurt und sage betont freundlich, damit Finchen nicht auf die Idee kommt, dass ich mich aufrege. »Ich weiß echt nicht, warum ihr euch überhaupt auf den Weg nach Soltau macht. Das ist doch viel zu weit entfernt! Du glaubst doch nicht wirklich, dass unsere Angestellten *diesen* weiten Weg auf sich nehmen werden?«

Ein Seufzer verlässt Pauls Lippen. »Wir sind verwöhnt, weil wir quasi um die Ecke arbeiten. Es ist durchaus üblich, einen längeren Arbeitsweg in Kauf zu nehmen.«

Ich muss mich beherrschen, um Paul nicht anzugiften. Meine Stimme singt förmlich. »Und was ist mit Bruni und mir? Du weißt doch ganz genau, dass wir den Job aufgeben müssten. Für uns ist es definitiv zu weit! Und soll ich dir was sagen, Paul? Darauf bist du doch so scharf wie ein Rasiermesser.«

Paul ignoriert meinen Angriff. »Wir *schauen* heute nur, sonst nichts.«

Irgendwie beruhigen mich Pauls Worte nicht. Ich habe ein eigenartiges Bauchgefühl.

Bevor ich mich fürs Büro fertig mache, rufe ich meine Mutter an, um zu fragen, ob sie auch heute Vormittag Zeit und Lust hat, unser verschnupftes Küken zu betreuen. Sie sagt sofort zu.

»Bringt sie ruhig her, wir werden sie verwöhnen. Allerdings müssen Papa und ich um 10 Uhr kurz zum Bauern, wir haben Lammfleisch bestellt. Gundula und Opa Heini sind aber hier, die werden sie schon zu beschäftigen wissen.«

Ich danke dem Himmel, dass ich eine so liebe und verständnisvolle Mama habe.

Nachdem ich angezogen und geschminkt bin, ziehe ich Fine an. Obwohl sie ein wenig neben der Spur ist, brabbelt sie unentwegt vor sich hin und lacht.

Paul umarmt mich von hinten. »Das hat sie von mir. Wenn ich erkältet bin, bin ich auch immer so tapfer.«

Ich muss lachen. »Natürlich, Paul. Abgesehen davon, dass du eine panische Angst davor hast, nachts zu ersticken, an Fieberkrämpfen zu sterben oder einen Allergieschock wegen einer Medikamentenunverträglichkeit zu erleiden, bist du tatsächlich *sehr* tapfer.«

Wir verlassen gemeinsam das Haus. Paul nimmt sich vor, gegen 15 Uhr wieder im Büro zu sein. Dann trennen sich unsere Wege, jeder fährt in eine andere Richtung.

Bruni verzieht das Gesicht, als ich ihr erkläre, warum Finchen heute nicht zum ›Dienst‹ erschienen ist.

»Na, dann wappne dich für die kommende Nacht. Bei Paula hat es auch so angefangen.«

Sie erzählt erleichtert, dass es ihrer Tochter wieder besser gehe und dass sie heute Nacht durchgeschlafen habe.

Bruni grinst breit, als sie hört, dass Paul und Maria erst am frühen Nachmittag ins Büro kämen. Als sie den Grund erfährt, warum, fällt ihr das Grinsen aus dem Gesicht.

»Wie jetzt? Soltau? Das ist doch total bescheuert. Wie viele Kilometer liegen zwischen Hamburg und Soltau?« Sie springt auf, läuft zuerst in Marias – dann in Pauls Büro und setzt sich wieder an den Schreibtisch. Sie legt den Telefonhörer neben den Apparat.

Ich rufe im Internet einen Routenplaner auf und hacke die Städtenamen ein. »Fast achtzig Kilometer, die Fahrzeit ist hier mit knapp unter einer Stunde angegeben. Aber es kommt ja noch darauf an, wo genau das Gebäude liegt. Es könnten ein paar Meter mehr oder weniger sein.«

Bruni knetet ihre Nasenspitze. »Die Angaben der Fahrzeiten stimmen doch nie. Meistens hängt man im Stau und ist wesentlich länger unterwegs. Wenn ich am Ende für eine Strecke fast zwei Stunden bräuchte? Das wird Heiner mit Sicherheit nicht gefallen und mir auch nicht.« Sie schimpft laut. »Das ist eine Horrorvorstellung, so ein Mist!«

Ich hole mein Maniküreset aus der Schreibtischschublade hervor. »Eine Horrorvorstellung ist, wenn Paul die Fahrerei auf den Keks gehen würde und wir umziehen müssten. Er ist doch an manchen Tagen bis 20 Uhr in der Firma.«

Bruni hält die Hand auf. »Krieg ich zuerst die Schere?«

Die Nagelschere fliegt über den Schreibtisch. »Paul hat zwar gesagt, dass er und Maria sich das Gebäude nur anschauen wollen, aber ich habe irgendwie so ein eigenartiges Gefühl in der Magengegend. Die einzige Möglichkeit, die Probleme mit einem Schlag loszuwerden, wäre die, an den Vertrag zu kommen.«

Die Schere fliegt zurück. »Gibst du mir die Feile?«

Ich traue meinen Augen nicht, als Dröpjes nach kurzem Anklopfen unser Büro betritt. Der wollte doch in seiner alten Karre nach Italien fahren.

Nach einem überfreundlichen »Guten Morgen« legt er seine Schirmmütze mit der Aufschrift *Geiler Typ* in unseren Ablagekorb und spöttelt. »Haben Sie ein Nagelstudio eröffnet?« Dann lacht er laut.

Ich werfe ihm einen gelangweilten Blick zu. »Warum klopfen Sie

Ihre dummen Sprüche eigentlich noch in Hamburg und nicht in Italien, Dröpjes?«

»Heute Nachmittag geht es los. Am späten Nachmittag. Ich fahre über Nacht.« Sein Finger zeigt auf mein Nagelset. »Gehe ich recht in der Annahme, dass der Chef außer Haus ist?«

»Ja.«

»Na, ich wollte nichts Besonderes. Ich war noch einmal kurz in meinem Büro, da dachte ich mir, *schau doch einfach noch mal kurz beim Chef rein.*«

»Ja.«

»Nun, dann will ich mal … der ›Stiefel‹ ruft.«

»Ja.«

Bruni kann sich vor Lachen kaum halten.

»Bis in vierzehn Tagen.«

Statt ihm einen schönen Urlaub zu wünschen, sage ich wieder nur »Ja«.

Noch bevor er den Raum verlassen hat, prusten wir los.

Ich seufze. »Was für ein Idiot!«

Bruni grinst. »Ja.«

»Ach, nee. Dröpjes hat seine Mütze liegen gelassen.« Ich springe auf, renne zur Spüle und streife mir einen Gummihandschuh über. Mit spitzen Fingern greife ich nach der speckigen Kopfbedeckung, schüttele mich kurz und sprinte zur Tür hinaus auf den Flur, um den *geilen Typen* noch zu erwischen. Ich höre Dröpjes reden, er ist nicht mit dem Aufzug gefahren, sondern hat die Treppe genommen.

Ich bremse am Treppenabgang ab, ich höre, wie unser Prokurist eine Etage tiefer leise redet. Er scheint zu telefonieren. Ich laufe noch drei Stufen hinunter und gehe in die Hocke, um ihn besser verstehen zu können. »Lenny, spann mich nicht länger auf die Folter. Wir kennen uns jetzt elf Jahre aus dem Segelclub. Wenn du *mir* das Gebäude verpachtest, beteilige ich dich am Gewinn … ja … du hast mein Ehrenwort. Du weißt, dass ich schon seit Jahren davon träume, mich selbstständig zu machen und auf gar keinen Fall Hamburg verlassen möchte. Es ist wahnsinnig schwierig, hier etwas Geeignetes zu finden. Ich bin in diesem Metier groß geworden, das weißt du. Ich kann dir noch einmal versichern, dass ich Geiger die Großkunden abjagen werde. Du hast doch genügend Platz auf dem

Brauereigelände, du brauchst dieses Gebäude doch nicht wirklich. Los, gib dir einen Ruck.«

Mein Atem geht stoßweise. Ich fasse es nicht. Dröpjes will sich selbstständig machen? In unserer Firma?

»Danke. Du wirst es nicht bereuen. Ich melde mich, wenn ich aus dem Süden zurück bin. Dank dir, mein Freund ... und viel Spaß morgen Abend. Du kannst dich auf meine Kosten amüsieren. Wir rechnen ab, wenn ich wieder im Lande bin ... natürlich. Das *Kakadi* ist auch genehmigt.«

Dann höre ich Dröpjes eine flotte Melodie pfeifen.

So ein elender Schurke! So ein mieses Arschloch! Ich schleiche die Treppe hinauf, renne in den Lift und drücke den Knopf, der die Stahlkonstruktion in Richtung Tiefgarage befördert.

In dem Moment, als sich die Fahrstuhltüren öffnen, kommt Dröpjes leichtfüßig die letzten Stufen hinuntergehüpft.

Ich halte ihm die Mütze hin und sage schroff: »Hier. Die haben Sie oben liegen gelassen.«

Er nimmt sie dankend an und klopft sie an seinem Arm ab, als wäre sie verstaubt. Dabei starrt er auf meine Hand, die in dem Gummihandschuh steckt.

»Kleiner Tipp, verehrte Frau Geiger. Öfter mal die Treppe benutzen, das ist gutes Baustellen-Training.« Er taxiert ungeniert meine Hüften.

Ich würde ihm am liebsten sagen, dass es im Treppenhaus so erbärmlich nach Kacka gestunken hat, dass ich es gemieden habe, schweige jedoch. Nachher kommt er noch darauf, dass ich sein Gespräch mitbekommen habe.

Ich behalte Dröpjes im Auge und betrete mit kleinen Schritten rückwärts den Aufzug. Feinden soll man nicht den Rücken zukehren.

Bruni fällt aus allen Wolken, als sie die Neuigkeiten erfährt. Sie rastet aus, als ich ihren Vorschlag ablehne, Paul sofort anzurufen, um ihn einzuweihen.

»Was soll das? Du *musst* mit Paul reden. Du musst, Karo. Paul sollte wissen, was hinter seinem Rücken vorgeht. Er sollte wissen, was Markmann und Dröpjes vorhaben. Verdammt ...« Ihre Faust knallt auf den Tisch. »Auaaaa.« Sie reibt ihren kleinen Finger.

»Nein und nochmals nein! Was glaubst du, wie Paul die Information aufnehmen wird?« Ich springe auf, fuchtele mit den Armen in der Luft herum und leiere meine Gedanken herunter. »Er wird enttäuscht von Dröpjes' Hinterhältigkeit sein, er wird sauer sein. Mehr aber auch nicht. Und weißt du was? Wenn Dröpjes hier«, mein Fuß stampft auf den Boden, »hier ein Konkurrenzunternehmen auf die Beine stellt, wird Paul ohnehin aus Hamburg verschwinden. So ist Paul, ich kenne ihn besser als du.«

»Du solltest Paul überreden, Markmann zu verklagen. Das Ganze stinkt doch zum Himmel!«

Bruni kapiert es nicht. »Paul *wird* nicht klagen. Paul ist, was das Geschäftliche anbelangt, ein reiner Kopfmensch. Er akzeptiert, dass jeder seine eigenen Interessen in den Vordergrund stellt ... und wir haben leider die schlechteren Karten, weil ich blöde Kuh wieder einmal alles vermasselt habe.« Ich laufe zu dem Aktenvernichter und trete mit voller Wucht dagegen. »Menno!«

Bruni will mich in den Arm nehmen, ich wehre ab. Stattdessen krame ich im Ablagekorb, in der die Post von Samstag liegt, nach der *Hamburger Morgenpost* und blättere sie von hinten nach vorne durch. Als ich die Annonce von der *Markmann Brauerei* gefunden habe, halte ich sie Bruni unter die Nase.

»Ich mache es ... ich schleuse mich dort ein.«

Bruni plumpst auf den Schreibtischstuhl. Sie vergräbt ihr Gesicht in beide Hände. »Du bist verrückt, Karo. Du bist vollkommen verrückt.«

Ich rede weiter.

Nachdem ich ihr von Conny und ihrem damaligen Job bei dem Weltkonzern *Wegener&Blum* berichtet habe, nimmt sie die Hände von ihrem Gesicht und schaut mich aufmerksam an. Als ich Conny nachäffe, wie sie von ihrem wunderschönen Zeugnis geschwärmt hat, lehnt Bruni sich entspannt zurück. Ihr Blick klebt förmlich an meinen Lippen. Während ich beiläufig, aber mit Nachdruck erkläre, dass ich weiß, wo Conny ihre Arbeitspapiere aufbewahrt, beugt sie sich vor. Sie massiert mit Daumen und Zeigefinger ihre Unterlippe. In ihrem Gesicht zuckt es.

»Hä? Du willst Connys Identität klauen?«

»Quatsch. Ich leihe sie mir für eine kleine Weile aus. Mehr nicht.«

Bruni kneift die Augen zusammen. »Warte. Connys Personalien ... das Geburtsdatum, die Adresse ... Nee, Karo, das funzt nicht.«

»Ach, Bruni. Mach es nicht komplizierter, als es ist. Conny war damals, als sie gekündigt hat, noch ledig. Sie wohnte bei meinen Eltern und hieß mit Nachnamen *van Goch*. Ich heiße also auch *van Goch* und bin ledig. Das Geburtsdatum ist schnuppe. Ich denke, es fällt nicht auf, ob ich drei Jahre jünger oder älter bin. Ich reise in die Vergangenheit und verkörpere folglich all das, was in den Papieren steht.«

»Was? Du wohnst noch bei deinen Eltern?«

Ich verdrehe die Augen. »Natürlich nicht! Ich streiche die Birkenstraße, denn ich bin längst umgezogen.«

»Toll. Und wo wohnst du, *Con-ny*?«

»Ganz einfach, liebe *Bru-ni*. Bei dir. Ich gebe eure Adresse an. Sollte irgendein Brief kommen, von der Krankenkasse oder was weiß ich nicht, dann landet er bei dir.«

»Okay. Das würde funktionieren. Heiner schaut nie in den privaten Briefkasten. Aber jetzt kommt der Casus knacksus. Was antwortest du, wenn Lenny dich fragt, warum du so lange auf der faulen Haut gelegen hast? Schließlich sind ja einige Jährchen ins Land gegangen.«

Ich werde nicht zugeben, dass diese Frage in der Tat ein Knackpunkt ist. »Mann, du stellst vielleicht blöde Fragen.« Ich starre kurz an die Decke, als würde dort die Lösung stehen.

Bruni zieht die Augenbrauen hoch.

»Herrje, was weiß ich? Ich könnte sagen, dass ich mit einem Vorstandsvorsitzenden liiert war und deswegen den Beruf an den Nagel gehängt habe. Jetzt bin ich wieder Single, darum suche ich einen neuen Job.«

»Eins muss man dir lassen. Du hast auf jeden Pott einen Deckel. Du hast im früheren Leben bestimmt Töpfe verscherbelt, auf die die Deckel millimetergenau passten.« Bruni lacht. »Aus deinem Mund hört sich alles so einfach an, ich würde mir vor Angst in die Hosen machen.«

»Ach, Bruni. Was haben wir schon alles veranstaltet. Wir sind nie aufgeflogen, das werden wir auch dieses Mal nicht.«

»Jetzt muss er dich nur noch einstellen, aber …«

Ich hebe den Zeigefinger. »Stopp! Keine Einwände. Wenn ich Dröpjes' Worte richtig interpretiere, wird Lenny morgen Abend im *Kakadi* sein. Und weißt du was? Wir sind dabei. Ich werde alles versuchen, um mit Markmann in Kontakt zu kommen. Wenn mir *das* gelingt, haben wir die halbe Miete.«

Anschließend suchen wir im Internet nach Fotos von Lennard Markmann und werden fündig. Wir finden zwei Aufnahmen. Auf einem steht er in Freizeitklamotten auf einem großen Segelboot und lächelt in die Kamera. Auf dem anderen ist er Anzugträger und mit seinem Vater Heinz abgebildet. Beide stehen mit verschränkten Armen Rücken an Rücken, in den Händen halten sie dicke Zigarren. Lenny kann mit der kräftigen Statur seines Vaters nicht mithalten. Er ist kleiner. Für meinen Geschmack nicht attraktiv, jedoch auch nicht unansehnlich.

»Ohgottogott, ist das aufregend.« Bruni macht ein verkniffenes Gesicht. Sie dreht sich um und rennt in Richtung Tür. »Ich muss mal.«

Ich lehne mich zurück und verschränke die Arme hinter dem Kopf. Das *Kakadi* kenne ich sehr gut. Bruni, Simone und ich waren früher öfter in dieser Nobeldisco, in die wir ohne Probleme vom Türsteher Antonio durchgewunken wurden, weil Simone ihn kannte. Ich hoffe sehr, dass der nette Italiener noch dort arbeitet.

Wie ich an Connys Arbeitspapiere kommen soll, ist mir *noch* schleierhaft. Mir ist jedoch klar, dass das so schnell wie möglich passieren muss. Am besten noch heute, spätestens morgen.

Als Bruni sichtlich erleichtert zurückkommt, ist es Zeit, in die Kantine zu gehen. Wir beschließen, ganz zügig zu essen, um uns anschließend dem Bewerbungsschreiben zu widmen. Der Plan ist echt so irre, dass wir beide ganz hibbelig sind.

Ich stolpere über meine eigenen Füße, als ich mein Tablett, auf dem ein Teller mit Herrn Königsbergers Klopsen steht, zum Tisch balanciere.

Bruni setzt sich so ungeschickt auf den Stuhl, dass ihr Bein gegen ein Tischbein knallt und das Möbelstück zum Wackeln bringt.

Ulrike und Heike merken sofort, dass wir aufgekratzt sind.

»Was ist denn mit euch los? Habt ihr verbotene Pillen geschluckt?« Ulrike stopft einen halben Klops in den Mund und wedelt mit der Hand in der Luft. »Vorschischt … Heisch.«

»Was soll los sein? Nichts.« Bruni breitet ihre Serviette auf dem Schoß aus.

»Ulrike hat recht. So fickerig kenne ich euch gar nicht mehr. Euer Temperament hat während der letzten Monate nachgelassen. Aber das ist ja auch kein Wunder. Das liegt wahrscheinlich am Muttersein.«

Meine Gabel stochert im Reis, weil ich ihn nicht sonderlich mag. »Du spinnst, Heike.«

Bruni schüttelt nur den Kopf, sie äußert sich nicht dazu.

Heike verteidigt ihre Meinung. »Selbst bemerkt man die Veränderung nicht, aber dem Umfeld fällt das auf.«

Ich schlinge jetzt regelrecht. Bruni bemüht sich mitzuhalten, ich bin jedoch schneller.

»Dass wir etwas hektischer sind, liegt daran, dass jede Menge Arbeit auf unserem Schreibtisch liegt.« Meine Serviette fliegt auf den Tisch. »Und darum sind wir auch schon wieder verschwunden.«

Ich ziehe Bruni den Teller unter der Nase weg, der noch halb voll ist.

Unsere Verabschiedung fällt kurz und knapp, aber herzlich aus.

Bruni kaut noch, als wir den Flur entlanghasten. Sie meckert, dass sie noch hungrig sei.

Zurück im Büro rufe ich zuerst bei meinen Eltern an und erkundige mich, wie es Fine geht. Meine Mutter beruhigt mich. Sie würde ihren Mittagsschlaf halten und leise schnarchen. Ihre Temperatur habe sich nicht wesentlich verändert. Sie erklärt lachend, dass Paul sich jede Stunde nach Finchen erkundigt habe.

Dann diktiere ich, Brunis Finger sausen über die Tastatur.

»*Sehr geehrte Frau Poppolos …*«

Bruni kichert. Ich muss auch lachen.

»Den Namen schreiben wir zum Schluss ordentlich.« Ich hole tief Luft und fahre fort: »*… ein so großes und erfolgreiches Unternehmen wie dieMarkmann Brauerei lebt von engagierten Mitarbeitern … Ich möchte Sie gerne von meinen Qualitäten überzeugen.*

Bruni zögert. »Hm. Ich finde, das hört sich nicht so toll an. Überlege dir was anderes.«

»Bruni, das soll kein Bestseller werden, sondern ein ganz normales Bewerbungsschreiben. Also, halt die Klappe und schreib … *Um Sie von meinen Qualifikationen zu überzeugen …*«

Meine letzten Worte gehen in einer Hustenattacke unter, weil Paul und Maria zur Tür hereinkommen.

Paul strahlt mich an. »Fine geht es gut, ich habe …«

Ich unterbreche ihn und tätschele seine Wange. »Ich weiß, ich weiß. Du hast dich stündlich nach ihr erkundigt. Wie war es in Soltau?«

Paul lehnt sich gegen den Schreibtisch. »Möhrchen, das Gebäude ist optimal. Momentan befindet sich noch eine Textilproduktion darin, die in einem halben Jahr ins Ausland verlegt wird.«

Maria, die in ihr Büro gegangen ist, ruft dazwischen. »Wieso liegt denn der Telefonhörer daneben?«

Bruni setzt eine Unschuldsmiene auf und kratzt sich den Kopf. »Echt? Komisch. Ich hätte schwören können, ich habe ihn *auf* das Telefon und nicht danebengelegt.«

Paul ist hin und weg. »Die Hallen sind groß, die Büroräume modern, es wird euch auch gefallen.«

»Wird? Hast du dich etwa schon entschieden?« Meine Beine wippen nervös.

»Nein, ich meine, es *würde* euch auch gefallen. Wir können in Ruhe überlegen, wie es weitergehen soll. Es sind momentan keine weiteren Interessenten da.«

Die Aussage, dass wir in Ruhe überlegen, gefällt mir. »Ja, bloooß nichts überstürzen, Paul. Vielleicht finden wir ja ein schönes Grundstück in der Nähe von Hamburg und bauen ein eigenes Gebäude, nicht wahr?«

Paul bleibt mir eine Antwort schuldig und weicht meinem Blick aus. Er verschwindet in sein Arbeitszimmer. Wenige Sekunden später streckt er den Kopf zur Tür heraus. Seine Stimme klingt gereizt. »Mein Telefonhörer lag auch nicht auf dem Apparat.«

Bruni wird rot, ich komme ihr zu Hilfe. »Ach. Gut, dass du es bemerkt hast, wir haben uns schon gewundert, dass niemand angerufen hat.«

Paul knallt die Tür zu, Bruni zieht den Kopf ein.

Das Bewerbungsschreiben entsteht in mühevoller Kleinarbeit. Maria läuft ständig hin und her, Paul dreht ebenfalls seine Runden.

Kurz vor Büroschluss habe ich den Text so raffiniert formuliert, dass ich der Meinung bin, dass mich Queen Elisabeth persönlich zu einem Vorstellungsgespräch einladen würde.

Vielleicht hat Heike ja doch recht. Mir fällt jetzt selbst auf, dass ich ruhiger geworden bin. Früher hätte ich das Gaspedal nach dem Verlassen der Tiefgarage durchgedrückt, nun bin ich dabei, mich behutsam in den Verkehr einzufädeln. Fuß vom Gas, Blinkerhebel nach links … tick-tick, tick-tick, und brav warten, bis mich jemand hereinwinkt. Nachdem eine ältere Frau mir die Vorfahrt lässt, hebe ich zum Dank loyal den Zeigefinger.

Ich gebe zu, dass ich schon verantwortungsbewusster handele. Das hat Mutter Natur wohl so eingerichtet, sie wird wissen warum, schließlich ist sie ja auch Mutter.

Aber handele ich tatsächlich so, wie eine fürsorgliche Mutter? Bei dem Gedanken an meinen Lenny-Plan beschleunigt sich mein Herzschlag. Das, was ich vorhabe, ist eine vorsätzliche Straftat *ohne* jegliches Verantwortungsbewusstsein. Arglistige Gedanken, von langer Hand vorbereitet und sorgfältig geplant.

Ich habe schon oft die Erfahrung gemacht, dass sündige Gedanken wie kleine Kolibris um meinen Kopf schwirren.

Vor vielen Jahren, als ich den Konfirmandenunterricht besucht habe, haben wir über Sünden gesprochen. Ein Spruch von Martin Luther beeindruckte mich so sehr, dass ich ihn nie vergessen habe: ›Du kannst die Vögel nicht davon abhalten, über deinem Kopf zu fliegen, aber du kannst sie davon abhalten, auf deinem Kopf ein Nest zu bauen.‹

In meinem Fall war es immer so, dass ich Vogelfutter auf mein Haupt gestreut habe, woraufhin die Vögel emsig ihr Nest bauten.

Ich lenke mein Auto auf den Parkplatz einer Apotheke. Für den Fall, dass es Fine heute Nacht schlechter geht, benötige ich noch einige Medikamente.

Die junge Apothekerin greift zielsicher in diverse Schubladen nach der Medizin, die kranken Kindern hilft. Sie erklärt mir, wie ich die Medikamente verabreichen solle, falls Finchens Temperatur steigen sollte. Den Hustensaft könne ich ihr dreimal täglich geben.

Opa Heini kommt mir am Gartenzaun entgegengelaufen. Er trägt einen Strohhut mit breiter Krempe und ein großgemustertes Hawaiihemd à la Jürgen von der Lippe, auf dem die Farbe gelb dominiert. Hinter seinem rechten Ohr klemmt ein langer Künstlerpinsel.

»Ah. Du bist es. Ich dachte, der Presse-Fuzzi kommt. Auf den warte ich nämlich. Am Wochenende stehe ich in der Zeitung. Mit einem Foto von mir und meinem neuesten Bild.«

»Echt? Wahnsinn, Opa.« Ich umarme ihn. »Ich bin stolz auf dich.«

Er hakt mich unter, wir laufen in den Garten. »Finchen geht es gut. Sie ist hart im Nehmen, das hat sie von mir.«

Dem ist nichts entgegenzusetzen, denn Opa Heini ist wirklich ein harter Brocken, den so schnell nichts aus den Schuhen haut.

Gundula hockt neben Hanni, Nanni und Finchen auf einer Decke. Sie zeigt in meine Richtung. »Schau mal, Fiiine ... da ist ja deine Mama ...«

Fine strahlt mich an und kommt angetrippelt. Hanni und Nanni belassen es bei einem Winken.

Meine Mutter springt auf. Ihre Häkelarbeit fällt auf den Boden. »Karo, Schatz, schön, dass du da bist.« Sie umarmt mich und lacht. »Fine hat so viel getrunken, sie hat gepullert wie ein Wasserfall. Ich habe ihr ständig die Pampers wechseln müssen. Der Husten ist schon etwas lockerer als heute Morgen.«

Conny, die ihre Fingernägel lackiert, schaut kurz auf. »Seit ich hier bin, hat sie nicht einmal gehustet. So schlimm scheint es nicht zu sein.«

Ich hantiere mit den Medikamenten. Finchen leckt sich die Lippen. Der Hustensaft scheint ihr geschmeckt zu haben, sie streckt die Hände nach der Flasche aus und zappelt so auf meinem Schoß, dass ich sie mit einer Hand kaum bändigen kann. Als sie ihren Willen nicht bekommt, zieht sie an meinen Haaren. Sobald sie auf dem Boden steht, wackelt sie in Richtung Hanni und Nanni.

Opa Heini lacht. »In braunen Flaschen befinden sich meistens Getränke, die gut schmecken.«

Mein Vater schaut auf die Uhr. »Wann kommt er denn endlich, der Herr Pfarrer. Mir ist nach einem Bier.«

»Der Pfarrer? Was will *der* denn hier?« Conny pustet auf ihre Nägel.

»Na, über Opa erscheint doch ein kleiner Artikel im Gemeindebrief der Kirche. Das weißt du doch, du wolltest doch so gerne mit aufs Foto.« Gundula rückt ihre Brille zurecht.

»Was? In diesem blöden Käseblatt, das ich immer sofort in die Tonne kloppe, erscheint der Bericht? Ich dachte, es kommt ein Lokalreporter der *Hamburger Morgenpost.* Mensch, Opa. Und dafür lackiere ich mir die Fingernägel?«

Opa Heini kichert. »Versündige dich nicht. Man soll nicht über die Botschaft des Herrn spötteln.«

Hanni schreit laut. »Das ist Gotteslästerung, Mama.«

Opa Heini springt auf. »Ich höre ein Auto kommen, das wird er sein.«

Gundula streicht sich über die Haare.

Meine Mutter setzt sich kerzengerade hin. »So, jetzt benehmt euch ordentlich … Conny, weg mit dem Nagellackfläschchen, das macht keinen guten Eindruck.«

Conny verdreht die Augen.

Opa Heini lässt dem Pfarrer den Vortritt. »So, hier entlang, Herr Bald. Schön, dass Sie so schnell gekommen sind.« Opa verzieht keine Miene.

Conny senkt den Kopf, ich weiß, dass sie lachen muss.

Der Herr Pfarrer breitet die Arme aus und dreht sich einmal im Kreis. »Herrlich. Ein herrliches Grundstück.«

Dann stellt uns Opa Heini vor.

»Alles unbekannte Gesichter. Ich habe Sie noch nie in der Sonntagsmesse gesehen.« Der Kirchenmann schüttelt unsere Hände.

»Das werden Sie auch in Zukunft nicht, Herr Pfarrer.« Opa Heini schiebt ihm einen Stuhl in die Kniekehlen. »Wir haben nämlich ein Haus auf Fehmarn, ein Wochenendhaus. Folglich besuchen wir dort den sonntäglichen Gottesdienst. Erst gestern hat unsere gesamte Familie den Worten Ihres Kollegen gelauscht.«

Der Herr Pfarrer nickt zufrieden.

»Möchten Sie etwas trinken, Hochwürden?« Mein Vater zuckt zusammen, als Herr Bald laut lacht.

»Gerne. Wenn Sie einen Kaffee hätten. Aber das *Hochwürden* überlassen wir den Katholiken, Herr van Goch.«

Mein Vater wird feuerrot, meine Mutter und Gundula eilen in die Küche, aus der Sekunden später helles Gelächter ertönt.

Opa Heini reagiert wieder schnell. »Mein Sohn ist offen für jede Glaubensrichtung, Herr Pfarrer. Ein neugieriges Kind Gottes. Wissen Sie, früher hat er sich immer in die katholische Messe geschlichen, er hat sich immer zweimal angestellt, wenn Ihr Kollege die Hostien verteilt hat. Verstehen Sie … Esspapier für umme.«

Jetzt können auch Conny und ich nicht mehr. Unsere Stühle fliegen nach hinten, wir rennen hinter Mama und Gundula her und prusten los.

Meine Mutter wischt sich Tränen aus den Augen. »Mein Gott …«

Gundula verteilt Küchentücher, uns ist auch nach Tupfen.

Nachdem wir glauben, uns wieder im Griff zu haben, gehen wir zurück in den Wintergarten und decken den Tisch.

Während des Kaffeetrinkens erzählt Opa Heini von seiner Malleidenschaft und der Idee, von den Erlösen Kinder einkommensschwacher Familien in Form von Geschenken zu erfreuen, was der Herr Pfarrer sehr lobt. Er macht sich Notizen, um den Artikel formulieren zu können.

Opa Heini berichtet stolz, dass er schon zwei Bilder per Internet verkauft habe. Er erzählt weiter, dass er sehr bald eine Kunstausstellung plane. Deswegen würde er in den nächsten Tagen im Kulturamt vorsprechen. Durch den Bericht im Gemeindeblatt erhoffe er sich, viele Menschen auf seine Kunst aufmerksam zu machen.

Der Pfarrer bietet sich an, dass er den Gemeinderaum für eine Ausstellung auch sehr gerne zur Verfügung stellen würde.

Nachdem die Kuchenteller leer sind, greift Opa Heini hinter seinen Stuhl und holt das Bild hervor, welches er auf Fehmarn innerhalb kurzer Zeit gemalt hat.

»So, Herr Pfarrer. Hier ist eines meiner Werke. Wenn Sie dann ein Foto machen wollen? Ich habe mir schon eine Stelle im Garten ausgesucht.«

Pfarrer Bald starrt auf das Bild. Er legt den Kopf schief. »Verzeihung, Herr van Goch. Ich bin nicht sehr kunstbewandert … was soll das darstellen?«

»Das liegt im Sinne des Betrachters. Was sehen Sie?«

»Hm. Nun, ich sehe Brüste. Oder … Glocken …«

Opa Heini lacht. »Eigentlich sind es Tröten.«

Jetzt scheint sich der Herr Pfarrer auszukennen. Er lacht schallend. »Köstlich, Herr van Goch. Köstlich. Brüste, Glocken oder Tröten, im Grunde ist es doch dasselbe, oder?«

Dann verschwinden der Künstler und der Kirchenmann, der aus seiner Hosentasche eine kleine Kamera zieht, in Richtung Bungalow, vor dem es prächtig blüht.

Endlich können wir loslachen.

Mit einem Blick auf die Uhr stelle ich fest, dass ich mich schleunigst auf den Weg nach Hause machen sollte.

»Bring Fine ruhig morgen früh wieder, Karo …«

Conny meckert dazwischen. »Ach, Mama. Du wolltest doch morgen um 10 Uhr zu uns kommen, um dich um Max und Moritz zu kümmern. Ludmilla kann morgen erst am Nachmittag kommen, sie hat vormittags die Handwerker in der Wohnung. Hast du das schon wieder vergessen?«

»Nein, das habe ich *nicht* vergessen. Ich wollte gerade den Vorschlag machen, dass du die Jungs vor dem Sportfest herbringst. Das ist mir ohnehin angenehmer.«

In meinen Ohren klingelt es. »Oh. Du hilfst beim Sportfest?«

Conny gähnt. »Ja, leider. In diesem Jahr konnte ich mich nicht davor drücken. Ich muss um 10:15 Uhr am Sportplatz sein. Schrecklich, ich habe die Aufsicht beim Weitsprung. Vor 15 Uhr komme ich da nicht weg.«

Ich beiße mir auf die Oberlippe. Morgen Vormittag ist also gähnende Leere im Haus der Jörgensens. Das wäre *die* Gelegenheit, um an Connys Arbeitspapiere zu kommen. Meine Mutter ist die Einzige, die von Antons und Connys Haus für den Notfall einen Zweitschlüssel an ihrem Schlüsselbund hängen hat. Der Schlüsselbund hat seinen festen Platz in der kleinen Schale, die auf dem Sideboard im Flur steht. Ob ich will oder nicht. Ich muss ihn stibitzen, denn es handelt sich schließlich um einen richtigen Notfall.

Ich laufe noch einmal ins Haus, meine Mutter läuft hinter mir her. Auf dem Weg zur Toilette schiele ich auf das Sideboard, der Schlüsselbund liegt dort. Meine Mutter bleibt mir auf den Fersen. Sie redet weiter, als ich die Toilettentür hinter mir schließe.

»Möchtest du für Paul ein Stück Kuchen mitnehmen?«

»Gerne, Mama. Packst du es ein?«

Ihre Schritte entfernen sich.

Ich öffne kurz den Wasserhahn, dann schleiche ich zurück in den Flur. In dem Moment, in dem ich nach dem Bund greifen will, schaut sie um die Ecke.

»Hilfst mir mal mit der Frischhaltefolie? Ich finde den Anfang nicht.«

Nach drei weiteren vergeblichen Anläufen, an den verdammten Schlüssel zu kommen, gebe ich auf. Morgen früh. Morgen früh muss ich das hinbekommen, egal wie.

Meine Mutter hilft mir, meine Klamotten zusammenzusuchen und Fine im Auto zu verstauen.

»Hoffentlich schläft sie heute Nacht durch, damit ihr auch schlafen könnt. Paul wird genug um die Ohren haben. Hat er schon Kontakt mit Friedrich aufgenommen? Wegen Soltau?«

»Ja, er ist mit Maria direkt heute früh dorthin gefahren. Paul ist ganz begeistert von dem Gebäude. Es ist aber noch nichts entschieden. Drück uns die Daumen, Mama, dass wir in der Nähe von Hamburg bleiben können. Alles andere wäre für mich zu kompliziert.«

»Ach, das wird schon. Ihr müsst nur an das Gute glauben.«

Ich ducke mich kurz, weil ich das Gefühl habe, dass mir jemand ganz zart mit dem Finger auf den Kopf tupft.

Mama macht große Augen und lacht. »Na, sowas. Dir hat ein Vogel auf den Kopf geschissen, das bringt Glück, Karo.«

Ich lache albern. »Na, dann werden wir mal sehen, ob ich Glück habe. Grüß Opa lieb. Sag ihm, ich wollte ihn nicht stören.«

Zu Hause hüpfe ich zuerst unter die Dusche. Während ich mit warmem Wasser und Shampoo den Vogelschiss aus meinen Haaren entferne, behalte ich Fine im Auge. Sie schenkt ihren Stofftieren keine Beachtung, sie wickelt die Rolle Toilettenpapier ab. Dann verschwindet sie hinter einem großen Badehandtuch, das an der Wand an einem Haken baumelt, und schaut ab und an verschmitzt dahinter hervor.

»Tutut.«

Ich rufe fröhlich »Kuckuck« zurück.

Nach der Dusche fühle ich mich pudelwohl, frage mich allerdings, ob mir das Glück jetzt noch hold ist. Im Grunde ist es ja nicht mehr da, sondern in der Kanalisation.

Paul kommt heute früher als gewöhnlich nach Hause. Er ist erleichtert, dass unsere Tochter ihm freudekreischend entgegenläuft. Er dreht sie einmal in der Luft, dann bin ich an der Reihe.

Paul nimmt mich in die Arme und vergräbt sein Gesicht in meinen Haaren. »Mmh. Wie verführerisch du duftest, Frau Geiger.«

Fine beobachtet uns und verzieht weinerlich das Gesicht. Paul nimmt sie sofort auf den Arm. Der Versuch zu dritt zu kuscheln scheitert, Fine haut mich. Sie will ihren Papa für sich alleine.

Ich entlasse die beiden lachend, Paul geht mit ihr in den Garten.

Kurze Zeit später dröhnt der Motor des Rasenmähers.

Mit wenigen Handgriffen bereite ich das Abendessen vor. Eine gewürzte Putenoberkeule wandert in den Backofen, kochen kann so einfach sein! Um den Salat werde ich mich später kümmern. Ich will die Zeit nutzen, die Paul im Garten verbringt, um nach einem Passfoto für die Bewerbungsunterlagen zu suchen.

Das, was ich in Pauls Schreibtisch finde, ist zwei Jahre alt und geht gar nicht. Meine Mundwinkel hängen nach unten. Normalerweise schlagen sich gutaussehende Frauen um gutbetuchte Männer. Lenny wird verwöhnt sein. Ich muss mir alle Mühe mit meinem Styling geben. Mir ist klar, dass ich keine Frau mit Traummaßen bin, auf die Lennys und Co mit Sicherheit wie Raketen abfahren. Um Eindruck zu schinden, sollte ich ein ordentliches Bewerbungsfoto bei einem Fotografen machen lassen. Das werde ich morgen erledigen.

Dann ruft Simone an. Sie käme gerade von Bruni, sie gratuliert mir zu meinem genialen Plan. Sie will uns morgen Abend im *Kakadi* Schützenhilfe leisten. Sie habe mit Antonio telefoniert, der sich wahnsinnig freue, dass wir uns nach so langer Zeit mal wieder blicken ließen.

Mein Herz macht einen Freudensprung. Der Einlass ins *Kakadi* ist also gewährleistet.

»Antonio wird uns ein schönes Plätzchen reservieren, auf dem wir wie auf dem Präsentierteller sitzen.«

Nach dem Telefonat mit Simone beschäftigt mich die Klamottenfrage. Ich rase ins Schlafzimmer und durchforste meinen Kleiderschrank.

Ich schlüpfe in die Cocktailkleider, die ich vor der Schwangerschaft getragen habe. Sie sitzen ein wenig enger, aber ich stelle zufrieden fest, dass vier Kilo mehr auf den Hüften den Kohl auch nicht zu fett machen. Ich kann mich durchaus darin sehen lassen.

Bevor wir Fine schlafen legen, messe ich noch einmal ihre Temperatur. Sie liegt wieder im grünen Bereich, ihre Abwehrkräfte haben fleißig gearbeitet.

Paul und ich lassen den Abend bei einem Glas Rotwein ausklingen. Wir kuscheln bei leiser Musik auf dem Sofa. Paul streichelt meinen Rücken.

Ich sollte Paul ein klein wenig auf den Gedanken einstimmen, dass ich in Kürze *eventuell* vorhabe, mir eine klitzekleine Auszeit zu nehmen … das ich für eine kurze Zeit das Heimchen am Herd spielen möchte. Von jetzt auf gleich sollte ich ihn damit nicht konfrontieren.

»Paul? Ich habe nachgedacht. Vielleicht sollte ich doch mal ausprobieren, wie es mir geht, wenn ich zu Hause bliebe. Ich kenne dieses Gefühl ja gar nicht, weil ich ständig wie eine fleißige Biene arbeite.«

Pauls Kehle entweicht ein komischer Laut. »Ähm … ja. Das stimmt, du bist wirklich ein fleißiges Bienchen.«

»Danke.« Ich kuschele mich noch enger an ihn.

Er hustet.

Ich seufze. »Mal schauen, wann mir danach ist.«

»Wovon machst du die Entscheidung abhängig?«

»Och, mal schauen. Es gibt viele Faktoren.«

Paul lacht. »Sei mir nicht böse, Möhrchen. Ich glaube, die vielen Faktoren lauten: Bruni, Bruni und nochmals Bruni.«

Ich schnelle hoch. »Quatsch. Was hat Bruni denn damit zu tun? Also ehrlich, Paul. So dicke bin ich mit Bruni nun auch wieder nicht.« Ich kreuze den Zeige- und Mittelfinger meiner rechten Hand.

In Pauls Gesicht zuckt es. »Entschuldige, natürlich nicht. Ich dachte nur, du könntest die schönen Stunden mit ihr vermissen. Die vielen netten Gespräche, die ihr führt …«

»So viel Zeit zum Quatschen, wie du glaubst, haben wir nicht. Maria versorgt uns schon mit Arbeit.«

»Komm her, Möhrchen.« Er küsst mich. »Denk einfach drüber nach, okay? Ich kann mir vorstellen, dass es dir gefallen wird, den ganzen Tag mit Finchen so zu gestalten, wie du es möchtest.«

Pauls Worte wirken. Es fällt mir wie Schuppen von den Augen. Ich habe nicht eine Sekunde lang darüber nachgedacht, wo ich Finchen unterbringen soll, falls ich den ganzen Tag bei Markmann arbeiten sollte. Es ist ein Unding, sie von morgens bis nachmittags bei meinen Eltern zu parken, wenn ich angeblich zu Hause bin.

Ich bin nachlässig geworden. Richtig nachlässig.

10. Rollentausch

Es wäre nicht nötig, Fine zu meinen Eltern zu bringen. Sie ist fit. Ich muss sie jedoch hinbringen, denn der Zweitschlüssel der Jörgensens kommt nicht von allein angeflogen.

Paul findet es natürlich super, dass Fine auch den Vormittag bei Mama und Papa verbringt.

Es ist ein wenig hektisch. Finchen ist wieder einmal unter unser Ehebett gekrochen und kommt nicht hervor. Der Kirschlutscher zieht nicht. Sie ignoriert ihn und spielt lieber mit einigen Wollmäusen, die vor ihrer Nase auf dem Boden liegen. Dann interessiert sie sich für ein Papiertaschentuch, in dem wahrscheinlich eine Trillionen Milben Urlaub von der Bettmatratze machen.

»Finchen, das fasst du nicht an … nein!«

Sie stopft es in den Mund, ich werde hysterisch. Ich ärgere mich über mich selbst. Seit circa drei Wochen war ich zu faul, unter den Betten zu wischen.

Paul liegt bäuchlings neben mir, er versucht es mit dem Besen, schafft es jedoch nicht, sie damit hervorzuziehen. Er dreht sich entnervt auf den Rücken.

Ich habe *die* Idee, um sie zu locken. Ich werfe mich auf Paul und nehme sein Gesicht in beide Hände. »Küss mich, sag, dass du mich liebst. Nimm mich, jetzt, hier!«

Er wird ärgerlich. »Ach, Möhrchen, was soll das? Doch nicht jetzt!«

Als Fine laut »Baba« ruft und in Kleinkindsprache anfängt zu schimpfen, kapiert Paul.

Wir kuscheln so lange, bis unsere Tochter angerobbt kommt und mir einen Klaps auf den Kopf verpasst. Paul greift blitzschnell nach ihr.

»Ha. Haben wir dich, du kleine Hexe.« Er klopft ihr den Staub von den Klamotten. »So, jetzt bringe ich dich zu Oma und Opa.«

»Stopp, ich fahre sie.«

»Nein, Karo. Ich mache das gern. Trink du noch in Ruhe einen Kaffee. Es war hektisch genug.«

Er will das Schlafzimmer verlassen, ich hole ihn ein. »Nein. Ich fahre sie, ich mag keinen Kaffee mehr trinken. Stress macht mir nichts aus, ehrlich nicht.«

Ohne lange Diskussion nehme ich ihm unsere Tochter ab, schenke Paul einen gekonnten Augenaufschlag und hauche ihm einen Kuss auf die Lippen.

Opa Heini und Papa warten schon mit ihren Fahrrädern am Gartenzaun.

Mein Vater ist ein erfahrener Vater, er erkennt mit einem Blick, dass seine Enkelin topfit ist. Ich erkläre ihm, dass ich Fine dennoch gebracht habe, dann könne sie mit Max und Moritz spielen.

Er nickt begeistert.

Opa Heini wuselt ihr durch die Haare. »Na, Prinzessin? Kommst du mit zum Bäcker? Sollen wir leckere Brötchen kaufen?«

Fine grinst, sie zieht ein krauses Näschen und zeigt auf den Kindersitz, der auf dem Gepäckträger des Fahrrads meines Vaters montiert ist, und streckt ihm die Ärmchen entgegen.

Ich verabschiede mich von den dreien und sprinte ins Haus.

Schon im Wintergarten duftet es nach Kaffee. Ich pfeffere meinen Schlüsselbund in die Schale, die auf dem Sideboard steht, laufe in die Küche und gieße mir einen Schluck Kaffee ein. Meine Mutter ist zufrieden, dass es Fine besser geht. Sie stellt Geschirr auf ein Tablett.

Nach wenigen Minuten verabschiede ich mich auch hier. Und wie der Teufel es will, rennt meine Mutter wieder hinter mir her, als ich die Küche verlasse.

Ich verschwende keinen Gedanken mehr daran, wie ich es schaffen soll, den besagten Schlüssel vom Bund abzufummeln. Meine flinken Finger sorgen dafür, dass ich nicht nur meinen, sondern auch den Schlüsselbund meiner Mutter in meine Hosentasche gleiten lasse.

Im Affentempo düse ich zu meinem Auto und starte mit zittrigen Fingern den Corsa.

Bruni klatscht in die Hände, als ich ihr die Umstände erkläre, warum ich heute freien Zugang zum Haus meiner Schwester habe.

»Ha, ha! Du hast deiner Mutter die Schlüssel gemopst. Du bist echt so coool, Karo.«

Ihre Stimmung schlägt um, nachdem ich ihr mit drei Worten erklärt habe, dass wir das Ding gemeinsam durchziehen werden.

»Menno. Ich kann doch besser in der Kantine auf dich warten …«

Ich bleibe hart. »Bruni! Du kommst mit! Schließlich profitierst du auch davon, wenn ich mir den Hintern aufreiße.«

Bevor sie weiter herummosern kann, greife ich nach dem Telefonhörer. Nach dreimaligem Freizeichen meldet sich meine Mutter.

»Mama, ich bin es noch mal. Du, mir ist was Dummes passiert. Ich habe versehentlich deinen Schlüsselbund mitgenommen.«

»Ach, das ist doch nicht schlimm, Kind. Bring ihn halt am Nachmittag wieder mit. Das wäre mir gar nicht aufgefallen.«

Ich lege den Hörer langsam auf. »Pah. Sie hat es noch nicht einmal bemerkt. Da soll ich mir ein schlechtes Gewissen machen?«

Bruni zieht ein Schüppchen und jammert. »Menno, immer muss ich *das* machen, was *du* willst. Mir ist nicht wohl dabei.«

Obwohl mir auch ein wenig die Muffe geht, rede ich die Situation schön. »Ach was! Du wirst langsam alt, Frau Hasenfuß.« Ich strecke mich. »Irgendwie war es in den letzten Monaten langweilig. Endlich kommt mal wieder Stimmung in die Bude. Zum Fotografen muss ich auch noch. Ich habe kein anständiges Bewerbungsfoto. Wir werden uns etwas eher in die Mittagspause verabschieden, damit wir alles schaffen.«

Bruni scheint ein wenig eingeschnappt zu sein. Sie nickt mürrisch.

Maria versorgt uns mit Arbeit. »Erinnert ihr bitte die Außendienstler per E-Mail an die Reisekostenabrechnungen? Es stehen noch einige aus. In den nächsten Tagen brauche ich Leasingangebote für Neuwagen. Kümmert ihr euch darum?«

Sie huscht zurück in ihr Büro, ich summe wie eine Biene und öffne den E-Mail-Account.

Wenig später kommt Paul. Das Klappern der PC-Tastaturen scheint Musik in seinen Ohren zu sein, denn er sagt: »Hallo, ihr fleißigen Bienchen.«

Ich halte kurz inne. »Paul? Bruni hat Simone und mich heute Abend zum Essen eingeladen …«

Bruni nickt eifrig. Sie wird rot. »Ja, ich habe Karo eingeladen … und Simone auch. Ähm … Ratiba kann aber nicht …«

Ich trete unter dem Schreibtisch nach ihr. Ihre Stimme klingt total verunsichert. Die redet sich um Kopf und Kragen!

»Oh. Das ist nett von dir, Bruni. Sehr nett.« Dann rauscht er durch.

»Mensch, reiß dich zusammen, Bruni. Wir gehen lediglich ins *Kakadi* und rauben keine Bank aus.«

Ihre Finger spielen nervös mit ihrem Halstuch. »Boah, mecker mich nicht so an!«

Das Glück hat mich nicht verlassen, denn Paul und Maria verabschieden sich wenige Minuten später. Ein Termin mit einem Grundstücksmakler steht an, anschließend wird geschäftlich außer Haus gegessen. Wir können deshalb nicht nur eher in die Mittagspause gehen, sondern *viel* eher.

Um Punkt 10:30 Uhr rufe ich Conny auf ihrem Handy an, um mich zu vergewissern, ob sie auch tatsächlich auf dem Sportplatz ist. Ihre Stimmung und die Hintergrundgeräusche überzeugen mich vollends davon.

Bruni und ich huschen händchenhaltend wie zwei kleine Mädchen, die die Schule schwänzen, über den Flur, in Richtung Aufzug.

In der Tiefgarage steigen wir in Brunis Auto und fahren los.

Zuerst steuern wir das Geschäft eines Fotografen an.

Der ältere Bildermacher scheint ein Profi zu sein. Als ich ihm sage, dass ich ein schönes Bewerbungsfoto benötige, nickt er so souverän, dass ich von seinen fachlichen Qualitäten überzeugt bin. Er deutet auf einen Wandspiegel, in dem ich mein Erscheinungsbild noch einmal überprüfen kann.

Ich bürste meine Locken, mein Make-up ist perfekt.

Kaum dass ich sitze, bringt er mich mit wenigen Handgriffen in eine Position, in der sich meine Rückenmuskulatur verkrampft.

Erst dann schaltet er das Licht einiger Scheinwerfer ein, die mich ins rechte Licht setzen sollen.

Er schaut durch eine Kamera, die auf einem Stativ steht. »So, und jetzt, das Kinn noch ein wenig nach unten senken … nein, nicht so tief, bitte etwas höher … jaaa und den Kopf etwas mehr nach rechts drehen. Lächeln Sie, denken Sie mit Freude an den Menschen, der Ihnen bald *das* geben wird, wonach Sie streben.«

Oh, ja. Das werde ich tun. Ich freue mich und lächele, so schön ich kann.

Klick!

Dann muss ich noch einmal die Position meines Kopfes verändern, wieder klickt es.

Der Fotograf scheint zufrieden zu sein und verschwindet hinter einen Vorhang.

Bruni schaut ungeduldig auf die Uhr, die an der Wand leise vor sich hintickt.

Das Ergebnis kann sich sehen lassen. Ich gefalle mir sehr gut auf dem Bild, auf dem meine Baustellen nicht zu sehen sind.

Wir hasten aus dem Geschäft und sind innerhalb von fünfzehn Minuten in Sülldorf. Bruni besteht darauf, eine Straße weiter zu parken, was ich absolut übertrieben finde; ich gebe ihrem Willen jedoch nach. Im Laufschritt eilen wir in die Lindenallee.

Nachdem wir im Haus der Jörgensens sind, bleiben wir kurz im Flur stehen. Ich genieße die Totenstille.

Bruni flüstert. »Wo ist dieses verdammte Arbeitszimmer?«

Ich deute mit dem Kopf zur Treppe. »Oben … auf dem Dachboden.«

Als wir den Flur entlangschleichen, wirft Bruni einen Blick in die Küche, in der das blanke Chaos herrscht. »Ey, ich dachte immer, dass *ich* unordentlich sei. Waaahnsinn.«

Die Treppenstufen knarren leise, als wir sie vorsichtig hinauflaufen. Dann geht es über eine schmale Wendeltreppe weiter nach oben.

Als wir den Spitzboden betreten, atme ich erleichtert auf. Dann fluche ich leise. Ich könnte Conny erwürgen. Hier stehen drei Glasvitrinen voller Aktenordner!

Bruni blickt sich neugierig um und zieht eine Schreibtischschublade auf. »Oh. Ein alter Pelikan-Füller. So einen hatte ich früher auch mal.«

Ich studiere die Rücken der einzelnen Ordner. *Hausordner, Gas, Strom, Telefonabrechnungen.*

»Wie schön. Guck mal, Karo. Ein Bild von deinen Eltern.«

Ich zische sie an. »Verflixt, Bruni, ich weiß, wie meine Eltern aussehen. Hilf mir lieber und hör auf zu schnüffeln.«

Kreditunterlagen, Kontoauszüge.

Bruni kichert. »Wow, ein Nacktfoto von deinem Schwager, ich hätte nicht gedacht, dass Anton *so* gut gebaut ist.«

Ich schnelle herum. »Hör auf damit, Bruni, das macht man nicht … Zeig mal …« Ich reiße ihr das Bild förmlich aus der Hand. Mein Schwager steht im Bad und rubbelt sich die Haare trocken. Er macht ein erschrockenes Gesicht. Conny hat ihn wohl mit der Kamera überrascht.

Zaghaft wandert mein Blick auf die Stelle, an der sich Antons Pullermann hängen lässt. Ich gackere. »Ja, stimmt. Der kleine Anton ist ganz schön groß.«

Bruni beugt sich vor und lässt die Arme baumeln. »Was lang ist, hängt auch sehr tief.«

Ich könnte kreischen.

Sie legt das Bild wieder zurück und hilft mir endlich beim Suchen. Minuten später hat Bruni den richtigen Ordner erwischt. Ich umarme sie kurz und blättere ihn durch.

»Ich geh mal pinkeln.«

Ich nicke und nehme alle Papiere, die mir wichtig erscheinen, aus dem Ordner.

Ich weiß nicht, wie es Bruni ergeht, die für kleine Mädchen ist. Mir jedenfalls gefriert das Blut in den Adern, als ich höre, dass unten eine Tür mit Karacho ins Schloss fällt. Eine Sekunde später höre ich Conny laut keifen.

Meine Atmung beschleunigt sich. Der Deckel des Ordners fliegt zu, die Papiere stopfe ich mit brachialer Gewalt in meine Handtasche.

»Die Tür hast du auch nicht abgeschlossen, Fräulein … du hast als Letzte das Haus verlassen … nein, das hast du nicht! Sie war geschlossen, aber nicht *abgeschlossen*! So, wo sollen deine neuen Turnschuhe stehen?«

Conny stampft die Treppe hinauf.

In dem Moment, als ich den Ordner zurück in die Vitrine stellen will, zittern meine Hände so heftig, dass mir der Ordner aus der Hand rutscht und auf den Holzfußboden knallt.

Ich höre kein Stampfen mehr, Conny muss stehen geblieben sein.

Sie sagt: »Warte mal, Hanni …« Ihre Stimme wird leiser, ich kann ihre Worte jedoch verstehen. »Weißt du, wo Papa die Schere hat?… Nein, *nicht* die Nagelschere. Die riesengroße, von der Papa immer sagt, dass man damit Schweine abstechen könnte … leg auf, ich rufe dich gleich zurück.«

Jetzt zittern auch meine Beine. Ich habe Connys schnelle Schritte, die immer näher kommen, noch nie als so bedrohlich empfunden wie in diesem Moment. Wenn sie mich hier oben erwischt, wird sie mir so eine schallern, dass ich durch das geschlossene Fenster in den Garten fliege.

Ich weiß nicht, wie ich es geschafft habe, aber als Conny den Dachboden betritt, liege ich hinter der grünen Sitzgarnitur, die früher unten im Wohnzimmer stand, und halte den Ordner schützend über meinen Kopf.

Eine Schublade wird aufgerissen. Conny kramt darin herum. Ich bete zu Gott, dass sie mich nicht entdeckt, während sie die Schere in ihrer Hand hält.

Sie spricht laut mit sich selbst. »Komisch, ich dachte, ich hätte etwas fallen gehört.«

Ich höre die Tastentöne ihres Handys. »Da bin ich wieder, Hanni … gut, ich schaue in deinem Zimmer nach.«

Ihre Schritte entfernen sich. Ich habe das Gefühl, ich habe die ganze Zeit keinen Atemzug getan, mein Körper scheint ein Vakuum zu sein.

»Ja, ich habe sie. Das nächste Mal schaust du zweimal hin, ob du auch die richtigen Turnschuhe eingepackt hast.«

Ein Wasserhahn rauscht kurz, anschließend höre ich die Toilettenspülung. Conny keift. »Und abgedrückt hast du nach dem Pinkeln auch nicht, du Ferkel!«

Kurze Zeit später fällt die Tür erneut ins Schloss, dieses Mal leiser.

Ich richte mich langsam auf.

»Bruni?« Meine Stimme krächzt leise. Ich bekomme keine Antwort. Ich räuspere mich. »Bruni?« Jetzt klappt es besser.

Der Ordner wandert zurück in den Schrank. Wenn Paul nur im Ansatz ahnen könnte, was ich auf mich nehme, um die Kaugummifirma vor dem Umzug zu retten, würde er mich den ganzen Tag auf Händen tragen.

In der Hoffnung, dass Bruni noch gesund in irgendeinem Schrank in der ersten Etage sitzt, sprinte ich die Treppe runter. Manchmal kann sie ganz schön labil sein, nicht auszudenken, wenn sie einen Herzkasper erlitten hätte.

»Mensch, Bruni, gib Antwort!«

»Hier … Ich bin hier …«

Die Stimme kommt aus dem Bad, in dem Conny sich vorhin kurz aufgehalten haben muss.

Ich bekomme einen Lachflash, als ich Bruni mit heruntergelassenen Hosen in der Dusche entdecke, die hinter der weit geöffneten Tür nicht einzusehen ist. Frau Hasenfuß ist weiß wie die Wand, ihre Hände umkrampfen den Duschkopf, den sie wie eine Waffe auf mich richtet.

»Co… Co… Conny hätte mich abgestochen, wenn sie mich entdeckt hätte.«

»Quatsch. Zieh dir erst einmal die Hosen wieder hoch.«

Jetzt kann Bruni auch wieder lachen. Ein wenig zaghaft, aber sie lacht. Sie wischt sich mit ihrem Halstuch Schweiß von der Stirn, und legt es über die Schulter. Dann zieht sie ihre Unterhose über die Hüften.

Samt unserer Beute verlassen wir das Haus.

Da wir recht gut in der Zeit liegen, beschließen wir einen Abstecher in eine Boutique zu machen, die in der Nähe unseres Betriebes kürzlich neu eröffnet hat. Wir finden, dass wir eine Belohnung verdient haben.

Das Angebot an Cocktailkleidern ist sehr groß, wir vergessen Zeit und Raum und schlüpfen in eine Kreation nach der anderen. Letztendlich entscheidet sich Bruni für ein Kleid in ihrer Lieblingsfarbe rot. Es ist aus elastischem Material, das mit etlichen dunkelroten Schmucksteinchen besetzt ist und vorne einen durchgehenden Zweiwegereißverschluss hat.

Mich hat Bruni zum Kauf eines sündhaft teuren Kleides in der Farbe schwarz überredet. Nachdem ich es anprobiert habe, fand sie, dass ich darin umwerfend aussehe. Es ist trägerlos und hat einen paillettenbesetzten Unterbruststreifen, unter dem Chiffonbahnen raffiniert die Hüften umspielen. Nach dem Kauf sind wir so glücklich, wie Frauen nach einem gelungenen Klamottenkauf nur sein können.

Bevor wir wieder in den Betrieb fahren, lade ich Bruni noch in ein

Sushi-Restaurant ein und bedanke mich dafür, dass sie in der Dusche keinen Kollaps erlitten hat.

In der Tiefgarage legen wir die Kleider sorgfältig auf die Rücksitze unserer Autos, damit sie keine Knitterfalten bekommen.

Sobald wir am Schreibtisch sitzen, druckt Bruni das gespeicherte Bewerbungsschreiben aus. Sie hat daran gedacht, den Namen der Ansprechpartnerin korrekt zu schreiben. Auf ein Extrablatt wird das Foto geklebt und wir heften alles, was Lenny auf *Conny van Goch* neugierig machen soll, ordentlich in eine Mappe. Ich lasse nichts anbrennen und flitze los, um den Umschlag persönlich in den Briefkasten, der um die Ecke der Firma seinen Platz hat, einzuwerfen. Bevor er in die Klappe wandert, spucke ich drei Mal darauf.

Bruni und ich sind ein wenig aufgeregt. Wir freuen uns auf den Abend, aufs Köderauslegen und sind ganz gespannt, ob Lenny, der Raubfisch, danach schnappen wird.

Meine Eltern, Opa und Gundula sind voll im Einsatz. Sie haben sich zum Ziel gesetzt, so viel Geld wie möglich für ihr soziales Engagement zu sammeln.

Opa Heini hat seine Staffelei vor dem Rosenbeet aufgebaut und malt wieder irgendein Fantasiebild, das überwiegend aus Strichen und Kreisen besteht. Er trägt auch heute kunterbunte Klamotten und seinen Strohhut.

Auf der großen Wiese steht und liegt Trödel aus dem Keller, der wohl versteigert werden soll.

Finchen, Max und Moritz gefällt das bunte Treiben. Sie laufen zwischen alten Bilderrahmen, Kassettenrekordern und Krimskrams hin und her. Fine und Moritz sehen aus, als hätten sie beim Kohleabbau geholfen. Sie sind voll eingesaut.

Gundula und meine Mutter tragen alte Kittel und Kopftücher, sie bearbeiten mit einem Teppichklopfer einen alten Teppichläufer, der von meinem Vater und Conny gehalten wird.

Meine Mutter ruft bei jedem Schlag laut »Hau«, danach kreischt Gundula »ihn« und schlägt ebenfalls kräftig zu. Im Sekundentakt saust der Klopfer auf den Perser.

»Hau … ihn. Hau … ihn.« Mein Vater lacht sich schlapp.

»Euer Einsatz ist unglaublich!« Ich trete einen Schritt beiseite, um den Staubwolken zu entgehen.

Conny wedelt mit der freien Hand und hustet. Sie kneift die Augen zusammen, macht ein angewidertes Gesicht und lässt den Teppich fallen.

»Ich brauche jetzt einen Kaffee und danach bin ich weg. Ich muss die Großen abholen, sie sind bei einer Freundin.«

Bei dem Stichwort Kaffee lassen alle alles stehen und liegen.

Opa Heini streckt sich. »Das Malen geht ganz schön auf die Nackenmuskeln. Ich glaube, ich sollte Ratimba mal aufsuchen.«

Ich hake mich bei Opa Heini ein, weil er der Einzige ist, der nicht vollkommen verstaubt ist. »Opa, *Ratiba*, nicht Ratimba. Ja, mach das. Ratiba und Machungwa freuen sich über jeden Patienten. Das Wartezimmer der Praxis ist schlecht besucht. Du würdest mir einen Gefallen tun, wenn du deinen Kumpels die Praxis empfehlen würdest.«

Opa Heini bleibt kurz stehen. »Worauf du dich verlassen kannst! Das mache ich sehr gerne.«

Conny beugt sich vor und reibt ihren Rücken. »Wenn meine Schmerzen schlimmer werden, gehe ich auch zu den Adamus. Ich musste mich heute auf dem Sportplatz so oft bücken, das war Horror.«

Der Kaffeetisch ist bereits gedeckt, wir schlendern durch den Wintergarten ins Haus.

Die gesamte Familie drängelt sich im Bad ums Waschbecken, ich lege den Schlüssel meiner Mutter an seinen Platz zurück.

Sie kommt mir entgegen. Ich strahle sie an und zeige mit dem Finger auf die Schale. Für sie ist mein Fingerzeig nebensächlich, denn sie nickt und läuft zum Kühlschrank.

»So. Dann wollen wir uns mal mit einem leckeren Stück Kuchen stärken.«

Conny fläzt sich auf ihren Stuhl. Ich rufe nach den Kindern, die jedoch nicht reagieren.

»Sie haben viel genascht, sie werden keinen Appetit mehr haben.« Gundula verteilt Kuchenstücke auf unsere Teller. Dann lächelt sie Conny an. »Wie war es denn heute auf dem Sportfest?«

Conny stöhnt. »Hanni hat nur Stress gemacht. Heute Morgen war sie am Plärren, weil sie ihre Haare nicht glattgeföhnt bekam … dann haben wir fünf Minuten im Auto auf sie warten müssen, weil sie noch einmal zur Toilette musste. Als wir auf dem Sportplatz ankamen, hat die Trulla bemerkt, dass sie die alten Turnschuhe eingepackt hat, die zu klein sind. Nach einer halben Stunde taten ihr die Füße so weh … also musste ich noch einmal nach Hause düsen, um die neuen zu holen.«

»Ja, ja.« Conny erntet von meiner Mutter einen belustigten Blick. »An solche Tage kann ich mich auch noch recht gut erinnern. Wie oft habe ich euch Sachen hinterhertragen müssen.«

Conny beugt sich vor. »Sag mal, Mama. Warst du heute in unserem Haus?«

»Ich? Nein. Wie kommst du denn darauf?«

»Komisch. Als wir nach dem Sportfest heimkamen, lag *das* hier auf der Treppe.« Sie greift in ihre Handtasche und hält Brunis pinkfarbenes Halstuch in die Luft. »Das lag definitiv nicht dort, als ich die Turnschuhe geholt habe.«

Ich verziehe keine Miene.

Meine Mutter schüttelt den Kopf. »Ich war nicht bei euch, Conny. Außerdem, wie hätte ich denn aufschließen sollen? Karo hat heute früh versehentlich meinen Schlüssel eingesteckt, sie hat ihn erst vorhin wieder zurückgelegt.«

Conny kneift die Augen zusammen und schiebt den Unterkiefer vor. Sie fragt mich nicht. Ich sehe ihr an, dass sie auf eine Antwort wartet.

»Ich? Nein. Ich war doch arbeiten und den ganzen Tag mit Bruni zusammen. Was soll ich denn in eurer Butze?«

Gundula schielt auf das Halstuch. »Keine rothaarige Frau würde sich freiwillig ein pinkfarbenes Halstuch umbinden. Das sähe ja furchtbar aus.«

»Hm.« Meine Schwester denkt nach. Gundulas Argument scheint sie zu überzeugen. Sie stopft das Tuch wieder zurück, hat jedoch nicht mit dem Thema abgeschlossen. »Irgendeine Erklärung muss es aber dafür geben.«

Opa Heini frotzelt. »Frag mal Anton. Blonden Frauen steht die Farbe pink ausgezeichnet.«

Niemand traut sich zu lachen. Anton hat Conny vor längerer Zeit mit einer drallen Blondine betrogen, Opa Heini kann es nicht lassen, Conny ab und an damit aufzuziehen.

Nach Opas Spruch pfeift Conny ihre Jungs heran und verabschiedet sich. Sie rauscht beleidigt ab.

Bevor ich mich auf den Weg mache, bittet meine Mutter mich, auf dem Nachhauseweg zur Müllhalde zu fahren. Eine alte Trockenhaube mit Ständer und ein Sitzkissen seien so unbrauchbar, dass man sie wirklich niemandem mehr anbieten könne.

Opa Heini verstaut den Trödel in meinen Kofferraum.

Da Paul weiß, dass ich mich heute Abend mit den Mädels treffe, ist er zeitig zu Hause. Zu dritt bereiten wir das Abendessen vor. Paul kocht Nudeln, ich brate das Hackfleisch für die dazugehörige Sauce.

Finchen sitzt im Hochstuhl, sie kümmert sich um die Beilage. Vor ihr liegen die Außenblätter des Kopfsalates, die sie eifrig und schwer atmend knetet und knautscht. Das sieht so niedlich aus, dass wir uns darüber amüsieren.

Dann wird es ernst. Paul berichtet von der Besichtigung dreier Baugrundstücke. Als er mir die Preise nennt, wird mir leicht schwindelig.

»Was? So teuer ist so ein bisschen Acker?«

Paul nickt. »Ja, Möhrchen, so teuer ist es. Und das, ohne dass wir ein Dach über dem Kopf haben.«

Ich wasche meine Hände und trockne sie rabiat mit einem Küchentuch ab. »Du wirst dich gegen einen Neubau entscheiden, nicht wahr?«

»Das weiß ich noch nicht. So eine Entscheidung schüttelt man nicht einfach aus dem Handgelenk, das will gut überlegt sein.«

»Ich sehe dir an, dass du an Soltau denkst.«

Paul gießt die Nudeln durch ein Sieb, er schweigt.

»Warum gibst du nicht zu, dass du dich längst für Soltau entschieden hast?«

»Möhrchen, sei nicht albern. Bevor ich mich entscheide, reden wir noch einmal darüber.«

Das ist die Antwort, die ich hören wollte. »Du versprichst mir also, dass du nichts unterschreibst, ohne es mir vorher zu sagen?«

Er umarmt mich. »Versprochen. Ich unternehme nichts, ohne mir grünes Licht vom Boss zu holen.«

Ich knuffe ihn in die Rippen und gebe zu, dass ich mich geschmeichelt fühle. Dass ich der *Boss* bin, gefällt mir sehr gut.

Paul und Fine langen kräftig zu, ich halte mich ein wenig zurück, weil ich mir den Appetit aufs Restaurantessen nicht verderben möchte. Eine SMS von Bruni kündigt an, dass ich um 20:30 Uhr abgeholt werde, Simone spielt den Chauffeur.

Eine halbe Stunde nach dem Abendessen badet Paul unseren kleinen Dreckspatz. Ich hüpfe in der Zeit unter die Dusche und erzähle laut, wie eifrig sie im Garten meiner Eltern mitgemischt hat und von dem unermüdlichen Einsatz meiner Familie, aus alten Sachen Geld zu machen.

Ich föhne meine Haare trocken und wickele große Softwickler hinein, damit sie später ein schönes Volumen aufweisen.

Nachdem wir Finchen ins Bett gelegt haben, nimmt Paul das Babyfon mit in den Garten, damit ich mich in Ruhe zurechtmachen kann.

Und das mache ich auch. Nach einer guten Stunde drehe ich mich zufrieden vor dem Spiegel.

Das Kleid ist wirklich ein Traum. Die hochhackigen Pumps und die paillettenbesetzte Clutch passen wunderbar dazu.

Meine roten Locken liegen perfekt. Die Smokey Eyes sind genau das Richtige für einen sexy Auftritt. Meine Fingernägel sind knallrot lackiert. Mit einer lasziven Geste zücke ich meinen roten Lippenstift.

Last but not least tupfe ich mit dem Zeigefinger einen blumigen Duft hinter die Ohrläppchen.

Ich schreite langsam die Treppe hinunter und lächele Paul an, der gerade im Begriff ist, nach oben zu laufen.

Er bleibt stehen, sein Kopf zuckt kurz nach hinten, dann schüttelt er sich, als wolle er eine Fata Morgana verscheuchen. »Ähm … du siehst gut aus. Also … ich meine, umwerfend.« Er räuspert sich. »Neu? Ich meine, das Kleid?«

»Ja.« Ich mache eine wegwerfende Handbewegung. »Es gab noch viel schönere. Ich habe mich aber für dieses entschieden, weil wir ja nur essen gehen. Wozu richtig aufbrezeln?« Ich hüstele. »Vielleicht gehen wir anschließend noch auf einen Drink ins *Kakadi*. Aber *nur* vielleicht. Sollte es etwas später werden, schicke ich dir eine SMS.«

Paul ist sichtlich verwirrt. Er haucht mir einen Kuss auf die Wange und stammelt: »Vie… Viel Spaß. Grüß die Mädels.«

Dann nimmt er zwei Stufen auf einmal.

Wir diskutieren nicht lange, in welches Restaurant wir essen gehen sollen. Simone steuert das Lokal unseres Lieblingsitalieners *Da Franco* an.

Heute verzichten wir auf jegliche Gerichte, die Knoblauch enthalten. Das Rinderfilet in Rotweinsauce mit gebackenen Kartoffelstücken hört sich so gut an, dass wir flott die Bestellung aufgeben.

Wir überhäufen uns gegenseitig mit Komplimenten. Bruni und Simone sehen ebenfalls toll aus. Simone lässt ihre Abendgarderobe seit längerer Zeit schneidern, weil sie wegen ihrer Größe von der Stange meistens nicht das bekommt, was ihr wirklich steht – oder gefällt. Das blaue Etuikleid umschmeichelt ihre Figur, die nach der Geburt von Emil viel weiblicher geworden ist, was ihr ausgezeichnet steht.

Bruni ärgert sich, dass sie ihr schönes Tuch in Connys Hütte verloren hat und es nie wiedersehen wird. Ich tröste sie und verspreche, ihr ein neues zu sponsern.

Simone ist die Ruhe selbst, Bruni und ich sind ein wenig angespannt.

Ich erinnere Simone im Fünfminutentakt daran, dass sie nicht vergessen solle, dass ich nach dem Betreten des *Kakadi* in die Rolle der *Conny van Goch* schlüpfe. Bruni bekräftigt das jedes Mal.

Das ärgert Simone. »Spinnt ihr? Ich bin doch nicht doof. Als wenn ich mir das nicht merken könnte!«

Während des Essens bietet sich Simone an, Fine zu betreuen, falls ich bei Markmann eingestellt werde.

»Du kannst sie ja nicht zu deinen Eltern bringen, oder? Die denken doch, du hast einen Schuss.«

Ich freue mich über Simones Angebot. Ich vertraue ihr Finchen blind an, denn sie kümmert sich so rührend und liebevoll um den kleinen Emil, dass ich keinerlei Bedenken habe. Fine ist Simone vertraut und mit Emil kuschelt sie ohnehin gerne.

Bevor wir uns ins Nachtleben stürzen, ziehe ich den Ehering vom Finger und lasse ihn in meiner Clutch verschwinden.

Auf dem Parkplatz des *Kakadi* stehen etliche Nobelkarossen. Wir nehmen den Leuchtturm in die Mitte, Bruni und ich hängen uns rechts und links an ihre Arme. Die Schlange auf dem roten Teppich ist sehr lang. Wir stolzieren hoch erhobenen Hauptes an der Menschenmenge vorbei, direkt zum Eingang, vor dem Antonios kleiner, muskulöser Körper wie ein Rammbock vor der großen, geöffneten Flügeltür steht. Seine Miene hellt sich auf, als wir anrücken.

Er umarmt uns und spart nicht mit Komplimenten. Simone kreischt vor Freude, als Antonio ihr sagt, dass sie wunderschön geworden sei und dass er Willi sehr beneiden würde.

Dann lässt er uns mit einer galanten Verbeugung eintreten. »Der Tische Nummer sechse wartet aufe euch. Dasse isse der, neben der Bar.«

Wir genießen es, dem Wummern der fetzigen Musik entgegenzulaufen.

Seit wir das letzte Mal hier waren, hat sich nichts verändert. In den Käfigen, die von der Decke baumeln, winden sich noch immer gertenschlanke, knapp bekleidete Schönheiten, als hätten sie die Zwinger nie verlassen. Die bunten Lichter kreisen wie damals an den Wänden.

Aus der Vergangenheit weiß ich, dass im mittleren und hinteren Bereich eine Unterhaltung möglich ist. An der Stelle, an der wir stehen, ist es jedoch brutal laut.

Bruni schreit in mein Ohr. »Mir kommt es so vor, als wären wir erst vor einem Monat hier gewesen!«

Ich nicke lachend.

Simone schreit in mein anderes Ohr. »Karo, geh vor!«

Ich könnte Simone töten. Ich schreie zurück. »Boah, Leuchtturm! *Conny*! *Conny* und nicht *Karo*!«

Jetzt keift Bruni. »Was hast du gesagt, Karo?«

Ich verdrehe die Augen und stöckele zielstrebig auf den Tisch zu, der neben der Bar steht, und lasse mich in die weichen Polster fallen. Hier ist die Lautstärke der Musik erträglich.

Simone und Bruni machen betretene Gesichter, als ich sie zusammenstauche. Beide versprechen, den Namen Karo aus ihrem Sprachschatz zu streichen.

Bruni und ich bestellen Cocktails, Simone wählt ebenfalls einen, jedoch ohne Alkohol.

Ich schreibe Paul eine liebe SMS, unter die ich zwanzig dicke Kuss-Smileys einfüge.

Mein Blick wandert langsam über die Menschenmenge, die sich an der Bar tummelt, und die Tische, die besetzt sind. Lenny Markmann ist nirgendwo zu entdecken. Ich drehe mich um, der hintere große Tisch ist noch frei.

Nach dem ersten Cocktail entspanne ich ein wenig. Bruni macht jetzt auch einen gelassenen Eindruck, ihre Füße wippen im Takt der Musik. Simones Kopf wiegt ständig hin und her.

Nachdem wir eine halbe Stunde lang durch die Gegend gestarrt haben, klopft Simone auf den Tisch.

»Los, gehen wir eine Runde tanzen.«

In dem Moment, als wir aufstehen wollen, kommt ein Mann so ins *Kakadi* gestürmt, als wäre er Professor einer Privatklinik, der gleich eine Chefvisite abhalten wolle. Ihm folgen vier Mädels mit unglaublich großen Brüsten.

Ich halte Bruni und Simone am Arm fest. »Stopp. Ich glaube, es ist so weit.«

Ich konzentriere mich auf sein Gesicht. Das ist ganz eindeutig Markmann. Während er und die jungen Frauen stramm in unsere Richtung laufen, streckt er seine rechte Hand aus, ein Blondchen reicht ihm etwas.

Ohne uns eines Blickes zu würdigen, rauscht er an uns vorüber. Mir ist klar, dass sie den Tisch hinter uns belagern werden.

Ich nicke Bruni und Simone zu, mache dabei mit den Händen eine Geste, die beiden zeigt, es langsam angehen zu lassen.

Bruni und Simone stöckeln vor, ich bemühe mich, nicht nur zu stöckeln, sondern auch meine Hüften schwingen zu lassen.

Auf der Tanzfläche drehe ich mich mit dem Gesicht zu dem Tisch, an dem Lenny und seine Miezen hocken, und lege los.

Während ich mich, geschmeidig wie eine Raubkatze, im Takt bewege, genieße ich den Luftstrom eines unsichtbaren Ventilators, der meine Haare wehen lässt, als stünde ich in der sanften Brise an einem Karibikstrand. Selbstbewusst stelle ich fest, dass Tanzen wie Fahrradfahren oder Schwimmen ist. Man verlernt es nicht.

Bruni hält sich mit ihren Bewegungen ein wenig zurück, sie flirtet mich an. Die Tanzfläche ist nicht gut besucht, wir können uns nach Lust und Laune austoben.

Der Übergang zum nächsten Song geht nahtlos vonstatten. Tina Turners *Simply the Best* dröhnt aus den Boxen. Simone gibt sich alle Mühe der Welt, den Tanzstil der Rockröhre zu doubeln. Sie rafft ihr Kleid bis über die Knie und stampft breitbeinig über die Tanzfläche. Dabei quatscht sie jeden an, der ihr in die Quere kommt.

Bruni und ich geraten kurz aus dem Takt, weil wir uns vor Lachen nicht mehr halten können.

Ich vermeide es, in Lennys Richtung zu schielen, sondern konzentriere mich auf die Musik. Ich möchte auf gar keinen Fall das Signal aussenden, ihn anzuschmachten.

Mein Vorhaben, mich grazil zu bewegen, ist vergessen, als Gloria Gaynors Stimme ertönt. Bruni und ich wechseln einen begeisterten Blick, denn dieses Lied lieben wir beide. Wir schwingen wie auf Teufel komm raus die Hüften und singen laut mit: *I am what I* am ... *I am my own special creation.*

Ich drehe mich langsam im Kreis und freue mich über das, was ich bin. Ein tanzendes Temperamentbündel im *Kakadi.* Der Ventilator scheint sich schneller zu drehen, denn jetzt geraten auch die Chiffonbahnen meines Kleides in Bewegung. Ich halte mit und passe mich dem Tempo an.

Oh, ich bin ... Ich bin gut ... Ich bin, ich bin ... Bin ich stark ...

Ich schließe die Augen, breite die Arme weit aus und drehe mich so schnell wie ein Brummkreisel.

In dem Moment durchzuckt ein höllischer Schmerz mein rechtes Handgelenk. Ich taumele nach hinten, es gelingt mir, nicht das Gleichgewicht zu verlieren. Vor mir taumelt auch jemand, hält sich das Kinn, stolpert im Rückwärtsgang in Richtung einer Marmorsäule, die circa drei Meter am Rand der Tanzfläche steht, knallt dagegen und rutscht wie ein nasser Sack daran herunter. Holla, die Waldfee! Mein spitzer Handknöchel muss den Knock-out-Punkt an seinem Kinn getroffen haben.

Als ich erkenne, dass es Markmann ist, sind meine Schmerzen wie weggeblasen. Ich weiß nicht, ob ich lachen oder weinen soll. Ich bin mit drei Schritten neben ihm und stammele alle Worte, die mir als Wiedergutmachung einfallen.

»Oh. Tut mir leid, verzeihen Sie, Entschuldigung ...«

Markmann rappelt sich auf, reibt sich das Kinn und faucht mich an. »Können Sie nicht aufpassen, Pippi Langstrumpf? Ich wollte Sie nicht vergewaltigen, sondern lediglich die Toilette aufsuchen und die Abkürzung über die Tanzfläche nehmen!«

So ein eingebildeter Fatzke. Ich koche vor Wut.

Simone und Bruni, die neben mir stehen, schlagen eine Hand vor den Mund.

Er nickt uns kurz zu, dann eilt er kopfschüttelnd davon.

Ich reibe mein Handgelenk, hole tief Luft und schreie ihm aus Leibeskräften hinterher. »Ich habe lediglich getanzt … Sie … Sie blöder kleiner Onkel. Das ist noch lange kein Grund, meine Hand kaputtzumachen!«

Seine Schritte verlangsamen sich für einen Moment, dann läuft er wieder schneller.

Wir nehmen Kurs auf unseren Tisch. Ich könnte mich ohrfeigen. Warum konnte ich nicht *einfach* nur die Klappe halten? Warum musste ich wieder einmal das letzte Wort haben? Wenn Markmann mein Bewerbungsfoto sieht, wird er sich erinnernd ans Kinn fassen, an den *blöden kleinen Onkel* denken und mein Bild in tausend kleine Stücke zerreißen.

Die Mädels, die Markmann im Schlepptau hat, scheinen sich prächtig über den Fall ihres – was auch immer – zu amüsieren. Sie kichern albern.

Bruni und Simone geben zu, dass die erste Begegnung mit Lenny nicht gerade glücklich verlaufen ist.

Minuten später kommt er zurück. Der Trottel latscht wieder über die Tanzfläche. Ich könnte ihn ansprechen und mich

noch einmal entschuldigen, vielleicht …

Simone stoppt meinen Gedankenfluss. Sie greift in ihre Handtasche, springt auf und steht nach drei großen Schritten im Gang. Ich ahne Böses.

Bruni scheint auch Böses zu ahnen, denn sie versucht den Leuchtturm zurückzuziehen. Simone weicht geschickt aus. Sie stellt sich Markmann in den Weg und stemmt die linke Hand in die Hüfte.

»Ich wollte Ihnen nur sagen, dass meine Freundin *Conny* nicht mit Absicht zugeschlagen hat. Es gibt also überhaupt keinen Grund, sauer auf sie zu sein, verstanden? Sollten Sie einen Unfallchirurgen brauchen, hier.« Sie drückt ihm eine Visitenkarte in die Hand. »Ist aber schwer, einen Termin dort zu bekommen, es sind nämlich die besten Doktoren in ganz Deutschland.«

Er wirft einen Blick auf das Kärtchen und steckt es tatsächlich ein.

Es ist nicht zu fassen! Was redet Simone für einen Stuss?

Sie macht einen Schritt beiseite. »So. Und jetzt entschuldigen Sie sich mal schön bei *Karo*. Sie hat sich nämlich als Sekretärin beworben. Wenn sie den Job jetzt nicht bekommt, weil ihr Handgelenk gebrochen ist, dann ist das Ihre Schuld.« Sie tippt Markmann mit dem gestreckten Zeigefinger auf die Brust.

Ich schließe die Augen und hole tief Luft.

Lenny zieht die Augenbrauen hoch und grinst. »Conny? Karo? *Wer* hat sich denn nun beworben?«

Bruni mischt sich ein. »Conny hat sich beworben. Wir nennen sie aber Karo, weil das ihr Spitzname ist.«

Das ist zu viel für mich. Nichts wie weg. Ich schnappe meine Clutch, springe auf, um mich in einer Toilette für den Rest des Abends einzuschließen. Ich mache einen Schritt über Brunis Füße, stolpere und ramme dem kleinen bösen Onkel meine Handtasche so fest in die Rippen, dass er in die Knie geht und ein asthmatisches Geräusch von sich gibt.

Hinter unserem Tisch wird wieder gelacht. Ich renne los.

Im hellen Licht der Sanitärräume sieht meine Hand gar nicht gut aus, der Knöchel ist geschwollen. Der kleine Finger ist in Mitleidenschaft gezogen, er weist ebenfalls eine Schwellung auf. Ich kühle sie unter dem Wasserstrahl.

Die Tür fliegt auf, Simone kommt angeprescht.

Sie bedauert mich kurz, dann kichert sie. »Dem habe ich es aber gegeben, was, Karo?«

Ich schaue sie mit ausdrucksloser Miene durch den Spiegel an. »Ja, das hast du.«

Sie hüpft zweimal auf der Stelle. »Die Erklärung, dass Conny mit dem Spitznamen Karo angeredet wird, war toll. Bruni ist genial! Aber … ich bin auch genial.«

»Ihr seid alle genial. Bruni, du, eure gesamte Familie.« Dann fahre ich sie an. »Spinnst du? Du hast alles noch viel schlimmer gemacht!« Ich äffe sie nach. »*So. Und jetzt entschuldigen Sie sich mal schön bei Karo.*« Ich schlage mir mit der gesunden Hand vor die Stirn. »Kerle wie Markmann entschuldigen sich nicht. Nie!«

Simone stampft mit dem Fuß auf. »Pah. Ich habe mich wenigstens getraut, ihm die Meinung zu sagen. So, ich gehe jetzt eine Runde mit Antonio quatschen. Tschüss.« Sie rauscht davon.

Ich tupfe meine demolierte Hand vorsichtig mit Papier trocken und ziehe die Lippen noch einmal nach.

Als ich die Toilettenräume verlasse, sehe ich Simone. Sie steht noch immer im Vorraum des *Kakadi* und unterhält sich mit zwei Frauen des reiferen Alters.

»Ich schwöre. Noch gestern konnte ich keine zwei Schritte laufen ... und heute kann ich tanzen! Die Doktoren Adamu sind wirklich zu empfehlen. Es ist nur schwer, einen Termin dort zu bekommen.«

Ich bremse ab und mische mich ein. »Stimmt. Das kann ich nur bestätigen. Die sind in aller Munde. Die verstehen was von ihrem Handwerk.«

Simone zwinkert mir zu. Sie scheint mir nicht böse zu sein, weil ich sie vorhin so angefahren habe.

Bruni verzieht das Gesicht, als ich mich wieder neben sie setze. Sie nimmt mich in den Arm. »So ein Mist! Bei dem hast du einen bleibenden Eindruck hinterlassen, allerdings nicht so, wie es geplant war.«

Dem ist nichts entgegenzusetzen, darum nicke ich nur.

Bruni streichelt meine Wange. »Wir sollten es jetzt einfach nur laufen lassen. Alles andere bringt nichts.«

Ich seufze. »Der liebe Gott lässt sich nicht ins Handwerk pfuschen, Bruni. Er bestimmt, wo es langgeht. Er hat mich nicht umsonst zweimal mit Lenny kollidieren lassen.«

Jetzt schweigt Bruni. Sie nickt nur.

Als sie mein Handgelenk begutachtet, sage ich laut: »Aua!« Sie beschließt rigoros, dass wir Simone aufgabeln und nach Hause fahren.

»Das muss gekühlt werden, das sieht ja schlimm aus!«

11. Lenny und Karotte

Paul kann sich nur schwer beherrschen, als ich ihm berichte, warum meine Hand so aussieht, wie sie aussieht. Er versucht einen Lachanfall zu unterdrücken, was ihm nicht gelingt. Er prustet los.

»Ich konnte nichts dafür. Ehrlich nicht. Ich habe nur *so* getanzt.« Mein linker Arm saust zur Seite und donnert gegen die Wand. »Autsch … und dann hat es den Typen aus den Schuhen gehauen.«

»Ach, Karo. Bleib doch mal für einen Moment ruhig sitzen. Wenn deine Arme und Beine weiterhin so temperamentvoll durch die Gegend fliegen, läufst du bald wie eine Mumie herum.« Paul wickelt vorsichtig eine Elastikbinde um mein rechtes Handgelenk. »Gut, dass du so geistesgegenwärtig warst und den Ehering sofort abgezogen hast.« Er zieht eine Grimasse. »Es wäre schade gewesen, wenn wir ihn hätten aufschneiden müssen. Den hättest du wenig später nicht mehr so einfach vom Finger ziehen können.«

Wenn Paul wüsste, warum ich den Ring abgezogen habe, würde er mich bestimmt nicht so umsichtig verarzten.

Finchen hat es auch nicht einfach. Sie ist seit 5 Uhr wach. Ihr Zahnfleisch ist geschwollen, es kommen zwei Zähnchen auf einmal, die ihr das Leben schwer machen. Sie sitzt auf dem Boden und kaut auf einem Beißring.

»So. Fertig. Du solltest vorsichtshalber zu Ratiba fahren. Lass sie einmal draufschauen und anschließend machst du dir mit Fine einen gemütlichen Tag.«

Ich überhöre den letzten Teil des Satzes und nehme Fine auf den Schoß. Sie pfeffert den Beißring auf den Boden und greift nach dem Finger meiner gesunden Hand, um darauf herumzukauen. Es ist ein Unding, sie heute mit ins Büro zu nehmen.

»Ich rufe Mama an und frage, ob sie Zeit für Fine hat.«

Paul ist die Erleichterung anzusehen.

Meine Mutter hat wie immer ein offenes Ohr für uns.

Auch in meinem Elternhaus werden amüsierte Blicke getauscht, als ich berichte, warum meine Hand verbunden ist.

»Na, hoffentlich ist nichts gebrochen, Kind.« Meine Mutter setzt ihre Brille auf und starrt auf den Verband, als habe sie Röntgenaugen.

»Quatsch. Die van Gochs haben harte Knochen. Kühlen hilft, kühlen ist die halbe Miete.« Opa Heini schlürft an seinem Kaffee.

Als Fine den Finger meines Vaters aufessen will, läuft Gundula in die Küche und kommt mit einer harten Brotkruste zurück. Finchen kaut sofort darauf herum und watschelt in den Garten.

Bevor ich mich verabschiede, erkläre ich, dass ich zu Ratiba fahren werde. Mein Vater sagt, er wisse von Opa Heini, dass es um die Praxis nicht gut bestellt ist. Er will heute in der Nachbarschaft und im Bekanntenkreis von den neuen Ärzten berichten und eine Empfehlung aussprechen.

Ratiba ist noch nicht in der Praxis. Die Sprechstundenhilfe erklärt mir freundlich, dass drei Patienten eigentlich vor mir an der Reihe seien, Herr Dr. Adamu sich aber sofort um meine Beschwerden kümmern würde. Sie kennt mich und weiß, dass Ratiba und Machungwa meine Freunde sind. Ich erkläre ihr, dass ich Zeit habe und gerne warte.

Im Wartezimmer entdecke ich ein bekanntes Gesicht, Herr Wimmer aus der Produktion grüßt mich freundlich. Ich setze mich neben ihn und raune ihm zu, dass die neuen Ärzte spitze seien.

Etwas verlegen erklärt er mir, dass er es ganz arg im Rücken habe und hoffe, nicht krankgeschrieben zu werden.

Wenige Sekunden später wird er aufgerufen und humpelt langsam ins Behandlungszimmer. Weil ich weiß, dass die Patienten aus einer anderen Tür zurück zur Rezeption geleitet werden, rufe ich ihm hinterher, dass er sich richtig auskurieren solle, und wünsche ihm eine gute Besserung.

Nach einer halben Stunde bin ich an der Reihe.

Machungwa freut sich, mich zu sehen, jedoch nicht über die Umstände, die mich zu ihm führen. Ich erzähle auch ihm, was passiert ist. Er lacht, klopft sich auf den Schenkel und findet es sehr schade, dass er und Ratiba nicht dabei gewesen sind. Wir tauschen uns kurz aus. Ich freue mich, dass es Ratiba, Tutu und seinen Eltern gut geht und Machungwa momentan zwei Urlaubsvertretungen für Kollegen übernommen hat.

Die Sprechstundenhilfe steckt den Kopf zur Tür herein und verkündet, dass jetzt vier Patienten auf eine Behandlung warten.

Während der Untersuchung stellt sich heraus, dass der Zusammenprall meiner Hand mit Markmanns Kinn keine gravierenden Schäden hinterlassen hat. Machungwa beruhigt mich. Der Bluterguss und die Schwellung werden nach wenigen Tagen verschwunden sein. Er spendiert mir aus seinem Fundus Schmerztabletten und eine Handschiene mit Klettverschlüssen. Zusätzlich verschreibt er eine Salbe. Ich verspreche ihm, die Hand ordentlich zu kühlen.

Bruni empfängt mich mit guter Laune.

»Paul hat erzählt, dass du zu Ratiba gefahren bist. Er ließ offen, ob du kommst oder nicht. Ich dachte schon …«

Ich lasse sie nicht ausreden. »Blödsinn! Wegen dieser Kleinigkeit bleibe ich doch nicht zu Hause. Alles halb so schlimm. Schöne Grüße von Machungwa. Es waren einige Patienten da, der Herr Wimmer aus der Produktion hat sich heute auch behandeln lassen.«

Bruni ist ein Schatz. Im Gefrierfach des Kühlschranks liegen Eiswürfel, die sie vorsorglich aus der Kantine geordert hat.

Maria kommt aus ihrem Büro, sie weiß längst, was passiert ist. Sie pustet lachend auf die Hand und wünscht mir, dass ich die Schiene bald entfernen kann.

Ich gehe zu Paul, erstatte ordnungsgemäß Bericht und lasse mich, obwohl alles halb so wild ist, ordentlich bedauern. Er zieht mich auf seinen Schoß und verspricht, heute *ganz* früh zu Hause zu sein, um etwas Schönes für das kranke Huhn und das zahnende Küken zu kochen. Er will mich überraschen und selbst einkaufen gehen. Allein für die Idee bekommt Paul viele kleine Küsschen.

Bruni beneidet mich. Sie schnieft. »Du hast es gut. Wenn ich mal krank bin, kocht Heiner immer hartgekochte Eier. Was anderes kann er nicht.«

Mein Handy bimmelt, ich schiele zaghaft aufs Display.

»Boah! Ich wette, das ist Markmann!« Bruni wirft sich halb über den Schreibtisch, um einen Blick auf die Rufnummer zu erhaschen.

Ich lache. »Nein, das ist Mama.«

Die Stimme meiner Mutter klingt skeptisch, als ich ihr erkläre, dass mit meiner Hand soweit alles gut ist.

»Na, ich kenne dich doch, Kind. Du willst nur nicht, dass wir uns Sorgen machen. Ist auch wirklich nichts gebrochen?«

Ich leiere Machungwas Diagnose herunter. Das scheint sie zu beruhigen. Dann beruhigt sie mich: Finchen ginge es prima. Sie putze mit ihrem Opa und Opapa das alte Holzschaukelpferd, das Gundula in der hintersten Ecke des Kellers gefunden habe.

»Da habt ihr schon dringesessen, als ihr noch so klein wie Fine wart. Das stand so versteckt, wir hatten es vollkommen aus den Augen verloren und gar nicht mehr im Kopf.«

Kaum dass ich aufgelegt habe, ruft meine Schwester auf dem Firmentelefon an. Sie heult.

»Ich habe etwas im Internet bestellt und als … als Lieferadresse eure Firma angegeben. Das Päckchen ist persönlich an dich adressiert.« Dann schluchzt sie so, dass es mir durch Mark und Bein geht. »Sobald … sobald du es bekommen hast, ruf mich sofort an.«

»Was ist los, Conny? Warum weinst du so?«

»Ich … ich habe mir dieses beschissene pinkfarbene Tuch heute früh genauer angesehen … es sind Flecken darauf … Flecken … die … du weißt schon …«

»Hä? Was für Flecken? Welche Flecken hat das pinkfarbene Tuch?«

Dann keift sie so in den Hörer, dass es in meinem Ohr klingelt.

Sie kreischt: »Speeermaflecken! Und Spuren von Lippenstift. Ich habe einen Test bestellt, mit dem man auf Klei… Kleidung Spermaflecken nachweisen kann. Opa Heini hatte wahrscheinlich den richtigen Riecher. Anton … Anton hat mich mit Sicherheit schon wieder betrogen. Er nutzt jede Gelegenheit schamlos aus. Er wusste, dass er sturmfreie Bude hat, während ich auf dem Sportfest war.«

Dann legt sie auf. Ich hole erst einmal Luft.

»Ähm … Bruni. Das Halstuch, das du bei den Jörgensens verloren hast, hat das … ich meine, haben Heiner und du … Conny meint, da sind Flecken drauf, die nach … nun … Spermaflecken aussehen.«

Bruni denkt kurz nach und wird rot. »Ähm … da *könnte* sie nicht unrecht haben. Gestern nach dem Frühstück … da habe ich … na, ja.« Sie leckt sich über die Lippen und kichert, als hätte sie nicht alle Tassen im Schrank.

Ich lasse mich nach hinten fallen. »Hör auf damit! Das ist nicht lustig.« Dann rufe ich laut: »Iiieh. So was wirft man doch in die Wäsche!«

Bruni giftet zurück. »Wenn ich bemerkt hätte, dass … dann *hätte* ich es in die Wäsche geworfen!«

Ich könnte ausrasten und stampfe zum Kühlschrank. Eiswürfel fliegen in einen Gefrierbeutel. »Es geht alles schief, alles.«

Bruni senkt schuldbewusst den Kopf. »Und jetzt?«

Ich lasse mich mit voller Wucht auf meinen Schreibtischstuhl fallen, dass es nur so kracht. Ich tausche die Handgelenkschiene gegen den Eisbeutel.

»Keine Ahnung, Bruni. Ich habe es dir gestern Abend schon gesagt. Der liebe Gott hat andere Pläne. Als wenn *der* sich von einem kleinen Flohfurz wie mir reinreden ließe.« Ich zeige Bruni erst einen Vogel, dann auf meine geschwollene Hand. »Das hier ist doch der beste Beweis. Ihm gefällt nicht, was wir veranstalten. Er wollte mir etwas sagen. Und weil der liebe Gott nicht wirklich mit uns spricht, zeigt er es uns irgendwie.«

Mein Handy klingelt, es ist kein Anrufer aus meinen Kontakten. Ich erkenne aber mit einem Blick, dass es sich um die Hamburger Vorwahlnummer handelt. »Ohhhh, Bruni, das ist er bestimmt, der liebe Gott … ähm, Markmann.«

Ich springe auf, verlasse das Büro und nehme im Flur das Gespräch an.

»Hallo, Frau van Goch, hier spricht Melinda Sidopoulos. Vielen Dank für Ihre Bewerbungsunterlagen, Herr Markmann möchte Sie gerne zu einem Gespräch einladen.«

»Oh. Ja. Das ist nett. Ähm … wann …?«

»Können Sie am Freitag um 10 Uhr zu uns kommen?«

Ich denke im Turbotempo. Heute ist Mittwoch, Freitag ist mir definitiv zu spät. »Nein. Freitag kann ich leider nicht. Da habe ich schon andere Vorstellungsgespräche. Morgen auch. Ich könnte heute. Eigentlich *nur* heute.«

Frau Sidopoulos reagiert schnell. »Moment, ich halte kurz Rücksprache mit Herrn Markmann …«

Ludwig van Beethovens *Für Elise* erklingt. Ich wiege meinen Kopf im Takt. Düdeldüdeldüdeldumm dudadummm dudadummm …

Die Bürotür öffnet sich einen Spalt breit, Bruni muss lachen, als sie meine Kopfbewegungen beobachtet.

»Frau van Goch? Können Sie heute um 14:30 Uhr zu uns kommen?«

»Ja, 14:30 Uhr passt mir ausgezeichnet.« Ich beende das Gespräch und breite die Arme weit aus.

Bruni fliegt mir um den Hals. »Mensch, Karo. Wenn Markmann so sauer auf dich wäre, würde er dich nicht zu einem Gespräch bitten. Was ziehst du an?«

»Hm. Am besten ein Kostüm.«

Bruni beobachtet mich. »Trage die Haare offen. Hast du noch die schwarze Brille ohne Sehstärke? Ich finde, dass du damit unglaublich intellektuell aussiehst.«

»Nein, ein Bügel ist abgebrochen. Aber ich könnte auf dem Heimweg kurz beim Optiker reinhüpfen. Du hast recht. Das schindet ein wenig mehr Eindruck.«

Bruni nickt begeistert, dann fängt sie an, für zwei zu arbeiten.

Ich räume mit der linken Hand meine Schreibtischschubladen auf. Die haben es schon lange nötig. Auf der rechten liegt wieder der Beutel mit den Eiswürfeln, die mittlerweile fast geschmolzen sind.

Um kurz vor 12 Uhr bin ich so nervös, dass mir allein bei dem Gedanken an Essen übel wird. Bruni zeigt Verständnis, dass ich nicht mit ihr in die Kantine gehe, sondern nach Hause fahren möchte, um mich auf meinen großen Auftritt vorzubereiten.

Pauls Blick ist voll Mitgefühl, als ich ihm erkläre, dass ich wegen starker Schmerzen nach Hause fahren werde. »Du hättest erst gar nicht kommen sollen. Ruf mich an, wenn ich Finchen von deinen Eltern abholen soll.«

Ich umarme ihn hastig. »Nein, lass nur. Ich lege mich ein Stündchen aufs Ohr, dann hole ich sie ab.«

Bruni drückt mich fest, ich höre, dass sie dreimal über meine linke Schulter spuckt. »Toi, toi, toi. Du *musst* es schaffen, Karo. Denk an Soltau.«

Ich mache mir Druck. Auf dem Weg in die Tiefgarage denke ich nicht nur an Soltau, wir leben quasi schon in Soltau, weil Paul die Fahrerei zu stressig geworden ist.

Wir schreiben das Jahr 2016. Unsere Villa an der Außenalster ist längst verkauft. Wir wohnen in einer kleinen Wohnung an einer belebten Haupt-

straße, weil wir so gut wie pleite sind, denn unsere Kunden kaufen jetzt bei der Dröpjes KG *in Hamburg ein. Visavis unserer Wohnung ist eine Chemiefabrik ansässig, aus deren Schornsteinen gelblicher Qualm zum Himmel stinkt. Finchen hustet ständig, der Rauch soll Gerüchten zufolge gesundheitsschädigend sein, was vom Umweltamt natürlich bestritten wird. Fine weint jeden Morgen, sie möchte Leberwurstbrote, unser Geld reicht jedoch gerade mal für Margarine. Ich sitze in der kleinen Küche und versuche mich im Bildermalen, die ich bei eBay versteigern möchte, denn Weihnachten naht und wir brauchen Geld für Geschenke. Finchen wünscht sich sehnlichst einen Puppenwagen. Und weil niemand meine Bilder kauft, schlüpfen wir in zerlumpte Klamotten und machen uns auf den Weg ins Kaufhaus* Langemann. *Dort hängen wir einen großen Wunschzettel, auf dem ich das Wort PUPPENWAGEN geschrieben habe, an den Weihnachtsbaum. Als Conny in einem schicken Wintermantel und hochhackigen Lederstiefeln angestöckelt kommt, verstecken wir uns aus Scham hinter einem Regal mit Stofftieren. Durch Winnie Puuh und Pumuckl beobachten wir, dass Conny mit einer großen Schere, mit der man Schweine abstechen könnte, den Wunschzettel abschneidet. Sie lacht laut. Sie ruft hämisch: »Diese Handschrift kenne ich doch?«*

Ein Hupkonzert reißt mich aus meinem Tagtraum. Die Ampel ist auf Grün gesprungen, während ich vor mich hingeträumt habe. Ich gebe Gas. Dieses Horrorszenario werde ich zu verhindern wissen. Markmann *wird* mich einstellen. Einen anderen Gedanken lasse ich nicht zu.

Der Augenoptiker macht mir Mut, Farbe zu bekennen. Er reicht mir verschiedene Brillengestelle in den Farben rot, weiß, gelb und letztendlich eine grüne, die mir besonders gut gefällt.

»Ein Traum … diese ist wirklich ein Traum. Das Feuer in Ihren Haaren, dazu der Grünton. Entzückend.«

Ich nehme sie alle.

Zu Hause entferne ich den knallroten Nagellack von den Fingernägeln und trage farblosen auf.

Während er trocknet, rufe ich die Webseite der *Privatbrauerei Markmann* auf, ein wenig sollte ich schon über die Firma wissen. Ich bin schwer beeindruckt. Gegen unsere Firma ist Markmann ein Gigant. Die Historie ist interessant, ich speichere das Gelesene ab.

Anschließend bügele ein schwarzes Kostüm und bearbeite schlichte Lederpumps so lange mit Schuhcreme und einer alten Socke, bis sie glänzen.

Aus meinem Handtaschenfundus wähle ich eine größere Tasche aus Büffelleder. Sie baumelt zu leicht an meiner Hand, das sieht nicht professionell aus. Wenn man sich bewirbt, schleppt man Akten mit sich herum, in denen man überall und jederzeit blättern kann. Damit sie ein wenig schwerer wird, versuche ich meinen Laptop hineinzustopfen, was nicht funktioniert. Dafür ist sie zu klein. Ich sehe mich im Schlafzimmer um und lege einige Taschenbücher, die auf unseren Nachttischen liegen, hinein. Mein Terminkalender muss ebenfalls mit.

Um kurz vor 14 Uhr frische ich mein Make-up auf, schlüpfe in die Klamotten und setze die schwarze Brille auf die Nase. Mein Spiegelbild gefällt mir. Dann muss ich mich sputen, um pünktlich in der Markmannschen Brauerei zu sein.

An der Haustür stoppe ich noch einmal. Ich finde, die Tasche könnte noch ein wenig mehr Gewicht vertragen, also düse ich noch einmal in die Küche und reiße sämtliche Schränke auf. Eine Packung Zucker, eine Packung Mehl und zwei große Dosen Champignons gesellen sich zu den Büchern.

Der Pförtner, der in dem kleinen Häuschen sitzt, das neben einer rotweißen Schranke steht, nickt mir freundlich zu. Ich kurbele das Seitenfenster herunter. Er öffnet ein Schiebefenster und hält mir sein rechtes Ohr entgegen.

»Ich habe um 14:30 Uhr einen Termin mit Herrn Markmann.«

»Wie bitte?« Er erhebt sich und legt eine Hand hinter seine rechte Ohrmuschel. Dabei kneift er die Augen zusammen.

Obwohl es nicht witzig ist, dass der Mann schlecht hören kann, finde ich es lustig und muss lachen.

Ich strecke meinen Kopf, so weit es geht, zum Fenster hinaus und schreie. »Herr Markmann wartet auf mich. 14:30 Uhr.« Ich tippe auf meine Armbanduhr.

Jetzt hat er mich verstanden. »Ah!« Die Schranke öffnet sich. Ich lenke mein Fahrzeug langsam auf den großen Parkplatz.

Markmann sieht bei Tageslicht viel unscheinbarer aus als im Dämmerlicht des *Kakadi* und auf den Fotos, die ich im Internet gefunden habe. Seine blonden Haare sind strähnig und machen den Eindruck, als seien sie seit Tagen nicht mit Wasser in Berührung gekommen. Sein Händedruck ist fest. Zu fest für meine verletzte Hand. Ich gehe leicht in die Knie, als er sie drückt. Es freut mich, dass er am Kinn ebenfalls einen kleinen Bluterguss hat.

Seine Stimme klingt ironisch. »Was ist mit Ihrer Hand passiert?« Er scheint unsere Begegnung im *Kakadi* verdrängt zu haben.

Ich muss mich zusammenreißen. Statt mit einem blöden Spruch zu antworten, sage ich: »Ich war ungeschickt. Mein Temperament ist mit mir durchgegangen. Das habe ich mir selbst zuzuschreiben.«

Seine Hand fährt über sein Kinn. »Sind Sie immer so temperamentvoll, Conny? Ich darf doch Conny sagen?«

Ich lächele ihn an. »Ja. Ich bin immer sehr temperamentvoll. Ähm … Menschen, die mir sympathisch sind, dürfen Karo zu mir sagen. Nennen Sie mich Karo.«

Er grinst mich an. Sein Blick schweift über meine rote Haarpracht. »Karo … Ist das die Abkürzung für Karotte?«

Das ist genial! Auf diese Idee ist wirklich noch niemand gekommen. Ich nicke eilig. »Dass Sie *das* auf Anhieb erraten haben.«

»Tja, nun. Mein Verstand ist scharf. So scharf wie ein Samurai-Schwert.«

Diese Aussage amüsiert mich sehr.

Er nimmt Connys Zeugnis zur Hand. »Das liest sich ja wunderschön. Aber es ist lange her, dass Sie ein Sekretariat gemanagt haben …«

Ich unterbreche ihn: »Das ist kein Problem, wirklich nicht, Sie werden sehen, ich arbeite mich flott ein.«

Er lässt nicht locker. »Stellen Sie sich das nicht zu einfach vor. Hier wird eine Menge von Ihnen abverlangt.«

Ich lächele ihn an. »Ich liebe die Herausforderung. Wenn ich mir nicht sicher wäre, den Aufgaben gewachsen zu sein, hätte ich mich erst gar nicht beworben.«

Er schweigt, lehnt sich zurück und beobachtet mich eine Weile. Ich halte seinem Blick stand.

»Könnten Sie sich vorstellen, eine Weile, sagen wir … für circa sechs Monate nur halbe Tage zu arbeiten? Sozusagen als Zweitkraft?

Ich will nicht lange um den heißen Brei reden, Karo.« Ein Grinsen umspielt seine Mundwinkel. »Ich habe innerbetrieblich etwas übersehen, das ist mir erst gestern eingefallen. Der Stuhl, auf dem Sie sitzen sollten, ist für eine Weile besetzt. In sechs Monaten verabschieden wir Linda, also Frau Melinda Sidopoulos in den Mutterschutz. Ich muss weiterdenken. So eine Kraft wie Sie ist Mangelware. Wenn ich ehrlich bin, es würde mich freuen, wenn Sie meinen Vorschlag annehmen würden.«

Ich könnte vor Begeisterung laut loskreischen. Nur einen halben Tag in der Brauerei zu sitzen, das kommt mir mehr als gelegen. Ich widerstehe dem Impuls, einen Freudentanz aufzuführen.

»Hm. Das ist ja eigentlich nicht das, was ich wollte. Aber guuut. Wenn sie schwanger ist.« Ich kichere albern. »Schwangere und kleine Kinder haben immer Vortritt. Finanziell komme ich über die Runden, ich habe ein kleines Polster im Rücken.«

Er grinst wieder. »Sie sind herrlich unkompliziert, das gefällt mir.«

Dann ist er wieder Geschäftsmann. Es folgt ein Frage- und Antwortspiel, bei dem meine ganze Aufmerksamkeit gefragt ist. Er löchert mich regelrecht. Er will wissen, warum ich so lange pausiert habe, fragt, ob ich liiert sei, und letztendlich, was ausschlaggebend für meine Bewerbung bei der *Privatbrauerei Markmann* war.

Ich blicke ihm mit einer Unschuldsmiene fest in die Augen. »Wenn ich ehrlich bin, Herr Markmann, die Einblicke, die tiefen Einblicke in Ihre Firma. Das reizt mich ungemein. Außerdem, welche Sekretärin in meiner Situation würde nicht gerne bei Ihnen arbeiten?«

Er fühlt sich gebauchpinselt und lächelt mich zufrieden an. »Okay, Karo. Probieren wir es zusammen. Wann können Sie anfangen?«

»Wenn es Ihnen recht ist, morgen früh?«

Sein wohlgefälliges Lächeln zeigt mir, dass es ihm recht ist. Er begleitet mich bis zur Tür.

»Ach, ja. Noch etwas. Sollten Sie mit Linda über Privates plaudern, streichen Sie bitte das Wort *Kakadi* aus Ihrem Sprachschatz. Ich möchte nicht, dass sie weiß …«

»Kakadi? Was ist das? Kenne ich nicht.«

Lenny schmunzelt. »Köstlich, Sie sind köstlich. Ich glaube, ich habe einen guten Fang mit Ihnen gemacht.«

Melinda Sidopoulos fährt sich durch ihre wasserstoffblonde lange Mähne, als ich aus Markmanns Büro komme. Sie zieht die viel zu schwarzen Augenbrauen hoch, als ich ihr zum Abschied die Hand reiche.

»Und? Kommen Sie für halbe Tage? Ich stehe nämlich von diesem Stuhl hier nicht mehr auf.«

Ich tätschele ihre Hand. »Bleiben Sie ruhig sitzen. Wir sehen uns morgen früh. Um zwölf Uhr bin ich wieder weg. Ich freue mich, dass ich mit Ihnen zusammenarbeiten darf.«

Sie strahlt mich an.

Die ersten Schritte, nachdem ich das Vorzimmer verlassen habe, laufe ich langsam. Dann renne ich zum Aufzug.

Bruni geht bereits nach dem ersten Freizeichen an ihr Handy. Ich plappere in einer Tour und berichte ihr haarklein, was sich zugetragen hat. Sie erklärt, dass sie die ganze Zeit an mich gedacht habe und überglücklich sei, dass ich den Job bekommen habe. Sie ist noch glücklicher, als ich ihr erzähle, dass – und warum – ich nur halbe Tage arbeite.

Die Stimme meiner Freundin überschlägt sich. »Pah. Lenny wird diese Linda geschwängert haben. Vielleicht setzt sie ihn unter Druck.«

Ich stimme Bruni zu. »Der Gedanke ist mir auch gekommen. In Lennys Mimik kann man wie in einem Buch lesen.«

Als Nächstes rufe ich Simone an. Sie freut sich ebenfalls wie Bolle über den ersten Schritt, den ich in Richtung Pachtverlängerungsvertrag gemacht habe. Sie erklärt, dass Emil und sie sich morgen früh auf Finchen freuen würden.

Opa Heini hat Besuch. Sein Kumpel Gustav sitzt mit am Tisch. Sie scheinen sich gegen meinen Vater verschworen zu haben, denn der blickt beide abwechselnd an und regt sich auf.

»Ihr werdet schon sehen, was passiert, wenn euch die Steuerfahnder auf die Schliche kommen. Ich habe euch gewarnt.«

Opa Heini grunzt. »Die können mich mal, die vermaledeiten Blutsauger. Ich habe den Staat Jahrzehnte lang unterstützt, von meinem Geld kauft sich die Merkel keinen neuen Blazer mehr.«

Gustav bläst mit ins Horn. »Von mir kriegt sie auch keinen Cent mehr.«

»Nanu? Was ist denn los?« Ich reiche Gustav die linke Hand.

»Karo, dein Großvater wird Schwierigkeiten bekommen. Er will den Staat betuppen. Die Einnahmen, die er durch das Bildermalen kassiert, will er nicht beim Finanzamt angeben.« Mein Vater versucht, sich Verstärkung zu holen.

Ich gebe Papa recht. »Das ist sehr riskant, Opa.«

Opa Heini giftet meinen Vater an. »Du bist ein Idiot, Hermann! Die da oben haben genug Dreck vor der Tür und du scheißt dir die Buchse voll, wenn du im Wald an einen Baum pinkeln sollst.« Er wendet sich an Gustav. »Mein Herr Sohn hat Angst, beim Wildpinkeln erwischt zu werden.«

Gustav zeigt meinem Vater einen Vogel und kichert.

Es wird heftig weiterdiskutiert.

Finchen kommt dicht gefolgt von meiner Mutter aus dem Haus, als sie meine Stimme hört.

Sie sagt: »Mama, dada.« Ihre kleinen Arme wedeln in der Luft.

»Was?« Ich nehme sie auf den Arm und küsse sie. »Du kannst ja ›Mama‹ sagen.«

Meine Mutter streicht sich die Haare aus dem Gesicht. »Ich war auch ganz überrascht und habe mich gefreut. Nach dem Mittagessen hat sie es zum ersten Mal gesagt.« Sie blickt auf ihre Armbanduhr. »Warum bist du so früh heute? Hast du wegen deiner Hand eher Feierabend gemacht?«

Ich nicke. »Ja. Ich konnte ohnehin nicht viel arbeiten. War Fine zufrieden oder hat sie viel geweint?« Ich versuche einen Blick auf Fines Schwellungen im Mund zu werfen, sie dreht den Kopf zur Seite und schimpft mit mir.

»Sie war gut drauf. Wir haben sie ständig mit Brotkrusten versorgt und das Gel aus der Apotheke scheint auch geholfen zu haben.«

Ich wiege sie hin und her.

Opa Heini und Gustav verziehen sich mit Opas Laptop auf die Bank, die im Garten steht, weil sie noch Geschäftliches zu beschnacken hätten. Der Besuch auf dem Kulturamt müsse richtig geplant werden. Und zwar unter vier Augen.

Mein Vater schüttelt den Kopf. »Ich möchte zu gerne wissen, was die wieder aushecken.«

Gundula mischt sich ein. »Ach, Hermann. Lass dich doch nicht provozieren. Dein Vater wird sich doch keine Läuse in den Pelz setzen.«

Conny und die Mädchen sind im Anmarsch. Hanni und Nanni schubsen sich gegenseitig, sie kichern unentwegt.

Fine strampelt, als sie ihre Cousinen sieht, es gibt kein Halten mehr. Sie läuft den Mädels hinterher, die in den Garten rennen.

Meine Schwester rückt sich den Gartenstuhl so rabiat zurecht, dass die Stuhlbeine über den Boden schrappen. »Was hast du denn gemacht? Zu schnell gearbeitet?« Sie zeigt auf meine Hand.

Meine Mutter erklärt ihr lachend, was passiert ist.

»Boah, warum hast du mir nicht Bescheid gesagt? Ich wäre doch mitgekommen, ich war ewig nicht mehr auf der Rolle.«

Ein Verlegenheitsgähnen überfällt mich. »Das nächste Mal, Schwester. Das nächste Mal frage ich dich.«

Hanni kommt angelaufen. »Hast du Kaugummis dabei, Karo?« Ich reiche ihr meinen Autoschlüssel. »Schaut im Handschuhfach nach.«

Nanni schreit aus dem Garten. »Beeil dich, Hanni. Hier sind zwei Marienkäfer, die poppen.«

Conny schlägt auf den Tisch und dreht sich um. Wieder kratzen Stuhlbeine über den Boden. »Nanni! Wenn ich das böse Wort noch *einmal* höre, dann setzt es was!« Sie verdreht die Augen. »Wir benutzen solche Worte nicht. Das nennt man Paarung.«

Sie schlägt mit der flachen Hand auf den Tisch. »Apropos Poppen! Stellt euch vor, der von Hohenhausen ruft *jeden* Tag an und hält Ludmilla von der Arbeit ab. Ich weiß auch nicht, was die Kerle an den Babuschkas so toll finden.«

Hanni kommt zurückgelaufen und wirft mir den Autoschlüssel zu.

»Na, hör mal!« Gundulas Stimme klingt ärgerlich. »Ich bin auch gebürtige Russin. Was soll das denn heißen?«

Conny beugt sich vor. »Das passt mir gar nicht. Nicht auszudenken, wenn die ihre Beziehung vertiefen. Am Ende kündigt sie noch. So eine günstige Haushaltshilfe bekomme ich nie wieder.«

»Also, ich würde mich für Ludmilla freuen. Sie ist ein herzensguter Mensch.« Gundula tupft mit einem Taschentuch an ihrer Nase.

»Ich würde mich auch freuen.« Mama drückt Gundulas Hand.

Opa Heini hat gute Ohren. Er ruft laut: »Apropos Paarung, Conny. Hat sich die Geschichte mit dem pinkfarbenen Halstuch aufgeklärt?«

Conny wird rot. Sie springt auf. »So, ich werde dann mal den Tisch decken.« Dann flüchtet sie in die Küche.

Meine Mutter kichert. Sie sagt leise: »Das Datum, an dem Conny mal von alleine aufgestanden ist, um den Tisch zu decken, können wir uns leicht merken. Es war der Tag, an dem Finchen das erste Mal richtig Mama gesagt hat.«

Gustav und Opa Heini sind sofort zur Stelle, als Conny Kaffeetassen auf Unterteller scheppern lässt.

Ich schlage mir vor den Kopf. »Mensch, das Neueste habe ich euch ja noch gar nicht erzählt. Ich lege ab morgen ein kleines Arbeitspäuschen ein. Ich bleibe zu Hause. Für ein, zwei, vielleicht auch drei Wochen. Die Hand auskurieren, den Haushalt ein wenig auf Vordermann bringen und ich freue mich darauf, mich den ganzen Tag um Finchen kümmern zu können.«

Meine Mutter macht ein langes Gesicht. »Schade, dann haben wir die Kleine nicht mehr so viele Stunden um uns.«

Mein Vater umarmt sie. »Was sind schon drei Wochen, Hildegard? Die Zeit geht ruckzuck vorüber.«

Ich hätte nicht gedacht, dass meine Entscheidung eine so große Betroffenheit auslöst. Auch Gundula und Opa Heini werfen sich traurige Blicke zu.

Conny verdreht die Augen. Sie beugt sich zu mir herunter und raunt in mein Ohr. »Spinnst du? Was ist mit dem Päckchen, das morgen kommen soll? Das sollte Paul nicht in die Hände fallen.«

Ich antworte mit gedämpfter Stimme. »Natürlich nicht! Bruni weiß doch Bescheid. Sie ruft mich an, wenn es da ist.«

Gustav entgeht nicht, dass die Stimmung ein wenig gedrückt ist. Er lässt sich langsam auf den Stuhl fallen und lenkt vom Thema ab. »So, den Brief an das Kulturamt haben wir geschrieben. Jetzt heißt es, auf Antwort warten.«

Opa Heini steigt sofort darauf ein. »Gustav. Wir müssen an unserer Maltechnik feilen. Ab morgen fangen wir damit an.«

Fine und ich verabschieden uns für heute. Ich möchte mit unserer Tochter schnell nach Hause und bin gespannt, was Paul sich einfallen lässt, um uns kulinarisch zu verwöhnen.

Der frische Seeaal in Sahnesauce war so köstlich, dass Fine nach jedem Bissen »Mhmm« gesagt hat. Ich lecke den Teller ab. Das ist zwar nicht die feine englische Art, aber wir sind ja auch nicht in England, sondern an der Außenalster in Hamburg.

Fine hat es darauf abgesehen uns zu ärgern. Sie räumt den kleinen Tisch ihres Hochstuhls leer, indem sie die Gabel mit Schmackes auf den Boden wirft. Ihr bunter Plastikbecher fliegt direkt hinterher.

»He, du kleine Hexe.« Paul lacht.

Fine fühlt sich ermutigt und tunkt ihren Tiddy in die Pfütze der Sahnesauce, die auf ihrem Teller schwimmt, und schaut ihrem Papa verliebt in die Augen. Wieder muss ich Paul daran erinnern, nicht zu schmunzeln, wenn er Fine beibringen will, dass sie keinen Unfug machen soll.

Unsere Tochter plappert aufgeregt mit ihrem eingesauten Tiddy, zwischen dem Kauderwelsch fällt immer wieder das Wort »Mama«.

Während wir Fine bettfertig machen, arbeitet Paul fleißig an der Erweiterung ihres Sprachschatzes. »Pa … pa. Versuch es mal, Finchen. Sag Pa … pa.«

Nachdem wir Fine ins Bett gelegt haben, beten wir gemeinsam zum lieben Gott. Ich schicke ein leises Stoßgebet hinterher, dass Fine eine ruhige Nacht hat und ihre Zähnchen sie nicht ärgern, denn ich muss morgen fit sein.

Pauls Miene hellt sich auf, als ich ihm später bei einem Glas Wein sage, dass ich mir ab morgen eine kleine Auszeit nehmen werde.

Er gibt mir einen Nasenstüber. »Du wirst sehen, Möhrchen, nach dieser Zeit wirst du *gar keine* Lust mehr haben, jeden morgen früh aufzustehen. Und wer weiß …«, er nimmt mich in den Arm. »Wenn wir Klarheit haben, wo es uns hinverschlägt, sorgen wir dafür, dass Finchen ein Geschwisterchen bekommt. Was meinst du?«

Ich springe auf. »Paul! Uns wird es nirgendwo anders hinverschlagen! Du musst schauen, dass wir in Hamburg bleiben. U… u… und … an ein zweites Kind denke ich im Moment wirklich nicht.«

Ich laufe aufgeregt um den Tisch. »Außerdem *will* ich nicht lange schlafen.« Meine Hände fuchteln in der Luft herum. »Schau mal, morgen bin ich um 7:15 Uhr mit Simone verabredet. Wir wollen etwas Schönes unternehmen.«

Paul fasst sich an den Kopf. »Das kapiere ich nicht. Ihr verabredet euch um 7:15 Uhr, um etwas Schönes zu unternehmen?«

Meine Antwort fällt patziger aus als beabsichtigt. »Dann sag mir, wann du die Kette von meinem rechten Fuß löst und ich gehen darf. Passt es dir um 10 Uhr?«

Paul hebt abwehrend die Hände. »Mach, was du meinst, Möhrchen. Mach, was du meinst. Entschuldige, ich sollte mich wirklich aus deiner Tagesplanung raushalten.«

Eine halbe Stunde später täusche ich Kopfschmerzen vor, um zeitig ins Bett zu kommen. Paul möchte noch eine TV-Sendung schauen, was mir sehr recht ist.

Ich schaue in den Kleiderschrank, hänge das grüne Kostüm, das ich anziehen möchte, griffbereit auf die rechte Seite und stopfe das, was ich normalerweise mit ins Büro nehme, in eine farblich passende Handtasche.

Nachdem ich mich im Bett eingemummelt habe, starre ich in die Dunkelheit. Mir ist klar, dass ich aufpassen muss, damit Paul mir nicht auf die Schliche kommt. Morgen werde ich den Kofferraum mit etlichen Klamotten, Handtaschen und Schuhen bestücken und in Freizeitkleidung das Haus verlassen. Umgezogen wird sich bei Simone.

12. Fingerschnippen

Punkt 7 Uhr renne ich mit Finchen auf dem Arm in die Garage und sorge dafür, dass sie sicher auf dem Kindersitz angeschnallt ist. Dann lege ich den Rückwärtsgang ein und lenke mein Auto so ungeschickt aus der Garage, dass ich gegen den Buchsbaum fahre, der hinter der Garagenauffahrt vor sich hinwächst. Paul steht in Unterhosen und mit Rasierschaum am Kinn auf den Treppenstufen und duckt sich leicht, als der schöne Baum knarzt. Ich winke, er winkt, dabei schüttelt er den Kopf.

Ich schaue in den Rückspiegel. Fine klatscht in die Hände.

Simone empfängt mich so, wie eine nichtberufstätige Mutter um diese Uhrzeit herumläuft. Sie trägt einen ungebügelten roten Jogginganzug, ihre Haare sind zerzaust. Sie gähnt und blinzelt mich verschlafen an.

»Kommt rein. Willi ist längst unterwegs. Willst du Kaffee? Und du, Finchen, möchtest du Tee? Oder warme Milch?«

Emil kommt angelaufen. Ich drücke ihm einen Schmatzer auf die Wange. Finchen will weder Tee noch Milch. Sie umarmt ihren kleinen Freund, gemeinsam trippeln sie laut quiekend ins Wohnzimmer.

Ich setze mich an den Küchentisch, schminke mich in Windeseile und erkläre Simone, dass Finchen momentan die Zähne quälen. Die grüne Brille wandert auf meine Nase.

»Mach dir keine Gedanken. Emil hat bis jetzt unter meiner Obhut überlebt, das wird Fine auch.« Sie leckt an Daumen, Zeige- und Mittelfinger und hält sie in die Luft. »Ich schwöre!«

Wir grinsen uns an.

Dann nippe ich einmal an dem Kaffee, düse ins Wohnzimmer und knuddele Finchen und Emil zum Abschied. Simone wünscht mir viel Glück. Dann bin ich weg.

Ich erinnere mich an meinen ersten Arbeitstag bei *Geigers Jummy-Gum*. Das ist schon sehr lange her, aber das Gefühl ist mir noch so vertraut, als wäre es erst gestern gewesen. In meinem Bauch kribbelt es vor Aufregung, genauso wie damals. Meine Beinmuskulatur verkrampft sich genauso wie damals, wenn ich stillstehe.

Das erste Mal stand ich heute vor dem Aufzug still, dann im Aufzug und jetzt vor Lenny Markmanns Schreibtisch.

Er lehnt sich zurück und betrachtet so ungeniert mein Äußeres, als wäre er Agent einer Modelagentur, der auf der Suche nach einem Top-Model ist.

»Hoppela. Was für eine interessante Brille. Sind Sie eher der Typ Maulwurf?« Er lacht über seinen Witz.

Ich werde rot. Wenn er wüsste, wie sehr er mit der Vermutung recht hat, dass ich ein ›Maulwurf‹ bin.

»Ähm … ja … nein. Also, ich meine, das ist eine Brille ohne Sehstärke. Ich liebe Brillen.«

»Interessant. Sie können es tragen.« Dann verschränkt er die Hände und lässt im Affenzahn die Daumen kreisen. »Ich würde sagen, Sie machen sich jetzt erst einmal mit Ihrem Schreibtisch vertraut. In … sagen wir«, er schaut auf seine Armbanduhr, »zehn Minuten begleiten Sie mich kurz in die Qualitätskontrolle. Ich möchte dem Mälzer bei der Kontrolle der Malzlieferung ein wenig auf die Finger schauen, anschließend begleiten Sie mich zu einer kurzen internen Besprechung.«

»Sehr gerne.« Dann eiere ich aus seinem Arbeitszimmer.

Linda beobachtet mich, als ich mich an den Schreibtisch setze, der gestern noch nicht im Raum stand.

Während ich sämtliche Schubladen öffne und mich mit meinem neuen Kumpel vertraut mache, lächele ich sie an.

»Wie lange sind Sie schon in der Firma tätig?«

Linda denkt kurz nach. »Seit vier Jahren. Ich saß bis vor wenigen Tagen unten in der Abteilung des Braumeisters.« Sie kaut auf einem Bleistift. »Aber jetzt bin ich hier. Und hier bleibe ich auch. Nach dem Mutterschutz komme ich wieder. Garantiert.«

»Oh. Sie sind schwanger! Wie schön, gratuliere! Wie glücklich müssen Sie und Ihr Mann sein.«

Sie schaut auf den Monitor. »Ich bin nicht verheiratet. Mein Ex lebt wieder in Griechenland.« Sie seufzt. »Auf Mykonos. Er ist aber nicht der Vater meines Kindes.«

Nachdem ich weiß, was sich alles in meinem Schreibtisch verbirgt, knete ich unauffällig die Muskeln meiner Oberschenkel. Ich versuche, vom Privaten abzulenken.

»Es wäre schön, wenn Sie mich später ein wenig einweisen würden.«

Lenny kommt angerauscht. Er läuft in Richtung Tür, schnippt mit den Fingern und verlässt das Büro.

Linda zuckt nervös mit dem Kopf. »Los, hinterher. Das Fingerschnippen bedeutet: Folgen.«

»Oh. Danke!«

Ich reiße noch einmal die oberste Schublade auf, greife nach einem kleinen Block samt Kugelschreiber und stöckele dem Boss hinterher.

Als ich ihn eingeholt habe, bleibt er abrupt stehen. »Stopp, Karotte. Sie bleiben immer schön einen Schritt hinter mir.«

Ich kann mir ein Grinsen nicht verkneifen, denn ich fühle mich wie Hilfsschwester Edelgard, die Professor Dr. Schneckenarsch hinterherrennt.

»Wir begeben uns nun in die Qualitätskontrolle für die Malzlieferung. Er wird mehrmals täglich geliefert, jetzt wartet ein Wagen mit 18 Tonnen auf grünes Licht.« Er dreht sich während des Laufens um. »Wie muss ein anständiges Malzkorn für die Bierherstellung aussehen?«

Ich stöckele und bin außer Atem. »Ähm … rund? Schön rund?«

Obwohl ich gut zu Fuß bin, habe ich Schwierigkeiten, mit seinem Tempo Schritt zu halten. »Falsch! Es muss Keime aufweisen. Keime, die exakt 2,8 Millimeter Länge aufweisen. Merken Sie sich das. 2,8 Millimeter.« Sein Zeigefinger schwebt in der Luft.

Während ich hinter ihm herdüse, schreibe ich auf den Block: 2,8 Millimeter, knalle gegen einen Blumenkübel und lege mich fast lang.

Er lacht. »Was für ein Temperament, mein Gott. Sie sind goldig. Und wo kommt das Malz hin, wenn es so ist, wie wir es benötigen?«

Ich rücke die Brille zurecht. »Ähm … in Kartons? Nein, in Säcke?«

»Falsch! Es kommt in die Silos. Sind Ihnen die Silos nicht aufgefallen? Die ragen doch fast bis in den Himmel. Wie kann man nur die Markmannschen Silos übersehen?« Er schüttelt verständnislos den Kopf.

»Oh, ja. Natürlich, es kommt in Silos.«

»Welchen Geruch dürfen die Malzkörner nicht haben, wenn wir sie verarbeiten wollen?«

Boah. Ist der bescheuert? Woher soll ich das denn wissen.

»Nun … nach …«

»Falsch! Sie dürfen weder nach Benzin noch nach Öl riechen. Merken Sie sich das.«

Ich bin atemlos, als wir endlich den Raum, in dem die Qualitätskontrolle stattfindet, erreicht haben.

Nachdem sich Lenny gemeinsam mit dem Mälzer von der ordnungsgemäßen Größe und dem ordnungsgemäßen Duft der Malzkörner überzeugt hat, schnippt er wieder mit den Fingern.

»Wunderbar. Ab in die Silos.«

Dann gibt er wieder Gas, rennt die Gänge zurück, saust jedoch an unserer Bürotür vorbei und öffnet mit Schwung die danebenliegende Tür.

Ich hänge jetzt mindestens zehn Schritte hinter ihm her. Paul soll mir noch einmal am Abend berichten, wie anstrengend sein Tag war! Darüber werde ich mich schlapp lachen! Ich werde mich auf den Boden legen und mit den Fäusten so lange trommeln, bis sich die Fliesen vom Estrich lösen.

Als ich gefühlte fünf Minuten später als Markmann den Konferenzraum betrete, begrüßt mich ein allgemeines Tischklopfen.

Markmann schnippt wieder mit den Fingern, dann zeigt sein Zeigefinger mit einer zackigen Geste auf mich.

»Meine Herren, das ist Karotte van Goch, ihr könnt sie Karo nennen. Setzen Sie sich, Karo. Das sind meine engsten Vertrauten … Luca, Hans-Peter und Wolfram.«

Die drei Männer stehen nacheinander kurz auf und nicken in meine Richtung.

Ich bin noch immer aus der Puste. Mehr als ein »Hallo« bringe ich nicht über die Lippen.

Markmann nimmt sich eine von den kleinen Mineralwasserflaschen, die mittig auf dem Tisch stehen. Er öffnet sie, nimmt einen kräftigen Schluck und unterdrückt einen Rülpser.

»Luca, was ist mit den neuen Schläuchen für den Gärkeller?«

»Die sind bestellt, es dauert circa zwei Wochen, bis sie geliefert werden. Da wir uns jedoch immer rechtzeitig um Ersatz kümmern, ist das kein Problem.«

Ich weiß zwar nicht, ob es notwendig ist, ich schreibe jedoch die Lieferzeit auf. In Schönschrift notiere ich: zwei Wochen.

Luca blättert in seinem Terminkalender und fährt fort. »Die Ersatzteile für die *Maschinenstraße 3* kommen jedoch erst in vier Wochen. Das könnte ein wenig eng werden.«

Ich schreibe wieder mit, der Kugelschreiber saust jetzt schneller über das Papier, weil schneller geredet wird.

Hans-Peter mischt sich ein. »Die Renovierungsarbeiten für das Verkosterzentrum werden Anfang nächster Woche in Angriff genommen.

Das sollte innerhalb von vierzehn Tagen über die Bühne sein.«

Markmann hört zufrieden zu. »Perfekt!«

Dann wird es langweilig. Es wird über Farben diskutiert.

Ich lasse meinen Blick durch den Raum schweifen. Einen derartig großen Konferenztisch kenne ich nur aus diversen Fernsehsendungen, in denen es um Geld, Macht und Liebe geht. Die Tischplatte ist aus edlem Holz und glänzt so, wie meine Badezimmerfliesen, wenn ich sie frisch gewienert habe. Am Tisch stehen vierzehn Lederstühle, wobei Stuhl Nummer fünfzehn, auf dem Markmann sitzt, zwei Nummern größer ist.

»Haben Sie alles?« Markmann sieht mich ungeduldig an.

Weil ich schlecht »Nein, ich habe geschlafen« sagen kann, sage ich »Natürlich«.

Wolfram räuspert sich. »Am Export bin ich hart dran. Die Österreicher und Schweizer haben ihren Besuch angekündigt, ein genauer Termin steht allerdings noch nicht fest. Wir müssen eine Präsentation hinlegen, die sich gewaschen hat.«

»Hm.« Markmanns Finger trommeln auf der Tischplatte. »Ja. Wir müssen was Tolles auf die Beine stellen, eine Präsentation, die von dem normalen Prozedere abweicht. Das übernehmen Sie, Karo. Wir brauchen auch ein neues Firmenportrait … modern, es soll die Gegenwart spiegeln, das wäre schon längst fällig gewesen.«

Meine Beine zittern leicht, meine Füße schlingen sich um die verchromten Stuhlbeine.

»Ich?«

Markmann überhört meine Frage und klopft auf den Tisch. »Liegt sonst noch was an?«

»Ja.« Luca beugt sich vor. »Mir ist zu Ohren gekommen, dass Sie den Geiger-Bau für die Exportabteilung umbauen lassen wollen. Ihr Vater wollte doch mit Geiger den Pachtvertrag verlängern …«

Markmanns Mundwinkel verziehen sich ironisch. »Zwischen Wollen und Tun, mein lieber Freund, liegt manchmal das Vergessen. Der Vertrag wurde nicht verlängert. Aber den alten Bunker werden wir eh nicht mit einbeziehen, damit habe ich andere Pläne. Wir expandieren vielleicht mit *Gebäude 3*, das ist attraktiver und befindet sich auf unserem Gelände. Eventuell vergrößern wir das Gebäude durch einen Anbau. Noch Fragen dazu?«

Ich balle meine linke Hand zur Faust, weil die rechte noch ein wenig schmerzt. Die Fingerknöchel treten weiß hervor. Ich würde Markmann am liebsten noch eine auf die Zwölf geben.

Ich hüstele. »Ähm, ja. Wer ist Geiger?«

Markmann schnieft laut. »Geiger ist ein Idiot, der Kirschen an Bäume hängt, statt sie zu stehlen. Er ist Kaugummifabrikant.« Er lacht. »Und seine Sekretärin … na ja.«

»Seine Frau soll seine rechte Hand sein.« Luca spielt mit seiner Krawatte, während seine Augen unverschämt lange auf meine Oberweite starren.

Markmann lacht auf. »Der war gut! Wenn man bedenkt, was eine rechte Hand alles erledigen kann …« Er spreizt die Finger der besagten Hand, jetzt grölen alle. Markmann wischt sich Tränen aus den Augen. »Ein Freund von mir arbeitet dort, er hat die Prokura. Er sagt, dass die Geiger ein richtig kleines, Luder ist.«

Er scheint zu registrieren, dass mein Gesicht anfängt zu glühen wie eine vollaufgedrehte Herdplatte.

»Oh. Entschuldigung, Karo.« Er prustet ungeniert los. »Manchmal vergessen wir, wenn Damen mit an Bord sind.« Er steht auf. »So, weiter geht's.«

Markmann begleitet mich noch bis zu meinem Schreibtisch. »Sie fangen morgen mit den Vorbereitungen für die Präsentation an. Ein Firmenportrait, eine Präsentation, die überzeugt, dass Markmann Bier das beste auf dem Markt ist. Ich bin gespannt, was Sie auf die Beine stellen werden. Lassen Sie sich von Linda durch den Betrieb führen.«

Mit fliegenden Schritten rauscht er davon.

Linda grinst mich an. »Viel Spaß dabei. Gut, dass dieser Kelch an mir vorübergegangen ist. Kommen Sie, wir machen einen kleinen Rundgang.« Sie kramt ihren Schlüsselbund hervor. »Wenn das Büro unbesetzt ist, muss es zugeschlossen werden. Das ist ganz wichtig. Sonst gibt es Ärger mit Markmann.« Sie fummelt an dem Bund herum und zieht einen Schlüssel ab. »Hier. Der ist von Ihrer Vorgängerin. Nicht verlieren.«

Ich stopfe ihn die Tasche meiner Kostümjacke.

Die nächsten zwei Stunden laufen wir im Schnelldurchgang durch die Brauerei. Vom Gärkeller bis hin zu den ausgefeilten Maschinen, die Leergut reinigen und neues Bier in Flaschen füllen, auf die letztendlich Kronkorken gepresst werden.

Ich heuchele Interesse vor, wobei meine Gedanken ständig in den Büroräumen sind.

Kurz vor 12 Uhr sind wir wieder an unserem Arbeitsplatz. Ich muss weder den PC herunterfahren, noch meinen Schreibtisch aufräumen.

»Gibt es sonst etwas, was ich beachten muss?«

Linda denkt nach. Ihre Augen wandern zur Zimmerdecke. »Nein, nicht dass ich wüsste.«

»Muss nach Feierabend etwas in den Safe gelegt werden?«

Meine neue Arbeitskollegin schüttelt den Kopf. »Nein. Zum Safe hat außerdem nur Markmann Zugang. Damit haben wir nichts zu tun.«

Für heute belasse ich es dabei. Wenn ich mich zu intensiv für den Stahlschrank interessiere, obwohl ich nichts damit zu schaffen habe, wird sie sich fragen, warum.

Linda steht auf und streckt sich. »So, ich geh jetzt was Leckeres essen. Kommen Sie noch mit?«

»Nein, danke. Eine Freundin wartet auf mich.«

Ich überlasse Linda das Abschließen des Büros.

Meine Beine sind eigentlich zu müde, um schnell zu laufen, aber ich laufe so schnell, dass Lenny jetzt Schwierigkeiten hätte, *mir* zu folgen. In null Komma nichts bin ich im Aufzug und kann es kaum abwarten, wieder auszusteigen.

Ich winke dem Pförtner zu und donnere fast gegen die Schiebetür aus Glas, weil ich schneller laufe, als sie sich automatisch öffnen kann.

Auf dem Parkplatz kommt mir Markmann entgegen. »Hoppela. Da hat es aber jemand eilig. Und so pünktlich.« Er schaut auf die Uhr.

Ich sehe keinen Grund, mich wegen des pünktlichen Feierabends zu rechtfertigen, darum rufe ich gespielt fröhlich: »Bis morgen! Es hat mir großen Spaß gemacht.«

Im Auto hole ich tief Luft. So eine blöde, dämliche Firma. Es hat mir überhaupt keinen Spaß gemacht.

Ich werde vor Wut mit dem Kopf Holzscheite für unseren Kamin spalten, wenn ich mir den Hintern drei Meter weit aufreiße und es am Ende für umme getan hätte. Ich schlage auf das Lenkrad. »Verdammter Mist! Wie soll ich nur an den Safe kommen?«

Auf dem Weg zu Simone kann ich mich nur schwer beruhigen. Wie respektlos Markmann über Paul geredet hat.

Finchen scheint mich nicht vermisst zu haben, denn sie schaut nur einmal kurz auf, als ich komme, dann hat sie nur noch Augen für Emil.

»Zwei Kinder sind praktisch, Karo. Die haben sich so toll miteinander beschäftigt, ich konnte mich ganz in Ruhe dem Kochen widmen.«

Sie ist nicht böse, dass ich sofort Fine schnappe, sie unter den Arm klemme und mich verabschiede. »Ich rufe dich später an, Simone, dann erzähle ich dir, wie es war.«

Fine schreit wie am Spieß, sie beißt mich in den Oberarm, was höllisch wehtut, und streckt die Arme in Richtung Emil aus, der ebenfalls anfängt zu heulen.

Simone tröstet Emil und sagt, dass sie sich auf meinen Anruf freut.

Fine ist hundemüde. Sie lässt sich ohne Widerrede ins Bett legen, um ihren Mittagsschlaf zu halten. Mir bleiben jetzt fast zwei Stunden, um einige Arbeiten zu erledigen.

Ich wühle den Kleiderschrank durch und lege etliche Klamotten, Schuhe und Taschen in einen Wäschekorb, den ich sofort zu meinem Corsa schleppe, um sie im Kofferraum zu verstauen. Ich werde Simone bitten, die Kleidungsstücke für die Zeit, in der ich ein Doppelleben führe, in ihren Kleiderschrank zu hängen. Die alte Trockenhaube und das Sitzkissen liegen noch im Auto, ich habe es total verschwitzt, an der Müllkippe einen Boxenstopp einzulegen.

Zurück im Haus beginne ich sofort, das Bad zu schrubben, dann wusele ich in der Küche weiter. Zwischendurch laufe ich zum Kühlschrank, um mir mal eine Scheibe Wurst, mal eine Scheibe Käse in den Mund zu stopfen. Schon nach einem Tag geht mir mein neuer Job gehörig auf die Nerven. Mir fehlt Bruni, die Kantine, ach … im Grunde fehlt mir all das, was mir im Laufe der Jahre so vertraut und lieb geworden ist.

Nachdem der Küchenboden gewischt ist, lege ich mich aufs Sofa und erstatte Simone Bericht. Ich erkläre ihr, dass ich noch nicht einmal weiß, wo sich der verflixte Safe befindet. Sie macht mir nicht gerade Mut, dass ich mein Ziel erreichen werde.

»Wenn du nicht weißt, wo der Safe ist, dann kannst du ihn auch nicht öffnen. Hm. Und wenn du herausgefunden hast, wo der Safe ist, dann stehst du davor wie ein Ochse vor einem Berg. Woher willst du denn wissen, welche Zahlen du eintippen musst? Da gibt es bestimmt eine Trilliarde Möglichkeiten.«

Ich wackele mit den Zehen. »Simone, ich denke schrittweise. Erst einmal muss ich wissen, *wo* sich das Teil befindet. Wenn ich Lenny frage, wird er sich fragen, warum ich ihn das frage.«

»Blödsinn! Was würdest du denken, wenn ich dich frage, wo in deiner Küchenschublade die kleinen spitzen Messer liegen?«

»Dass du einen Apfel schälen möchtest?«

Simone lacht. »Du denkst dir also nichts Böses dabei, nicht wahr? Du würdest im Leben nicht drauf kommen, dass ich dich eventuell damit abmurksen will. Mit Marky … ähm, Lenny verhält es sich ebenso. Der wird sich nichts dabei denken. Der denkt sich höchstens was dabei, wenn du ich *nicht* fragst, wo sich die wichtigen Firmenunterlagen befinden. *Das* ist auffällig.«

Hä? Wenn das mal keine Leuchtturmlogik ist.

Ich muss Simone versprechen, noch einmal darüber nachzudenken.

Anschließend rufe ich Bruni an. Sie bombardiert mich sofort mit Fragen und erklärt zwischendurch, dass das Päckchen für Conny gekommen sei. Ich erkläre ihr, dass ich gleich vor Ort wäre, um von meinem ersten Arbeitstag zu berichten.

»Mensch, ist das doof ohne dich.« Bruni seufzt und wirft Fine einen Löffelbiskuit auf die Spieldecke. »Die Stille ist unerträglich.«

Bruni hört zu, als ich loslege. Ab und an lacht sie, dann wieder drückt ihr Gesicht Betroffenheit aus. Dass Markmann niemanden an den Stahlschrank lässt, findet sie noch doofer als die unerträgliche Stille.

»Mist! Ich habe das Gefühl, dass die ganzen Bemühungen umsonst sind, Karo. Vielleicht sollten wir uns mit unserem Schicksal abfinden. Wir haben uns das zu einfach vorgestellt.«

»Bruni. Wir *dürfen* jetzt nicht aufgeben.« Ich schweige, weil sich die Tür zu Pauls Arbeitszimmer öffnet.

Maria kommt. »Oh. Hallo, Karo. Schön, dass du da bist. Es ist ungewohnt ohne dich.« Sie geht vor Finchen in die Hocke und streichelt ihre Wange. »Und dich habe ich auch vermisst.«

Ich bin gerührt. Es ist ein schönes Gefühl, vermisst zu werden.

»Nanu?« Paul streckt den Kopf aus der Tür. »Wen haben wir denn da? Wenn das mal nicht das Finchen ist.« Er ist mit drei Schritten bei unserer Tochter, sein Zeigefinger kitzelt Fine unter dem Kinn. Sie lacht.

Paul scheine ich nicht gefehlt zu haben. Er zieht die Augenbrauen hoch. »Ich dachte, du wolltest dir mit Simone einen schönen Tag machen?«

»Na, hör mal! Ich war von 7:15 Uhr bis um 12:30 Uhr bei Simone. Das war ganz schön lange *schön*. Ich habe mir vorgenommen, täglich um diese Uhrzeit meine Freunde oder Familie zu besuchen. Und Bruni ist meine Freundin. *Darum* bin ich hier.«

Paul hebt kurz den Kopf. »Ah. Natürlich, darauf hätte ich auch von selbst kommen können.«

Als wir endlich alleine sind, greife ich das Thema Markmann wieder auf. »Wir dürfen jetzt nicht aufgeben. Damit sich ein Blatt wendet, muss man manchmal ordentlich Wind machen. Und genau *das* werde ich versuchen.«

Das leuchtet Bruni ein.

Ich begutachte das kleine Päckchen, dessen Inhalt für ordentlich Wirbel in Connys Ehe sorgen wird. Wenn ich an das nahende Wochenende denke, das wir wieder auf der Insel verbringen werden, wird mir ganz anders. Conny wird Anton das Leben zur Hölle machen. Und das ist meine Schuld.

Mit wilder Entschlossenheit nehme ich den Brieföffner und entferne das Klebeband von der Pappe.

»Was machst du?« Bruni will mir das Päckchen aus der Hand reißen. »Du verletzt das Postgeheimnis.«

Ich zische sie an. »Sag mal, hast du einen Knall? Ich stehe mit einem Bein im Knast, weil ich die Identität meiner Schwester gemopst habe. Ich werde wahrscheinlich in einer Nacht- und Nebelaktion einen Safe knacken und du regst dich auf, weil ich dieses kleine Päckchen öffne, das an mich adressiert ist?« Ich tippe mir an die Stirn. »Außerdem verletze ich nicht das Postgeheimnis, denn es ist ja kein Geheimnis, was sich darin befindet.«

Ich wickele vorsichtig zwei kleine Flaschen und eine Pipette aus, die in Knallfolie eingewickelt sind. In einer Flasche befindet sich eine Flüssigkeit, in der anderen ein Pulver.

Nach einigen Sekunden intensiven Nachdenkens laufe ich zur Spüle und leere den Inhalt beider Flaschen im Ausguss. »So.« Ich ahme die Stimme eines Predigers nach. »Friede sei mit euch.«

Bruni lacht albern und bekreuzigt sich. »Und sie lebten glücklich zusammen, bis ans Ende ihrer Tage.«

Ich muss nicht lange nachdenken, womit ich die Flaschen wieder befülle. Die eine mit Kraneberger. Damit noch etwas Farbe in die Flüssigkeit kommt, gebe ich einige Tropfen Kaffee hinzu. In Fläschchen Nummer zwei lasse ich Milchpulver rieseln.

Jetzt kann Conny sich auf Spurensuche begeben. Sie kann jeden Quadratmillimeter des pinkfarbenen Tuchs testen. Tagelang, monatelang ... sie wird mit Sicherheit keine Spermaspuren finden. Juhu! Anton ist gerettet.

Ich wickele die Utensilien wieder in die Folie und lege sie in einen kleinen Gefrierbeutel, der in meine Handtasche wandert.

Die Uhr scheint heute schneller zu ticken. Es geht auf 16 Uhr zu. Ich helfe Bruni, auf dem Schreibtisch Ordnung zu schaffen, dann laufe ich kurz zu Paul rüber, der telefoniert. Ich gebe ein Handzeichen, dass wir weg sind.

Maria wünscht mir für morgen viel Spaß.

»Oh, ja. Danke, Maria. Den werde ich bestimmt haben.«

Bruni und ich tauschen einen belustigten Blick.

Eigentlich habe ich keine Lust, zu meiner Familie zu fahren. Ich muss mich für morgen wappnen, es kommt eine Menge Arbeit auf mich zu. Weil Conny auf den Test warten wird, entscheide ich mich jedoch für einen kurzen Besuch.

Schon von Weitem ist unschwer zu erkennen, dass vor dem van Gochschen Haus ein Hahnenkampf stattfindet. Mein Vater und Opa Heini stehen auf der Garagenauffahrt, sie scheinen sich ordentlich in den Haaren zu liegen. Mal geht Papa leicht in die Knie, schnellt wieder hoch, dabei fuchtelt er mit den Armen in der Luft herum ... dann wird Opa Heini rhetorisch aktiv. Als sie mein Auto erblicken, treten sie beiseite, dass ich dort parken kann.

Sie sind so sehr mit sich selbst beschäftigt, dass sie Fine und mich nur mit einem kurzen Blick bedenken.

Mein Vater regt sich auf. »Du übertreibst es langsam mit deinen *genialen* Ideen, Vater!« Opa Heini reckt trotzig sein Kinn vor. »Wir werden sehen, wer am Ende den Lorbeerkranz trägt. Du oder ich …«

Fine scheint es witzig zu finden, wie ihr Opapa das Gesicht verzieht, denn sie lacht.

Ich lasse die beiden alleine und flitze in den Garten. Fine läuft hinter mir her und ruft laut nach ihren Cousinen. »Hananan.«

Meine Mutter breitet die Arme aus. »Hallo, Fine! Die Oma hatte schon Sehnsucht nach dir. Hanni und Nanni kommen heute nicht.« Dann wendet sie sich an mich. »Conny ist mit den Kindern Kleidung kaufen. Sie sagt, dass die Mädels im Moment so schnell wachsen, dass es fast unheimlich ist.«

Gundula streckt den Kopf aus der Terrassentür. »Ich komme jetzt. Aber nicht lachen!« Sie macht einen großen Schritt nach draußen und steht in einem schwarzen Badeanzug vor uns.

»Wow. Toll, Gundula. Ist der neu?« Ich muss neidlos zugeben, dass Opas Jungbrunnen die Badeklamotte hervorragend steht. Sie ist ein zierliches Püppchen und kann sich durchaus so sehen lassen.

»Ja. Ich war vorhin in der Stadt, bei *Basener*. Die haben reizende Bademode für die reife Frau.«

Meine Mutter legt den Kopf schief. »Du, das sieht wirklich todschick aus. Du brauchst dich weiß Gott nicht zu verstecken.«

Gundula wiegt die Hüften. »Ach, was freue ich mich auf Fehmarn. Diesmal werde ich aber bestimmt in die Ostsee hüpfen.« Sie verschwindet singend ins Haus, Fine läuft ihr hinterher.

Opa Heini und mein Vater kommen, mit der Ruhe ist es vorbei.

»Du hast doch deine fünf Sinne nicht beieinander, Vater! Wenn du dich *das* wagst, dann kannst du was erleben.«

Opa lässt sich auf den Stuhl fallen. »Friedensreich Hundertwasser hat auch der tristen Bauweise den Garaus gemacht! Wenn wir das Garagendach begrünen und das Garagentor bunt bemalt ist, sieht der Kasten viel freundlicher aus. Du bist ein Kunstbanause, mein lieber Hermann! Du warst noch mit zehn Jahren zu dusselig, eine Sonne zu malen.«

»Ach, hör schon auf! Du kannst doch nicht unser Haus verschandeln. Von mir aus bepinsele deinen Bungalow von oben bis unten, damit habe ich nichts zu tun. *Mein* Haus bekleckerst du nicht!«

Jetzt schreit Opa Heini. »Der steht aber nicht an der Straße, der Bungalow! Außer uns sähe niemand die Kunst am Bau. Die Malerei soll meine Visitenkarte sein. Jeder soll sofort erkennen: Aha, hier wohnt er also, der Heinrich van Goch!«

»Schluss jetzt!« Meine Mutter stampft mit dem Fuß auf. »Eines Tages bringt das Gezeter noch einen von euch um!«

Ich beschließe, mich aus dem Disput herauszuhalten. Am Ende liegen sich mein Vater und Opa eh wieder in den Armen. Da ist jede Einmischung vollkommen überflüssig.

Gundula kommt mit einem beladenen Tablett zurück.

»Für mich bitte kein Gedeck hinstellen, ich habe noch einiges zu tun. Komm, Finchen. Ab nach Hause.«

»Was? Ihr wollt schon gehen? Das ist aber schade.« Meine Mutter steht langsam auf.

Ich zwinkere ihr zu. »Nicht böse sein, Mama. Wir kommen morgen wie gewohnt gegen 17 Uhr vorbei. Dann starten wir in ein schönes Wochenende.«

Der anstehende Fehmarn-Ausflug lenkt Opa Heini von Friedensreich Hundertwasser ab. Er knufft seinem Hermann mit einem vielsagenden Blick in die Rippen. »Wir sollten mal wieder angeln, Hermann!«

Mein Vater nickt erst mürrisch, dann hellt sich seine Miene auf. »Jau.«

Fine läuft an der Hand meiner Mutter zum Auto.

»Was meinst du, Karo? Soll ich mir auch einen Badeanzug kaufen? In den Shorts ist es immer so warm.«

Ich umarme sie. »Was für eine Frage! Natürlich, warum denn nicht? Solltest du bei *Basener* keinen finden, machen wir auf Fehmarn einen Einkaufsbummel.«

Auf dem Heimweg rufe ich Conny an. Sie macht einen gestressten Eindruck. Sie erklärt mir, dass sie mit den zwei Irrwischen am Kämpfen sei, *ganze* Jeans statt an den Knien zerfledderte zu kaufen. Den Test solle ich mit auf die Insel nehmen. Sie wolle ihn in meiner Gegenwart machen, damit ich sie auffangen könne, falls sie bei einem positiven Ergebnis ohnmächtig würde.

Ich beende grinsend das Gespräch. Die Sorge habe ich, dank meiner genialen Idee, am allerwenigsten.

Paul nervt. Statt es sich neben mir auf der Terrasse gemütlich zu machen, läuft er ständig ins Haus, um Klamotten aus den Schränken zu kramen, an denen irgendetwas fehlt oder kaputt ist. Auf dem Gartenstuhl neben mir liegen vier Hemden, an denen Knöpfe fehlen, eine Hose, deren Reißverschluss sich nicht mehr schließen lässt, und drei Krawatten, die Flecken aufweisen. Jetzt setzt er sich auf einen Stuhl und reicht mir die Hose seines Joggers.

»Schau mal, Möhrchen. Die Kordel ist halb im Hosenbund verschwunden. Könntest du sie wieder zurechtfummeln? Du hast doch jetzt Zeit … und die Schnürsenkel an meinen schwarzen Schuhen schwächeln. Besorgst du neue?«

Ich reiße ihm die Hose unwirsch aus den Händen. »Ja! Mensch, Paul. Jetzt knall mich nicht mit Näharbeiten zu. Ich habe anderes zu tun.«

Er lehnt sich entspannt zurück und nippt an seinem Weinglas. Dabei lässt er mich nicht aus den Augen. »Was hast du morgen vor?«

Auf diese Frage bin ich nicht vorbereitet. »Ja. Was mache ich morgen?« Bevor ich irgendeinen Schwachsinn von mir gebe, wähle ich als Antwort eine unverfängliche Variante.

»Weißt du? Genau das ist das Schöne am Daheimbleiben. Ich muss nicht großartig vorplanen. Ich werde das machen, wozu ich Lust habe. Ich fahre auf jeden Fall wieder um 7 Uhr zu Simone. Also, dazu habe ich Lust. Danach sehen wir weiter.« Ich strecke mich. »Es ist herrlich, so früh aus den Federn zu krabbeln, um den Tag zu beginnen.«

Paul legt den Kopf schief. Er beobachtet mich jetzt so intensiv, dass ich spüre, wie langsam aber sicher eine leichte Hitze in meine Wangen steigt.

Da ich mir sicher bin, dass Paul unmöglich ahnen kann, was ich hinter seinem Rücken am Vormittag treibe, gewinne ich schnell wieder Oberwasser. Simone hat recht. Es ist das eigene schlechte Gewissen, das einem zu schaffen macht. Paul wird sich nichts dabei denken, wenn er mich so anschaut. Genauso wenig, wie sich Markmann etwas dabei denken wird, wenn ich nach dem Safe frage.

Ich lenke ab. »Gibt es was Neues in der Firma? Ich meine, hast du heute noch andere Objekte angeboten bekommen?«

Paul verharrt in seiner Stellung und schüttelt den Kopf. »Bis jetzt ist das Gebäude in Soltau das einzige, was infrage käme.«

13. Die Sieben und die Acht

Auf dem Weg zur *Brauerei Markmann* bin ich schon so geschafft, dass ich am liebsten die Uhr bis zum Klingeln des Weckers zurückdrehen würde, um gar nicht erst aufzustehen.

Fine wollte sich nicht anziehen lassen, dann hat sie während des Frühstücks so herumgesaut, dass ich sie noch einmal umziehen musste. Dabei hat sie *wieder* Theater gemacht und mich so arg gebissen, dass ich vor Schmerzen Sterne gesehen habe.

Paul bat mich drei Mal, ihm Unterlagen aus seinem Arbeitszimmer zusammenzusuchen, und weil er eine solche Unordnung auf seinem Schreibtisch hat, habe ich dabei mindestens zehn Minuten vertrödelt.

Zu guter Letzt sprang mein Auto nicht an. Paul musste mit einem Überbrückungskabel und der Energie seiner Autobatterie Starthilfe geben.

Auf dem Parkplatz vor Simones und Willis Penthouse-Wohnung musste ich den Motor laufen lassen, weil die Batterie noch zu wenig aufgeladen war. Ich habe mich sehr flott umgezogen und gestylt.

Es ist 7:27 Uhr, ich fahre mit Tempo siebzig auf den großen Parkplatz und ergattere leider nur noch eine Parklücke am Ende des Geländes. Ich renne, so schnell ich kann, in Richtung Firmeneingang. Leise fluchend erkenne ich, dass Markmann vor mir ins Gebäude läuft und den Aufzugknopf drückt. Ich nehme mit fliegenden Füßen die Treppe. Es war naiv zu glauben, dass ich schneller als ein Aufzug bin. Als ich ins Büro komme, steht Markmann bereits vor Linda am Schreibtisch.

Ich japse ein »Guten Morgen«.

Markmann grüßt nicht zurück. Er schaut auf seine, ich tippe mal, Rolex.

»Sobald Sie wieder normal atmen können, sehen wir uns.« Er schnippt mit den Fingern und zeigt auf seine Bürotür, durch die er verschwindet.

Ich nicke, obwohl er es nicht mehr sehen kann, und lasse mich auf meinen Stuhl fallen. »Hallo, Linda.«

»Moin. Er mag es nicht, wenn man *zu* pünktlich ist. Es ist besser, wenn Sie ab Montag mindestens zehn Minuten eher hier sind.«

Wieder nicke ich. Wenige Sekunden später sitze ich mit einem Block und Kugelschreiber bewaffnet vor Lenny.

Er beugt den Kopf vor. »Hoppela. Schon wieder eine neue Brille? Auch nicht schlecht, auch nicht schlecht. Ich dachte immer, rothaarigen Frauen würde die Farbe Rot nicht gut stehen, aber, ich muss sagen …« Seine Finger trommeln auf dem Schreibtisch. »Wie gehen Sie die Präsentation an? Welche Gedanken haben Sie sich dazu gemacht?«

Er wechselt so flott das Thema, dass ich ins Straucheln komme. Wenn ich mir um etwas *keine* ernsthaften Gedanken gemacht habe, dann ist es die Firmenpräsentation.

»Nun, ich … ja. Also, wenn Sie mir freie Hand lassen …«

»Was sagen Sie zu unserer Firma? Linda hat Sie gestern herumgeführt, welche Eindrücke haben Sie? Was hat Sie besonders beeindruckt?«

Ich räuspere mich. »Alles. Mich hat alles beeindruckt. Wissen Sie, es ist hier wie in einer exklusiven Boutique, in der ausschließlich *Manolo-Blahnik*-Schuhe verkauft werden. Sie sind alle schön, alle. Ausnahmslos. So ist es mit Ihren Maschinen, Tanks und Bierflaschen. Herrlich, ich bin schwer beeindruckt.«

Er fummelt an seinem Krawattenknoten. »Das haben Sie schön ausgedrückt, wunderschön. Erwähnen Sie das in Ihrem Vortrag.«

»Vortrag?« Meine Stimme klingt jetzt panisch.

Auf seinem Schreibtisch steht ein Perpetuum mobile, er setzt es in Gang. Kleine Stahlkugeln klackern permanent gegeneinander.

»Ich habe vor, einen neuen Motivationsslogan für die Angestellten einzuführen.« Er steht auf, stellt sich vor das Fenster und schaut in die Ferne. Er breitet seine Arme aus und sagt langsam: »*Wir sind wie ein*

Perpetuum mobile. Einmal in Gang gesetzt funktionieren wir. Klack, klack, nichts hält uns auf. Unser Bier wird die Welt erobern.« Dann dreht er sich abrupt um. »Und Sie werden mir dabei helfen. Machen Sie sich schon mal Gedanken dazu.«

Ich kritzele auf meinen Block, dass ich mir Gedanken machen soll.

»Ähm. Nein. Streichen Sie das wieder. Erst kümmern Sie sich um die Präsentation für die Neukunden. Um 11:45 Uhr erwarte ich Ihre Vorschläge, die Sie dann ab Montag eigenständig umsetzen werden. Noch Fragen?«

Ich nehme allen Mut zusammen. Jetzt oder nie. »Ja. Welche Unterlagen muss ich täglich in den Safe legen?«

Es scheint ihn tatsächlich nicht zu stören, dass ich danach frage. Er deutet auf ein Regal, auf dem diverse Briefkörbe stehen.

»Wenn es Unterlagen für den Safe geben sollte, legen Sie sie bitte in diesen roten Ablagekorb. Ich werde sie dann unter Verschluss legen. Aber wo Sie schon mal den Safe erwähnen … ich habe ein wichtiges Arbeitsutensil für Sie. Die Sekretärin vom Chef schreibt nicht mit einem normalen Kugelschreiber.«

Seine Hand wandert unter den Schreibtisch. Dann zischt es leise, eine Tapetenwand fährt zur Seite. Dahinter kommt ein großer Stahlschrank zum Vorschein.

Ich habe begriffen, dass dieser Mann von der Bewunderung anderer Menschen lebt. Darum sage ich, so ehrfurchtsvoll, wie ich kann, dass ich so etwas Raffiniertes nur aus hochkarätigen Kinofilmen kennen würde. Dabei klatsche ich in die Hände, als hätte ich einen an der Klatsche.

»Sie gefallen mir, Karotte. Sie erkennen auf einen Blick, was es wert ist, bestaunt zu werden.«

Er bittet mich, mich umzudrehen. Nach dem ersten Piepton zähle ich mit, es folgen sieben weitere Eingaben.

»So, Sie dürfen sich wieder umdrehen.«

Der Safe ist weit geöffnet. Ich will mich nicht versündigen, fände es jedoch sehr nett, wenn er in diesem Augenblick für zehn Minuten ohnmächtig werden würde.

Er kramt in dem Schrank herum und holt ein schmales Lederetui heraus, das er mir feierlich überreicht.

»Na, schauen Sie hinein. Er wird Ihnen gefallen.«

Ich öffne das Etui, ein silberner Kugelschreiber blinkt mich an. Jetzt übertreibe ich richtig. Mit der Stimme einer Frau, die einen Superorgasmus erlebt, sage ich voller Inbrunst: »Oh … oh … oh mein Gott … er ist wunderschön! Ich erinnere mich nicht daran, jemals einen so schönen Stift in den Händen gehalten zu haben.«

Er sonnt sich in meiner Begeisterung und leckt sich über die Lippen. Dann wischt er sich Sabber aus den Mundwinkeln. »Kleines, Sie gefallen mir immer mehr.«

Dann bin ich entlassen.

Linda stopft sich einen Kaugummi in den Mund. Ich erkenne sofort, dass es ein *Geigers Jummy-Gum* ist. Sie wirft mir die Packung rüber.

»Ich liebe diese Kaugummis.« Sie haucht in ihre Handinnenfläche. »Probieren Sie mal, die machen einen unglaublich frischen Atem.«

»Oh. Danke.« Nach fünf Sekunden schmecke auch ich die von uns produzierte Frische. Ich schließe die Augen und fühle mich so, als würde ich Bruni gegenübersitzen.

Linda steht langsam auf und bewaffnet sich mit einer Gießkanne. »Ich geh dann mal beim Chef die Blumen gießen. Gleichzeitig muss ich mit ihm etwas besprechen. Er mag es nicht, wenn jemand bei Besprechungen stört.«

Ich nicke verstehend. »Ich bin jetzt eh beschäftigt.« Mit wilder Entschlossenheit fahre ich den Rechner hoch.

Linda bleibt kurz vor dem Chefzimmer stehen, wirft die Haare in den Nacken und stolziert durch die Tür.

Nach fünfzehn Minuten frage ich mich, wann ich mich um meine Aufgabe kümmern soll, denn ständig klingelt das Telefon. Jeder möchte mit Lennard Markmann verbunden werden, was ich höflich aber bestimmt ablehne. Ich erkläre, dass er nicht im Hause sei und sich melden wird.

Was in der Firma *Geiger* funktioniert, funktioniert auch in der *Markmannschen Brauerei*, ich lege den Hörer daneben.

Die Arbeit geht mir noch immer nicht von der Hand, weil ich ständig überlege, wie ich an die Zahlenkombination für den Safe kommen könnte.

In meinem Kopf schubsen sich die Gedanken gegenseitig beiseite, um an erster Stelle zu stehen.

Okay. Ich muss mich zusammenreißen, Lenny will ein Ergebnis sehen.

Ich rede mir ein, dass ich diese Aufgabe für unsere Firma erledigen müsse, jetzt löst sich die Blockade in meinem Kopf.

Ganz klar, als Erstes muss eine neue Webseite entstehen. In der Firma wird es einen fähigen Webdesigner geben, der damit beauftragt werden kann.

Die nächste Möglichkeit ist, zusätzlich edle Hochglanzdruckschriften fertigen zu lassen, die den gleichen Inhalt der Webseite widerspiegeln.

Ein Film käme mit Sicherheit auch sehr gut an. Eine kleine Dokumentation über die Brauerei, von der Malzlieferung bis hin zum fertigen Produkt. Den könnten die Neukunden bei einem Glas *Markmann Pils* anschauen und dabei leckere Canapés mit Krabben oder Roastbeef futtern. Trüffelbutter wäre auch nicht schlecht. Oder Kaviar.

Meine Finger klappern auf der Tastatur.

Ein Gewinnspiel ist immer gut und steigert den Umsatz. Das ist auch ein guter Ansatzpunkt.

Aus Markmanns Büro dringen komische Geräusche. Ich spitze die Ohren. Lindas Stimme ist deutlich zu vernehmen. »Oh … oh mein Gott … oh …«

Dann höre ich Lenny, der gleiche Wortfetzen von sich gibt. Entweder beten sie gemeinsam, schenken sich gegenseitig schöne Kugelschreiber oder treiben es auf dem Schreibtisch. Die Vorstellung lässt mich losprusten. Ich presse eine Hand vor den Mund.

Was für eine Firma!

Ich lehne mich zurück und schließe die Augen. Ein Päuschen kann nicht schaden.

Die Pause ist leider sehr kurz, denn Linda kommt zurück. Sie hält kein Lederetui in der Hand, sondern nur die Gießkanne. Sie streicht ihren Rock glatt und strahlt mich an.

»Sollen wir uns duzen? Ich meine, wo wir doch so viele Stunden am Tag miteinander verbringen?«

Ich lächele zurück. »Gerne, Linda. Das ist eine gute Idee.«

Sie schielt zu der Gießkanne. »So was Dummes. Jetzt habe ich glatt vergessen, die Blumen zu gießen …«

Ich springe auf. »Darf ich das machen?«

»Natürlich! Der große Ficus benötigt ordentlich Wasser.«

Den kleinen Block, auf den ich die Namen und Telefonnummern der Herren notiert habe, die mit Markmann sprechen wollten, nehme ich mit.

Lennys Haare stehen in alle Himmelsrichtungen, seine Krawatte liegt auf der kleinen Ledercouch, die an der linken Wand steht.

»Wenn ich kurz stören darf?« Ich halte das Gießgefäß hoch und zeige auf die Blumenpracht, die rechts vor dem Fenster steht.

»Ah, Sie sind sehr aufmerksam. Gerne. Ich liebe diese Pflanze, geben Sie ihr ordentlich Wasser, sie säuft wie ein Loch.«

Ich kichere. »Na ja, wir sind ja schließlich in einer Brauerei.«

Er klopft sich vor Lachen auf den Schenkel. »Köstlich, Karotte, Sie sind köstlich.«

Ich lege ihm den Block mit der Anruferliste hin, die er ignoriert. Er ordnet an, heute keine Gespräche führen zu wollen. Eine Erklärung warum, gibt es nicht.

Er schlägt sich mit der geballten Faust leicht vor seine Lippen und beobachtet mich.

»Sagen Sie mal, Karo, sind Sie wirklich nicht liiert? Ich meine, eine Frau wie Sie müsste doch begehrt sein, na … so wie unser Bier?«

»Ähm. Nein. Ich lebe alleine.« Ich laufe zu dem edlen kleinen Waschbecken und befülle die Kanne neu.

»Hoppela!« Er grinst. »Dann könnten wir zwei, also Sie und ich doch am Abend mal zusammen ausgehen?«

Meine Antwort kommt wie aus der Pistole geschossen. »Am Abend kann ich nicht. Ich meine, nie. Meine Tante, meine alte … also uralte Tante ist krank. Ich kümmere mich um sie.«

»Oh, das ist nicht schön. Also schon schön, aber auch irgendwie nicht schön.«

Ich räuspere mich. »Als ich neulich im *Kakadi* war, da ging es ihr noch gut. Und dann, ganz plötzlich, peng. Da war es vorbei.« Ich seufze. »Jetzt liegt sie da. Und löst den ganzen Vormittag nur Kreuzworträtsel und wartet darauf, dass ich endlich von der Arbeit komme und ihr das Essen auf Rädern bringe.«

Er seufzt ebenfalls, es zischt leise, die Tapetenwand öffnet sich erneut. Ich stelle mich jetzt so, dass ich ihm auf die Finger schauen kann.

Es leuchtet eine grüne Ziffer auf, es ist die Zahl Sieben ... danach erkenne ich die nächste Ziffer, es ist die Acht. Dann macht er einen Schritt nach rechts, sein Körper verdeckt das Eingabefeld. Nachdem er den Tresor geöffnet und darin herumgekramt hat, legt er noch ein Lederetui auf den Schreibtisch. Dann wuchtet er die Tür wieder zu.

Als ich sein Büro verlassen will, hält er mich zurück und reicht mir die Schatulle. »Wenn Sie den bitte Ihrer lieben Tante mit den besten Grüßen von mir überreichen würden? Für ihre Kreuzworträtsel ...«

»Oh, das ist aber nett von Ihnen. Darüber wird sie sich *sehr* freuen.«

Ich stöckele zurück an meinen Schreibtisch, ich könnte vor Freude kreischen. Die ersten beiden Zahlen habe ich!

Die Gießkanne wandert zurück an ihren Platz. Ich krame mein Notizbuch aus der Handtasche und schreibe die Zahlen hinein.

Es wird weitergearbeitet. Für meinen Vortrag, den ich hoffentlich nie im Leben halten muss, überlege ich mir, die Geschichte der Bierherstellung mit einzuflechten. Von anno was weiß ich nicht bis heute. Ich denke, dass das Internet genügend Informationen liefern wird.

Es ist auf die Sekunde genau 11:45 Uhr, als ich meinem neuen Chef von meinen Überlegungen und Gedanken berichte.

Lenny hört aufmerksam zu und streicht sich immer wieder durch die fettigen Haare.

»Perfekt, Karotte. Einfach nur perfekt! Besonders gefällt mir die Idee, die Verbraucher mit einem Gewinnspiel zu locken. Denken Sie sich etwas Schönes aus.«

Jetzt wird es ungemütlich. »Wieso ich? Um solche Angelegenheiten kümmert sich doch normalerweise die Werbeabteilung.«

Er überhört meinen Einwand. Nach einem Fingerschnippen saust sein Zeigefinger in meine Richtung. »Fangen Sie am Montag an, all das in die Tat umzusetzen. Linda wird Ihnen die richtigen Ansprechpartner im Haus nennen. Und sagen Sie ihr, dass sie sich eine Scheibe von Ihnen abschneiden kann ... Nein, sagen Sie es lieber doch nicht.«

Ich mache in Gedanken drei Kreuze, als ich aus dem Firmengebäude laufe und frische Luft schnuppere. Mein Corsa springt Gott sei Dank an, ich verlasse mit Tempo achtzig den Parkplatz. Wenn es weiter so gut läuft, dann habe ich den Zugangscode zum Safe innerhalb weniger Tage in meinem Notizbuch stehen. Vielleicht sollte ich noch mehr kranke Tanten und Onkel erfinden, die Gehirnjogging betreiben. Ich stelle das Radio an und singe laut mit.

Während ich in meine Freizeitklamotten schlüpfe, hängt Simone mein Kostüm in ihren Kleiderschrank. Die Schuhe wandern auf das Regal.

»Also dir fehlen jetzt noch sechs Zahlen. Wenn du an einem Tag zwei Zahlen herausgefunden hast, dann …« Sie denkt nach. »Sechs geteilt durch zwei macht drei, dann hast du in drei Tagen den Jackpot geknackt.«

Ich lache. »Ja, rein rechnerisch stimmt deine Aussage. Ob es mir allerdings gelingt, Lenny zum Öffnen des Safes zu bewegen, ist eine andere Sache. Und falls es mir gelingen sollte, kommt es noch darauf an, ob ich freie Sicht habe.«

»Du solltest mit ihm essen gehen, echt, Karo. Das schafft Vertrauen.«

Ich schüttele mich angewidert. »Niemals. Das werde ich im Leben nicht machen. Irgendwie ist Markmann mir nicht ganz geheuer.« Mein Zeigfinger kreist an meiner Schläfe.

Simone breitet die Arme aus und drückt mich. Ich würde noch sehr gerne weiter mit ihr plaudern, aber Finchen hat müde Augen. Sie liegt auf dem großen französischen Bett und kuschelt mit Tiddy. Emils Akku scheint noch halb aufgeladen zu sein. Er pest durch das Schlafzimmer.

»Emil, say goodbye … kiss Finchen.« Ich schmunzele, weil die deutsche Übersetzung ausbleibt.

Sie setzt ihren Wonneproppen aufs Bett. Mich haut es fast aus den Schuhen, als Emil zu Fine krabbelt, ihr einen Schmatzer auf die Wange drückt und »Bye« sagt.

»Ähm … hat er das jetzt *echt* verstanden? Hat dein Sohn tatsächlich ›bye‹ gesagt?« Mir bleibt die Spucke weg.

Sie verdreht die Augen. »Klar. Hast du doch gehört.«

Als ich Fine ins Kinderbett lege, höre ich mich leise sagen: »Sleep well, little sun … schlaf gut, kleine Sonne.«

Mit dem guten Gefühl, eine gute Mutter zu sein, widme ich mich dem Haushalt.

Nicht auszudenken, wenn sich Finchen im Kindergarten nicht verständigen kann, weil alle Kinder Englisch miteinander reden. Das könnte sich negativ auf ihr weiteres Leben auswirken. Traumatische Kindheitserlebnisse verfolgen einen nämlich ein ganzes Leben lang. Ich nehme mir vor, ernsthaft daran zu arbeiten, dass das nicht passieren wird.

Nach getaner Arbeit schlürfe ich einen heißen Kaffee und rufe Bruni an. Sie gratuliert mir zu meinem Erfolg. Zwei von acht Zahlen an nur einem Tag herausgefunden zu haben, das sei ein guter Schnitt. Ihre Rechnung sieht so ähnlich aus, wie die von Simone. Sie rät mir ebenfalls, mit Lenny einen unverfänglichen Abend zu verbringen, was ich jedoch beharrlich ablehne.

Dass Emil anfängt, die englische Sprache zu verstehen, lässt Bruni nachdenklich werden. »Hm. Vielleicht sollten wir es Simone nachmachen? Stell dir mal vor, wie doof Fine und Paula im Kindergarten dastehen.«

Ich lache und oute mich, mit welchen Worten ich Finchen in den Mittagsschlaf geschickt habe.

Es ist immer dasselbe Ritual, bevor unser Autocorso in Richtung Fehmarn fährt.

In der Birkenstraße wird zigmal kontrolliert, ob Haus und Bungalow ordentlich verschlossen sind. Ein Familienmitglied muss jedes Mal, wenn alles verriegelt und verrammelt ist, noch einmal zur Toilette. Heute ist mein Vater derjenige.

Opa Heini setzt sich auf den Beifahrersitz und krakeelt meinem Vater hinterher. »Hermann, das hättest du dir auch vorher überlegen können.«

Mein Vater winkt ärgerlich ab und läuft x-beinig zur Haustür.

Hanni und Nanni tragen neue Jeans, die tatsächlich an den Knien kaputt sind. Sie lehnen an Antons Van und tuscheln leise, dann gickeln sie.

Paul steigt noch einmal aus dem Auto und ruft in Richtung Anton. »Holt ihr Ludmilla ab, kommt sie wieder mit?«

Conny streckt den Kopf zum geöffneten Seitenfenster heraus. »Das fehlte mir noch! Nein. Wir fahren gleich kurz zu Antons Eltern und liefern die Jungs dort ab. Max und Moritz freuen sich auf das Wochenende bei Oma und Opa Jörgensen.«

Das war das Stichwort für meine Mutter. Sie springt aus dem Auto.

»Was? Warum nehmt ihr sie nicht mit an die See? Die frische Luft tut den Kleinen doch auch gut.«

Conny grunzt. »Mama! Die Luft ist überall frisch. Nicht nur an der See.«

Ich bin heilfroh, dass mein Vater wieder aus dem Haus kommt und kein Wortgefecht zwischen Mama und meiner Schwester entsteht.

Auf dem Weg zur Insel schreibe ich einen Einkaufszettel. Paul telefoniert über die Freisprechanlage. Zwei Immobilienmakler versuchen nacheinander, Paul von den Vorzügen gewisser Gewerbeobjekte zu überzeugen. Mit großem Unbehagen muss ich mit anhören, dass es ihnen nicht gelingt.

Paul hat an allem was zu mäkeln. Zu groß, zu klein, zu teuer, zu alt. Ich wünschte, es wäre bereits nächste Woche Freitag, und ich wäre fünf Schritte weiter.

Bis Großenbrode redet Paul unentwegt über den eventuell neuen Firmenstandort Soltau, was mir gehörig auf den Geist geht.

Ich würge ihn mehrmals ab. »Wir werden sehen, Paul.«

Nach Überquerung der Fehmarnsundbrücke machen wir einen Schlenker nach Burg, um dort die Lebensmittel einzukaufen. Fine ergattert an der Wursttheke eine große Scheibe Wurst.

Conny, Anton und die Mädels steigen gerade aus dem Auto, als auch wir an *Haus Kasper* angekommen sind. Hanni und Nanni lassen nichts anbrennen, sie rennen sofort los, um zu Birte und Dörte zu laufen.

Anton nimmt das kopfschüttelnd zur Kenntnis und schreit seinen Töchtern hinterher, pünktlich um 21 Uhr auf der Matte zu stehen.

Der Rest der Familie muss schon viel eher vor Ort gewesen sein, denn im Haus sind sämtliche Fensterflügel weit geöffnet und frisch bezogene Federbetten liegen auf den Fensterbänken.

Finchen weiß, wo es lang geht. Sie trippelt langsam ins Haus und läuft in Richtung Garten, in dem Opa Heini Kniebeugen macht.

Conny zieht mich ins Badezimmer. »Nach dem Abendessen lotse ich Anton ins Schlafzimmer. Du kommst dann mit, hast du verstanden? Wo hast du den Test?«

Ich öffne meine Handtasche und überreiche ihr den kleinen Plastikbeutel. »Menno. Das ist mir unangenehm, Conny. Das ist eine Sache zwischen dir und Anton.«

Meine Schwester giftet mich an. »Duuu kommst *schön* mit, Fräulein. Keine Widerrede!«

Dann lässt sie mich stehen.

Im Schlafzimmer nimmt mich Paul in die Arme. »Auf ein gemütliches und geruhsames Wochenende, Möhrchen.«

Er vergräbt sein Gesicht in meine Haare und wiegt mich hin und her. Ich schmiege mich an ihn. Durch das geöffnete Fenster hören wir Opa Heini lauthals singen.

»Drei Määänner gingen auf die Jaagd, nach einer alten Sau … Die Jagd ist aus, die Männer wieder daaa … Vik-Vik-Vik-Vik-Vik-Vik Viktoriaaa!«

Getrampel ertönt aus dem Treppenhaus. Gundula und meine Mutter keifen im Duett.

Wir schauen aus dem Fenster und sehen, dass Opa Heini und mein Vater aus dem Fenster des Baumhauses abwechselnd mit der guten Zeiss-Optik in Friedrichs Garten schauen, in dem Viktoria wieder einmal blankgezogen hat. Sie liegt bäuchlings auf einer Liege und genießt die Abendsonne. Die Frauen stürmen schimpfend in den Garten und zerren mit vereinten Kräften an der Leiter, die zum Baumhaus führt. Sie kracht auf den Boden.

»Wenn ihr euch nicht mehr wie alte Schwerenöter benehmt, dürft ihr wieder herunterklettern.«

Paul lacht. »So viel zum Thema: geruhsames Wochenende.«

Ich kneife ihn feste in eine Pobacke, weil auch er Viktorias Körper nicht aus den Augen lässt.

Gundula und meine Mutter stellen die Leiter erst wieder an den Baum, als das Abendessen fertig auf dem Tisch steht.

Die Sünder setzen sich reumütig an den gedeckten Tisch und müssen versprechen, dass sie sich nicht mehr wie die Hottentotten benehmen werden.

Paul und Anton haben Fleisch und Würstchen wieder einmal perfekt gegrillt. Fine isst mit großem Appetit eine halbe Grillwurst und kleine Kartoffelspalten, die knusprig braun sind.

Wir halten mit dem Kauen inne, als wir aus Nachbars Garten eine bekannte Stimme hören.

»Ach, muss ich noch einmal sagen. Was für eine schöne Garten, und wie gepflegt der Haus von innen ist.«

Conny verdreht die Augen. »Ich glaube, ich spinne. Hat der von Hohenhausen etwa Ludmilla im Gepäck?«

Noch bevor jemand antworten kann, lugt Ludmillas Kopf zwischen den Hortensien hervor. »Huhu. Bin ich auch hier. Friedrich hat mir eingeladen, schönes Wochenende in diese Haus zu verbringen.«

Wir winken Ludmilla zu, Connys Antwort fällt sehr spitz aus. »Der braucht wahrscheinlich jemanden, der seine Küche scheuert. Viel Spaß beim Putzen, Ludmilla.«

Jetzt erscheint auch Friedrichs Kopf. »Aber nein, Conny. Für die Sauberkeit im Haus sorgt doch die liebe Frau Wächter aus dem Dorf.«

Die Augenbrauen meines Großvaters wandern nach oben. »Tja, Conny. Auf Fehmarn ticken die Uhren anders. Hier darf Ludmilla die Füße hochlegen.« Er grinst.

Conny grinst zurück. »Ist doch prima, Opa. So kann sie neue Kraft für die kommende Woche sammeln.«

Paul läuft zum Gartenzaun. »Ich möchte mich noch einmal bei dir bedanken, Friedrich. Das Firmengebäude in Soltau ist sehr interessant, ich habe den Daumen drauf. Noch ist nichts entschieden. Wir schauen uns noch in Hamburg um.«

»Mach das. An deiner Stelle würde ich auch nichts unversucht lassen, denn in der Heimat ist es am schönsten. Ich wünsche euch viel Glück bei der Suche. Sollte ich in dieser Richtung noch etwas hören, dann melde ich mich bei dir.«

»Wir werden schon noch was in Hamburg finden.« Meine Stimme klingt sehr laut und sehr optimistisch.

»Genau! Ich glaube auch ganz fest daran.« Meine Mutter wirft Finchen einen liebevollen Blick zu.

Gundula, Opa Heini, Anton und mein Vater finden ebenfalls mutmachende Worte.

Conny hält sich raus. Sie legt für Hanni und Nanni Fleisch, Grillwurst und Salate in Tupperdosen und läuft mit kleinen Schritten ins Haus.

Friedrich und Ludmilla verabschieden sich. Sie wollen einen Bummel durch Burg machen und anschließend etwas Leckeres essen gehen.

Conny kommt mit einem Tablett zurück. »Diese Entwicklung gefällt mir aber gar nicht!« Sie stapelt die Teller und knallt sie so auf das Servierbrett, dass es nur so scheppert. Das schmutzige Besteck fliegt hinterher. Meine große Schwester ist so in Rage, dass wir Frauen Mühe haben, mit ihrem Tempo Schritt zu halten.

Paul übernimmt Fine, er möchte sie auf das Sandmännchen vorbereiten. Wir Mädels sorgen in der Küche für Ordnung. Anschließend laufe ich nach oben, um unserer Tochter gute Nacht zu sagen. Nach dem gemeinsamen Gebet fallen ihr die Augen zu. Sie ist im Moment, was das Einschlafen anbelangt, ein Musterkind.

Als wir auf die Terrasse kommen, springt Conny von ihrem Stuhl auf. »Na endlich! Das hat ja gedauert! Anton, Karo, kommt ihr kurz mit nach oben? Ich möchte euch etwas zeigen.«

Anton nimmt einen kräftigen Schluck aus der Bierflasche. »Muss das sein? Kannst du es mir nicht später zeigen? Ich sitze gerade so gemütlich.« Er rülpst.

»Nein. Jetzt!« Sie stößt einen kurzen Pfiff aus und läuft vor, die Treppe hinauf ins große Badezimmer. Hinter uns verriegelt sie die Tür.

Ich setze mich auf den kleinen Hocker, der neben der Badewanne steht, Conny stellt sich mit dem Rücken zu mir. Anton lehnt lässig gegen das Waschbecken.

»So, mein lieber Anton. Was sagst du dazu?« Sie zieht aus ihrer rechten Jeanstasche das pinkfarbene Halstuch und lässt es vor Antons Nase baumeln.«

Anton macht ein dummes Gesicht, ich muss grinsen.

»Schön. Nur die Farbe, ich finde, die steht dir nicht.«

Conny stampft mit dem Fuß auf. »Verarsch mich noch, du Mistkerl.«

»Ich verarsche dich nicht. Die Farbe steht dir echt nicht, frag Karo!«

»Dieses Tuch, Anton … dieses Halstuch habe ich in der Tasche deines grauen Jacketts gefunden. Mir gehört dieses hässliche Teil nicht.«

Anton kneift die Augen zusammen.

Ich springe auf. Conny lügt! »Aber du hast doch gesagt, es lag auf der …«

Conny dreht sich um, sie wirft mir einen warnenden Blick zu. Dann nimmt sie Anton weiter in die Mangel.

»Es duftet nach Parfüm und es hat so eigenartige Flecken.«

Anton strafft sich. »Na und? Was weiß denn ich, welche Flecken das sind. Heiße ich Dr. Beckmann und bin Fleckenspezialist?«

Ich unterdrücke ein Lachen. Anton kann ja richtig witzig sein.

»Okay, du Spaßvogel. Ich helfe dir auf die Sprünge. Das sind, meiner Meinung nach, Spermaflecken. Und sollten es welche sein, kann es sich nur um deine Körperflüssigkeit handeln.«

Anton schluckt schwer. »Ich schwöre, Schatz, ich habe nichts damit zu tun. Echt nicht.«

»Okay, Anton.« Conny greift in ihre linke Jeanstasche und holt die beiden kleinen Fläschchen hervor, die sie Anton ebenfalls vor die Nase hält. »Das hier ist ein Test, mit dem man Spermaflecken auf Kleidung nachweisen kann. Wir werden das jetzt gemeinsam machen. Du hast dich also nicht danebenbenommen?«

Anton wird blass und fängt an zu stammeln. »Nei… nein.«

Der arme Kerl. Ich zwinkere ihm zu.

Conny läuft zum Waschbecken und breitet das Halstuch darin aus. »Nun, dann wollen wir mal sehen. Es wäre natürlich viel angenehmer für mich, die Wahrheit aus deinem Mund statt durch einen Test zu erfahren. Ein Verbrecher, der seine Tat leugnet und erst durch Beweise überführt werden muss, hat immer die schlechteren Karten, Anton. Verdammt schlechte Karten.« Sie öffnet langsam die Flasche mit der Flüssigkeit. »Da gibt es keine mildernden Umstände.«

Antons Gesichtsfarbe wechselt, er wird rot und tritt von einem Bein auf das andere. Ich frage mich langsam, warum er immer zappeliger wird, wenn er ein reines Gewissen hat.

Conny hält die Pipette gegen das Licht. »Wenige Tropfen reichen und dann ein wenig Pulver draufstreuen und fünf Minuten warten.«

»Stopp. Warte, Conny … ich wollte es nicht, sie hat mich regelrecht überfallen.«

Das glaube ich jetzt nicht! Das hört sich verdammt nach einem Geständnis an. Ich mache Verrenkungen hinter Connys Rücken, ich reiße die Augen weit auf, schüttele wild den Kopf und lege einen Zeigefinger auf die Lippen, mit der anderen zeige ich Anton einen Vogel.

Der Trottel konzentriert sich jedoch nur auf die Pipette, aus der meine Mischung Spezial langsam auf den Stoff tröpfelt. Anschließend rieselt Milchpulver.

Antons Stimme zittert. »Beatrice hat mir in den Schritt gegriffen, einfach so. Verstehst du? Einfach so. Dann hat sie am Reißverschluss meiner Hose gezerrt. Sie hat mich regelrecht vergewaltigt. Verdammt, sie muss mir das Tuch untergejubelt haben, ohne dass ich es bemerkt habe. So eine Schlampe! Ich lasse mir doch von der meine gute Ehe nicht kaputtmachen.«

Meine Gliedmaßen haben sich beruhigt. Ich sitze jetzt ganz ruhig auf dem Hocker. Meinem Schwager ist nicht mehr zu helfen. Conny wird weder ohnmächtig noch schüttelt sie ein Heulkrampf. Sie ist total gefasst und starrt auf das Tuch.

»Beatrice?« Sie hebt die Augenbrauen.

Anton macht ein zerknirschtes Gesicht. »Ja, eine neue Kollegin. Die hat es faustdick hinter den Ohren.«

»Wie oft hat sie dich *vergewaltigt*?«

»Es ist nur ein einziges Mal vorgekommen, ich schwöre, Conny. Echt. Ha! Danach habe ich mich erfolgreich wehren können.«

Meine Schwester starrt auf das Halstuch. »Hm. Es verfärbt sich nichts. Das Zeug taugt nichts. Das ist mal wieder reine Geldabzocke.«

Sie verschließt die kleinen Flaschen, nimmt das Tuch und verlässt das Badezimmer.

Anton ruft ihr zaghaft hinterher. »Und jetzt?«

Ich höre Connys Antwort. »Nichts. Wir gehen morgen einkaufen. Du glaubst gar nicht, Anton, was ich alles gebrauchen kann.«

Mein Schwager geht zum Waschbecken und lässt kaltes Wasser über seine Handgelenke laufen. Ich klopfe ihm auf die Schulter. »Du bist ein Idiot, Anton. Ein richtiger Idiot.«

»Was habt ihr denn ausgeheckt?« Meine Mutter dreht sich neugierig um, als wir wieder die Terrasse betreten.

»Ach, Mama. Karo und ich haben Anton meine Garderobe gezeigt und ihn davon überzeugt, dass ich dringend neue Klamotten benötige. Morgen ist Großkampftag.« Sie grinst breit. »Ich sehe nicht ein, dass ich ständig zu kurz komme, nur weil die Mädchen so schnell wachsen. Wir fahren direkt nach dem Frühstück los, nicht wahr, Anton?«

Opa Heini lacht und schiebt seinem Schwiegerenkel eine Flasche und ein kleines Glas über den Tisch. »Trink dir mal ein Schnäpschen, Herkules.«

Anton setzt sich kerzengerade hin. Es ist nicht zu übersehen, dass ihm Opas Titulierung gefällt. »Danke, Opa. Es tut gut, nicht immer das Weichei, Windei oder der Blödian zu sein.«

Meine Schwester schiebt die Schnapsflasche in Richtung Paul. »*Herkules* mag jetzt keinen Schnaps, Opa.« Sie schaut auf die Uhr. »Anton möchte jetzt noch eine Runde spazieren gehen, nicht wahr, Anton?«

Anton nickt.

Als die beiden sich entfernt haben, fährt sich Papa lachend durch die Haare. »Also wirklich, Vater. Wie kannst du Anton mit Herkules vergleichen?«

Opa Heini pfeift leise eine Melodie. Dann schnieft er. »Wieso? Der Vergleich hinkt nicht. Herkules ist der blöde Köter vom Gustav. Den musst du nur einmal schief angucken, dann zieht er den Schwanz ein und gibt freiwillig Pfötchen.«

Wir prusten los.

Hanni und Nanni kommen zehn Minuten zu spät heim, was nicht weiter tragisch ist, denn Conny und Anton sind noch immer auf Schusters Rappen unterwegs.

Die Mädels haben bei ihren Freundinnen zu Abend gegessen. Sie fläzen sich an den Tisch und sind ungewöhnlich schweigsam. Nanni hat die Fingernägel knallrot lackiert, auf Hannis Lippen sind noch Lippenstiftreste einer ähnlichen Farbe zu erkennen.

»Und? Habt ihr schön gespielt?« Gundula lächelt die Zwillinge an.

Hanni schnalzt mit der Zunge. »Wir *spielen* doch nicht mehr, Gundula.«

»Nicht? Hm.« Sie spitzt die Lippen.

»Nein, wir haben die Pferde gestriegelt, dann durften wir sie satteln und sind über die Koppel geritten.«

Nanni versucht eine Mücke zu fangen und kichert. »Hanja hat andauernd geäpfelt.«

»Seid ihr nur geritten? Oder habt ihr euch noch mit anderen Dingen beschäftigt?« Es wird langsam dämmrig, ich zünde Windlichter an.

Die Zwillinge springen auf. »Nichts. Sonst haben wir nichts gemacht.« Sie schnappen sich eine Flasche Limonade und laufen in Richtung Baumhaus, um die Leiter hinaufzuklettern.

Paul legt einen Arm um mich. »Die lassen sich nicht mehr ausfragen. Die Zeiten sind vorbei.«

Meine Mutter stimmt ihm zu. »Wenn ich sie mit ihren Mitschülerinnen vergleiche, sind sie schon recht groß und wirken älter. Das ist mir besonders aufgefallen, seit sie die Haare kurz tragen.«

Conny und Anton kommen zurück, Anton macht einen sehr niedergeschlagenen Eindruck.

Meine ahnungslose Mutter stellt die unangemessenste Frage, die man den beiden im Moment stellen kann. »Na, habt ihr euch gut unterhalten, ihr zwei?«

»Und wie!« Anton ringt sich ein Lächeln ab. »Opa, reich mir mal die Schnapsflasche. Jetzt kann ich einen gebrauchen.«

14. Herkules' Strafe und die Angeltour

Opa Heini und Gundula machen an der frischen Luft ihre Morgengymnastik. Paul und Anton joggen im Rundkurs durch den Garten. Finchen trippelt hinterher und bleibt lachend stehen, wenn ihr Vater und ihr Onkel sie überrunden. Ich decke lieber den Tisch, als mich um diese Uhrzeit sportlich zu betätigen.

Meine Mutter dreht Connys Haare auf große Lockenwickler, währenddessen bringt meine Schwester mit einer Pinzette ihre Augenbrauen in Form. Ich kann mir nicht vorstellen, dass ich mich so gelassen um mein Äußeres kümmern könnte, wenn ich an Connys Stelle wäre.

Die Zwillingsmädchen schlafen noch.

Ich klatsche in die Hände, als meine Mutter mit Connys Haaren fertig ist. »Früüühstück!«

Anton versucht, seinem Schicksal zu entgehen. »Ich finde es nicht fair, Conny, wenn ich Paul, Opa Heini und Vater mit der Gartenarbeit alleine lasse. Wir können doch auch in der kommenden Woche in Hamburg einkaufen gehen.«

»Könnten wir, machen wir aber nicht.« Conny verzieht das Gesicht, als sie an dem heißen Kaffee nippt. Dann blickt sie unsere Mutter an. »Die Badesachen für die Mädels habe ich schon gepackt. Wir werden erst gegen Abend wieder hier sein.«

Antons Kaffeetasse scheppert. »Was? Wozu fahre ich denn auf die Insel mit euch? Ich habe doch keine Lust, den ganzen Tag in miefigen Klamottenläden abzuhängen.«

»Doch, doch, Anton. Das hast du. Oder willst du, dass ich dich … *vergewaltige?*«

Nach Connys Spruch zieht Anton den Kopf ein. Er hat trotz des Geständnisses schlechte Karten.

Nachdem sich eine glückliche Conny und ein mürrischer Anton verabschiedet haben, wird der Vormittag wie üblich verbracht. Garten- und Hausarbeiten stehen an.

Paul und mein Vater rollen den schweren Benzinrasenmäher aus dem Geräteschuppen. Opa Heini kontrolliert, bevor er mit Rat und Tat beiseite steht, seine E-Mail-Eingänge. Hocherfreut ruft er, dass Gustav und er in der nächsten Woche beim Kulturamt vorsprechen dürfen. Ausstellungen ortsansässiger Künstler seien immer willkommen. Und erst recht, wenn Maler ihre Bilder schon erfolgreich bei eBay verkauft haben.

Gundula deckt den Tisch ab. »Aber du hast doch gar keine Bilder mehr gemalt, Heini.«

»Stimmt. Dann muss der Heini sich sputen. Heute Abend wird weitergemalt. Und zwar richtig ordentlich.«

Dann bewaffnet sich Opa mit einer Harke. Fine will mithelfen, sie holt ihre kleine Gießkanne.

Die Zwillinge krabbeln erst um 10 Uhr verschlafen aus den Betten. Sie haben noch ganz kleine Augen. Sie setzen sich zu uns in die Küche, um zu frühstücken, und schauen zu, wie wir im Eiltempo Kartoffeln und Gurken für einen Kartoffelsalat schnippeln.

Hanni zückt ihr Handy und simst, während die Cornflakes in ihrem Mund krachen. Wenige Minuten später bekommt sie eine Rückmeldung und verdreht die Augen. »Das wird Mama uns nieee erlauben.« Sie zeigt ihrer Schwester die empfangene Kurzmitteilung.

Nanni zappelt auf dem Stuhl. »Cool. Wir sollen gleich zu Dörte und Birte kommen und sind eingeladen, auf dem Bauernhof zu übernachten.«

Ich finde das toll. »Ruft eure Mutter doch an. Fragt sie, denn eure Eltern werden erst gegen Abend wieder zurück sein.«

Nanni reibt sich die Nase. »Oma, kannst du Mama nicht anrufen und fragen? Du bist doch ihre Mutter. Auf dich wird sie hören.«

Gundula lacht. »Ob das hilfreich ist? Ich weiß nicht so recht.«

Meine Mutter lacht ebenfalls. »Kinder, es ist schon sehr lange her, dass eure Mutter auf mich gehört hat.«

Ich denke kurz nach. »Fragen nützt nichts. Wer fragt, riskiert auch, dass er ein Nein akzeptieren muss.« Ich hole mein Handy. »So, eure Tante zeigt euch jetzt mal, wie man so etwas schnell und unkompliziert regelt.«

Ich wähle Connys Handynummer, Hanni und Nannis Augen hängen an meinen Lippen.

»Hallo Schwesterherz, na? Hast du schon was Schönes gefunden? Eine Armbanduhr ... oh ... das freut mich. Du, Hanni und Nanni gehen jetzt gleich zu Birte und Dörte, sie bleiben den ganzen Tag dort und übernachten heute Abend auf dem Bauernhof, sie wurden gerade eingeladen ... Boah, schrei doch nicht so! Ich bringe die Kinder gleich hin, dann weiß ich, was das für Leute sind. Ja ... du kannst dich auf mich verlassen, ich mache das schon. Viel Spaß noch ... Tschühüüs.«

Mein Finger wischt über das Display. »Yes!«

Hanni und Nanni fallen mir um den Hals. »Danke, Karo. Du bist die liebste Tante der Welt.«

Nachdem ich die stürmische Umarmung genossen habe, durchforsten wir gemeinsam die Vorratskammer nach Chips, Dips, Erdnusslocken und diversen Säften und packen zum Mitnehmen alles in eine große Tragetasche. Für Dörtes Eltern nehmen Hanni und Nanni zum Dank für ihre Gastfreundschaft eine Blechdose mit Keksen mit. Möhren und Äpfel für Hanja und Jaschka dürfen auch nicht fehlen.

Eine halbe Stunde später öffnet die liebste Tante der Welt die Autotür, um die Mädels, die ihre Rucksäcke geschultert haben, einsteigen zu lassen, und kutschiert sie in Richtung Bauernhof.

Dörte und Birte sitzen auf der Bank vor dem Haus, die Mädchen fallen sich um den Hals. Ich muss an Simone, Bruni, Ratiba denken. Man weiß es nie. Vielleicht wird eine Freundschaft fürs Leben daraus.

Neben der Haustür hängt ein buntes Schild, auf dem die Namen Ole, Trine, Dörte und Birte stehen. Darunter steht in kleiner Schrift der Name Scheef. Daneben hängt ein großes handgeschriebenes Schild, auf dem *Frische Eier* steht. Wer frische Eier verkauft, der *muss* sympathisch sein.

Eine kleine Frau mit strohblonden Haaren und apfelroten Wangen öffnet die Haustür. Sie lächelt mich freundlich an. Ich erkläre ihr, wer ich bin, und bedanke mich, dass Hanni und Nanni heute hier nächtigen dürfen.

Frau Scheef strahlt mich an. »Die Mädchen verstehen sich so gut, es ist eine Freude, ihnen zuzuschauen, wenn sie sich auf der Koppel oder im Stall aufhalten. Ich bin gerade dabei, im Obergeschoss die Betten des Gästezimmers zu beziehen. Dörte und Birte haben uns während des Frühstücks überzeugt, dass heute ein schöner Tag zum Grillen sei. Heute Abend findet eine kleine Party für vierzehn Kinder in der Scheune statt, mein Mann besorgt gerade das Grillfleisch.«

Ich habe keinerlei Bedenken, meine Nichten bei den Scheefs zu lassen, und verabschiede mich mit einem sehr guten Gefühl. Hanni und Nanni umarmen mich zum Abschied und versprechen, sich morgen nach dem Frühstück zu melden.

Der Strand ist heute sehr gut besucht. Wir richten uns in unseren Strandkörben ein, große Decken und Badehandtücher sorgen für kuschelige Sitzunterlagen. Finchen isst Kartoffelsalat, dazu eine kleine Frikadelle und wirft zwischendurch mit Sand nach Paul, der dabei ist, das Schlauchboot mit einer Doppelhubpumpe aufzupumpen.

Opa Heini kümmert sich um das Angelzeug, das mit ins Boot muss. Er und mein Vater wollen ein Stück auf die See hinauspaddeln. Der Ehrgeiz, einen Fisch zu angeln, steht ihnen ins Gesicht geschrieben.

Als Finchen anfängt, den Kartoffelsalat durch die Gegend zu schleudern, lege ich sie auf ihre ›Bubudecke‹.

»Willst du uns nicht begleiten, Paul?« Mein Großvater beäugt die Spitze des Angelhakens.

»Nee, lass mal, Opa. Zu dritt wird es zu eng in dem Boot.« Paul prüft per Handdruck, ob sich genügend Luft in der Luftkammer befindet, und schließt das Sicherheitsventil. »Den Außenbordmotor hänge ich im Wasser dran.«

Opa Heini schraubt die Paddel zusammen. »Blödsinn, wir sind

keine Umweltverpester. Wir brauchen keinen Motor.« Er spannt den Bizeps an. »*Das* hier ist unser Innenbordmotor. Zehn Heini-Stärken.« Er grinst. »Wir wechseln uns mit Rudern ab, nicht wahr, Hermann?«

Mein Vater nickt. »Etwas Muskeltraining kann nicht schaden.«

Anschließend essen wir zu Mittag und überlegen, wie wir die Fische heute Abend zubereiten sollen, die Opa und mein Vater fangen werden. Grillen oder braten, das ist die große Frage.

Nach einer halben Stunde verabschieden wir Frauen die Männer mit einem »Petri Heil«. Paul begleitet die beiden bis zum Wasser.

Meine Mutter präsentiert stolz den neuen braunen Badeanzug, den sie noch gestern auf die Schnelle im Bademodengeschäft *Basener* ergattert hat. Sie hält ihn in die Luft. »Der ist so raffiniert gearbeitet, die große goldene Schnalle unter der Brust lenkt von meinem fetten Hintern ab.«

Ich muss ein großes Badehandtuch vor den Strandkorb halten, damit sich die ältere Generation, vor neugierigen Blicken geschützt, umziehen kann. Anschließend dreht sich meine Mutter im Kreis und wartet auf meine Reaktion.

»Oh ja, Mama. Der sieht klasse aus. Toll!«

Auch Paul, der zurückkommt, spart nicht mit Komplimenten. Gundula nimmt meine Mutter an die Hand. »Na, siehst du, Hildegard. Du hast viel zu viel Komplexe, das hast du gar nicht nötig.«

Kichernd laufen beide ins Wasser.

Paul macht es sich neben Fine, die tief und fest schläft, auf der Decke bequem. Ich fläze mich in einen Strandkorb und beobachte durch halbgeschlossene Augenlider die Badenixen, die sich gegenseitig mit Wasser nass spritzen. Opa Heini rudert noch immer, das Boot wird kleiner und kleiner.

Ein Jetski, auf dem ein braungebrannter Jüngling sitzt, dreht unaufhörlich seine Runden. Kinder toben in der See oder bauen Sandburgen, die Großen mischen mit oder genießen einfach nur die Sonne. Es ist immer wieder schön zu beobachten, wie ausgelassen sich Menschen benehmen, die den Alltag hinter sich gelassen haben und die Natur genießen.

Mein Alltag lässt sich nicht so leicht wegdenken. Es widerstrebt mir, mich mit der Idee für ein Gewinnspiel zu beschäftigen. Was soll mir dazu einfallen? Kronkorkenaktionen gibt es schon, das sind alte Kamellen. Normalerweise sollte ich mich weigern, mich damit zu belasten, denn es gibt Menschen, die lange studiert haben, um solche Aufgaben zu erledigen. Mir ist jedoch klar, dass ich Lenny auf keinen Fall verärgern darf, also sollte ich nachdenken. Ich strecke mich kurz und gähne herzhaft. Aber nicht jetzt. Später.

Dass man geschlafen hat, merkt man erst, wenn man aufwacht. Die aufgeregten Stimmen meiner Mutter und Gundula reißen mich aus dem Tiefschlaf. Wie ein Bundeswehrsoldat, der am Morgen durch eine Trillerpfeife geweckt wird, stehe ich innerhalb von Sekunden stramm vor meinem Strandkorb.

»Herrje, warum schwimmen die denn? Warum sitzen sie nicht mehr im Boot?« Der Wind pustet so kräftig, dass meiner Mutter ständig die Haare über die Augen fliegen, die sie permanent beiseiteschiebt.

»Ja. Warum schwimmen die? Heini wollte doch rudern?« Gundula bindet sich ein Badehandtuch um und läuft Richtung Wasser. Meine Mutter hastet hinter ihr her und kreischt: »Heermann, Vaater, warum schwimmt ihr?«

Paul, der mit Fine im Sand spielt, steht auf und schirmt mit einer Hand die Augen ab. »Es sieht so aus, als lägen sie mit dem Oberkörper auf einer Luftmatratze.« Er sprintet mit großen Schritten zum Wasser und taucht in die Fluten, um ihnen entgegen zu schwimmen.

Finchen fängt an zu heulen, weil ihr Papa einfach davongelaufen ist. Ich nehme sie auf den Arm und versuche sie zu beruhigen und bemühe mich gleichzeitig, die Situation zu erfassen. Opa Heini und mein Vater scheint die Luft ausgegangen zu sein, denn selbst aus der Entfernung erkenne ich, dass das Boot nicht mehr so aussieht wie ein Boot, sondern tatsächlich wie eine Luftmatratze.

Mit einem Blick auf die Uhr stelle ich fest, dass ich über zwei Stunden geschlafen habe, und renne zu Mama und Gundula, die aufgeregt von einem auf das andere Bein treten.

»Die sind doch nicht trainiert! Nicht dass sie durch die Anstrengung einen Herzkasper bekommen.« Die Stimme meiner Mutter klingt weinerlich.

Gundula umarmt sie. »Jesses Maria, unser Leben hat doch gerade erst angefangen, Himmel hilf.«

Obwohl die Sachlage nicht die beste ist, muss ich über diesen

Spruch grinsen. »Beruhigt euch doch. Sie haben doch eine Schwimmunterlage.«

Ihre Gesichtsmuskeln entspannen sich, als Paul die beiden erreicht hat. Ein Lächeln huscht über ihr Gesicht, als sie Opa und meinen Vater schon von Weitem zanken hören. Sie giften sich an, also kann es ihnen nur gut gehen.

Wenige Minuten später haben die Männer es geschafft, mit vereinten Kräften an Land zu kommen. Mein Vater lässt sich erschöpft in den Sand fallen, er schnappt nach Luft. Meine Mutter tätschelt seine Wange, dann zuppelt sie an seinem T-Shirt.

»Du bist ja vollkommen nass und ganz blass, Hermann! Was macht ihr denn wieder für Sachen?«

Mein Vater wispert. »Ich bin total fertig. Das war zu viel des Guten.«

Opa Heini trägt seinen großen Rucksack auf dem Rücken, aus dem die Korkgriffe der Teleskopangeln schauen, er torkelt ein wenig. Er stützt sich auf den Arm, den Gundula ihm reicht. Die kurze Hose und sein Hemd kleben an seinem Körper. Auch er ist aus der Puste. »Das geschieht ihm recht, dem Hermännchen. Der Vollpfosten hat den letzten Fisch abgestochen, statt ihm eins mit dem Knüppel zu verpassen. Dabei ist der Dödel mit dem Messer abgerutscht. Direkt in die Außenluftkammer des Bootes.« Er macht eine ausladende Handbewegung. »Sooo ein Riss im Gummi. Die Luft war so flott raus, so schnell konnten wir gar nicht gucken. Wir haben es gerade noch geschafft, die Angeln zusammenzuschieben und sie im Rucksack zu verstauen.«

Paul lacht. »Und die Fische? Die sind wohl wieder ins Wasser gerutscht.«

»Von wegen!« Opa Heini kichert, setzt den Rucksack ab und greift hinein. »Die habe ich gerettet!« Er hält eine große Meerforelle in die Luft. »Da ist noch eine drin, das Abendessen ist gesichert.«

Mein Vater liegt noch immer im Sand, seine Zähne klappern jetzt regelrecht. Paul entscheidet, dass wir sofort die Zelte abbrechen sollten, damit Opa Heini und mein Vater gemeinsam ein heißes Bad nehmen können.

Gundula verdreht die Augen. »Wenn das mal gut geht. Die beiden in einer Wanne?«

Opa Heini und mein Vater genießen es, von ihren Frauen betuttelt zu werden. Nach dem gemeinsamen Wannenbad, das ohne ›Blutvergießen‹ vonstattenging, schlürfen sie heißen Grog, in dem Kandis knistert. Mama und Gundula fragen ständig, ob es den beiden auch wirklich gut gehe. Fine sitzt auf Opa Heinis Schoß, sie spielt mit kleinen Bauklötzen, die vor ihr auf dem Tisch liegen.

Die Meerforellen sind Prachtexemplare. Ich fülle sie mit Kräutern aus dem Garten, lege Zitronenscheiben und Knoblauch obenauf und wickele sie in Alufolie. Zusätzlich öle ich aufgetaute Riesen-Scampi ein, denn wir haben alle einen Bärenhunger. Paul kümmert sich um das Anfeuern des Grills.

Conny und Anton laufen auf, als die Grillkohle weiß glüht. Ich berichte meiner Schwester sofort von der Stippvisite bei den Scheefs und dass ich der Meinung sei, dass es sich um ordentliche Leute handele. Conny nimmt das mit einem kurzen Kopfnicken zur Kenntnis.

Meine Mutter schlägt die Hände über dem Kopf zusammen, als sie die vielen Tüten und Schachteln sieht, die ein mürrischer Anton nach und nach aus dem Kofferraum seines Autos ins Wohnzimmer trägt.

»Mein Gott! Was hast du bloß alles eingekauft?«

Conny grinst. »Tja, wenn man zuschlägt, sollte man richtig zuschlagen. Sonst steht der Feind wieder vom Boden auf, nicht wahr, Anton?«

Anton lächelt gequält.

»Nach dem Abendessen zeige ich euch alles. Es ist nichts Reduziertes dabei. Ihr werdet staunen.«

Während des Abendessens sorgt Opa Heinis und Papas unfreiwilliges Bad für Lacher. Anton wird nach der zweiten Flasche Bier lockerer und bedauert es sehr, nicht dabei gewesen zu sein.

Heute bringe ich Finchen zu Bett und überlasse Mama, Gundula und Conny die Küchenarbeit.

Während ich sie bade und anschließend wickele, singe ich selbstgedichtete Lieder. Meiner Tochter scheint das nicht zu gefallen, denn sie albert nur herum. Nach dem Abendgebet fängt sie an zu quengeln und mag nicht in ihrem Bett liegenbleiben. Ich streichle sie so lange, bis ihr die Augen zufallen.

Als ich zurück auf die Terrasse gehe, sitzt Opa Heini vor seiner Staffelei und malt. Mein Vater, Anton und Paul dreschen eine Runde Skat.

Conny dirigiert uns ins Wohnzimmer. Sie kann es kaum erwarten, ihre Modenschau zu starten. Meine Schwester öffnet zuerst die kleinen Papiertüten, in denen sich etliche Dessous befinden. Sie entkleidet sich ohne Scheu und schlüpft in feine Seidenunterwäsche, die wirklich traumhaft schön ist. Gundula interessiert sich sehr dafür, in welchen Dessous-Geschäften sie die Wäsche gekauft hat. So etwas würde sie auch gerne tragen.

Als Nächstes zeigt sie uns sieben T-Shirts, vier Edeljeans und sieben Paar Schuhe, die farblich auf die T-Shirts abgestimmt sind. Zuletzt schlüpft sie nach und nach in fünf Kleider, die so elegant sind, dass mir die Spucke wegbleibt. Conny sonnt sich in unserer Bewunderung, als sie noch einmal Schuhkartons öffnet und mit passenden High Heels aufwartet.

Meine Mutter schüttelt langsam den Kopf. »Also, was sich die jungen Leute heute alles leisten können? Das hätte es früher nicht gegeben. Es ist schön, dass Anton so gut verdient.«

In den Augen meiner Schwester blitzt es kurz auf. »Anton *hat* es verdient, Mama. Das kannst du mir glauben.«

Dann springt meine Mutter auf. »Ach, Conny. Ich habe doch auch etwas Neues.« Sie läuft mit schnellen Schritten nach oben und kommt nach wenigen Minuten in ihrem neuen Badeanzug wieder zurück. Sie dreht sich stolz vor ihrer Tochter.

»Den habe ich gestern bei *Basener* gekauft. Ein erstklassiger Laden.«

Conny lacht schallend. »Mama, du solltest die Schnalle vorne abtrennen und am Rückenteil annähen. Das wäre ein Blickfang, der von deinem fetten Hintern ablenken würde.«

Gundula läuft meiner Mutter hinterher, die beleidigt aus dem Zimmer rennt.

Ich lehne mich zurück. »Mensch, Conny. Du bist gemein! Jetzt hast du Mama so verunsichert … sie wird den Badeanzug nie mehr tragen!«

Meine Schwester grunzt. »Warum lügt ihr sie auch ständig an? Sie ist untenrum fett. Ekelig fett. Mama hat eine Kiste, die man lieber nicht in einem Badeanzug zur Schau stellen sollte. Sie macht sich nur lächerlich. Einer muss ihr doch die Wahrheit sagen.«

Ich bin so wütend, dass ich aufspringe und nach einem der Schuhkartons trete, die vor dem Sofa stehen. »Wo wir schon mal bei der

Wahrheit sind, liebe Schwester. Hatte der Dessous-Laden keinen Spiegel, der dich bei der Anprobe von hinten gezeigt hat? Du hast Cellulite, dein ganzer Arsch ist voller Cellulite, das sieht mega hässlich aus. Kein Wunder, dass dein Mann ständig nach Frauen Ausschau hält, die wahrscheinlich einen knackigeren Hintern haben als du.«

Dann beeile ich mich nach draußen zu kommen, denn Conny sieht mich so an, als wolle sie mich gleich abmurksen.

Conny hat Cellulite am Hintern, Mama hat eine dicke Kiste … die Stimmung zwischen uns Mädels ist förmlich im Arsch. Mama und Gundula trotzen der negativen Atmosphäre. Sie boykottieren Conny, versorgen sich mit Likörchen und Chips und bleiben im Wohnzimmer. Sie wollen die Sendung *Verstehen Sie Spaß* schauen. Conny lümmelt sich auf einer Terrassenliege und schmollt vor sich hin.

Die Männer gehen wesentlich unkomplizierter miteinander um. Opa Heini hat leise Musik laufen und pinselt Strich um Strich, die restlichen Herren der Schöpfung vergnügen sich noch immer beim Karten spielen. Es werden Ansagen gemacht, Asse knallen auf den Tisch.

Als ich Mama und Gundula herzlich lachen höre, zieht es mich ebenfalls vor den Fernseher. Bei einem Glas Rotwein verfolge ich mit, wie diverse Prominente an der Nase herumgeführt werden.

Wir lachen in einer Tour, als Paul Panzer vor dem Start eines Rundflugs über Hamburg beschuldigt wird, ein Juweliergeschäft überfallen zu haben. Der ahnungslose ›Blümchenhemdräuber‹ ist fassungslos, schlägt sich aber so mit Witz und Charme durch die Sendung, dass es eine Freude ist, zuzuschauen.

Gundula, die mittlerweile einige Gläschen Likör intus hat, findet es genial, wie man Menschen hinters Licht führen kann … und ganz besonders toll, wenn das Ganze mit einer versteckten Kamera festgehalten wird.

»Nun, versteckte Kameras sind ja überall installiert.« Meine Mutter greift nach meinem Glas Rotwein und leert es in einem Zug. »Ich finde es prima, wenn so etwas zur Verbrechensbekämpfung eingesetzt wird, zum Beispiel, um jemanden auf frischer Tat beim Stehlen zu ertappen.«

Ich führe ihre Gedanken nicht nur fort , sondern bin im Geiste schon viel weiter. Vor meinem inneren Auge taucht Lennys Büro auf, die gigantisch große Blume, in deren dichtem Blattwerk man problemlos eine Kamera verstecken kann, deren Linse auf die Stahltür gerichtet ist. Lenny steht vor dem Safe, tippt die Zahlenkombination ein und ich …

»Karo! Hörst du nicht? Dein Handy klingelt.« Meine Mutter stupst mich an.

»Oh, ja.« Ich schüttele mich kurz, um die Bilder zu verscheuchen, und renne in die Küche, in der meine Handtasche liegt. Das Display zeigt Hannis lachendes Gesicht.

»Hallo, Hanni. Habt ihr viel Spaß?«

Hannis Stimme klingt aufgeregt. »Karo, Nanni geht es nicht gut. Kannst du kommen? Aber nichts Mama und Papa sagen, bitte … Nanni hat Wein getrunken und Zigaretten geraucht. Sie hat gekotzt, ihr ist ganz schlecht.«

In meinem Hals wächst ein Kloß. »Wo ist Frau Scheef? Gib sie mir kurz.«

»Die … die Scheefs sind im Haus, die haben nichts mitbekommen. Wir sind in der Scheune. Bitte! Verpetz Nanni nicht.«

»Hanni, ich *muss* es Mama sagen. Wir sind gleich da.« Ohne mich auf eine weitere Diskussion einzulassen, beende ich das Gespräch. In meinem Kopf spielt sich ein Horrorszenario ab. Ich sehe meine Nichte leichenblass mit verdrehten Augen im Heu liegen. Ich kreische so laut, fast panisch nach meiner Schwester, dass alle aufmerksam werden und sich in der Küche versammeln.

Nachdem ich mit wenigen Worten erklärt habe, was passiert ist, plappern alle durcheinander. Mama schlägt vor, sofort einen Notarzt zu verständigen, mein Vater denkt laut über eine eventuelle Herzmassage nach. Gundula bittet wieder den Himmel um Hilfe, Anton rülpst lediglich und macht ein saudummes Gesicht. Paul kratzt sich den Kopf, und noch bevor er etwas sagen kann, schlägt Opa Heini kräftig auf den Tisch. Seine Stimme übertönt unser aufgeregtes Geschnatter.

»Anstatt lange herumzudiskutieren, solltet ihr zur Scheune fahren. Ob Herzmassage oder Notarzt könnt ihr vor Ort entscheiden. Vielleicht ist alles halb so schlimm.«

Conny zerrt mich hinter sich her. »So. Du kommst schön mit, denn schließlich bist du dafür verantwortlich!«

»Hä? Spinnst du? Was habe *ich* denn damit zu tun?« Ich befreie mich aus ihrem Klammergriff.

Meine Mutter echot. »Ja. Was hat Karo denn damit zu tun?«

Conny äfft mich nach. »Das sind gaanz anständige Leute, diese Scheefs. Gaanz anständige Leute.« Sie stampft mit dem Fuß auf. »Ich wusste, dass ich deinem Gefühl nicht trauen kann, ich wusste es!« Dann stößt sie einen kurzen Pfiff aus und greift nach den Autoschlüsseln. Anton wankt hinter ihr her.

Opa Heini schüttelt verständnislos den Kopf. »Die spinnt doch. Also, ich kann jetzt einen Schnaps gebrauchen. Wer trinkt einen mit?« Er läuft zurück auf die Terrasse.

Wir folgen meinem Großvater, wie die Jünger dem Herrn. Gundula holt Schnapsgläschen aus der Küche und verteilt sie.

»Der Likör war eh zu süß.« Meine Mutter schüttelt sich. »Es geht doch nichts über einen anständigen Klaren.«

Als Conny und Anton eine halbe Stunde später mit den Mädels zurückkommen, stellt sich heraus, dass tatsächlich alles halb so schlimm ist. Anton erklärt, dass er mit den Eheleuten Scheef gesprochen habe, sie wären entsetzt gewesen, wie so etwas passieren konnte.

Nanni ist zwar ein wenig blass, von einer Alkohol- oder Nikotinvergiftung kann aber keine Rede sein. Sie hat Hunger, das ist ebenfalls ein gutes Zeichen. Während Anton in der Küche Reste des Abendessens für die kleine Schnapsdrossel aufwärmt, gesteht Nanni kleinlaut, dass sie einige Schlucke Wein getrunken und dabei zwei Zigaretten geraucht habe.

»Wer hat dir das Zeug gegeben?« Connys Finger trommeln auf der Stuhllehne.

Nanni senkt den Kopf und kaut auf ihrem Daumennagel. Hanni mischt sich ein. »Niemand hat es ihr gegeben. Es kamen ältere Jungs, die hatten Wein und Zigaretten dabei. Nanni hat heimlich aus der Flasche getrunken, als niemand hingeguckt hat. Und die Zigaretten hat sie aus einer Schachtel genommen, die vor dem Haus auf der Bank lag. Nach dem Rauchen wurde ihr schlecht, sie hat in ein Blumenbeet gekotzt. Dann wurde ihr schwitzig warm, ihr Gesicht war ganz weiß, da habe ich lieber Karo angerufen.«

Nannis Augen füllen sich mit Tränen. »Ich weiß auch nicht, warum ich das gemacht habe.«

Conny holt tief Luft. »Darüber werden wir uns noch näher unterhalten, Fräulein. Das hat Konsequenzen, so viel kann ich dir schon mal sagen.«

Opa Heini holt ein großes Taschentuch aus seiner Hosentasche und tupft sanft die Tränchen ab, die Nannis Wangen hinunterkullern. »Na, hör mal auf zu weinen.« Dann wendet er sich lachend an Conny. »Es wiederholt sich alles im Leben. Du warst ein Jahr älter als deine Tochter, als du an Silvester den selbstaufgesetzten Kirschlikör aus dem Keller stibitzt und gesüppelt hast. Und statt Zigaretten hast du eine Zigarre von meinem Kumpel Josef gemopst und halb gequalmt. Mann, ging es dir schlecht.«

Conny wird rot. Ich habe den Eindruck, dass es sich um Zornesröte handelt, weil Opa Heini aus dem Nähkästchen plaudert.

Nanni schielt ihre Mutter von der Seite an, Hanni hält sich den Bauch vor Lachen. »Echt, Mama? Du warst echt mal so cool? Hast du Fernsehverbot bekommen?«

Conny antwortet nicht.

Meine Mutter lacht. »Quatsch! Eure Mama war schon gestraft genug, weil sie die halbe Nacht gekoddert hat. Nein, nein. Opa und ich haben am nächsten Tag lange mit ihr geredet und erklärt, was das für böse Folgen haben kann. Sie war damals ein kleiner Floh, nicht so groß und so entwickelt, wie ihr.«

Anton stellt einen Teller, auf dem duftender Fisch und Salat liegt, vor Nanni auf den Tisch.

Mein Vater zwinkert ihr aufmunternd zu und lenkt vom Thema ab. Er berichtet den Mädels von der Angeltour und wie sie geendet hat. Die Stimmung wirkt gelöst, doch das ist trügerisch. Es ist nicht zu übersehen, dass Conny kurz vorm Platzen steht. Sie wirft Opa Heini bitterböse Blicke zu.

Nachdem die Mädels sich schlafen gelegt haben, herrscht eine gedrückte Stimmung am Tisch. Opa räumt sein Malzeug zusammen. Ihm ist kalt, mein Vater friert ebenfalls, obwohl er eine dicke Jacke trägt.

Ich puste die Windlichter aus. Aus Nachbars Garten hören wir Ludmilla und Friedrich leise kichern. Da scheinen sich tatsächlich zwei Menschen gefunden zu haben, die sich sehr gut verstehen.

Erst im Bett, dicht an Paul gekuschelt, lasse ich die Gedanken an eine versteckte Kamera wieder zu. Mein Vater hat einen Camcorder. Soviel ich weiß, besitzen Heiner und Willi ebenfalls so ein Gerät. Ich werde mich morgen, wenn wir zu Hause sind, sofort darum kümmern.

15. Heiße ich etwa Steven Spielberg?

Opa Heini und meinen Vater hat es erwischt. Beide sitzen am Frühstückstisch, ihre Nasen laufen um die Wette. Opa niest so laut, dass Finchen erschrocken zusammenzuckt.

»Kein Wunder! Ihr wart ja regelrecht unterkühlt, als ihr an Land kamt.« Gundula gießt Sahne in Opas Kaffee und reicht ihm ein fertig belegtes Wurstbrötchen.

»Eben. Hermann ist ja nach der Strampelaktion im Wasser fast zusammengebrochen. Sein Körper war total geschwächt, da haben die Viren ein leichtes Spiel.« Meine Mutter versorgt Papa ebenfalls. Sie lässt Honig auf eine Brötchenhälfte tröpfeln.

Paul zeigt keinerlei Symptome einer Erkältung, er war auch nicht so lange in der kühlen See wie Opa Heini und mein Vater.

Gundula legt eine Hand auf die Stirn ihres Lebensgefährten. »Ganz heiß bist du, Heini.«

Opa schnäuzt in ein Taschentuch und näselt. »Du bringst mein Blut in Wallung, liebe Gundula. Ich habe kein Fieber.«

Conny verdreht die Augen. »Ihr macht vielleicht ein Geschiss! Denkt mal an die Menschen, die richtig krank sind. Dagegen ist eine kleine Erkältung ein Pipifax.«

»Stimmt.« Papa schlägt nach einer Wespe, die vom Duft des Honigs angelockt wurde.

Nanni kichert und gibt ihrem Opa einen Kuss auf die Wange. »Hoffentlich habe ich mich jetzt angesteckt. Wir schreiben am Dienstag eine Mathearbeit.«

Ihre Schwester umarmt Opa Heini so heftig, dass er lachen muss. »Ich will auch angesteckt werden. Scheiß Mathearbeit.«

Anton hebt abwehrend die Hände. »Bleibt mir bloß vom Leib. Ich habe in der kommenden Woche wichtige Termine.«

Conny lächelt Anton an. »Ich auch. Es wurden zwei neue Boutiquen an der Außenalster eröffnet. Wenn deine *Termine* erfolgreich waren, kannst du mich dorthin begleiten, Anton.«

Mein Schwager verdreht die Augen.

Ich reiche Fine ein Stück Stuten, das ich mit Leberwurst bestrichen habe.

Nach dem Frühstück bestehe ich darauf, dass die kranken Männer ihre wahre Körpertemperatur preisgeben. Beide haben fast 39 Grad Fieber.

Wir Frauen fackeln nicht lange und beschließen, die Heimreise anzutreten.

Hanni zieht ein langes Gesicht. »Menno, wir wollten bis zum Nachmittag bei unseren Freundinnen bleiben. Opa und Opapa können doch auch hier im Bett liegen.«

»Von wegen!« Conny schnieft affektiert. »In Zukunft werdet ihr nicht mehr jede freie Minute auf dem Bauernhof verbringen. Was dabei herauskommt, wenn man euch alle Freiheiten lässt, hat sich gestern Abend herausgestellt. Sobald wir zu Hause sind, könnt ihr euch den wichtigen Dingen des Lebens widmen. Ihr könnt mit Papa für die Mathearbeit üben.«

Es scheppert. Nanni knallt ihre Tasse so heftig auf den Unterteller, dass der Kakao überschwappt. Dann zückt sie ihr Handy und tippt einen Text ein.

Nach dem Frühstück erledigen wir mit geübten Handgriffen das, was erledigt werden muss.

Kurz vor der Heimfahrt streiten meine Eltern. Mein Vater besteht darauf, sich trotz des Fiebers ans Steuer zu setzen, meine Mutter besteht darauf, dass ich fahren solle, denn fiebrige Menschen hätten nicht alle Sinne beisammen. Nach einem längeren Wortgeplänkel beugt sich mein Vater dem Willen meiner Mutter.

Hanni und Nanni steigen mit in Pauls Auto, sie wollen sich während der Fahrt mit Finchen beschäftigen, was von Paul sehr begrüßt wird.

Dass die Entscheidung richtig war, Papa nicht fahren zu lassen, bestätigt sich schon auf der Fehmarnsundbrücke in Richtung Festland.

Er hängt wie ein Mehlsack auf dem Beifahrersitz und schnarcht laut. Kurz darauf kommen auch Schnarchgeräusche vom Rücksitz.

Mein Mutter flüstert. »Mein Gott. Die beiden sind richtig krank.«

In der Birkenstraße torkeln Opa Heini und mein Vater sofort in ihre Betten. Conny und Anton lehnen es ab, auf einen Kaffee zu bleiben. Sie wollen direkt weiterfahren, um Max und Moritz bei Antons Eltern abzuholen.

Während ich die Kaffeemaschine befülle, versorgen Gundula und meine Mutter ihre Männer mit Mineralwasser. Paul holt die Gartenschlauchtrommel aus dem Geräteschuppen, um die Blumenbeete zu wässern, Finchen leckt die Fensterscheibe des Wintergartens ab.

»Nein, Fine, das ist ekelig. Lass das!« Ich drücke ihr die kleine Gießkanne in die Hand. Sie weiß genau, was sie damit machen muss. Sie trippelt ihrem Papa hinterher.

Meine Mutter kommt zurück. »Mama, kannst du mir euren Camcorder leihen? Ich möchte Finchen etwas professioneller filmen. Immer nur Fotos schießen oder mit dem Handy kleine Szenen festzuhalten, ist langweilig. Wenn mir das Filmen Spaß macht, kaufe ich selbst einen.«

»Was für eine Frage! Natürlich kannst du ihn haben. Schau mal im Wohnzimmer nach. Er liegt im linken Schrank unter der Glasvitrine. Die Beschreibung liegt in der Kameratasche.«

Bingo. Ich sprinte los und werde sofort fündig. Ich nehme lediglich das kleine Filmgerät, zwei Akkus, ein dazugehöriges Ladekabel und die Beschreibung an mich. Die Tasche lasse ich im Schrank liegen.

Wieder in der Küche lacht meine Mutter. »Papa sollte auch mal wieder mit diesem Gerät filmen. Das hat er in der letzten Zeit sehr vernachlässigt.«

Ich lasse die Teile in meiner Handtasche verschwinden und drücke meine Mutter. »Danke! Verrate Papa nichts, ich werde ihn mit einem Filmchen über seine jüngste Enkeltochter überraschen.«

»Na, darüber wird er sich bestimmt freuen.« Sie holt Tassen aus dem Schrank. »Ich schweige wie ein Grab.«

Auch in unserem Garten lassen die Blumen ihre Köpfe hängen. Die Schönwetterperiode macht die Pflanzen durstig, sie schreien regelrecht nach Wasser. Paul zieht sich um, er schlüpft in Badeshorts und macht sich sofort ans Gießen. Fine darf in Pampers herumlaufen. Sie nähert sich langsam der Sprinkleranlage und zieht eine putzige Grimasse, als sie plötzlich im feinen Nieselregen steht.

Ich würde sehr gerne die Bedienungsanleitung des Camcorders lesen, aber es wird Zeit, dass ich mich um unser Abendessen kümmere. Ich durchforste die Kühltruhe, es liegt nichts mehr darin, was flott zubereitet werden könnte. Ich kann zwischen Rinderbraten, Rollbraten und Lammkeule wählen. Ich entscheide mich für den Rollbraten und stelle ihn zum Auftauen in die Mikrowelle. Jetzt kommen Zwiebeln zum Einsatz, damit aus dem Rollbraten ein Zwiebelrollbraten wird. Der Duft der Knollen ist extrem scharf, meine Augen fangen an, wie verrückt zu tränen.

Während ich die Zwiebeln kleinschneide, rufe ich vom Festnetz aus Bruni an. Ich klemme das Schnurlose zwischen Kinn und Schulterblatt, so kann ich weiterarbeiten.

Bruni meldet sich verschlafen, sie hat auf dem Balkon ein Nickerchen gehalten. Mit jedem Satz, den ich ihr ins Ohr flüstere, wird sie wacher. Sie findet die Idee, die Stahltür heimlich zu filmen, wunderbar. Ihre kurzen Kommentare, wie »Das ist perfekt« und »Bravourös« sowie »Meisterhaft« stärken mir nicht nur den Rücken, sie schmeicheln mir auch.

»Hast du dir überlegt, was du sagst, wenn er … ich meine, sollte er den Camcorder in dem Pflanzengigant finden?«

Ich denke kurz nach. »Pah. Gar nichts. Weißt du, wie viele in der Firma arbeiten? Den könnte doch jeder dort versteckt haben.«

Das leuchtet Bruni ein.

Das Gespräch mit meiner Freundin hat mir sehr gut getan. Fröhlich mache ich mich ans Anbraten des Fleischs. Nachdem ich die Zwiebeln hinzugefügt habe und sie leise im Topf mitschmoren, krame ich die Bedienungsanleitung hervor.

Außer dass der Akku aufgeladen werden muss, kapiere ich gar nichts. Wie kann man Worte nur so kompliziert aneinanderreihen? Was um Gottes willen ist ein AVCHD-Format? Was ist ein Filmrollenindex? Und hier. LCD-Rahmen. Bin ich Steven Spielberg oder Roland Emmerich? Wie soll ich dieses Kauderwelsch begreifen? Mir bleibt nichts anderes übrig, als Paul zu bitten, mir dieses komplizierte Teil so einzustellen, damit ich es nur noch in der Blume verstecken und die Aufnahme starten muss.

Damit er genügend Zeit dazu hat, muss ich ihm ein wenig Feuer unter dem Hintern machen. Ich laufe auf die Terrasse.

»Paul? Kannst du bitte Fine baden, damit sie zeitig ins Bett kommt? Du musst mir heute Abend noch den Camcorder meines Vaters einstellen. Ich habe ihn mir ausgeliehen, ich will Fine morgen filmen.«

»Wow. Das ist eine gute Idee. Ich spute mich.«

Man soll es nicht glauben, wie sehr sich Männer über komplizierten technischen Kram freuen können, den wir Frauen am liebsten durch den Gartenhäcksler jagen würden. Fine schläft längst. Paul studiert in aller Seelenruhe Seite um Seite die Bedienungsanleitung, der Camcorder liegt vor ihm auf dem Tisch. Er fummelt mal an der einen, dann an der anderen Taste. Ein Akku ist bereits aufgeladen, den zweiten habe ich soeben auf das Ladegerät gesteckt.

Zum dritten Mal wiederhole ich meine Bitte mit entnervter Stimme. »Paul, du brauchst dich nicht so in die Materie zu vertiefen. Ich will keine Details wissen. Du sollst mir den Camcorder *so* einstellen, dass ich aus drei Meter Entfernung Nahaufnahmen machen kann. Mehr nicht. Nahaufnahmen sind lustig.«

»Ach, Möhrchen. Es ist doch nicht schön, Fine nur von Nahem zu filmen. Es ist viel interessanter, sie beim Laufen aufzunehmen, wie sie watschelt und manchmal auf den Hintern plumpst. Oder, wenn sie isst und bis über beide Ohren bekleckert ist. *Das* ist lustig.«

»Nein, ist es nicht! Wenn Finchen groß ist, wird sie sich dafür schämen und einen Knacks bekommen, weil sie alle auslachen. Sie wird so wie Conny werden. Über die haben auch immer alle gelacht, weil mein Vater sie nur beschmiert oder auf der Nase liegend gefilmt hat.«

Paul lacht. »Blödsinn. Aber gut. Wenn du sie nicht *ordentlich* filmen willst, mache ich es morgen Abend.«

»Nein, das wirst du nicht! Ich nehme den Camcorder morgen früh mit zu Simone und dort bleibt er vorläufig.«

»Du triffst dich morgen früh schon wieder mit Simone?« Er rümpft die Nase.

Ich muss einen Lacher unterdrücken. »Du fährst doch morgen früh auch *wieder* ins Büro, oder nicht?«

Paul antwortet nicht. Er weiß, dass er gegen meine Logik nicht ankommt. Er lässt den vollen Akku einrasten und nimmt einige Einstellungen vor. Dann erklärt er mir genau, was ich tun muss, um … ha, ha, ha, Fines Gesicht so heranzuzoomen, damit es eine wunderschöne Großaufnahme wird.

16. Durch die Blume

Statt um 7 Uhr loszufahren, bin ich heute bereits um 6:45 Uhr startklar.

Paul beobachtet mich mit einem Blick, der Bände spricht. Obwohl er seine Gedanken für sich behält, gehe ich in die Offensive. »Du denkst bestimmt, dass ich einen an der Klatsche habe, so früh loszufahren, was?«

Paul sagt nur: »Och …«

»Wir wollen so früh wie möglich mit den Kindern an die Sonne. Zum Filmen. Das Morgenlicht ist ideal, um wunderschöne Aufnahmen zu machen.« Ich laufe in den Flur, um meine Joggingschuhe anzuziehen, und rede laut weiter. »Wusstest du, dass die Klumpenheidi … ähm, die Heidi Klum bereits um 5 Uhr am Filmset oder beim Fotoshooting ist?« Es kommt keine Antwort. »Gib zu, das hättest du jetzt nicht gedacht.«

Paul antwortet ebenfalls sehr laut. »Die wird ja auch dafür bezahlt …«

Ich stampfe zurück in die Küche und nehme Finchen auf den Arm. »Siehst du, Paul. Das ist der große Unterschied zwischen Heidi und mir. Ich mache das auch ohne finanziellen Anreiz. Mich muss niemand mit Geld locken, um früh in die Puschen zu kommen. Mir reicht schon die Sonne, die lockt.« Ich beuge mich runter und küsse Paul zärtlich, kassiere dafür sofort eine Ohrlasche von Fine. Sie spitzt die Lippen und holt sich ebenfalls einen Schmatzer von ihrem Vater.

Emil wartet schon im Hausflur auf Fine, er strahlt sie an. Die beiden küssen sich, Simone und ich finden es goldig, wie die beiden miteinander umgehen.

»Ich hoffe, die heiraten später einmal. Sie sind ein schönes Paar.«

Ich stimme Simone zu. Dann muss alles schnell gehen, denn ich möchte vor Linda und Lenny im Büro sein. Ich ziehe mich flott um und berichte Simone, was der Camcorder und ich heute vorhaben. Der Leuchtturm denkt zu langsam, bevor sie alles richtig kapiert hat, sitze ich schon wieder in meinem Auto und gebe Gas. Heute halte ich mich nicht an die Verkehrsvorschrift. Ich fahre zwei Mal über eine Ampel, die auf Rot umgesprungen ist, und niete fast einen Rollstuhlfahrer um, der einfach auf den Zebrastreifen gefahren ist, ohne vorher nach rechts oder links geschaut zu haben. Im Rückspiegel sehe ich, dass seine geballte Faust in der Luft wedelt und er hinter mir her schimpft.

Der schwerhörige Pförtner scheint sich mein Auto und meinen rasanten Fahrstil eingeprägt zu haben, denn er öffnet bereits die Schranke, als ich von der Hauptstraße auf das Firmengelände fahre und mit Tempo neunzig angebrettert komme.

Als ich vor unserer Bürotür stehe, ist sie noch verschlossen, also bin ich die Erste. Ich schließe von innen ab und drehe den Schlüssel quer, damit von außen niemand aufschließen kann. Ich hole die Kamera aus meiner Handtasche, rase in Lennys Büro, knicke dabei mehrfach um und hocke mich neben die Blume. Meine Hände zittern so arg, dass es mir große Mühe bereitet, die Wand heranzuzoomen, hinter der sich das Feld für die Zahlenkombination befindet. Dann biege ich die Zweige der riesigen Pflanze auseinander und stelle den Camcorder in einem schrägen Winkel auf zwei stärkere Äste, damit er von der Seite filmt. Ich hoffe, dass das funktioniert und Markmann das Eingabefeld nicht mit seinem Körper verdeckt. Mit einer feierlichen Geste drücke ich die Taste, die das Gerät zum Laufen bringt. Paul hat die Auflösung so eingestellt, dass die Aufnahmekapazität fast drei Stunden beträgt. Ich schaue auf die Uhr. Um circa 10:30 Uhr müsste die Speicherkarte voll sein.

Jetzt schlägt jemand von außen gegen die Tür. Mit fliegenden Schritten verlasse ich Lennys Büro und schließe auf.

Lenny und Linda stehen vor mir.

»Morgen, Karotte.« Markmann rauscht an mir vorbei, er trägt in jeder Hand einen Aktenkoffer. »Warum schließen Sie sich ein?«

Ich werde rot. »Oh, Entschuldigung. Das ist Gewohnheit, ich sperre zu Hause immer ordentlich ab.«

»Ähm. Gut … ja, das ist gut. Nein. Doch nicht. Zu Hause ja, hier nicht. Verstanden?«

Linda grinst, grüßt mich freundlich und setzt sich an ihren Schreibtisch.

Lenny wartet vor seinem Büro und sieht mich ungeduldig an. Sein Kopf deutet auf die Türklinke. »Na, was ist? Öffnen Sie schon, Zeit ist Geld.«

Ich entschuldige mich zum zweiten Mal und öffne diesem blöden Pascha die Tür und schließe sie betont leise hinter ihm.

Linda lacht mich an. »Normalerweise betätigt er die Türklinke selbst. Sobald er jedoch die Hände voll hat, erwartet er, dass wir sie für ihn öffnen.«

»Aha.« Jetzt finde ich es lustig.

»Er ist eigentlich sehr angenehm. Er hat zwar eine Schraube locker, aber er ist ganz angenehm.«

»Danke, Linda. Kannst du mir sagen, welcher Mensch in diesem Haus für das Webdesign zuständig ist?« Ich muss mir alle Mühe geben, um meine Nervosität zu verbergen. Der Camcorder läuft, ich bete zu Gott, dass Lenny heute mehrmals den Tresor öffnen muss.

»Klar. Unser Froschauge. Herr Sobolewski. Wenn du ihn siehst, wirst du verstehen, warum wir ihn so nennen.« Sie reicht mir ein Blatt. »Hier stehen alle Abteilungen und Ansprechpartner drauf. Du findest die gleiche Liste auch im PC, ich schaue aber lieber auf dieses Papier. Du kannst mich fragen, wenn du etwas wissen möchtest.«

Ich zucke zusammen, als ein tiefer Brummton aus der kleinen Sprechanlage tönt, die auf meinem Schreibtisch steht.

Linda schmunzelt. »Du bist aber schreckhaft. Das ist Lenny, du sollst zu ihm kommen.«

»Ah. Ja, danke.« Ich greife nach dem kleinen Block und dem *wunderschönen* Kugelschreiber.

Bevor ich die Türklinke herunterdrücke, bekomme ich einen Schwitzanfall. Wenn er die Kamera entdeckt hat und mich fragt, wie sie in die Blume gekommen ist, werde ich ohnmächtig. Ich öffne die

Tür mit Schwung, sie fliegt so weit auf, dass sie gegen die dahinterliegende Wand knallt.

Markmann zuckt zusammen, er fasst sich ans Herz. »Hoppela, haben Sie ein Temperament, Karotte!«

Ich lasse ihn in dem Glauben und entschuldige mich für mein forsches Eintreten.

Lenny kann die Blume nicht näher inspiziert haben, denn er sitzt jetzt wieder vollkommen entspannt auf seinem gigantischen Chefsessel. Seine Finger schnippen in gewohnter Manier. Sein Zeigefinger deutet auf den Stuhl, der auf der anderen Seite des Schreibtischs steht.

Langsam geht mir die Fingerschnipperei auf die Nerven. Es widerstrebt mir, ständig auf seine Handbewegungen zu reagieren, darum bleibe ich stehen und sehe ihn mit hochgezogenen Augenbrauen an.

Seine Hand fuchtelt unruhig in der Luft herum. »Was ist? Warum setzen Sie sich nicht?«

»Weil Sie es nicht gesagt haben.«

»Ähm … nehmen Sie Platz.« Er hält seinen Zeigefinger in die Luft und betrachtet ihn eingehend. »Hm. Eigentlich funktioniert es immer … warum nicht bei Ihnen?«

Ich halte es in diesem Moment wie Daniela Katzenberger. *Sei schlau, stell dich dumm.* »Ich verstehe nicht …«

Er geht nicht darauf ein und fährt fort. »Was haben Sie heute vor? Ich meine, was werden Sie heute alles erledigen?«

Ich räuspere mich. »Ich telefoniere gleich wegen der neuen Internetpräsenz mit Herrn Sobolewski. Und anschließend …«

»Ja, worauf warten Sie noch?« Sein Kopf zuckt in Richtung Tür.

Linda hat maßlos untertrieben. Lenny hat nicht nur eine Schraube locker. So, wie er sich benimmt, *fehlen* ihm etliche.

»Tja, dann werde ich mal wieder gehen.«

Linda beißt in einen Apfel, sie spricht mit vollem Mund. »Ich weiß, was du jetzt denkst. Reg dich nicht auf. Das macht er ständig. Er stellt eine Frage, dann fliegt man raus.«

Ich lache. »Du klingst so, als würdest du ihn nicht sonderlich mögen.«

Sie seufzt. »Als Chef nein, als Mann ja. Aber das eher gezwungenermaßen, weil …« Sie streicht die Haare hinter die Ohren und presst die Lippen aufeinander.

Mein Bauchgefühl sagt mir, dass ich den Anruf mit dem Froschauge noch ein wenig hinauszögern sollte, Linda scheint in Redelaune zu sein.

»Du solltest etwas wissen, Karo. Es ist ein offenes Geheimnis, dass Lenny und ich … verstehst du? Jeder im Betrieb weiß es. Wir bemühen uns jedoch, das Berufliche vom Privaten zu trennen.«

Ich stelle eine Frage, die sich eigentlich erübrigt. »Ihr seid ein Paar?«

Sie nickt.

»Glückwunsch! Er freut sich bestimmt über den Nachwuchs.«

Linda errötet. Sie grinst. »Ja, ich bin glücklich, dass mein Kind einen Vater hat.«

Diese Umschreibung hört sich irgendwie komisch an. Sie klingt nach einer Katze, die um den heißen Brei schleicht.

Linda öffnet ihre Handtasche und zieht eine Postkarte hervor, über die ihr Finger zärtlich streicht. »Weißt du, meine Eltern sind streng katholisch. Die Scheidung von meinem Ex-Mann Gregorius hat sie in tiefe Depressionen gestürzt. Nicht auszudenken, wenn mein Kind keinen Vater hätte, der zu uns stünde.« Nach einem tiefen Seufzer lässt sie die Ansichtskarte zurück in ihre Handtasche gleiten.

Ich finde es schade, dass sie nicht weiterredet. Mich beschleicht ein komisches Gefühl. Wenn Lenny Linda liebt, warum will er mich dann am Abend zum Essen ausführen? Wieso will der Filou eigentlich wissen, ob ich liiert bin oder nicht? Er scheint die Beziehung nicht ganz so ernst zu nehmen wie Linda. Es ist alles eigenartig, sehr eigenartig.

Das Froschauge ist ein unkomplizierter und patenter Gesprächspartner. Er hört aufmerksam zu, als ich mich vorstelle und ihm von der Idee, eine neue Webseite zu präsentieren, berichte. Als ich ihn frage, wann ich diesbezüglich in sein Büro kommen könne, lacht er. Ich kann mir vorstellen, dass er sich auf den Schlips getreten fühlt, weil er plötzlich etwas verschnupft antwortet.

»Darum kümmern *wir* uns. Wir gestalten etwas Schönes, danach setzen wir uns mit dem Chef zusammen und besprechen alles gemeinsam.«

Ich könnte diesen Mann vor Freude umarmen! Ich fühle mich ein wenig heimisch. Es ist herrlich, dass sich auch hier einige Arbeiten von alleine erledigen.

»Das hört sich wunderbar an, Herr Frosch … ähm, Herr Sobolewski.«

Linda kriegt sich vor Lachen nicht ein, sie hat meinen Versprecher mitbekommen.

Ich schaffe es gerade noch, das Gespräch zu beenden, ohne in den Hörer zu prusten.

»Weißt du was?« Linda steht auf. »Wir rücken deinen Schreibtisch vor meinen. Dann müssen wir nicht so laut reden, wenn wir uns unterhalten wollen.«

»Du meinst, wir können einfach umräumen?«

Sie hebt die Augenbrauen, die heute nicht so schwarz geschminkt sind. »Klar!« Sie entfernt sämtliche Stecker aus den Steckdosen und legt sie auf meinen Schreibtischstuhl.

Ich bestehe darauf, den Schreibtisch alleine zu schieben, was wunderbar funktioniert. Linda rollt den Stuhl hinterher. Nach einigen quietschenden Geräuschen stehen die Möbel da, wo wir sie haben wollen.

Ich schaue auf die Uhr. Es ist 9:40 Uhr. »Wie oft muss eigentlich die wunderschöne Blume im Chefzimmer gegossen werden?«

Linda stöhnt. »Wenn wir dran denken, fast jeden Tag. Sie säuft Unmengen.«

»Kann *ich* sie wieder gießen? Ich liebe Blumen.« Ich schiele in Lindas Richtung.

»Wenn du magst? Gerne.«

Ich finde meine neue Arbeitskollegin wahnsinnig nett. Also, wirklich nett. Nicht im Sinne von ›nett ist die kleine Schwester von doof‹.

Nachdem ich alles, was einen Stecker hat, an die Stromversorgung wieder angeschlossen habe, stöckele ich mit der Gießkanne bewaffnet zu Markmann, der telefoniert. Mein Herz macht einen Freudensprung, die Tresortür ist weit geöffnet.

Lenny scheint nicht gerade ein tiefsinniges Gespräch zu führen.

»Jaja, ja, ja … ja … ja … ach, Tante Mimmi … ja.«

Ich stelle mich mit dem Rücken zu Markmann, lasse das kühle Nass auf die Blumenerde gluckern und biege die Zweige ein wenig auseinander. Der Camcorder steht noch genauso da, wie ich ihn hingestellt habe.

»Jajaja, … ich rufe dich nicht mehr an. Ähm. Falsch. Ich rufe dich wieder an.« Er beendet das Gespräch.

Als ich ihm freundlich zunicke, während ich im Begriff bin, sein Büro zu verlassen, sehe ich, dass er mich förmlich mit den Blicken verschlingt. Ich bekomme eine Gänsehaut.

Es schnippt wieder. »Sagen Sie mal, Karotte. Lieben Sie eigentlich Überraschungen?«

Ich schaue ihn nur widerwillig an. »Es kommt darauf an.«

Er lacht so dämlich, dass ich total verunsichert bin. »Der war gut … echt, der war gut.«

Ich kann nicht nachvollziehen, welcher Gedankengang ihn amüsiert.

Linda arbeitet fleißig, die Gießkanne wandert zurück in den Schrank.

Dann beschäftige ich mich mit der Geschichte des Bieres. Der Geschichtsunterricht gehörte in der Schule nicht zu meinen Lieblingsfächern. Jetzt muss ich zugeben, dass ich es ganz interessant finde, im Internet in der Vergangenheit zu stöbern.

»Wahnsinn. Wusstest du, dass die Menschen schon vor zehntausend Jahren entdeckt haben, dass Getreide gären kann?«

»Echt?« Linda hält kurz mit dem Tippen inne. »Toll.«

Lenny kommt, er erklärt, dass er jetzt im Haus unterwegs und bis circa 13 Uhr nicht zurück sei. Er verabschiedet sich mit einem breiten Grinsen von mir. Er hat gar nicht bemerkt, dass mein Schreibtisch nicht mehr an seinem alten Platz steht.

Linda schiebt einen Kalender auf die Mitte des Schreibtischs. »Hier sind alle Termine vermerkt, die der Chef in den nächsten Tagen hat. Er ist sehr vergesslich. Wir müssen darauf achten, dass er das Büro rechtzeitig verlässt, um dort hinzukommen, wo er hin will.« Sie streicht den Vermerk durch, den sie für heute gemacht hat.

»Lebt ihr schon zusammen?«

»Nein, noch nicht. Aber ich hoffe, dass er mich bald fragen wird. Er hat ein Wahnsinnshaus im Stadtteil Harvestehude. Er lebt in einer Jugendstilvilla.«

Ich pfeife leise durch die Zähne. Harvestehude ist das teuerste Pflaster in Hamburg.

Linda steht auf, breitet die Arme aus und dreht sich im Kreis. »Ich werde dort leben wie eine Prinzessin.« Sie läuft zur Tür. »Ich bin gleich wieder da. Unser Kind drückt auf meine Blase.«

Sobald Linda die Tür hinter sich geschlossen hat, haste ich in Lennys Büro und nehme die Kamera an mich. Ich kann es kaum erwarten, die Aufnahmen zu begutachten.

Die Zeit bis 12 Uhr verstreicht sehr schnell. Linda und ich tauschen unsere Handynummern aus. Wir haben uns schon richtig gut miteinander angefreundet.

Auf dem Weg zu Simone ruft mich Bruni an. Sie erklärt aufgeregt, dass ihre Nachbarin sie soeben angerufen habe. Für mich wurde ein Paket abgegeben. Ich muss meine Gedanken sortieren. Klar! Bruni hat ja an ihrem Briefkasten in kleinster Schrift den Namen *Conny van Goch* hinzugefügt. Schließlich wohne ich ja bei ihr. Als sie erklärt, dass der Absender Lennard Markmann ist, schlagen die Gedanken Purzelbäume in meinem Kopf.

»Hä? Wieso schickt der Trottel mir ein Paket?«

Bruni lacht. »Woher soll ich das denn wissen? Heiner ist heute Abend zu Hause. Können wir uns bei dir treffen? Ich bringe das Paket mit.«

Ich überlege kurz. »Du machst *jetzt* Feierabend, Bruni. Sofort! Dann holst du das Paket und kommst damit zu Simone. Ich muss wissen, was da drin ist.«

»Spinnst du? Ich kann doch jetzt nicht einfach gehen. Paul ist nicht da und Maria …«

»Boah. Erkläre Maria, dass es dir schlecht geht. Schwindel, Aua, Bauch, Durchfall. Du machst doch nicht zum ersten Mal blau in deinem Leben, oder? Bis gleich.«

Simone hat die Kinder längst mit Mittagessen versorgt, als ich bei ihr ankomme. Ich kleide mich um, Simone wickelt die Kleinen auf dem Ehebett und hört zu, was ich zu berichten habe. Sie ist auch ein wenig hibbelig. Anschließend lege ich Fine ins Reisekinderbett, das Simone im Schlafzimmer aufgestellt hat, Emil wird in seinem Zimmer ins Bett gepackt.

Simone legt Lachsfilets in den Backofen und stellt Salat vom Vortag auf den Tisch.

Ich bediene die Kaffeemaschine, nach wenigen Minuten gluckert sie leise.

Wir verbringen die Zeit, bis Bruni kommt, mit Spekulationen.

»Vielleicht schickt er dir Firmenkleidung? Einen Anzug oder so was

Ähnliches, was in der Brauerei getragen werden muss.« Das ist wieder einmal typisch Simone.

»Neein. Dort wird keine Einheitskleidung getragen, wir sind doch nicht in China.«

Der Leuchtturm hebt den Zeigefinger. »Bier! Er wird dir Freibier geschickt haben.«

Ich könnte mich vor Lachen kringeln. »Quatsch!«

Wir lenken uns ab, indem wir abwechselnd an Salatblättern knabbern und heißen Kaffee schlürfen.

Als Bruni endlich kommt, gibt es im Flur eine kurze Rangelei. Simone und ich versuchen, ihr gleichzeitig das Paket aus den Händen zu reißen. Ich gewinne das Duell.

»Mensch, Maria hat mich ganz ungläubig angeschaut, als ich ihr erklärte, dass ich von jetzt auf gleich einen Durchfall bekommen habe.« Bruni läuft in die Küche. »Mhm. Was duftet hier so herrlich?«

Simone sagt: »Lachs.« Ich sage: »Ist doch egal«, und meine nicht den Lachs, sondern Marias Misstrauen. Mit fliegenden Fingern suche ich in der Küchenschublade nach einem Messer, um das Klebeband aufzuschlitzen. Wir hocken zu dritt auf dem Boden. Simone assistiert mir.

Als das Paket weit geöffnet vor uns steht und ich das Seidenpapier entferne, kreischen wir gleichzeitig so laut, dass Finchen und Emil jetzt eigentlich aufwachen müssten. Es liegen drei Schuhkartons darin, auf denen in fetter Schrift der Name M*anolo Blahnik* steht.

Sechs Hände grabschen gleichzeitig nach den Kartons, deren Deckel durch die Luft fliegen.

Bruni schlägt eine Hand vor den Mund. »Ey. Ich fasse es nicht. Das sind tatsächlich *Manolos*!«

Unsere Blicke bleiben an den ›Geschossen‹ haften, für die man mehr als einen Waffenschein benötigt.

Im ersten Karton liegen ein Paar rote dieser göttlichen Markenschuhe. High Heels mit zwei Riemchen, die über dem Spann mit einer Schleife zusammengebunden werden. Mir stockt der Atem. Im zweiten Karton liegen grüne *Blahnik*-Riemchenpumps aus feinstem Leder, die ebenfalls ein Traum sind. Dann schauen wir fassungslos in den dritten Karton. Hochhackige Schuhe, die mit cremefarbenem

Stoff überzogen sind, warten darauf, bestaunt zu werden. Der Stoff ist mit kleinen schwarzen Blümchen bedruckt, vorne haben sie kleine schwarze Zierschleifen. Das Tollste: Die Sohle ist knallrot.

Unsere ollen Treter fliegen gleichzeitig von den Füßen. Wir benehmen uns wie in einem Discounter, auf dessen Wühltisch eine letzte Kinderjeans für fünf Euro liegt, und zerren an dem Karton der Schuhe mit der roten Sohle.

»Ich will sie zuerst anprobieren!« Brunis Stimme klingt gnadenlos kalt.

Simone schlägt nach ihren Händen. »Lass los, du blöde Kuh. *Ich* wohne hier, darum darf ich zuerst, du bist nur Gast in dieser Wohnung.«

Ich zerre ebenfalls wie eine Geisteskranke. »Boah. Seid ihr bescheuert? Das Paket war an mich adressiert! Finger weg!«

Bruni lässt nicht locker. »Ist es *nicht*! Du heißt nicht Conny van Goch. Du … du bist Karo Geiger!«

Simone gibt es auf, sie sichert sich die Rechte an den roten Schuhen und versucht, ihre riesigen Mauken hineinzuquetschen.

Ich verziehe schmerzhaft das Gesicht, die armen *Blahniks* tun mir leid. »Hör sofort auf damit, Leuchtturm. Du machst sie kaputt!«

Simone schafft es tatsächlich, sie anzuziehen. Sie springt auf und stöckelt mit eingeknickten Knien einige Schritte auf den Küchenfliesen. Ihre Zehen ragen mindestens vier Zentimeter über die vordere Schuhsohle hinaus. Sie schließt die Schleife. »Sie passen … schaut her, sie passen perfekt.«

Bruni und ich kippen nach hinten und kugeln uns vor Lachen auf den Boden. Mein Gelächter wird immer hysterischer, ich bekomme fast keine Luft mehr. Bruni trommelt mit den Fäusten auf die Fliesen. Sie wimmert wie eine Sterbende. »Ich kann nicht mehr, boah … Hilfe, ich kann nicht mehr.«

Simone kneift die Augen zusammen. »Jetzt hört mal auf, euch wie die Idiotinnen zu benehmen. Was ist daran so witzig?« Sie stöckelt zum Backofen und schaltet ihn aus. »Wegen euch verbrennt der herrliche Fisch.«

Ich fühle mich so ausgelaugt, wie nach einem Langstreckenmarathon. Bruni teilt jetzt ordentlich. Sie reicht mir je einen Schuh der beiden anderen Paare.

Sekunden später laufen wir andächtig aus der Küche, durch das

Wohnzimmer und drehen eine Runde auf der großen Dachterrasse. Dann stöckeln wir den gleichen Weg im Gänsemarsch wieder zurück. Simone eiert hinter uns her.

Ich streife die göttlichen Schuhe von den Füßen und lege sie zurück in die dazugehörigen Kartons. Ich erteile den knappen Befehl, dass meine Freundinnen es ebenso machen sollen, doch die denken nicht daran.

Ich wühle in dem Seidenpapier des Paketes und finde einen Umschlag, aus dem ich eine Karte ziehe.

Liebe Karo,
ich hoffe, ich habe die richtige Größe gewählt!
Betrachten Sie das kleine Geschenk als eine Art Wertschätzung.
Sie haben sie verdient.
Herzlichst
Lenny

P.S. Ich liebe Ihr Temperament … Linda muss es nicht wissen.

Simone stellt Teller auf den Tisch. »Der weiß, was sich gehört. Toll.«

»Blödsinn! Das gehört sich eben *nicht*! Ich nehme das Geschenk nicht an. Ich werde es zurückschicken.« In strengem Ton erteile ich Befehl. »Zieht jetzt endlich die Galoschen aus.«

Ich schaue auf den Absender. Es steht eine Adresse aus Harvestehude drauf, es wird Markmanns Privatadresse sein.

Simone tischt den Fisch auf. »Also ich würde sie behalten.«

Bruni streckt einen Arm nach mir aus. »Warte, Karo. Simone hat recht. Warum willst du sie zurückschicken?«

Ich keife sie an. »Weil ich mir von fremden Männern keine Schuhe schenken lasse! Und schon gar keine *Manolos*! Darum!«

»So ein Bläöödsinn. Wenn du sie nicht willst, schenk sie mir.« Brunis Augen funkeln mich an.

Simone meckert. »Die roten behalte ich aber. Die ziehe ich nicht mehr aus.«

Ich bleibe hart und schüttele den Kopf.

Bruni schluckt schwer. »Okay, gehen wir einen Kompromiss ein.

Du schickst sie zurück, aber erst in einigen Tagen. In der Zeit wechseln wir uns mit dem Tragen ab.«

Mein Kopf wandert wieder von rechts nach links.

Bruni und Simone schmollen, was mir jedoch gänzlich egal ist.

Letztendlich erklärt sich Bruni bereit, das Paket wieder mitzunehmen und auf dem Rückweg bei der Post abzugeben.

Dann vertilgen wir Salat und den Fisch, der mittlerweile kalt geworden ist, und müssen über uns lachen. Im Grunde könnte sich jede von uns locker ein Paar dieser edlen Schuhe leisten. Frauenhirne knallen regelrecht durch, wenn es um Fußbekleidungen geht.

Nach dem Essen sitzen wir zu dritt vor Simones PC und schieben die Speicherkarte in den Slot.

Meine Hand versucht, die Maus zu dirigieren. Sie zittert jedoch so, dass der Mauszeiger wild auf dem Bildschirm hin- und hertanzt. Bruni übernimmt die Steuerung und spult den Film vor.

In meinem Magen grummelt es leise. Die rechte Hälfte der Aufnahme ist dunkel, ein Pflanzenblatt muss sich vor der Linse befunden haben. Wir starren auf Lennys Kopf, der seitlich und nur von der Stirn aufwärts zu sehen ist. Dahinter gähnt uns die weiße Wand an. Wir hören Markmann telefonieren. Belangloses Bla-Bla. Es geht um die Lieferung der Ersatzteile. Dann verschwindet sein Kopf. Wir hören das Waschbecken laufen, das sich in einer Nische des Zimmers befindet. Dann knarzt und fiept es mehrfach nacheinander. Diese Geräusche klingen eindeutig nach entweichenden Darmwinden. Danach stöhnt Lenny laut und erleichtert auf. Wir schmeißen uns vor Lachen quer über den Tisch.

»Nee, ist das gemein, wenn man gefilmt wird und es nicht weiß.« Ich halte die Hände vor mein Gesicht. »Nicht auszudenken, welche Aktionen wir noch zu Gesicht bekommen beziehungsweise hören.«

Endlich zischt es leise, die Tapetenwand fährt zur Seite. Ich halte die Luft an. Es ist unglaublich, ich habe die Linse des Camcorders perfekt ausgerichtet. Das Feld, in das die Zahlenkombination getippt werden muss, erscheint in Großaufnahme. Obwohl das Bild etwas schräg angezeigt wird, kann man die einzelnen Felder gut erkennen.

Unsere Nasen kleben fast am Bildschirm. Meine Handinnenflächen werden feucht. Markmanns Finger tippt ein: Sieben, acht, vier, zwei, null, … dann macht dieser Idiot einen Schritt nach rechts. Die Sicht ist versperrt.

Ich schlage feste auf den Tisch und fluche. »Scheiße! Mann, es lief so gut.«

Bruni fährt mich an. »Hör auf zu meckern! Es ist doch ein toller Erfolg. Warte …« Sie drückt den Return-Pfeil des Players, dann die Wiedergabetaste. Wir vergewissern uns noch einmal, ob wir richtig hingeschaut haben.

Bruni notiert: Sieben, acht, vier, zwei, null.

Ich stöhne auf. »Also, morgen noch einmal das ganze Prozedere.«

»Wir sind doch noch gar nicht durch. Vielleicht öffnet er ihn noch einmal.« Simone schenkt uns Kaffee nach.

Nachdem der Film weiterläuft, starren wir unentwegt auf ein Safe-Fach, in dem einige Hefter liegen. Markmann kramt wohl im unteren Teil des Schrankes herum, denn wir sehen ihn nicht, sondern hören lediglich Papier rascheln.

Bruni lässt den Film im Schnelldurchgang laufen. Nach einer Weile telefoniert er mit seiner Tante, dann komme ich ins Spiel. Und das war es auch schon. Die Tresortür bleibt geöffnet und wird erst, kurz bevor er sein Büro verlässt, geschlossen.

Ich ziehe ein Schüppchen. Bruni nimmt mich in den Arm.

Mit der Stimme einer Mutter, deren fünfjährige Tochter den ersten Preis bei *Jugend forscht* gewonnen hat, sagt sie: »Das hast du gaaanz toll gemacht, Karo. Priiima. Wir sind stolz auf dich.«

Ich lasse mich drücken.

Während ich die Schuhe wieder ordentlich erst in die kleinen Kartons, dann in das große Paket lege, gebe ich das weiter, was Linda ausgeplaudert hat. Simone und Bruni finden auch, dass Lenny ein kleines Arschloch ist.

Finchen hat ihren Mittagsschlaf zuerst beendet. Ihre grünen Augen sind ganz klar, sie strahlt mich an. Ich drücke sie an mein Herz. »Na? Sollen wir unseren gewohnten Abstecher zu Oma und Opa machen?« Sie wippt auf meinem Arm hin und her, was wohl »Ja« bedeuten soll.

Bruni verlässt gemeinsam mit uns Simones Wohnung. Sie wuchtet das Paket in den Kofferraum, wir drücken uns zum Abschied.

Den Männern der Birkenstraße 18 geht es wieder besser. Ihre Nasen tröpfeln zwar noch, aber sie fiebern nicht mehr. Conny kommt kurz nach uns ohne Kind und Kegel angerauscht. Sie erklärt, dass Hanni und Nanni mit einer jungen Studentin aus der Nachbarschaft zusammensäßen, um für die anstehende Mathearbeit zu büffeln.

Conny regt sich auf. »Die beiden kapieren es einfach nicht. Die Trulla von den Hinrichsens nimmt fünfzehn Euro die Stunde. Das muss man sich mal überlegen.« Sie tippt sich gegen die Stirn.

Meine Mutter verdreht die Augen. »Ihr benötigtet damals keine fremde Nachhilfe. Darum hat sich immer euer Vater gekümmert, nicht wahr, Hermann?«

Mein Vater schnäuzt kräftig die Nase. »Natürlich. Wir hatten doch damals kein Geld für Nachhilfeunterricht übrig.«

Opa Heini zückt ebenfalls sein Taschentuch. »Seid ihr denn zu doof, den Mädels zu helfen, oder nur zu faul?«

Connys Oberkörper schießt nach vorne. »Hast du eine Ahnung, wie schwer es heutzutage auf dem Gymnasium ist?«

»Also … zu doof.« Opa Heini lacht. »Die Doofen müssen immer tiefer in die Tasche greifen als die Schlauen. Die brauchen für jeden verklemmten Furz einen Lakaien, der ihnen beim Drücken hilft, weil sie zu dusselig dazu sind. Und das kostet!«

Außer Conny lachen alle, selbst Finchen kreischt mit.

»Ach, tu doch nicht so, Opa. Als wenn du noch rechnen könntest.«

Opa Heini lässt sich von Conny nicht aus dem Konzept bringen. »*Ich* rechne jeden Tag. Mit allem und jedem, jedoch nicht immer mit dem Schlimmsten.«

Gundula stellt sich hinter Conny. »Lass dich doch nicht immer wieder von deinem Großvater provozieren. Du weißt doch, wie gerne er herumfrotzelt.«

»Ja, aber komischerweise immer nur mit mir.«

»Das stimmt nicht!« Mein Vater hebt die Hand. »Ich bin auch ständig Opas Zielscheibe.«

Mein Großvater grunzt. An seiner gerunzelten Stirn sehe ich, dass er überlegt, wie er Conny und meinem Vater eins überbraten kann.

Die Unterhaltung droht zu eskalieren. Meine Mutter reagiert wie auf Knopfdruck. Ihr fällt immer etwas ein, um ein Ablenkungsmanöver zu starten.

»Ach, das Kirchenblatt lag gestern im Briefkasten.« Sie läuft ins Haus und ist innerhalb weniger Sekunden wieder zurück. Sie legt es auf den Tisch. »Schaut mal, wie toll Opa auf dem Bild ausschaut und wie nett der Herr Pfarrer den Artikel formuliert hat.«

Das Bild, das Opa Heini in die Kamera hält, ist zwar eine Lachnummer, er selbst ist aber wirklich toll getroffen. In der bunten Kluft und den üppigen Blühpflanzen im Hintergrund könnte man meinen, die Aufnahme sei in südlichen Gefilden entstanden.

»Das hat einen Hauch von Teneriffa, Opa.«

Er nickt schmunzelnd.

Der Artikel ist sehr schön formuliert. Pfarrer Bald hat besonders hervorgehoben, dass Opa Heini schon etliche Bilder sehr gewinnbringend im Internet versteigert habe, und erwähnt löblich das soziale Engagement der gesamten Familie van Goch.

Conny steht hinter mir, sie liest mit. »Das stimmt doch gar nicht. Der Pfaffe lügt. Opa hat doch nicht etliche Bilder rausgehauen, sondern nur zwei.« Sie lässt sich zurück auf den Stuhl fallen.

»Wenn die nachfolgenden Bilder auf der Ausstellung durch diese Lüge mehr Abnehmer finden, ist das eine gewinnbringende Lüge, die der liebe Gott verzeiht.« Gundula streichelt Opa Heinis Hand.

»Genau.« Mein Vater schlägt sich auf die Seite des Herrn Pfarrers.

Finchen krabbelt auf allen vieren auf der Wiese herum, wir beobachten amüsiert, wie sie mit zwei Fingerchen Grashalme abreißt, »Bah« ruft und sie wegwirft.

»Was habt ihr denn heute Schönes unternommen, das Finchen und du?«

Ich überlege, was ich meiner Mutter antworten soll. »Ach, wir unternehmen immer etwas. Ich war eine Stunde bei Simone, habe Wäsche geflickt, geputzt und gewaschen.«

Gut, dass Fine noch nicht sprechen kann.

»Ich war den ganzen Vormittag unterwegs und habe dreimal vor eurer Haustür gestanden und Sturm geklingelt.« Conny sieht mich lauernd an. »Warum hast du mich denn nicht reingelassen? Ich wollte dich von unterwegs anrufen, aber mein Handy-Akku war leer.«

Ich werde rot. »Nun, dann war ich wohl gerade bei Simone oder im Keller und habe die Klingel nicht gehört.«

»Hast du morgen Vormittag Zeit? Ich benötige deine Hilfe. Mein Auto muss zur Reparatur, es wird erst gegen Mittag fertig sein. Holst du mich um 8 Uhr an der Werkstatt ab? Wir könnten danach bei dir frühstücken. Später kannst du mich wieder dorthin bringen.«

»Oh. Morgen früh geht gar nicht, Conny. Ich bin … bin beim Arzt. Ich habe einen Termin. Meistens kommt man nicht pünktlich dran, weil die Praxis ständig rappelvoll ist. Das kann etwas länger dauern.«

Conny mault: »Na toll. Wenn ich dich mal brauche, hast du keine Zeit.«

»Bist du etwa krank?« Die Augen meiner Mutter verengen sich zu schmalen Schlitzen.

»Nein. Absolut nicht.« Ich stammele: »Ähm … Krebsvorsorge. Frauenarzt.«Der Blick meiner Mutter wandert erst zu meinem Bauch, dann zu meinem Busen. »Na? Ist da vielleicht ein kleiner Geiger unterwegs?«

Conny grinst breit. »Natüürlich. Darauf hätte ich auch von selbst kommen können.«

Jetzt stehe ich im Mittelpunkt, alle reden aufgeregt durcheinander.

»Stopp! Nein! Es ist weder ein Geiger noch eine Geigerin unterwegs. Ich bin *nicht* schwanger.«

Conny prustet los. »Ach, komm! Ihr wollt es bloß noch nicht sagen. Jetzt passt auch alles zusammen. Du hast aufgehört zu arbeiten, um dich zu schonen. Ich habe mich schon gewundert, dass du freiwillig das Hausmütterchen spielst.«

Ich beteuere nochmals, dass ich nicht ›empfangen‹ habe, es hat jedoch keinen Sinn.

Die Augen meiner Mutter werden feucht. »Hast du Appetit auf irgendetwas, Kind? Es ist zwar noch keine Kaffeezeit, aber …?«

Gundula beugt sich vor. »Ein Gürkchen? Ein Pralinchen? Oder ein Scheibchen Blutwurst?«

Mein Vater strahlt über das ganze Gesicht. »Wir haben auch frische rote Äpfelchen.«

Ich springe auf und keife in die Runde. »Ich sage es zum letzten Mal! Ich bin nicht schwanger!«

Meine Schwester grinst jetzt noch breiter. »Das ist auch typisch. Unkontrollierte Wutausbrüche. Du bist doch sonst so lammfromm, Schwesterherz.«

Ich ignoriere diesen dummen Spruch. »So, ihr Lieben, ich muss noch einkaufen.« Ich klopfe kurz auf den Tisch und will Finchen auf den Arm nehmen, die angewackelt kommt. Mama ist mit drei Schritten neben mir. Sie hält mich am Arm fest.

»Ohh, nein. Wenn Finchen nicht laufen will, trage *ich* sie zu deinem Auto. Du solltest, wann immer es sich vermeiden lässt, nichts Schweres tragen.«

Erst im Lebensmittelgeschäft beruhige ich mich. Sollen sie doch glauben, was sie wollen. Sie werden vergeblich darauf warten, dass ich bald eine kleine Kugel vor mir hertrage.

Während ich Äpfel und Bananen abwiege und mich unterdessen mit Finchen unterhalte, überlege ich, welches Fleisch ich einkaufen soll. Unsere Kühltruhe muss dringend aufgefüllt werden.

Finchen wird, wie immer, an der Wursttheke verwöhnt. Die freundliche Verkäuferin rollt eine große Scheibe Mortadella zusammen, spießt sie auf eine lange Gabel, und reicht sie über die Theke. Fine schlägt ganz nach mir, sie greift beherzt danach.

Ich kaufe ein großes Stück Leberwurst. Als ich weiter zur Fleischtheke laufe, sehe ich Linda, die mit dem Rücken zu mir steht. Ich mache eine Vollbremsung, laufe einige Schritte rückwärts, ohne sie dabei aus den Augen zu lassen. Als ihr Blick nach links wandert, verpasse ich dem Einkaufswagen geistesgegenwärtig einen leichten Schubs. Er rollt langsam ein Stück weiter nach hinten und bleibt vor dem Regal, auf dem die verschiedensten Sorten Wein drapiert sind, stehen.

Noch bevor ich mich vom Acker machen kann, dreht sich Linda um. »Oh. Hallo, Karo! Ich habe heute eher Feierabend gemacht. Das ist ja eine Überraschung. Du kaufst auch hier ein?«

Ich stehe wie aus Stein gemeißelt im Gang. Es gelingt mir nicht, die Hand zum Gruß zu heben, sie gehorcht mir nicht. Ich kichere blöd. »Ja. Fleisch brauche ich nicht. Meine Truhe ist voll.« Ich zeige auf meine Armbanduhr. »Ich bin in Eile.« Mit kleinen Schritten laufe ich langsam rückwärts.

Linda kommt auf mich zu. »Gib mir einen Tipp, was ich heute Abend essen soll. Ich kann mich nicht entscheiden. Schnitzel oder eine Putenbrust?«

Ich laufe so um sie herum, dass ich Finchen jetzt im Blickfeld habe.

Linda hat sich gezwungenermaßen mitdrehen müssen. Fine kaut brav an der Wurst. »Oh. Putenbrust. Ich würde Putenbrust essen.«

Ich schließe kurz die Augen. Finchen hat die Wurst fallengelassen und beugt sich zur Seite. Sie greift nach dem Flaschenhals einer Weinflasche und bewegt ihn langsam vor und zurück.

»Es ist schrecklich, nie weiß ich, was ich will. Ich wette, wenn ich jetzt Putenbrust kaufe, möchte ich später Schnitzel essen. Weißt du was? Ich kaufe beides.«

»Ja. Das ist gut, *das* ist eine gute Idee. So, ich muss jetzt wirklich los.«

Finchen wird immer übermütiger. Grobmotorisch hangelt sie noch immer nach der Flasche, die jetzt mit einem lauten Knall auf den Boden scheppert. Eine Sekunde später fliegt die nächste Flasche. Meine Tochter quietscht vor Freunde und ruft laut: »Bumbum.«

»Wenn du Lust hast, können wir uns ja mal am Abend treffen. Lenny ist sehr oft unterwegs, du lebst doch auch alleine.«

Dann klirrt es wieder. Mir wird heiß. »Du, ich muss mich um meine kleine Nichte kümmern. Sie macht nur Unsinn.«

Ich haste zu meiner Tochter. »Ach, Mensch, was machst du denn für Sachen?«

Linda ruft mir hinterher. »Deine Nichte? Mein Gott, ist die goldig! Du könntest auch ihre Mutter sein, sie sieht dir sehr ähnlich.«

Der Filialleiter Herr Kürten kommt angelaufen. »He, du kleiner Racker. Du bist noch keine achtzehn. Finger weg vom Alkohol.« Er lacht mich an. »Ihre Tochter hatte wohl Langeweile?« Ein leiser Vorwurf schwingt in seiner Stimme.

Ich rede so laut, dass Linda meine Worte hören kann. »Ähm … sie ist nicht meine Tochter, sie ist meine Nichte. Ich ersetze den Schaden natürlich.«

»Tatsächlich? Ich dachte immer, es ist Ihre Kleine.« Dann macht er eine wegwerfende Handbewegung. »Sie brauchen es nicht zu bezahlen. Die Rechnung geht aufs Haus.« Er ruft nach einem Lehrling und beauftragt ihn, mit Besen, Kehrblech und Putzeimer anzurücken, ich bedanke mich laut im Namen meiner Schwester.

Ich winke Linda zu, düse im Eiltempo zur Tiefkühltheke und werfe einige Pizzen, Gänsekeulen sowie drei Entenbrüste in den Einkaufswagen. Hoffentlich hat Linda mir die Lüge abgekauft.

Paul kommt spät heim. Fine liegt längst im Bett und schläft. Er sieht ein wenig blass aus und klagt über Halsschmerzen. Er hört sich richtig verschnupft an.

Während er duscht, nähe ich flott die fehlenden Knöpfe an seine Klamotten, anschließend decke ich den Tisch hübsch, öffne eine Flasche Wein und zünde eine Kerze an.

Die Entenbrust in Orangenlikör-Sahnesauce habe ich sehr kräftig gewürzt, Paul pfeffert und salzt sie aber so nach, dass ich die Hände über den Kopf zusammenschlage.

Er schnieft und näselt. »Es schmeckt ganz fad, Karo. Echt.«

»Das liegt an deiner Erkältung, dass du nichts schmeckst. Die Riechnerven sind durch den Virus geschädigt.«

Paul kostet den Wein. Dann schnüffelt er daran. »Der schmeckt auch nach nichts und riecht nach nichts. Mensch, ich bin richtig krank.«

Ich lächele ihn sanft und mütterlich an. »Du wirst es überleben. Glaube mir. Ich suche dir gleich einige Medikamente heraus.«

Paul nickt dankbar. Nach dem Essen legt er sich aufs Sofa und mummelt sich in eine Decke ein, obwohl sehr angenehme Temperaturen herrschen. Er misst alle fünf Minuten seine Temperatur, die gleichbleibend bei 38,1 Grad liegt.

Die Mühe, den Medikamentenschrank zu plündern, hätte ich mir sparen können, denn Paul lehnt jegliche Einnahme ab, nachdem er die Beipackzettel studiert hat.

»Hier steht unter Nebenwirkungen: Herzrasen, Schwindelanfälle, Hautausschlag und allergischer Schock. Das schlucke ich nicht. Sollte es mir morgen schlechter gehen, bleibe ich im Bett und lasse mich von dir verwöhnen.« Er grinst. »Du hast ja jetzt Zeit.«

Ich bekomme einen Panikanfall. Der Letzte, um den ich mich morgen kümmern kann, ist Paul. Ich habe weiß Gott genug um die Ohren. »Du musst etwas einnehmen! Hast du eine Ahnung, wie sich die Viren in deinem Körper ausbreiten werden, wenn du keine Pillen schluckst? Die krabbeln bis in die Fingerspitzen … und bis in deinen Schniepel. Das ist sehr unangenehm. Willst du das?«

Paul lässt sich nicht ins Bockshorn jagen. Er bleibt hart und bittet mich, ihm einen anständigen Grog mit Kandis zu machen, *das* würde ihn wieder auf die Beine bringen.

Ich mache nicht nur einen, sondern zwei Grogs, den für mich prophylaktisch.

In Pauls Heißgetränk habe ich so viel Rum gegossen, dass er nach dem Leeren des halben Glases rote Wangen hat und tatsächlich nicht mehr so verschnupft klingt.

»Sollte ich morgen früh fit sein, Möhrchen, fahre ich noch einmal nach Soltau. Ich würde mich freuen, wenn du mitkommen würdest. Schau dir das Gebäude aus der Nähe an und die Umgebung. Es ist nett dort, sehr nett. Es stehen auch wunderschöne Häuser zum Verkauf.« Er schaut mich abwartend an. »Tolle Villen, noch schöner als unsere.«

Ich huste. »Paul, ich habe das Gefühl, du wendest die Salamitaktik an. Meinst du, ich merke nicht, dass du dir keinerlei Mühe gibst, hier etwas zu finden? Ich will keine schönere Villa, ich will nicht nach Soltau.«

»Du sollst doch nur schauen, Möhrchen. Sperre dich doch nicht so.«

»Ich will nicht, und ich kann auch nicht. Ich habe morgen einen Termin zur Vorsorgeuntersuchung beim Gynäkologen.« Ich hickse laut.

Paul nimmt mich in den Arm und vergräbt sein Gesicht in meine Haare. »Hast du Beschwerden?«

Ich kuschele mich an ihn. »Nein. Es ist nur eine Routineuntersuchung.«

Paul flüstert in mein Ohr. »Du, ich glaube, die Viren sind in meinem Schniepel angekommen. Aber so unangenehm ist das Gefühl gar nicht.«

Ich flüstere zurück. »Ich glaube, dagegen kenne ich ein gutes Mittel. Allerdings könnte es sein, dass du davon Herzrasen bekommst.«

17. Ab durch den Keller

Es lebe der Grog! Paul fühlt sich wieder einigermaßen fit. Aber er ist der Meinung, es trieben sich noch immer jede Menge Viren in seinem Körper herum. Ich verspreche ihm lachend, heute Abend eine besonders gründliche Virenbereinigungsaktion zu starten. Für diese Ansage ernte ich einen zärtlichen Kuss.

Wunderbar! Paul findet es heute nicht komisch, dass ich so früh das

Haus verlasse. Ich style mich ordentlich, denn in einem Jogginganzug würde ich im Leben keinen Arzttermin wahrnehmen. Ich trage eine Jeans, die meinen Hintern knackiger aussehen lässt, als er ist, darüber eine blaue Seidenbluse und hochhackige blaue Sandaletten. Da Paul Zeit hat, kümmert er sich um Finchen und zieht sie ebenfalls sehr schick an. Bevor ich mit unserer kleinen Prinzessin das Haus verlasse, muss Paul mir noch einmal versprechen, keinen Alleingang zu starten. Er hebt drei Finger und sagt feierlich: »Ich schwöre.«

Auf dem Weg zu Simone wird mir klar, wie eng es langsam wird. Paul hält zwar im Moment noch still, das könnte sich jedoch von heute auf morgen ändern.

Ich halte mich nicht lange bei dem Leuchtturm auf. Der aufgeladene Akku wandert in den Camcorder, dann rausche ich nervös ab. Simone ruft mir ein »Toi, toi, toi« hinterher.

Um Punkt 7:15 Uhr öffne ich die Bürotür, schließe wieder von innen ab. Man kann ja nie wissen. Der Camcorder zittert heute nicht so stark in meinen Händen, ich zoome die Wand genauso heran, wie ich es gestern getan habe. Im Anschluss stelle ich das Gerät wieder auf die Zweige der Pflanze.

Zuerst kommt Linda. Ihre langen Haare hat sie heute zu einer Hochsteckfrisur auf den Hinterkopf gebunden, ihr langer Hals kommt dadurch wunderschön zur Geltung, und das sage ich ihr auch.

Nachdem auch Markmann aufgetaucht ist und mit einem zackigen »Guten Morgen, die Damen« in sein Büro hastet, eile ich direkt hinter ihm her.

Obwohl er mich schon begrüßt hat, begrüßt er mich noch einmal so, als habe er mich vor wenigen Sekunden nicht wahrgenommen. »Hoppela, guten Morgen, Karotte.«

Ich komme direkt zur Sache. »Herr Markmann, ich habe gestern Ihr überaus nettes Geschenk erhalten. Ich kann und möchte es jedoch nicht annehmen. Sie erhalten es auf dem Postweg zurück.«

»Sie *wollen* sie nicht? Sie schlagen ein Geschenk aus, das *ich* Ihnen gemacht habe?«

»Ja.« Meine Worte scheinen ihn zutiefst gekränkt zu haben, denn er spielt die beleidigte Leberwust.

Seine Hände verschwinden in den Hosentaschen. Er läuft einige

Schritte hin und her. »Ich fasse es nicht! Sie schlägt ein Geschenk von mir aus. Nun, tja, da kann man nichts machen.«

»Oh, Herr Markmann, Sie machen mir eine viel größere Freude, wenn Sie mir noch einen Kugelschreiber schenken würden. Meine Tante hat eine Dame, die ihr ab und an etwas vorliest. Sie war gestern da und ist fast in Ohnmacht gefallen, als sie den tollen Stift gesehen hat.«

Sein Kopf zuckt kurz. »Sie verkehren mit Menschen, die ein geschultes Auge für die schönen Dinge des Lebens haben. Sie haben den nächsten Pluspunkt.«

Ich drehe mich schwungvoll auf dem Absatz um, es zischt hinter mir.

Lenny summt eine Melodie, während er die Tasten piepen lässt. Mein Kopf schwingt leicht mit. *Sieben, acht, vier, zwei, null.* Dann weiß ich nicht weiter.

»Sooo. Bitteschön.« Er zieht einen Füller aus der Innentasche seines Jacketts. »Wie heißt sie?«

»Wer?«

»Na, die Vorlesedame Ihrer Frau Tante.«

»Ähm … Hildegard.«

Er nimmt eine Visitenkarte und schreibt etwas darauf, dabei redet er laut mit. »Für die liebe Hildegard, mit den besten Empfehlungen der Markmann Brauerei. Lenny.«

Ich ziehe wieder eine Show ab, mit der ich glatt im TV bei *Das Supertalent* auftreten könnte. Dieter Bohlen würde sofort den goldenen Buzzer drücken. Nach lauten »Hui«-, »Ah«- und »Oh«-Rufen stürme ich aus Lennys Arbeitszimmer.

Noch bevor ich den PC hochfahren kann, taucht er schon wieder auf.

»Kommen Sie, Karotte. Nehmen Sie Stift und Block mit.«

Markmann ist schon halb aus der Tür, als ich nach den Utensilien grabsche und hinter ihm herrenne.

Nachdem ich ihn fast eingeholt habe, bremse ich ab und halte etwas Abstand.

»Wohin darf ich Sie begleiten?« Ich bin schon wieder außer Atem.

Er lacht. »Lassen Sie sich überraschen.«

Statt in den Aufzug zu steigen, nimmt er die Treppe und läuft in die unterste Etage. Im Erdgeschoss öffnet er eine Tür, die etwas versteckt in einer dunklen Nische neben dem Treppenhaus liegt.

Leichtfüßig nimmt er die Stufen, die in den Keller führen. Mit jeder Stufe, die nach unten führt, wird das Licht schummriger. An der Kellerdecke sind nur wenige Neonröhren angebracht, die schwach leuchten und unruhig wie Friedhofskerzen im seichten Wind flackern.

Mir ist unheimlich zumute. Unsere Schritte hallen wider, die Räume sind so gut wie leer. Nur an einigen Wänden stehen Regale, auf denen prallgefüllte schwarze Müllsäcke liegen. Meine Fantasie geht mit mir durch. Beim Anblick der Plastiksäcke kommen mir zerstückelte Leichen in den Sinn. Uiuiui. Frauen, die sich vielleicht geweigert haben, von Markmann ein Geschenk anzunehmen?

Markmann öffnet zielsicher Türen, die hinter uns mit lautem Knall zuschlagen. Ich habe vollkommen die Orientierung verloren. In einem kleinen Raum, in dem grüne Overalls an Haken hängen, gelbe Stiefel und unzählige Helme liegen, greift Lenny nach einem weißen Schutzhelm, den er aufsetzt. Mir drückt er einen gelben in die Hand. Er schnippt mit den Fingern. »Aufsetzen!«

Ich atme auf, als wir nach dem Öffnen einer schweren Stahltür an der frischen Luft stehen.

»Diesen Weg nehme ich immer, wenn ich zu *Gebäude 3* laufen muss, das ist eine Abkürzung.«

Markmann greift leicht nach meinem Ellenbogen, jetzt darf ich neben ihm laufen.

Dieser Mann wird mir langsam unheimlich. Manchmal formuliert er die Sätze so, wie es jeder normale Mensch macht, dann wieder stammelt er nur dummes Zeug und erweckt den Eindruck, als habe er einen Dachschaden.

»So … ähm. Tja, dann wollen wir mal. Falsch … wir müssen.«

Auf dem Gelände der Brauerei herrscht reger Betrieb. Gabelstapler kreuzen in rasantem Tempo unseren Weg. Alle Mitarbeiter grüßen den Träger des weißen Helms, manche forsch, andere unterwürfig und mit gesenkten Blicken.

Türme mit gestapelten Bierfässern säumen den Weg. Ich frage mich, ob der Helm sich als nützlich erweist, wenn so ein Metallteil auf meinen Kopf fallen würde. Ich beschließe, mich lieber nichts mehr zu fragen.

Lenny und ich betreten das Gebäude, das *Gebäude 3* sein muss. Mehrere behelmte Männer stehen kaffeetrinkend in einem Büro an einem Tisch, auf dem Baupläne ausgebreitet sind. Luca und Hans-Peter sind auch dabei, die beiden tragen blaue Helme. Die Hierarchie in diesem Betrieb kann man an der Helmfarbe ausmachen. Gelb für das gemeine Volk, blau für die Angestellten der gehobenen Klasse und weiß für den Chef.

Meine Aufgabe besteht darin, frischen Kaffee zu kochen und die Männer mit Mineralwasser zu versorgen. Anschließend bekomme ich einen Platz auf einem Stuhl angewiesen, der vor der Fensterbank steht.

Ich höre dem monotonen Gemurmel der Männer zu und unterdrücke ein Gähnen. Mir ist langweilig. Ich krame mein Handy aus der Jeanstasche, schalte es ein und lasse den Inhalt einer SMS sacken, die mir Conny geschickt hat.

Hallo Schwester. Ich könnte ausrasten! Ludmilla hat gekündigt. Diese blöde Ziege! Von Hohenhausen hat überraschend eine Kreuzfahrt gebucht und sie eingeladen, ihn zu begleiten. Sie hat morgen ihren letzten Arbeitstag bei uns. Sieh mal zu, dass du dir ab übermorgen nichts vornimmst. Bis ich eine neue Kraft gefunden habe, musst du mir helfen. Du hast ja jetzt Zeit. Gruß Conny

Einen Teufel werde ich tun!

Ich freue mich wahnsinnig für Ludmilla. Sie hat den berüchtigten Sechser im Lotto gewonnen. Ich schließe die Augen und sehe die warmherzige kleine Frau vor mir, wie sie an Deck der *Queen Elizabeth* auf einer Massageliege liegt und sich von einem muskulösen, jungen Masseur den Rücken durchwalken lässt.

Vor dem Gebäude geht es zu wie in einem Ameisenhaufen. Ich schieße unauffällig einige Fotos von dem Firmengelände und sende sie Bruni und Simone.

Ich lasse vor Schreck mein Handy fallen, als es neben meinem Ohr schnippt.

Markmanns Stimme klingt amüsiert. »Hoppela! Ich wette, Sie haben die Wartezeit mit privater Korrespondenz überbrückt.«

Meine Hand tastet auf dem Boden nach dem Mobiltelefon. »Ähm … ich habe Hildegard gesimst …«

Er hört mich nicht mehr, denn er hat bereits die Türklinke in der Hand. In meine Beine kommt Leben. Ich rücke den Helm zurecht, nichts wie hinterher.

Sobald ich ihn eingeholt habe, plappere ich abgehackt weiter, weil ich am Keuchen bin. »Ich … habe Hildegard gesimst. Sie freut sich unbändig auf den … schönen Kugelschreiber. Aber … es gibt ein Problem, Herr Markmann.«

Er bleibt so abrupt stehen, dass ich gegen ihn remple. »Probleme? Der Kuli macht Probleme?«

»Nein … Hildegard hat eine Schwester, die Gundula. Und die wird eifersüchtig sein, wenn Hildegard einen so schönen Stift hat und sie nicht.«

»Tja. Das ist in der Tat ein Problem. Wissen Sie was, Karotte? Gundula bekommt auch einen.«

Ich bedanke mich in Gundulas Namen. Dann geht es durch den unheimlichen Keller zurück ins Erdgeschoss.

Es ist 10:02 Uhr, als wir wieder im Büro sind. In einer knappen halben Stunde wird die Speicherkarte des Camcorders voll sein.

Linda bittet Lenny um einige Unterschriften. Ungeduldig beobachte ich, dass er jedes Schreiben ausgiebig studiert. Ich könnte explodieren und bewaffne mich mit der Gießkanne.

Linda dreht sich zu mir um. »Du brauchst die Blume nicht mehr zu gießen, ich habe sie schon versorgt.«

Meine Arbeitskollegin macht nicht den Eindruck, als habe sie etwas Unauffälliges bemerkt, trotzdem werde ich knallrot.

Nachdem Lenny verschwunden ist, sitze ich wie auf einem Pulverfass. Ich hoffe, er denkt vor 10:30 Uhr daran, noch einmal den Safe zu öffnen.

Ich knüpfe da an, wo ich gestern aufgehört habe. Die Geschichte der Bierherstellung nahm vor zehntausend Jahren ihren Lauf, da wird es also noch viel Wissenswertes zu lesen geben.

»Wo wart ihr denn?« Linda blättert in Unterlagen.

Gedankenverloren erkläre ich ihr, dass wir in *Gebäude 3* waren, in dem ich für die fleißigen Männer Kaffee kochen durfte.

Sie verzieht das Gesicht. »Ihr seid durch die Kellerräume gelaufen?« Sie schüttelt sich. »Brrr. Ich besitze zwar einen Schlüssel für die Türen, würde mich aber niemals alleine da hineinwagen. Es ist richtig gruselig dort unten. Aber, man ist wirklich flotter am hinteren Teil des Geländes … und an den hinteren Parkplätzen.« Sie überprüft den Sitz ihres Haarknotens. »Obwohl ich nur in männlicher Begleitung da durchlaufe und keine Angst haben müsste, kommt mir immer der Thriller von Ole Bornedal *Freeze – Alptraum Nachtwache* in den Sinn.«

Ich bekomme eine Gänsehaut, denn ich kenne diesen Film.

Linda redet weiter, ich höre jedoch nur mit halbem Ohr hin. Ich kaue auf meiner Unterlippe und denke nach. Der Keller ist wahrhaftig unheimlich, man gelangt jedoch ungesehen ins Gebäude und wieder hinaus. Es gibt keinen Pförtner, an dem man vorbeimuss.

Sollte ich die Zahlenkombination des Safes komplett herausgefunden haben, brauche ich genügend Zeit, um darin stöbern zu können. Das heißt … entweder sehr zeitig vor Dienstbeginn oder am Abend, wenn Lenny und Linda auf dem Sofa kuscheln. Meine Nackenhaare stellen sich bei dem Gedanken an den Keller auf.

Ich unterbreche Linda. »Hm. Ich fand es überhaupt nicht unheimlich.« Ein Seufzer verlässt meine Lippen. »Ach, Linda. Ich beneide dich um den Schlüssel, denn ich bin immer froh, wenn ich keinen Schritt mehr als nötig laufen muss. Bis jetzt bekam ich nämlich immer nur einen Parkplatz am hinteren Ende des Geländes.«

Sie lacht und öffnet ihre Schreibtischschublade. »Respekt, *Karotte*. Du hast Nerven. Kein Problem. Du kannst den Schlüssel gerne haben, ich brauche ihn sowieso nicht. Pass aber gut auf dich auf … Ich lehne jede Verantwortung ab, daran schuld zu sein, wenn du da unten leblos in einem schwarzen Müllsack gefunden wirst.«

Ich kichere verunsichert. Meine Hand, die nach dem Schlüssel greift, ist eiskalt. Vielleicht sollte ich mich doch auf Soltau einlassen?

Lenny serviert mir den nächsten Kugelschreiber innerhalb der Zeit, in der die Speicherkarte noch aufzeichnet. In Lindas Gegenwart benehme ich mich nicht so bescheuert, sondern bedanke mich in angemessener Form.

Die Hälfte meines Gehirns bildet sich im Internet fort, die andere Hälfte konzentriert sich auf Linda, die sehr gesprächig ist. Sie plaudert bereitwillig über meine Vorgängerin, vermeidet es aber, Tante Silvia beim Namen zu nennen. Linda berichtet, dass Lenny ihr erzählt habe, dass sie wie eine Elster durch das Büro gehüpft sei und alles, was glitzerte, eingesteckt hat.

Sie beugt sich vor und flüstert: »Sie soll sogar eine wertvolle Uhr gestohlen haben. Sagt Lenny.« Sie schüttelt verständnislos den Kopf.

»Was?« Ich schlage eine Hand vor den Mund.

»Im Vertrauen, Karo. Lenny verträgt keinen Stress. Wenn er viel um die Ohren hat, stammelt er nur dummes Zeug. Er hat es ein wenig mit den Nerven. Aber doof ist er nicht. Der lässt sich nicht so leicht hinters Licht führen.« Sie grinst. »Außer von mir.«

»Nun, du kennst ihn ja auch sehr gut.«

Sie holt zwei Birnen aus ihrer Handtasche und reicht mir eine. Ich nehme sie gerne an. »Danke, morgen bringe ich Obst mit.«

Sie winkt ab und nimmt den roten Faden wieder auf. »So gut kenne ich ihn gar nicht. Wir sind erst zusammen, seit er weiß, dass unsere erste gemeinsame Nacht süße Konsequenzen hat.« Sie errötet kräftig und tippt auf ihren Bauch. »Ich habe es Lenny erst kürzlich gesagt.«

Sie plauscht weiter, schildert ihre Ehe mit dem feurigen Griechen Gregorius, der so viel Adrenalin im Blut hatte, dass er es durch wildes Um-sich-Schlagen abbaute. »Dumm war nur, dass ich immer in der Nähe stand und drei Mal von seiner Faust getroffen wurde. Die Scheidung ging schnell und problemlos über die Bühne.«

Ich beuge mich vor und streichele ihre Hand. »Du Arme! Das hört sich ja schrecklich an. Und dann hast du Lenny kennengelernt?«

Sie schüttelt den Kopf. »Nein, dann kam Schnuffi. Aber das ging nicht gut … Das ist eine lange Geschichte.«

Linda macht keinen glücklichen Eindruck. Ihre Augen werden feucht. Das lässt darauf schließen, dass sie noch immer an Schnuffi hängt, was bedeuten würde, dass Markmann nicht die Liebe ihres Lebens ist.

Ich reiche ihr ein Papiertaschentuch. Sie verzieht das Gesicht, macht große Augen und tupft vorsichtig, um die Wimperntusche nicht zu verwischen, die Augenwinkel ab.

Sie tut mir wahnsinnig leid. »Wenn du magst, können wir uns in den nächsten Tagen am Abend mal treffen.«

Sie nickt. Anschließend arbeiten wir schweigend weiter. Lenny verlässt gegen 11:30 Uhr das Büro.

Lindas Baby drückt wenig später wieder auf ihre Blase. Sie muss pinkeln.

Ich spute mich und nehme den Camcorder aus der Pflanze. Bevor er in meine Handtasche gleitet, spucke ich drei Mal darauf.

Während der letzten Tage wird Finchen von einer zur anderen Stelle geschleppt. Nachdem ich sie von Simone abgeholt habe, entscheide ich, dass sie den Mittagschlaf auf der schönen Kuscheldecke und dem dicken Kissen in Pauls Büro halten darf. Maria und Paul werden nicht vor dem späten Nachmittag aus Soltau zurück sein. Ich kann es kaum erwarten, die Speicherkarte in den Slot des PCs zu schieben. Bruni soll mir Händchen halten.

Komischerweise freut sich Bruni nicht, als ich mit dem Wort »Überraaaschung!« ins Büro stürme.

Sie zieht eine Schnute. »Was willst du denn hier?«

Ich lache. »Was für ein Empfang! An deiner positiven Ausstrahlung müssen wir aber noch arbeiten, Frau Keller.«

Bruni kümmert sich um Finchen, während ich die Decke in Pauls Büro ausbreite, um meiner Tochter ein kuscheliges Ersatzbett zu bereiten. Fine kommt angelaufen, als ich Tiddy auf das Kissen lege und mit verstellter Stimme rufe: »Oh, was bin ich müde. Meine Augen fallen ja schon von alleine zu. Wo ist denn nur das Finchen?« Dann mache ich Schnarchgeräusche. Finchen wippt auf ihren Füßchen auf und ab und klatscht in die Hände.

Ich rede laut mit Bruni. »Bist du so lieb und flitzt kurz in die Kantine? Ich sterbe vor Hunger. Was gab es denn heute Leckeres?«

»Kassler und Sauerkrautauflauf … den musst du dir aber selbst holen. Ich rufe an, damit Theken-Sabine schon einen Teller herrichtet, ich bin zu kaputt zum Laufen.«

Finchen krabbelt auf die Decke und nimmt Tiddy in den Arm. Bruni scheint heute mit dem falschen Bein aufgestanden zu sein.

Bevor ich in Richtung Kantine losrenne, überreiche ich Bruni feierlich die Speicherkarte. »Schieb sie schon mal in den Slot, ich bin gleich zurück.« Dann gebe ich Gas.

Ich genieße es, den Weg zur Kantine zu laufen, und hoffe inständig, dass ich ihn bald wieder gehen kann, ohne über Soltau nachdenken zu müssen.

Theken-Sabine wartet schon auf mich. Die Freude, mich zu sehen, steht ihr ins Gesicht geschrieben. »Hallo, Karo. Wir haben dich schon vermisst. Du fehlst uns. Seit du nicht mehr hier isst, müssen wir viel weniger kochen.«

Ich lache über ihre Fopperei. »Warte ab, wenn ich wieder da bin, dann weht ein anderer Wind im Betrieb.«

Sie reicht mir zwei große Schalen aus Alu-Folie. »Ich habe es extra in Alu verpackt, damit es schön heiß bleibt. Guten Appetit!«

»Ach, Sabine. Du bist so gut zu mir. Danke.«

Ingos Sauerkraut ist das beste. Es duftet verführerisch aus dem Einweggeschirr. Ich greife in den Besteckkasten und renne zurück.

Ich rolle meinen Schreibtischstuhl neben Brunis und spähe noch einmal durch die halbgeschlossene Tür nach Fine. Sie ist eingeschlafen. Danach widme ich mich dem köstlichen Essen, Bruni startet den Film.

Sie spult vor, bis die Sequenz erreicht ist, als Lenny den Kugelschreiber für Hildegard hervorholt. Bruni lacht, als ich ihr die Umstände erkläre, wie ich ihn zum Öffnen des Safes gebracht habe.

Er steht wieder so weit rechts, dass wir es nur piepen hören und nichts erkennen können.

Ich fluche laut. »So ein Arsch! Dem sollte man in den Hintern treten!«

»Gib mir auch noch eine Gabel von dem Auflauf.« Bruni reißt den Mund weit auf, ich füttere sie.

»Die Anspannung ist ja kaum zu ertragen.« Bruni schmatzt, sie verschluckt sich, sie hustet so arg, dass ich ihr ein großes Glas Mineralwasser reiche.

Erst der Kuli für Gundula bringt uns Glück. Die nächste Ziffer, die uns weiterbringt, ist wieder eine Null.

Wir vergewissern uns mehrfach, ob wir auch richtig hingeschaut haben, dann klickt Bruni erneut mit der Maustaste nach dem Pfeil, der den Film schneller laufen lässt.

Ich schlecke vor Aufregung den Deckel der Aluschale ab. »Wenn das so weitergeht, bin ich bald ein nervliches Wrack.«

»Du musst den Erfolg sehen, Karo. Schon wieder eine Ziffer mehr. Es fehlen nur noch zwei. Die wirst du mit viel Glück morgen herausfinden.«

Der Film saust an unseren Augen vorbei, plötzlich erscheint Markmanns Finger. Warum auch immer, er öffnet erneut den Safe. Ich halte mit dem Abschlecken inne. »Los. Komm schon, mach endlich, du … du böser Onkel.«

Man könnte eine Stecknadel fallen hören, wir halten den Atem an.

Dieses Mal verdeckt Markmann das Eingabefeld, während er die ersten Zahlen eintippt, dann haben wir freie Sicht. Er drückt die Sechs und die Zwei.

Der Alu-Deckel fliegt in die Luft, ich fliege Bruni um den Hals. Sie kippt fast vom Stuhl.

»Hurra! Wir haben sie …, Bruni, wir haben die Kombination!«

Ich springe auf und hüpfe wie eine Irre auf der Stelle. Bruni hüpft nicht, sie freut sich sitzend und zappelt auf ihrem Stuhl hin und her.

»Wahnsinn! Das ist der reine Wahnsinn. Morgen, am späten Abend rocken wir das Ding. Boah, Paul wird Augen machen, wenn ich ihm den Vertrag unter die Nase halte.«

Bruni schnappt nach Luft. »Wie jetzt? Morgen? Du willst morgen am späten Abend in die Brauerei? Wie willst du das denn anstellen? Einfach am Pförtner vorbeispazieren?«

Ich plappere aufgeregt drauflos, berichte von dem zweiten Eingang, dabei halte ich den Schlüssel, den mir Linda überlassen hat, triumphierend in die Luft. Die Tatsache, dass der Keller gruseliger als gruselig ist, behalte ich besser für mich. Der ›Besuch‹ in Connys Haus hat gezeigt, dass Bruni nicht die Nervenstärkste ist.

Ich wiegele ab. »Das ist ein Klacks! Wir spazieren durch den Hintereingang in den Keller, gelangen von dort aus ins Erdgeschoss und trippeln auf leisen Sohlen ins Büro. Den Rest muss ich dir nicht erklären, oder?«

Bruni stöhnt laut auf. »Nee, ne. Jetzt komm mir nicht wieder mit der Ansage, dass ich dich begleiten soll. Morgen kann ich nämlich nicht, echt nicht. Außerdem, die letzte verbrecherische Aktion in Connys Haus hat mir den Rest gegeben.« Ihre Hand schlägt auf den Tisch. »Ich möchte nie wieder in eine solche Situation geraten, in der ich dem Tod näher als dem Leben bin.«

Ich hocke mich auf den Schreibtisch. »Hm. Ich weiß noch nicht so recht, ob wir Simone mitnehmen sollen. Du kennst sie ja. Es muss alles rund laufen, wir können uns keinen Patzer erlauben. Allerdings macht es zu dritt bestimmt mehr Spaß.«

»Nein!«

»Okay, dann lassen wir sie raus.« Ich begutachte meine Fingernägel. »Wenn wir gegen 22 Uhr auf das Gelände laufen, können wir uns im Schatten der großen Stapel Bierfässer an das Gebäude heranschleichen.«

»Neeein!« Bruni schnauzt mich an und rauft sich die Haare. Sie stöckelt zum Waschbecken und hält ihre Handgelenke unter den Wasserstrahl. »Ich kollabiere schon bei dem Gedanken daran.«

Mein Blick fällt unweigerlich auf Brunis Füße, die in den *Manolos* mit der roten Sohle stecken. Jetzt wird mir klar, warum sie ihren Hintern nicht einen Millimeter vom Stuhl wegbewegt hat.

Mit zwei Schritten stehe ich neben ihr und zerre an ihrem Arm. »Du solltest die Schuhe zurückschicken, du hast es versprochen!«

Bruni schüttelt meine Hand ab. »Menno. Pakete können auch mal verloren gehen. Und der Einlieferungsschein, mit dem das Paket aufgegeben wurde, ebenfalls. Meinst du, Markmann macht sich die Mühe und stellt einen Nachforschungsantrag? Im Leben nicht.«

Sie schaut mich so giftig an, dass ich lachen muss. Da soll noch mal einer sagen, ich habe es faustdick hinter den Ohren.

»Oookay, Bruni. Solltest du morgen mit dabei sein, behalten wir die Schuhe und wechseln uns mit dem Tragen ab. Andernfalls ...«

Sie schlägt mit dem nassen Spüllappen nach mir. »Du bist gemein, das ist Erpressung! Aber guuut. Wenn du unbedingt willst, dass ich mitkomme ... dann komme ich halt mit.«

Ich schlüpfe aus meinen Sandalen. »Los, ausziehen! Du hast sie schon getragen, jetzt bin ich dran!«

Bruni tauscht widerwillig, aber sie tauscht.

Anschließend rufe ich Simone an und schalte den Lautsprecher ein. Sie beglückwünscht mich und sagt sofort zu, uns morgen Abend zur Seite zu stehen. Nachdem das geklärt ist, hören meine Freundinnen aufmerksam zu, was ich über Linda und Lenny zu berichten habe.

Normalerweise sollte ich mit Finchen direkt den Heimweg antreten. Pauls Kleidung muss noch geflickt werden und die Böden müssten alle gründlich gewischt werden.

Ich bin jedoch viel zu aufgekratzt, um alleine zu sein. Innerlich wappne ich mich gegen Connys Quengelattacken, dass ich ihr vorläufig als Haushaltshilfe zur Verfügung stehen solle. Bevor ich losfahre, ziehe ich flache Treter an, die unter meinem Sitz verstaut sind. Die edlen Schuhe lege ich in den Kofferraum.

Hanni und Nanni sitzen wie zwei Trauerweiden auf der Treppenstufe vor dem Haus meiner Eltern, sie haben verheulte Augen und schlürfen Limonade. Als sie ihre Cousine erblicken, hellen sich ihre Gesichter jedoch auf.

Ich kann mir vorstellen, was die beiden bedrückt. »Autsch. Die Mathearbeit?«

Fine brabbelt, ihre kleinen Händchen klatschen auf Hannis Wangen.

Nanni zieht ihren Rock bis zu den Oberschenkeln hoch, auf dem noch diffus Zahlen zu erkennen sind, die mit einem Filzstift darauf geschrieben wurden. »Eine glatte Sechs. Wir sind beim Spicken erwischt worden. Hanni hat es auch so gemacht.«

»Hu. Das ist übel.« Die Kinder tun mir leid. Ich kann mir vorstellen, wie sich die beiden fühlen, denn ich bin mehr als einmal beim Betrügen während Klassenarbeiten aufgeflogen. »Bereitet euch das nächste Mal auf jeden Fall besser vor. Euer Lehrer wird euch bei der nächsten Arbeit auf dem Kieker haben.« Ich lache. »Ich spreche aus Erfahrung.«

Fine will nicht mitkommen, sie setzt sich zu den Mädchen auf die Stufe und möchte auch Limonade. Ich laufe in den Garten.

Heute stehen Tisch und Stühle auf der großen Wiese vor dem Bachlauf. Obwohl der Himmel strahlend blau ist und die Nachmittagssonne lacht, erkenne ich mit einem Blick, dass eine schwarze Gewitterwolke durch den Garten schwebt. Sollte die vergeigte Mathearbeit die Stimmung so getrübt haben? Oder die Hiobsbotschaft, dass Ludmilla gekündigt hat?

Conny zieht einen Flunsch. Sie reißt ein Papiertaschentuch in kleine Stücke und dreht winzige Kügelchen, die sie über den Tisch kickt.

Ich erkläre, dass Finchen ihre Cousinen aufheitert, dann blicke ich in die Runde. »Was ist denn mit euch los?« Ich drücke jedem Familienmitglied einen Schmatzer auf die Wange.

»Erzähl du erst einmal, wie der Besuch beim Gynäkologen war.« Meine Mutter schnieft leise.

Ich ziehe langsam meine Schuhe aus und setze mich an den Tisch. »Ach, ich dumme Pute. Ich bin gar nicht drangekommen. Der Termin ist erst in vier Wochen, ich habe mich am Telefon verhört.«

Conny schießt ein Kügelchen in meine Richtung. »Stimmt. Du bist wirklich eine dumme Pute.«

»Du bist also gar nicht schwanger?« Gundula zieht ein Schüppchen.

»*Ich* habe nicht gesagt, dass ich schwanger bin. Das war Mamas Idee.«

Opa Heini lacht. »Was für ein Tag! Ludmilla hat gekündigt, was die arme Conny total aus dem Konzept bringt. Die Mädels werden beim Spicken erwischt und unsere Karo ist kein bisschen schwanger.«

»Und du? Sei bloß still!« Conny nimmt Opa scharf ins Visier. »Du hast mich sowas von hinters Licht geführt, das ist schon nicht mehr schön.« Sie stupst mich an. »Der feine Herr Heinrich van Goch hat uns alle belogen. Er hat bei eBay kein einziges Bild verkauft. Kein einziges! Und ich durfte mir den Hintern aufreißen, Unkraut jäten, Fenster putzen, nur weil ich auf seine getürkte Wette eingegangen bin.« Sie äfft Opa Heini nach. »*Wettschulden sind Ehrenschulden* ...!«

Ich kapiere nicht, was Conny damit sagen will.

Meine Mutter klärt mich auf. »Papa und ich waren heute Vormittag auf der Müllhalde, wir hatten noch Schrott zu entsorgen. Wen sehen wir dort? Opa Heini und Gustav. Die beiden haben uns nicht gesehen und diese komischen Bilder, die angeblich bei eBay verkauft wurden, zertreten und in einen Container geworfen. Dabei haben sie sich amüsiert wie kleine Bengel, die erfolgreich einen Streich ausgefressen haben. Papa und ich haben uns herangeschlichen, die beiden haben sich lautstark unterhalten. Aus diesem Gespräch konnten wir entnehmen, dass sie gegenseitig ihre Bilder gekauft haben, nur um Erfolge vorweisen zu können. Sie haben selbst dafür gesorgt, dass sie einen positiven Eindruck machen. Die haben sich sogar gegenseitig das Geld überwiesen und wieder zurücküberwiesen, damit auch ja alles seine Richtigkeit hat. Das Schlimmste war, dass Opa Heini aus voller Kehle grölte, dass er seine Familie so an der Nase herumgeführt habe, dass er noch auf dem Sterbebett darüber lachen werde.«

Opa Heini kichert. »Herrje, was macht ihr für ein Geschiss! Ihr solltet nicht das Negative sehen. Seht es positiv! Getürkt hin, getürkt her. Gustav und ich können jedenfalls mit reinstem Gewissen sagen, dass unsere Bilder gekauft wurden. Egal von wem. Und diese Tatsache wirkt sich prima auf die Werbetrommel aus, das zählt.«

Conny wirft Gundula einen bösen Blick zu. »Und du wusstest von allem und hast auch nichts gesagt.«

»Das stimmt nicht ganz so, Conny. Dein Großvater hat es mir erst erzählt, *nachdem* du deine Wettschulden abgearbeitet hattest.« Gundula verkneift sich ein Grinsen.

Ich versuche, zu beschwichtigen. »Ach, das ist doch alles halb so schlimm!«

Conny flucht leise. »Du hältst doch immer zu Opa Heini. Er kann machen, was er will, du findest es immer in Ordnung.«

Ohne auf ihren Kommentar einzugehen, spreche ich einen Gedanken aus. »Wieso habt ihr die Bilder weggeworfen? Die hättet ihr doch auch auf der geplanten Ausstellung verkaufen können.«

Opa Heini verdreht die Augen. »Um Gottes willen! Die waren so naiv gemalt, damit hätten wir uns nur lächerlich gemacht. Die waren nur Mittel zum Zweck. Wir haben uns richtig viel Mühe gegeben und neue gemalt. Das Ergebnis kannst du dir später anschauen.«

Papa ist der Erste, der sich ein Lächeln abringt. »So, jetzt haben wir den ganzen Tag geschmollt und gezankt, nun ist es gut, Vater. Das kostet dich heute Abend eine extra Runde.«

Opa stimmt lachend zu.

Connys Mundwinkel wandern nach oben, als Opa Heini verkündet, dass er ihr als Entschuldigung nicht nur eins, sondern zwei ihrer Lieblingsparfüms sponsern wird.

Mein Vater sorgt weiter für gute Stimmung, indem er Conny anbietet, den Mädchen Nachhilfe in Mathe zu geben. Sie findet den Vorschlag super. »Danke, Papa. Bis ich eine neue Hilfe gefunden habe, muss Anton mir am Abend helfen. Da bleibt ihm keine Zeit, sich noch um die Schulprobleme der Mädchen zu kümmern.«

Der Vorschlag meines Vaters hat Conny so aufgebaut, dass sie ihre Töchter, die mit Finchen langsam angelaufen kommen, mit einem Lächeln empfängt. »Die nächste Arbeit werdet ihr ohne Spickzettel schreiben können. Euer Opa übt mit euch.«

Conny nimmt Fine auf den Schoß. Ihr Finger spielt sanft mit ihren kleinen Löckchen. »Hast du dir die nächsten Tage für mich freigehalten? Ludmilla wird es nicht mehr schaffen, die kompletten Fenster zu putzen.«

Mir wird klar, dass ich jetzt Klartext sprechen muss. Conny soll ihren Hintern selbst bewegen. »Nein, Conny. Habe ich nicht. Sei mir nicht böse, ich habe selbst das große Haus, ich habe genug zu tun.

Außerdem koche ich täglich frisch. Dabei geht auch viel Zeit drauf. Wenn es so bei dir pressiert, solltest du das Arbeitsamt anrufen. Die besorgen dir bestimmt sofort eine neue Kraft.«

An ihrem Blick ist zu sehen, dass sie mich am liebsten erwürgen würde. Meine Mutter gibt ihr unmissverständlich zu verstehen, dass auch sie nicht helfen könne. Gundula fühlt sich nicht angesprochen, sie schweigt.

Finchen und ich verabschieden uns vor dem üblichen Kaffeetrinken. Opa Heini lotst mich noch kurz in den Bungalow. Im Schlafzimmer stehen acht Bilder an der Wand, die im Stil von Friedensreich Hundertwasser gemalt sind. Ich muss zugeben, dass sie wirklich toll geworden sind und sich durchaus sehen lassen können.

»Donnerwetter, Opa. Das haut mich fast aus den Schuhen!«

Paul ist wieder der Alte. Seine Erkältung ist so schnell verschwunden, wie sie gekommen war. Als er nach Hause kam, hat er sehr schnell gemerkt, dass ich das Wort ›Soltau‹ nicht hören möchte. Wann immer er es in den Mund genommen hat, habe ich so pampige Kommentare losgelassen, dass Paul sich leicht geduckt hat. Er hat es aufgegeben, sich darüber mit mir auszutauschen.

Er schmunzelt, als ich ihm erkläre, dass ich mich mit dem Termin beim Frauenarzt geirrt habe, er also erst in vier Wochen sei. »Wer hätte *das* gedacht, dass du dich auch mal irren kannst.«

Ich kämpfe mit dem Bund seiner ›kaputten‹ Jogginghose und fummele mit Hilfe einer Sicherheitsnadel zentimeterweise die Kordel durch das Gewebe.

Bei dem Gedanken an morgen Abend wird mir ein wenig mulmig. Mich plagen Zweifel. Sollte Markmann den Pachtverlängerungsvertrag längst vernichtet haben, stehe ich im Regen. Die ganze Mühe wäre umsonst gewesen.

Finchen dreht am Rad. Sie spielt mit einem schwach aufgeblasenen Luftballon auf der Wiese im Garten, der immer wieder weghüpft, wenn sie ihn aufheben will.

Paul findet das lustig. »Hast du den Camcorder bei Simone?«

Ich murmele gedankenverloren, dass er in meiner Handtasche im Flur liegt. Als Paul auf dem Weg dorthin ist, fliegt meine Näharbeit durch die Luft auf eine Liege. Ich renne hinter Paul her, der schon im Begriff ist, die Tasche zu öffnen.

»Ähm … warte! Lass mich erst die Speicherkarte rausnehmen!« Es wäre nicht auszudenken, wenn Paul einen kurzen Film von Finchen dreht, ihn sich anschaut und dabei die Markmannschen Aufnahmen entdecken würde.

Paul ist schneller. Er lacht und hält die Kamera so hoch, dass ich nicht dran komme. Ich stelle mich auf Zehenspitzen und hüpfe. »Gib sie her! Sofort! Die Aufnahmen sollen eine Überraschung für dich sein. Bitte, Paul.«

»Oh, wenn das so ist.« Er reicht mir den Filmapparat.

Mit zittrigen Fingern entferne ich die Karte.

Paul nimmt meine rechte Hand und küsst sie. »Du trägst deinen Ehering gar nicht mehr, seit du ihn wegen deiner Verletzung abgezogen hast. Macht deine Hand noch Probleme?«

»Nein. Oh. Ja, du hast recht. Ich wollte ihn längst angesteckt haben.«

»Wird mein kleines Möhrchen etwa vergesslich?« Er zwickt mir zärtlich in die Wange. Seine Hand verschwindet wieder in meiner Tasche. »Ah, hier ist ja auch der Akku.«

Ich flitze zurück auf die Terrasse und versenke die Speicherkarte in der Unordnung meines Nähkorbs. Puh, das ist ja noch mal gutgegangen.

Ich fahre wie von der Tarantel gestochen herum, als ich hinter mir Pauls Stimme vernehme.

»*Für die liebe Hildegard … mit … den besten Empfehlungen der Markmann Brauerei. Lenny.*«

Er hält in einer Hand den Camcorder, in der anderen das geöffnete hübsche Etui, in dem der gesponserte Kugelschreiber von Lennard liegt, und sieht mich an. In seinen Augen lese ich Fragen, die ich so schnell wie möglich beantworten sollte. In meinem Hirn rattert es wie in der Computerzentrale der *NASA*.

»Ha! Stell dir vor. Ich komme vom Frauenarzt, weil … nix da mit Untersuchung. Und was soll ich dir sagen? Auf der Einkaufsstraße stand ein LKW der *Markmann Brauerei*.« Meine Hände kreisen in der Luft. »Tausende von grünen Luftballons waren an den LKW gebunden. Muskulöse Männer in grünen T-Shirts haben sie an Kinder verteilt. Vor dem LKW, der übrigens mit grünen Bierkästen beladen war, stand ein kleiner Campingtisch, an dem Herr Markmann höchstpersönlich saß.«

Paul kneift die Augen zusammen. »Markmann? An einem Campingtisch in einer Einkaufsstraße?«

Mein Zeigefinger wedelt in der Luft. »Erschieß mich oder was. Den gleichen Gedanken hatte ich auch. Wenn diese miese Werbeaktion mal durch die Stadt genehmigt war. Na ja, jedenfalls habe ich erfahren, dass er edle Kugelschreiber verteilt. Aber, hallo! Ich mich durch die Menschentraube geboxt … da dachte ich doch sofort an Mama und Gundula, die so gerne Kreuzworträtsel lösen. Tja, was soll ich sagen? Ich habe die beiden letzten ergattert. Toll, was?«

»Ja.«

»Ich habe mich mit diesem Schuft aber auf kein Gespräch eingelassen. Nö. Habe ich nicht. Als er gefragt hat, ob ich noch eine Flasche Bier und so ein albernes kleines Fähnchen geschenkt haben möchte, habe ich dankend abgelehnt. So weit wollte ich dann doch nicht gehen.«

Ich dachte immer, ich kenne Paul gut. Seine Körperhaltung und seine Mimik, die Art, wie er mich anschaut. Jetzt steht ein vollkommen fremder Mann vor mir. Er kneift die Augen zusammen, als würde er in ein gleißendes Licht schauen, dabei ist sein Mund so verzogen, als würde er lachen. Er lacht jedoch nicht. Ich kann fast seine komplette Knabberleiste sehen, was nicht nur ungewöhnlich ausschaut, sondern auch total doof. Nach wenigen Sekunden rutschen seine Gesichtszüge wieder dorthin, wo sie hingehören.

Ich räuspere mich und fummele weiter an dem Hosenbund.

Paul scheint keine Lust mehr zum Filmen zu haben. Er läuft zu Finchen und spielt mit ihr. Ab und an beäuge ich ihn, er zeigt Fine, wie man Kusselköpper macht.

Nach dem Abendessen wird Fine bettfertig gemacht. Während ich ihr einen Schlafanzug anziehe, umarmt mich Paul von hinten und streichelt sanft über meinen Bauch.

»Hatte ich schon erwähnt, dass ich morgen zu Hause bleiben werde? Mal einen Tag lang nur im Garten wuseln. Gemeinsam mit dir.«

Ich halte kurz die Luft an. »Nein. Das hattest du nicht.« Es kostet mich alle Mühe der Welt, nicht fickerig zu werden. Um mich abzulenken, singe ich: »Alle meine Eeentchen, schwimmen auf dem Seee, schwimmen auf dem Seee …« Fine hört andächtig zu.

Mir muss etwas einfallen, um diese Katastrophe zu verhindern. Verdammt, ich muss arbeiten! Paul darf nicht zu Hause bleiben!

»Nanu? Du freust dich ja gar nicht.« Pauls Finger streicheln weiter.

»Na, hör mal! Natürlich freue ich mich!«

Paul dreht mich so, dass ich ihm in die Augen schauen muss. Es liegt etwas in seinem Blick, das ich nicht deuten kann. Ich fühle mich wie eine kleine Feldmaus, die von einem Greifvogel entdeckt wurde, der am Himmel seine Runden dreht, und panisch nach einem Versteck sucht, um nicht gefressen zu werden.

Paul lächelt mich an, lässt mich stehen und läuft aus dem Bad. Ich creme Fine das Gesicht ein und küsse sie. »Mmh, wie schön du duftest.«

Meine Gedanken gehen joggen. Meine Mutter hat immer gesagt, dass Frauen ihre Männer aus dem Haus treiben würden, wenn sie ständig am Keifen wären …

Ich trage Finchen ins Schlafzimmer. Paul wechselt eine Sparlampe an seiner Nachttischlampe aus.

»Du hättest Finchens Bett schon aufschlagen können, statt dich mit so einem Firlefanz zu beschäftigen, ehrlich, Paul …«

Er springt auf und will mir zur Hand gehen, ich winke ab.

»Nee, jetzt brauchst du es auch nicht mehr. *Ich* mache es.«

Nach dem Gebet plappert Fine leise weiter, wir laufen nach unten.

»Ähm. Was ich dir noch sagen wollte, Paul. Du musst nicht ständig hinter mir stehen, wenn ich Fine für die Nacht fertig mache. Du stehst einfach nur dumm herum, das ist nicht sonderlich hilfreich. In der Zeit hättest du längst die Küche aufräumen können.«

Paul macht ein schuldbewusstes Gesicht. »Was soll das, Möhrchen? Das haben wir doch immer so gemacht.«

»Eben! Ich schweige und schweige, so selbstlos wie ich bin. Du weißt doch, dass ich nicht der Typ bin, der um Hilfe bittet.«

Es tut mir in der Seele weh, wie sehr ich Paul verunsichert habe. Mit fahrigen Handbewegungen räumt er die Spülmaschine ein.

Ich nehme ihm einen Topf aus der Hand. »Töpfe gehören ins untere Fach! Lass mich mal machen.« Er tritt beiseite und lehnt sich gegen den Kühlschrank.

»Ach, Paul. Steh nicht im Weg herum! Setz dich, wenn du schon nicht helfen willst.«

Jetzt lacht er und schüttelt den Kopf. »Du bist ungerecht. Ich *wollte* helfen!«

»Ach, hör schon auf! Meinst du, ich merke nicht, dass es dir auf die Nerven geht, mal mit anzupacken?«

Paul knüllt ein Geschirrtuch zusammen und wirft es auf den Küchentisch, dann nimmt er sich ein Bier aus dem Kühlschrank.

Nach einer halben Stunde sitze ich neben Paul auf dem Sofa und blättere in der TV-Zeitung und gähne. »Wir lassen den Fernseher am besten ausgeschaltet. Es kommt eh nur Käse.«

Paul reibt sich die Augen, dann greift er zur Bierflasche. »Und was sollen wir dann machen?«

Ich grunze verächtlich. »Wenn deine Frage ernst gemeint ist, Paul, dann ist das schwach. Sehr schwach. Wir könnten uns unterhalten. Früher konnten wir stundenlang miteinander reden. Wir haben zeitweise vergessen, dass es TV-Geräte in unserem Haus gibt.«

»*Die Auswanderer* kommen heute. Seit wann gefällt dir diese Sendung nicht mehr?«

Ich lache spitz auf. »Du bist so stumpf geworden. Stumpf wie unser Messer, du weißt schon, das mit dem roten Griff.«

»Hä?« Pauls Kiefermuskeln mahlen. »Ich habe mir den Abend schöner mit dir vorgestellt, ich dachte …«

Ich springe auf. »Ach, soooo! Na klar. Du wartest auf die nächste Runde der Virenbeseitigungsaktion? Sicher! Weißt du was? Du und dein Schniepel gehen mir mit euren schmutzigen Fantasien langsam auf den Keks. Dauernd willst du mich vernaschen. Es vergeht keine Woche, in der du mich nicht vernaschen willst. Ich habe es dicke, bis hier hin!« Mein Zeigefinger saust quer über meine Stirn.

Jetzt habe ich Paul *fast* da, wo ich ihn haben will. Er wird blass, ich keife weiter. »Was glaubst du, wie froh ich bin, dass du morgen endlich mal einen ganzen Tag für mich Zeit hast. Wir werden uns nicht dem Garten widmen, sondern ausgiebig miteinander reden.«

»Dir gefällt es nicht, dass ich dich mehr begehre als alle Frauen der Welt?« Seine Augen hängen an meinen Lippen.

Ich hole zum finalen Schlag aus. »Nein! Ich hasse es!«

Er wankt leicht, als er aufspringt. »Ich schlafe im Gästezimmer. Ich wusste nicht … es tut mir leid, Möhrchen, ähm, Karo. Ich stelle den Wecker. Ich fahre wie gewohnt in die Firma.«

»Ja, laufe ruhig davon! Ich habe mich so auf den morgigen Tag gefreut, du hast ihn mir gründlichst vermasselt. Ich fahre ebenfalls früh zu Simone, mir ist nach Ausheulen.«

Paul fährt sich über das Gesicht. »Okay. Gute Nacht.«

Als er zwei Stufen auf einmal nach oben nimmt, fangen meine Tränendrüsen an zu arbeiten. Ich wische mir trotzig über die Wangen.

Ich knuddele ein Kissen vor meine Brust. »Scheiße. Lieber Gott, du bist mein Zeuge. Es musste sein.«

18. Die Jagd nach dem verlorenen Schatz

Das Wetter hat sich der Stimmung im Hause Geiger angepasst. Am Himmel türmen sich dicke Wolken auf, es regnet in Strömen.

Paul und ich begegnen uns im Flur, wir wollen gleichzeitig ins Bad und rempeln uns dabei an. Paul legt eine Hand auf meinen Arm. Er ist auf Versöhnungskurs, ich nehme ihm den Wind aus den Segeln und schüttele sie barsch ab.

Meine Finger krallen sich um die Türklinke. »*Ich* gehe zuerst duschen. Außerdem muss ich nötig zur Toilette.«

Er macht einen Schritt zur Seite. »Bitteschön. Dann geh ich halt ins andere Bad! Bei mir pressiert es auch.«

»Das wirst du nicht tun! Dann muss ich zwei Bäder schrubben, setz dich unten aufs Gäste-Klo.«

Ich könnte vor Lachen loskreischen. Paul steht vor mir und macht ein verkniffenes Gesicht. »Unten kann ich mein morgendliches Geschäft nicht verrichten, da … da ist keine Atmosphäre.«

»Oh. Der gnädige Herr braucht Atmosphäre beim Kackamachen? Wir können ja eine Palme aus Hawaii einfliegen lassen und sie dort aufstellen. Vielleicht klappt es dann mit dem Stuhlgang!«

Pauls Mundwinkel zucken, die Vorstellung scheint ihn zu amüsieren. Ich ziehe den Gürtel meines Bademantels fest zu und beuge mich vor. »Weißt du was? Du benimmst dich wie ein lackierter Affe!«

Paul nuschelt etwas, das sich wie »Rote Hexe« anhört, und macht einen Schritt auf mich zu.

Ich flüchte ins Bad und knalle die Tür hinter mir zu. Es stimmt. Ich verhalte mich tatsächlich so wie eine rote Hexe. Aber die rote Hexe wird sich als gute Fee entpuppen.

Wir frühstücken, ohne großartig viele Worte zu verlieren. Paul lässt mich nicht aus den Augen, während er langsam an einem aufgebackenen Brötchen kaut. Sein Blick ist so forschend, dass ich nervös werde.

Fines Beinchen zappeln. Sie leckt die Leberwurst von ihrem Toastbrot.

»Emmi, tata!« Sie quietscht laut und lacht. Paul wirft seiner Tochter einen verliebten Blick zu, dann studiert er jede meiner Bewegungen.

»Ja, mein Schatz. Du freust dich wieder auf Emil, nicht wahr? Er ist aber auch ein toller Freund!« Meine Serviette wandert über ihren Mund.

»Was unternehmt ihr heute?« Paul steht auf und läuft zum Fenster. »Das Wetter ist grauselig.«

Ich werfe die Haare in den Nacken. »Simone und ich werden das machen, vor dem du wegläufst. Wir reden miteinander.«

»Verstehe.« Paul küsst Finchen, mich lässt er links liegen. Ich höre ihn im Flur kramen, dann knallt er die Haustür zu.

Simone ist mindestens so aufgeregt wie ich. Sie schlürft an heißem Kaffee und kratzt sich den Hals, bis er rote Striemen hat. »Hoffentlich laufen auf dem Gelände am Abend keine Hunde herum, die die Bierpullen bewachen.« Sie rümpft die Nase.

»Das werde ich heute herausfinden. Ich quetsche Linda aus.«

Ich schlüpfe in ein blaues ärmelloses Sommerkleid und tusche in rasantem Tempo meine Wimpern.

Bevor ich die Lippen schminke, verabschiede ich mich von Emil und Fine, die an dem großen Fenster stehen und sich wahrscheinlich über das Wetter ›unterhalten‹.

Simone nickt lachend, als ich sie frage, ob ich einige Stücke Obst für die schwangere Linda und mich aus ihrer Obstschale mitnehmen darf. Ich Schussel habe zu Hause nicht daran gedacht.

Der Pförtner hat längst die Schranke geöffnet, als ich mit meinem Corsa angepest komme.

Ich bin einige Minuten zu spät dran. Ich renne über den Parkplatz, dabei halte ich meine Handtasche über den Kopf, weil es noch immer wie aus Kübeln gießt.

Als ich außer Atem die Bürotür öffne, deutet Linda an, dass ich langsam machen solle. »Lenny ist noch nicht im Haus. Du brauchst dich nicht zu überschlagen.«

»Puh, was für ein Scheißwetter!« Ich trockne mit einigen Papiertaschentüchern meine Arme.

Linda seufzt. »Ja, das drückt aufs Gemüt. Mir geht es heute ohnehin nicht so gut. Lenny will das kommende Wochenende auf Sylt verbringen. Er hat mich noch nicht gefragt, ob ich mitkommen möchte.«

Ich rolle meinen Stuhl so zurecht, dass ich bequem sitze. »Warte mal ab, er wird dich bestimmt noch fragen.«

Der PC surrt, als ich ihn hochfahre. Ich werde mich nicht mehr um den Vortrag oder sonst was kümmern. Sollte ich den Vertrag finden, ist morgen mein letzter Arbeitstag, sollte ich ihn wider Erwarten nicht im Safe finden, gilt Gleiches.

Linda leckt sich über die Lippen, als ich einen Apfel und einen Pfirsich zu ihr rüber kullere.

»Mann, ich könnte mich an Obst totfressen. Danke.« Sie beißt herzhaft in den Apfel.

Ich schaue ihr beim Essen zu. »Sag mal, wie wird das Ganze hier eigentlich überwacht? Mit Hunden? Oder Kameras? Ich meine nachts.«

Linda hält mit dem Kauen inne. »Warum möchtest du das wissen? Willst du hier einbrechen?« Sie lacht.

Ich lache mit. »Quatsch! Es interessiert mich wirklich. Es gibt bestimmt genug Menschen, die sich mal ein Fässchen Pils stibitzen wollen. Oder Jugendliche, die vielleicht für umme eine Party ausrichten wollen.«

Sie schüttelt den Kopf. »Hier herrscht rund um die Uhr Betrieb. Es wird auch in der Nacht gearbeitet. Also in der Produktion … und draußen. Gabelstapler und Transporter fahren umher. Es gibt zwei

Sicherheitsbeamte, die zwei scharfe Hunde dabeihaben. Die Männer sollen die Monitore überwachen, die die Außenaufnahmen zeigen. Es weiß jedoch jeder hier, außer Lenny, dass sie regelmäßig auf ihren Stühlen einschlafen. Und die Hunde pennen ebenfalls. Nein, soviel ich weiß, wurde hier noch nie eingebrochen. Es wird sich kein Langfinger Läuse wegen einigen Litern gestohlenen Biers in den Pelz setzen. Eine Kameraüberwachung *im* Gebäude gibt es nicht. Heinz Markmann hielt das nie für notwendig.«

Lenny kommt hereingestürmt, er telefoniert mit seinem Handy. Ohne uns eines Blickes zu würdigen, stiefelt er in sein Büro.

»Möchtest du sonst noch etwas wissen?« Linda schaut mich abwartend an.

Bevor ich antworten kann, ertönt der dunkle Brummton. Ich beeile mich, zum Chef zu laufen.

Er grüßt nicht, sondern kommt sofort zur Sache. »Ähm … empfinden Sie es bitte nicht als beleidigend, dürfte ich Sie bitten, diesen Glasschrank sauber zu halten?«

Ich starre auf eine kleine Glasvitrine, die gestern noch nicht in diesem Raum gestanden hat. Es steht eine Flasche darin, die ganz offensichtlich etliche Jahre auf dem Buckel hat.

»Das ist die letzte Flasche Bier, die aus der Produktion stammt, die mein Großvater vor achtzig Jahren gegründet hat. Mein Vater hatte sie in seinem Haus stehen, mir ist es jedoch lieber, wenn ich sie hier betrachten darf.«

Er läuft einmal um mich herum. »Ich möchte sie Ihren feinen Händchen anvertrauen.«

Seine Finger greifen nach meiner rechten Hand, er betrachtet sie. Ich ziehe sie so schnell zurück, dass es in meiner Schulter knackt.

»Ja. Sicher, warum nicht?«

Er schnippt. »Danke. So, kommen Sie, ich möchte etwas mit Ihnen besprechen.«

Bei Gelegenheit werde ich Markmann fragen, welchen Ausdauersport er betreibt, denn er ist schon an der Vorzimmertür. Ich breche mir fast die Beine, als ich lossprinte, und fluche leise, weil ich keine flachen Schuhe angezogen habe.

»Viel Spaß!« Linda winkt mir grinsend zu.

Markmann nimmt den Treppenabgang und rennt zum Ausgang. Er greift im Vorbeigehen zwei Schirme und drückt mir einen in die Hand. »Kommen Sie schon, es ist nicht weit bis zu meinem Auto.«

Ich fächere mir Luft zu. »Wohin fahren wir denn? Können wir das nicht *hier* besprechen?«

Keine Chance. Markmann öffnet die hintere Tür seines schweren BMWs. Ich setze mich auf den Rücksitz, er steigt auf den Fahrersitz.

»Ich möchte Sie kurz um die Ecke bringen …«

Ich werde blass, meine Fingernägel krallen sich in den Ledersitz.

Er startet die schwere Limousine. »Ähm, um die Ecke fahren. Im *Bistro Magdalena* ist der Latte Macchiato ein Gedicht. Fühlen Sie sich nicht gekränkt, dass ich Sie hinten einsteigen lassen habe. Der Beifahrersitz trauert quasi noch.«

Erst jetzt sehe ich, dass um die Kopfstütze eine Schleife aus schwarzem Seidenband gebunden ist.

»Mein Vater hat auf diesem Sitz seinen letzten Atemzug getan. Er hat kurz gezuckt … dann sind seine Arme nach oben geflogen. Das war's.« Er dreht sich zu mir um. »Seine Augen waren ganz verdreht und seine Zunge hing so lang heraus.« Er spreizt Daumen und Zeigefinger, so weit es geht.

Oh, nein. Ich verspüre den Impuls, aus dem fahrenden Auto zu springen. »Ich … ich habe gehört, dass Ihr Vater im Golfclub …«

»Tja, ähm … das ist ein Gerücht. Dort wurde ihm übel, aber *verstorben* ist er hier.« Seine Hand schlägt kräftig auf das Leder. »Wir haben in der Firma vor dem Kellereingang geparkt. Wir wollten unsere Golfausrüstung runterschaffen. Plötzlich ist es passiert. Ähm … ich stand unter Schock. Ich habe ihm noch ein letztes Mal unter die Arme gegriffen und ihn rücklings die Stufen runtergezogen. Tja … weil es an diesem Tag sehr heiß war und der Keller so schön kühl ist. Dann alarmierte ich den Notarzt. Oh, Mann. Das Geräusch seiner Golfschuhe, die auf jede Stufe geknallt sind, werde ich nie vergessen. Klack … Klack … Klack.«

Ich kann nicht glauben, dass ein Mensch so bescheuert sein kann. Da ich eine sehr gute Vorstellungsgabe besitze, sehe ich in allen Einzelheiten das vor mir, was Heinz Markmann nach seinem Ableben durchleiden musste.

Im *Bistro Magdalena* werden wir zügig bedient. Lenny reibt sich die Hände, als das Warmgetränk aus Milch und Espresso in Gläsern vor uns steht.

»Tja … ich habe mir Gedanken gemacht, Karo. Ich habe eine nette Krankenschwester an der Hand, die Ihre Tante am Wochenende betreuen könnte. Sie sind … ähm, blass. Sie sollten das Wochenende an der frischen Luft verbringen. Was halten Sie von Sylt? Ich habe ein schickes kleines Häuschen dort. Klein, aber fein.« Seine Hand will nach meiner greifen, ich ziehe sie weg. »Das Wetter soll wieder besser werden, wir könnten lange Spaziergänge machen oder segeln. Und sollte es regnen, nun, tja … dann könnten wir …«

»Nein! Auf keinen Fall! Vielen Dank für die Einladung. Vielleicht fragen Sie Linda. Ich glaube, sie mag Sie sehr.«

Er verzieht das Gesicht. »Ich bin mit Linda zusammen, weil sie schwanger von mir ist, und nicht, weil ich sie liebe.«

Ich stehe auf. »Wenn wir dann bitte wieder in den Betrieb fahren könnten?«

»Ja, ähm … ja.«

Markmann wirft einen Schein auf den Tisch. Wir verlassen das kleine Bistro. Dieses Mal bin *ich* schneller.

Als ich aus dem etwas tiefer liegenden Eingang eine scharfe Linkskurve in Richtung Lennys Auto nehme, knalle ich mit jemandem zusammen.

Meine Augen sind geradeaus gerichtet, es duftet nach Paul. Ich starre auf eine Krawatte mit einem glänzend floralen Design in Bronze und Lind. Ich schiele, ohne den Kopf zu bewegen, nach oben und schaue direkt in Pauls grüne Augen, die zornig funkeln.

»Hoppela! Was für eine Überraschung, Geiger. Du hier? Darf ich dir meine neue Sekretärin vorstellen? Das ist Frau van Goch, sie arbeitet seit einigen Tagen für mich.«

Da Paul nicht von der Stelle weicht, mache ich einen Schritt zurück. Er reicht mir die Hand. »Das ist nett … sehr nett. Guten Tag, Frau … *van Goch*.«

Ich kann nicht sprechen. Meine Stimme versagt. Mein Herzschlag rattert wie ein Maschinengewehr.

Lenny grinst breit. »Sie trägt nicht nur die Farbe der Liebe auf dem

Kopf, sie ist auch sehr intelligent und sehr temperamentvoll! Frau van Goch hat mich sogar schon einmal k. o. geschlagen.« Er reibt sich das Kinn.

Dieses Arschloch!

Paul wird weiß wie die Wand. »Wenn sie so fleißig ihre Aufgaben erledigt, wie sie ausschaut ... gratuliere, *Lenny*.«

»Ach, komm. Mir ist zu Ohren gekommen, dass du ebenfalls bestens versorgt bist!«

Paul schüttelt langsam den Kopf. »Nicht mehr. So, wie es ausschaut, scheint es vorbei zu sein.«

»Uhhh.« Markmann verzieht das Gesicht. »Das klingt böse, sehr böse.«

Paul macht auf dem Absatz kehrt und joggt zur anderen Straßenseite, auf der sein Auto geparkt ist. Ich setze an, um ihm nachzulaufen, besinne mich jedoch.

Manchmal muss man einen Schritt zurückmachen, um weiter nach vorne zu kommen.

Auf der kurzen Rückfahrt klärt der Schussel von Markmann mich unnötigerweise auf, dass das der Geiger war, Inhaber der pisseligen Kaugummifabrik *Geigers Jummy-Gum*, der Kirschen an Bäume hängt, statt sie zu stehlen. Ich sage, dass er einen sehr netten Eindruck auf mich gemacht habe, er grunzt verächtlich.

»Er gehört zu der Sorte Mensch, die mir auf den ersten Blick unsympathisch sind. Edel, hilfreich und gut, für alles und jeden Verständnis. Mein Vater mochte ihn sehr, er hat in den höchsten Tönen von Geiger geschwärmt. Es macht mir einfach Spaß, derartige Weltversteher mit der Nase im Dreck liegen zu sehen. Manchmal helfen Zufälle. Mir hat einer geholfen.« Er lacht hämisch.

Es erschreckt mich, wie viel Hass in Lennys Worten schwingt. Ich mache die Faust in der Tasche.

Linda erkundigt sich wieder, wohin mich Lenny gelotst hat. Ich sage ihr nicht die Wahrheit. »Wir waren auf dem Gelände unterwegs, er hat mir noch einiges erklärt.«

Ich bin vollkommen durcheinander. Paul wird mich auseinandernehmen, wenn er nach Hause kommt. Ich weiß nicht, wie ich ihm die ganze Situation erklären soll. Das Muster, das ich stricken muss, ist kompliziert. Paul darf auf keinen Fall erfahren, was ich heute Abend vorhabe, er würde es mir verbieten und mich notfalls am Tisch anketten. Alles wäre umsonst gewesen. Ich straffe mich und nehme mir vor, dieses Ding heute Abend durchzuziehen. Egal, was kommt.

Die restliche Zeit, bis ich endlich dieses beschissene Gebäude verlassen darf, verbringe ich mit Nachdenken. Die Gedanken an Paul schiebe ich zur Seite. Ich darf jetzt nicht schwächeln. Ich starre auf den PC-Bildschirm und klicke ab und an mit der Maus. Mir ist aufgefallen, dass alle Mitarbeiter der Produktion gleiche Klamotten tragen. Damit wir auf dem Gelände nicht auffallen, muss ich also als Erstes diese Kluft für Bruni, Simone und mich besorgen. Dazu muss ich gleich von hinten in den verhassten Keller.

Um Punkt 12 Uhr verabschiede ich mich von Linda.

Es regnet nicht mehr, als ich zu meinem Auto laufe. Ich beobachte für einige Minuten den Parkplatz. Dann werfe ich alle Bedenken über Bord und lenke mein Auto langsam um das Gebäude. Es kommt mir niemand in die Quere. Ich parke vor dem Treppenabgang und sehe mich wieder suchend um. Jetzt oder nie. Ich reiße die Fahrertür auf und renne den Kellerabgang hinunter. Der Schlüssel wandert ins Schloss. Mit zittrigen Fingern suche ich nach einem Lichtschalter, eine Neonröhre flackert kurz auf, dann wird es hell. Ich befinde mich in dem Raum mit den Klamotten und bilde mir ein, Heinz Markmann mit verdrehten Augen und herausgestreckter Zunge auf dem Boden liegen zu sehen. Ich rufe mich streng zur Ordnung, nicht durchzudrehen. Auf einem Regal liegt eine Rolle mit Müllsäcken, ich reiße einen ab. Drei Paar Gummistiefel wandern hinein, ich achte nicht auf die Größen. Drei grüne Overalls und gelbe Schutzhelme fliegen hinterher.

Die Tür schlägt hinter mir zu, ich sperre sie ordentlich ab. Nach wenigen Sekunden sitze ich im Auto und drücke das Gaspedal durch.

Ich fahre die Straße entlang, an die das Firmengelände grenzt. Die Brauerei ist komplett eingezäunt. Kacke! Ich schlage auf das Lenkrad. Uns wird nichts anderes übrigbleiben … wir müssen am Pförtnerhäuschen mit der Schranke vorbei.

Als Simone zum dritten Mal fragt: »Boah. Echt jetzt? Paul hat dich wirklich mit Lenny ertappt?«, herrsche ich sie an. »Ja, verdammt noch mal!«

Sie nimmt mich in den Arm. »Ach, das biegst du wieder hin. Du solltest so schnell wie möglich mit Paul reden. Fahre ins Büro. Lass Fine hier ihren Mittagschlaf halten.«

Nach kurzer Überlegung lasse ich mich darauf ein. Ich komme mir vor wie eine Rabenmutter, als ich Fine wieder mit einem Kuss abfertige und sie nicht mitnehme. Meiner Tochter scheint das jedoch nichts auszumachen. Sie gähnt und ruft: »Emmi, heia.«

Simone breitet die Arme aus. »Hello Fine, hello Emil, bedtime! Hallo Fine, hallo Emil, Schlafenszeit!«

Trotz des ganzen Elends muss ich lachen. Ich drücke Simone. »Du bist eine richtige tolle Ersatzmami. Ich hoffe, ich kann mich mal revanchieren.«

Bruni erfährt per Handy, was sich abgespielt hat, während ich den Wagen durch den Verkehr lenke. Sie findet das Ganze nicht so tragisch. Sie gackert. »Jetzt weiß ich auch, warum Paul so unausstehlich ist. Der zieht vielleicht ein Gesicht! Er sitzt in seinem Büro und will auf gar keinen Fall gestört werden.«

Ich atme den vertrauten Duft der Tiefgarage, in der es ein wenig nach Gummi und Motoröl riecht. Eine Wartungsfirma scheint das Getriebe des Aufzugs geölt zu haben, denn er gleitet wie geschmiert. Ich laufe auf Zehenspitzen den Flur entlang und öffne so vorsichtig die Bürotür, als würde ich damit rechnen, von fliegendem Geschirr getroffen zu werden.

Maria freut sich, mich zu sehen. Sie kommt kurz aus ihrem Glaskasten. »Schön, dass du dich mal wieder blicken lässt. Wie geht es dir?«

»Och. Mir geht es gut. Und selbst?«

»Danke. Alles prima.« Sie entschuldigt sich, keine Zeit für einen Plausch zu haben, sie hätte verflixt viel zu tun.

Bruni scheint nicht viel zu tun zu haben. Sie hält eine Hand vor den Mund und lacht. »Ich könnte mich wegwerfen. Wie du die Situation geschildert hast. Comedy vom Feinsten. Stehst mit der Nase vor Pauls Krawatte, ich schmeiß mich weg.«

Mir ist zwar nicht nach Lachen, ich lasse mich jedoch von Bruni anstecken und kichere hinter vorgehaltener Hand.

Ich nehme zwei Anläufe, um in Pauls Büro zu laufen, kann es aber nicht betreten, weil ich wie bescheuert kichern muss.

Dann räuspere ich mich, gebe mir einen Ruck und öffne mit Schmackes die Tür. Paul lehnt mit geschlossenen Augen an der Rückenlehne seines Schreibtischstuhls. »Ich habe doch gesagt, dass ich nicht gestört werden möchte.«

»Paul?«

Er bewegt sich nicht. »Du scheinst dich in der Adresse geirrt zu haben. Du arbeitest nicht mehr für uns.«

»Ach, Paul. Gib mir doch eine Chance, dir alles zu erklären.«

»Wo ist meine Tochter?«

Ich recke trotzig mein Kinn vor. »*Meine* Tochter ist bei Simone. Sie hält dort ihren Mittagschlaf. Bitte, Paul, hör mir einfach fünf Minuten zu. Das ist alles ein Missverständnis.«

Er verschränkt die Hände vor den Bauch, seine Augen öffnen sich einen Spalt breit. »Setz dich und leg los.« Dann schließen sich seine Augenlider wieder.

Ich muss jetzt genau aufpassen, was ich sage. Nicht zu viel, nicht zu wenig. Die oberste Priorität lautet: Paul zu beruhigen. Und zwar so, dass ich mich heute Abend vom heimischen Acker auf das Markmannsche Minenfeld begeben kann.

Meine Finger spielen miteinander. Ich starre auf Pauls Jackett, dessen Knopf ich wirklich nicht sehr akkurat angenäht habe.

Meine Zunge klebt am Gaumen. »Also, im Grunde ist alles ganz wacker erklärt. Markmann hat behauptet, dass es keinen Pachtverlängerungsvertrag gebe, und uns gekündigt. Wir konnten das Gegenteil nicht beweisen, weil du unser Exemplar wahrscheinlich verschlampt hast. Dann kam dieser anonyme Brief, in dem behauptet wurde, dass Markmann den Vertrag im Safe liegen hat. Ich war dafür, Lenny mit diesem Schreiben zu konfrontieren und ihm mit einer Anzeige zu drohen, du warst dagegen.«

Pauls Augen öffnen sich, er beugt sich vor und stützt die Ellenbogen auf den Schreibtisch. Zeigefinger und Daumen kneten seine Unterlippe. »Richtig. Weil ich ein zahnloses Krokodil bin, nicht wahr?«

Ich streife meine Schuhe von den Füßen und lasse meine Zehen wackeln. »Genau! So. Dann waren wir in *Haus Kasper*. Da habe ich ganz zufällig vor dem Haus auf der Straße die *Hamburger Morgenpost* gefunden und eine riesige Annonce der *Markmann Brauerei* entdeckt, es wurde eine Sekretärin für die Geschäftsleitung gesucht. Mir kam die Idee, mich dort zu bewerben, um einfach mal zu gucken, weißt du? Nach dem Pachtverlängerungsvertrag … und so. Der ist mir aber leider nicht in die Hände gefallen. Morgen kündige ich fristlos, dann bin ich wieder für dich da. Hier, in unserer Firma.«

Pauls Hände fahren durch seine Haare. »Ich Idiot! Ich dachte tatsächlich, dass du das Hausfrauendasein genießen würdest … Du brauchtest Arbeitspapiere.«

»Die hat Conny mir geliehen. Von damals, als sie noch ledig war. Sie war ja nicht immer so eine faule Socke.«

»Du hast Conny eingeweiht? Sie hat dir freiwillig ihre Papiere gegeben? Das glaube ich nicht!«

Ich schlüpfe wieder in die Schuhe. »Nein, nicht direkt, ich habe sie mir ausgeliehen, sie weiß es nur nicht.«

»Du hast die Papiere einfach so genommen? Geklaut?« Er reibt sich über das Gesicht.

»Na, hör mal! Wie hört sich das denn an? Weißt du, wie oft Conny sich von mir etwas geliehen hat, ohne dass ich es wusste? Ey, damals … meine grüne Seidenbluse …«

Pauls Hand kracht auf den Tisch. »Hör auf, über Seidenblusen zu reden! Markmann war der Kerl, dem du im *Kakadi* eins verpasst hast, nicht wahr?«

»Ja. Das war Schicksal, er ist ganz zufällig gegen meine Hand gelaufen.« Ich spitze die Lippen.

»Jetzt wird mir auch klar, warum du deinen Ehering nicht mehr an den Finger gesteckt hast. Gibt es noch mehr zu beichten?« In seinen Augen liegt ein Flehen, das ich leider ignorieren muss.

»Nein. Das war's. Anzeige gelesen, beworben, eingestellt worden, Finchen den halben Tag bei Simone geparkt und geguckt. *Mehr* nicht!« Ich schaue zu Boden, weil ich Paul nicht länger in die Augen schauen kann.

»Warum wart ihr in diesem Bistro? War das ein privates Treffen? Hast du alle Möglichkeiten ausgeschöpft, um an den Vertrag zu kommen?«

»Wie meinst du das? Etwa schniepelmäßig?«

»Er sprach von deinem Temperament …«

Jetzt werde ich sauer. »Wir haben im Bistro *das* gemacht, was du und Maria zehn Mal in der Woche macht! Wir haben über Geschäftliches geredet!«

Ich erhebe mich hoheitsvoll und verlasse die Anklagebank. An der Tür drehe ich mich noch einmal um.

»Heute Abend bin ich mit Bruni und Simone verabredet. Wir gehen essen. Nicht, dass du auf den irrsinnigen Gedanken kommst, dass ich mich mit diesem Arsch von Markmann treffe.«

»Ich weiß nicht mehr, was ich denken soll. Mein Kopf ist dicht. Gib mir ein wenig Zeit, Karo. So geht es nicht weiter. Deine ständigen Gratwanderungen … Du stellst Dinge an, die dich vor Gericht bringen können, mir wird das alles zu viel. Und dein Verhalten gestern Abend, du bist mir irgendwie fremd geworden.«

Ein Kloß wächst in meinem Hals. Ich flüstere, dass es mir leid tut.

Mir ist nicht mehr nach Scherzen. Ich setze mich an meinen Schreibtisch, der so aussieht, als sei die Angestellte, die dort normalerweise arbeitet, verstorben.

Im Flüsterton berichte ich Bruni, was ich Paul alles auf die Nase gebunden habe und wie er darauf reagiert hat.

Bruni runzelt die Stirn. »Mensch, der kriegt sich schon wieder ein. Ist doch vollkommen normal, dass er ins Grübeln kommt. Also wenn dir das heute Abend zu riskant ist, ich bin nicht böse, wenn wir tatsächlich essen gehen, anstatt den Safe zu knacken.«

Ich zeige Bruni einen Vogel. »Ja, ist klar! In meinem Kofferraum liegen schon die Arbeitsklamotten parat. Es gibt kein Zurück mehr.«

»Hä?«

Ich seufze und kläre Bruni auf. Sie jammert, als ich ihr verklickere, dass wir auf normalem Weg in die Brauerei stiefeln müssen und nur darauf hoffen können, dass der Pförtner die Schranke geöffnet hat und ein Nickerchen hält.

Finchen und ich machen uns auf den Rückweg. Ich melde mich telefonisch bei meiner Mutter für heute ab. Sie quengelt jedoch so sehr, dass wir wenigstens für ein halbes Stündchen vorbeikommen sollten, denn es wäre mal wieder Unruhe im Haus, das müsse ich mir unbedingt ansehen. Opa Heini habe wieder einmal seinen Kopf durchgesetzt.

Ich bin viel zu neugierig, um ihrem Drängen nicht nachzugeben.

Schon von Weitem sehe ich meinen Vater, Großvater, Hanni und Nanni auf dem Garagendach, sie sind am Werkeln.

Auf der Garagenauffahrt stehen jede Menge Pflanzen und Säcke voller Erde.

Finchen verrenkt sich den Hals nach ihren Cousinen, sie streckt die Arme aus. Sie möchte auch auf die Garage. Gundula lenkt sie mit dem Wasserschlauch ab.

»Schau mal, Fine.« Sie öffnet die Spritzpistole.

»Was ist denn hier los?« Ich schirme meine Augen mit der Hand ab, weil mich die Sonne blendet.

Von der Garage werde ich freundlich von meinen Nichten und Opa Heini begrüßt, mein Vater brummelt etwas, das ich nicht verstehe. Seine roten Flecken im Gesicht zeigen, dass er total aufgeregt ist.

Meine Mutter stemmt die Hände in die Hüften. »Dein Opa hat uns mal wieder überrumpelt. Heute kam in aller Herrgottsfrühe ein LKW, hat uns eine komplette Ladung Foliengedöns, Kieselsteine und was weiß ich alles vor die Tür geschmissen und mich aus dem Bett geklingelt, weil ich diesen Mist auch noch quittieren sollte. Zehn Minuten später kam eine Ladung Gräser und Gewächse.«

Opa Heini stützt den Kopf auf den Stiel einer Harke. »Das ist kein Gedöns, liebe Hildegard. Das war Wurzelfolie, Schutz- und Speichervlies sowie eine Festkörperdrainage. Du solltest besser nicht über Dinge reden, von denen du keine Ahnung hast.« Er zwinkert mir zu und harkt weiter.

Hanni beugt sich über den Rand des Garagendachs. »Und wir bekommen nachher zehn Euro von Opapa, also, jede von uns, weil wir so schön mitgeholfen haben. Wir sind gleich fertig. Toll, was?«

Conny kommt um die Ecke geschlurft. Sie hakt sich bei mir unter. »Zehn Euro! Opa, du solltest dich schämen, die armen Kinder so auszubeuten. Wir sind hier nicht in Indien.«

Gundula verteidigt ihren lieben Heini. »Das Garagendach sieht doch wunderschön aus. Schaut mal, wie herrlich es begrünt ist!« Sie giftet

Conny an. »Und zehn Euro, Conny, sind verflixt viel Geld für Kinder. In Indien würden sie zweiundvierzig Cent erhalten. Pro Tag!«

Mein Vater wirft die Harke weg und steigt die Leiter herunter. »Und wer muss sich um die schöööne Begrünung kümmern, wenn Vater mal nicht mehr kann? Hä? *Ich*! Oder gehst du aufs Dach, *liebe Gundula*? Du hast dein Leben lang nur mit dem Hintern auf einem Schreibtischstuhl gesessen. Du hast keine Ahnung, wie schwer körperliche Arbeit ist.«

Gundula zuckt zusammen. »Dann … dann bestelle ich halt einen Gärtner, wenn Heini nicht mehr kann.« Sie ist den Tränen nahe.

»Ach komm, Gundula. Nicht weinen.« Meine Mutter nimmt sie in die Arme. Sie mosert meinen Vater an. »Hör bloß auf, deinen Frust an Gundula auszulassen! Sie arbeitet viel und fleißig. Wie kannst du sie so beleidigen?«

Opa Heini wirft einen Stapel mit leeren Blumengefäßen aus Plastik nach meinem Vater und trifft ihn am Kopf. »Lass meine liebe Gundula in Ruhe, du Dödel, sonst bekommst du es mit mir zu tun.« Er steigt ebenfalls von der Leiter. »So, nun haben wir es geschafft. Es muss nur noch gegossen werden. Jetzt freue ich mich auf ein leckeres Tässchen Kaffee.«

Hanni und Nanni schaffen es, auch ohne Leiter vom Garagendach zu kommen. Sie hangeln sich herunter, begrüßen stürmisch ihre kleine Cousine und nehmen sie in Beschlag.

Conny ist heute ungewohnt anhänglich. Sie lässt meinen Arm auch nicht los, als wir in den Wintergarten laufen. »Wo sind denn Max und Moritz, Schwesterherz?«

»Die sind bei einer Nachbarin. Weißt du, die arme Frau hat nur ein Kind, einen Jungen im gleichen Alter. Das kleine Würmchen hat niemanden zum Spielen, da habe ich ihr angeboten, Max und Moritz zu ihr zu bringen. Sie war unglaublich dankbar.«

Ich muss lachen. Typisch Conny.

Wir Frauen decken gemeinsam den Tisch, die Männer verschwinden ins Bad und kommen nach wenigen Minuten zurück. Beide husten wie verrückt.

Opa flucht. »Verdorrich, im Bad müffelt es wie in einem Kosakenpuff! Haben wir ein neues Raumspray?«

Conny zieht einen Flunsch. »Ey, Opa. Spinnst du? Ich habe eines der Parfüms ausprobiert, die ich mir von deinem Geld kaufen durfte.«

Weder meine Eltern noch Gundula oder ich trauen uns zu lachen. Opa Heini ist der Einzige, der losprustet.

Der Kuchen duftet so herrlich, dass ich den Entschluss, nur ein halbes Stündchen zu bleiben, verwerfe.

Während meine Mutter Kaffee einschenkt, schlägt sich Gundula vor den Kopf. »Mensch, Karo. Du weißt es ja noch gar nicht! Morgen um 16 Uhr kommt ein richtiger Pressemensch. Dein Großvater wird fotografiert und kommt in den Regionalteil der Zeitung, die im ganzen Umkreis zu lesen ist.«

»Mein Gott, Wahnsinn.« Ich bin echt begeistert.

»Du musst unbedingt kommen, Kind. Ich möchte mich mit meinen Urenkeln ablichten lassen.«

Conny macht eine wegwerfende Handbewegung. »Ist klar, Opa. Das kennen wir. Am Ende ist es wieder ein *Reporter* von der Bäcker-Zeitung oder der Apotheken-Rundschau.« Sie lacht sich über ihren Witz kaputt.

Hanni und Nanni holen sich ihre Kuchenration ab, sie wollen Fine von ihrem Teller mitessen lassen.

Opa Heini reagiert nicht auf Connys Gerede. »Ich habe mir gestern einen schönen Anzug und ein neues Hemd und Lackschuhe gekauft.« Er hebt den Finger. »Mit einem Kehlenpropeller!«

Conny kreischt los. »Du willst eine Fliege tragen? Das sieht doch total bescheuert aus.«

Gundula schüttelt den Kopf. Sie tritt unter dem Tisch nach mir. »Er hört nicht auf mich, dieses Outfit finde ich auch total übertrieben.«

Ich stelle mir vor, wie Opa Heini stocksteif in einem Anzug auf der Wiese posiert, und finde das auch nicht passend. »Warum machst du dich nicht so flott zurecht, wie das letzte Mal, als der Pfarrer hier war?«

Opa überlegt. »Hm. Wenn *du* es sagst. Na, ich überlege es mir noch einmal.« Er redet mit vollem Mund. »Der Artikel erscheint am Freitag. Das werden wir ausgiebig feiern, ich lade die gesamte Familie zum Essen ein. Seid am Freitag pünktlich um 15 Uhr hier, zieht euch was Nettes an.«

Ich verspreche, morgen und auch am Freitag mit Finchen zu kommen.

Zu Hause rödele ich einmal so durch die Küche, dass sie aufgeräumt ausschaut. Anschließend beschäftige ich mich ausgiebig mit Finchen. Wir bauen Türme aus Bauklötzen, stoßen sie um und lachen uns schlapp, wenn die Klötze durch die Gegend purzeln. Als sie keine Lust mehr auf ›Wolkenkratzer‹ hat, schauen wir uns Bilderbücher an. Ich imitiere Tierstimmen.

Finchen empfängt ihren Papa lachend, als er heimkommt. Sie ruft laut: »Kikiki.« Dabei legt sie die kleinen Hände vor den Bauch und strengt sich mächtig an, die richtigen Töne zu treffen. Dafür wird sie zärtlich gedrückt und einmal im Kreis gedreht. »Mensch, du krähst ja lauter als ein Gockel auf dem Misthaufen!«

Ich werde weitgehend ignoriert. Paul hat sich unter einer Käseglocke verschanzt, ich finde keinen Zugang zu ihm.

Nachdem wir Fine schlafen gelegt haben, entschuldige ich mich noch einmal für das, was ich ihm gestern Abend alles an den Kopf geworfen habe. Und, dass ich ihn und seinen Schniepel ganz doll liebhabe und wie fünf Kilo Pralinen sehnsüchtig darauf warte, von ihm vernascht zu werden. Außerdem gebe ich zu, dass es eine sehr, sehr dumme, saublöde, hirnlose und beknackte Idee war, mich undercover in die Brauerei einzuschleusen.

Ich möchte mich an Paul kuscheln, er schiebt mich jedoch zurück. Jetzt habe ich die Faxen dicke, meine Knie schmerzen vom Kriechen. »Dann vertragen wir uns eben nicht! Dann streiten wir halt weiter! Du sagst, du liebst mich? Ha, das soll Liebe sein? Jemanden wegstoßen, der vor einem kriecht und um Verzeihung bittet?« Ich renne die Treppe hinauf und bleibe auf der mittleren Stufe stehen.

Paul hat das letzte Wort. »Eine Beziehung funktioniert nicht nur durch gegenseitige Liebe. Man muss sich auch vertrauen können, das ist es, was mir Sorgen macht, und ich mich frage, ob ich …«

Ich renne die Stufen wieder hinunter. »*Das* finde ich prima, dass du *das* ansprichst! Wer hat denn den anonymen Brief verheimlicht? Ich oder du? Wer sitzt heimlich im Bumshaus … ähm, Baumhaus und starrt mit ausgefeilter Zeiss-Optik auf Viktorias Popo? Ich oder du? Wer ist denn heimlich nach Fehmarn gejuckelt und hat noch heimlicher *Haus Kasper* gekauft? Pfui, Paul! Habe ich jemals so ein Theater wegen deiner Eskapaden gemacht?«

Dann stampfe ich nach oben, denn es wird Zeit, dass ich mich umziehe und auf das Wesentliche konzentriere. Simone und Bruni werden gleich antanzen.

Ich sitze auf dem Rücksitz in Brunis Auto und bin so nervös, dass meine Füße ständig in Bewegung sind. Bruni scheint auch nicht die Ruhigste zu sein. Sie legt mehrfach den falschen Gang ein, woraufhin sich das Getriebe beschwert.

Simone schaut immer wieder in den Schminkspiegel und kichert albern.

Bruni steuert einen Imbiss an, wir stärken uns mit Schaschlik und Pommes. Während wir das Essen in uns hineinschlingen, erzähle ich, wie sauer Paul ist und dass wir uns schon wieder gestritten haben. Simone scheint heute einen ihrer dollen Tage zu haben, denn sie findet alles lustig und gackert in einer Tour.

Nach dem Essen entfernen wir auf der Damentoilette unser Make-up.

Bruni lenkt ihr Auto ins Gewerbegebiet, hinter einem großen Müllcontainer ziehen wir uns um. Simone passt der Overall von der Länge her, als wäre er für sie gemacht worden. Sie schlüpft in die gelben Stiefel und stampft kurz auf.

»Boah. Die sind echt schön! Darf ich die behalten, Karo?« Sie bekommt den nächsten Kicheranfall.

Ich verdrehe die Augen, Bruni keift sie an. »Jetzt komm mal langsam runter, Leuchtturm! Hör auf, so dämlich zu lachen! Du regst mich echt auf!«

Bruni und ich müssen die Hosenbeine und Ärmel umkrempeln. Die Gummistiefel sind uns ebenfalls viel zu groß. Wir lassen die Hände in die Hosentaschen verschwinden und laufen Probe.

Simone schüttelt den Kopf. »Ihr müsst größere Schritte machen, sonst sieht man sofort, dass ihr Mädchen seid.«

Sie macht es uns vor und läuft breitbeinig wie ein Macho um den Müllcontainer, dabei schwingt ihr Oberkörper hin und her. Bruni und ich folgen ihr und machen es ihr nach, was in den großen Stiefeln gar nicht so einfach ist.

Nach einigen Minuten Probelaufen binde ich meine Haare mit einem Haargummi straff auf dem Oberkopf zusammen. Wir stellen die Größen unserer Helme so ein, dass sie bis über die Ohren rutschen, und müssen sie ein wenig nach hinten schieben, damit wir überhaupt etwas sehen können. Wir steigen ins Auto, Bruni fährt los.

Je näher wir dem Firmengelände der Brauerei kommen, desto mehr klappern Bruni und mir die Zähne.

Simone deutet einen Karateschlag an. »Ey, ich fühle mich so fit wie Lara Croft.« Sie greift nach Brunis Sonnenbrillenetui und schießt damit durch die Luft. »Peng … Peng …«

»Mensch, Leuchtturm. Hast du keinen Schiss?« Bruni lacht.

»Nee. Wenn ich die Globuli nicht geschluckt hätte, *hätte* ich Schiss. Aaaber, weil ich die Globuli geschluckt habe, *habe* ich keine Angst.«

Ich stöhne auf. »Du hast was eingenommen?«

Sie dreht sich zu mir um und grinst. »Einige klitzekleine homöopathische Kügelchen, die gute Laune machen. Vorsichtshalber die doppelte Dosis! Als ich im Altenpflegeheim gearbeitet habe, haben wir sie älteren Damen gegeben, wenn die in trüber Stimmung waren. Danach ging die Post ab. Hui!« Sie lacht sich schlapp, der Helm rutscht über ihre Augen.

Bruni schlägt nach Simone. »Du bist aber auch blöde. Die Teile enthemmen dich ja vollkommen. Von jetzt an hältst du die Klappe … und hör verdammt noch mal auf, andauernd zu lachen.«

Kurz bevor Bruni rechts auf das Gelände einbiegen muss, fährt sie im Schritttempo. Ich kneife die Augen zusammen. Das Pförtnerhaus ist zwar beleuchtet, es sitzt jedoch kein Pförtner darin. Die Schranke ist geöffnet.

»Los, Bruni. Die Gelegenheit ist perfekt. Fahr!«

Bruni fährt. Sie drückt das Gaspedal durch und jagt mit einem Affenzahn am Pförtnerhäuschen vorbei, das unbesetzt ist.

»Der ist bestimmt pullern.« Simone gluckst leise.

»Fahr nach links, Bruni. Boah, nicht so schnell, wir fallen auf. Jetzt nach rechts …«

Uns begegnet ein Gabelstapler, dessen Fahrer die Hand lässig zum Gruß hebt. Bruni geht vom Gas und hebt kurz den Zeigefinger, die bescheuerte Simone winkt wie ein Mädchen. Zwei ›Kollegen‹ stehen an einer Laderampe und diskutieren händeringend, ein Arbeiter bleibt stehen, als er unseren Wagen sieht. Er schaut kurz zu uns herüber. Als Bruni souverän die Hand hebt, tippt er sich gegen den Helm und läuft weiter. Und wieder tuckert ein Gabelstapler in Richtung Silos.

Ich dirigiere Bruni noch ein Stück geradeaus, dann bitte ich sie, den Wagen auf dem Parkgelände neben der Kellertreppe zu lenken, auf dem drei PKWs abgestellt sind.

Der Leuchtturm schwingt die Beine aus dem Wagen. »So, dann wollen wir mal.«

»Pst! Mensch, sei leise!« Ich könnte Simone die Globuli aus dem Magen boxen.

Wir drücken die Autotüren leise zu und huschen die Treppe hinunter zur Stahltür, über der eine schwache Funzel brennt.

Ich krame nach dem Schlüssel und suche mit zitternden Fingern das Türschloss. Die Scharniere quietschen leise, als ich die Tür öffne. Dann verschluckt uns die Dunkelheit des Raumes.

Meine Hand tastet nach dem Lichtschalter. Ich schreie auf, als mich etwas weiches berührt. Bruni kreischt noch lauter.

»Iieh! Da ist etwas …«

»Bruni! Das war meine Hand …« Es flackert kurz, dann wird es hell.

»Ui. Hier sind ja noch mehr schöne Sachen! Kann ich für Willi auch ein Paar Stiefel mitnehmen?« Simone hält zwei gelbe Treter hoch, ich schlage nach ihrer Hand, die Gummiteile klatschen auf den Boden.

Wir öffnen die nächste Tür, wieder tasten meine Finger nach einem Schalter.

Brunis Zähne klappern richtig laut, als sie sich umsieht. »Mann, das ist richtig unheimlich hier drin. Diese kahlen Wände, es ist alles so leer. Warum ist es so leer hier drin?«

Ich habe keine Lust, mich mit dem Gedanken auseinanderzusetzen, und versuche mich zu konzentrieren. Welche Tür? Die rechte oder die linke? Ich öffne die rechte. Falsch. Durch diesen Raum bin ich mit Markmann nicht gelaufen. Hier stehen zwei verrostete Krankenbahren, auf denen Nierenschalen aus Metall stehen und ein Rollstuhl, neben dem eine Sauerstoffflasche mit einer Atemmaske steht. An der Wand ist ein metallenes Waschbecken angebracht, neben dem ein Seifenspender hängt, an dem sich Grünspan gebildet hat.

Brunis Augen wandern über die weiß verkachelten Wände und den ebenso gefliesten Boden. »Bist du dir si… sicher, dass wir hier in einer Brauerei sind? Das sieht eher nach einem Obduktionssaal aus.«

Mir bricht der Schweiß aus. Simone ergreift das Wort. »Bist du doof? Jede große Firma hat einen Notfallraum. Wenn sich ein Arbeiter die Knochen bricht oder so. Dann ist Erste Hilfe angesagt. Ey, was meinst du, wie schnell Blut den Körper verlassen kann, wenn man sich verletzt hat. Da braucht man schon einen Notfallraum. Na ja, der ist ein wenig antik, aber besser als gar keiner.«

Brunis Magen scheint zu streiken, sie würgt und klammert sich an meinen Arm. Der nächste Ausgang ist der richtige. Ich erinnere mich an die Regale und stürme los. Bruni klebt an mir, als wären wir siamesische Zwillinge.

Simone hüpft leichtfüßig neben uns her, zwischendurch hebt sie das rechte Bein wie ein Kickboxer, ihre Arme schwingen in der Luft. »Yeah. Ich bin Lara, die Unerschrockene.«

Ich ziehe ihr eins über den Helm, als sie in die schwarzen Müllsäcke schauen will.

Nach drei Türen und unendlich vielen nervösen Neonröhren haben wir endlich die Treppe erreicht, die uns in die erste Etage führt.

Wir schleichen uns ins Treppenhaus. Langsam nehmen wir Stufe um Stufe in die erste Etage, in der Lennys Büro liegt. In dem Gebäude ist es so still wie in einer menschenleeren Kirche.

Ich krame wieder nach meinem Schlüsselbund. Innerhalb weniger Sekunden stehen wir in Markmanns Büro. Ich schließe die Vorhänge und schalte Lennys Schreibtischlampe an.

Bruni und ich hecheln wie Hunde, die drei Tage durch die Wüste gelaufen sind, ohne einen Schluck Wasser zu trinken.

Wir rennen gleichzeitig zum Waschbecken, um unsere Kehlen zu befeuchten.

Simone begutachtet das Inventar, dann entdeckt sie das Perpetuum mobile. Es klackt. Sie freut sich wie Emil, der ein neues Spielzeug bekommen hat.

Ich gehe kurz in die Knie, wie Opa Heini es immer macht, verschränke meine Finger und lasse die Fingerknöchel knacken. Meine Hand tastet unter Lennys Schreibtisch.

Es zischt. Bruni sagt »Wow!«, als sich die Tapetenwand öffnet.

Jetzt kommt mein Auftritt. Ich spucke dreimal auf meinen Zeigefinger und sage laut: »Lieber Gott, bitte mach, dass ich den Vertrag finde … bitte!«

Die Zahlenkombination kenne ich auswendig: Sieben, acht, vier, zwei, null, null, sechs, zwei.

Piiiep!

Mit einer feierlichen Geste drücke ich den Griff nach unten, wir haben es geschafft! Der Safe gibt sein Innenleben preis.

Bruni und ich beschließen, jetzt taktisch vorzugehen. Wir werden uns von oben nach unten durcharbeiten.

Ich bin froh, dass Simone uns nicht dazwischenfunkt, sondern es sich auf dem Sofa bequem macht.

Wir blättern zu zweit die schmalen Hefter durch, denn vier Augen sehen mehr als zwei.

Frustriert legen wir Hefter für Hefter wieder zurück in den Schrank, der Pachtverlängerungsvertrag lag nicht darin. Als wir im untersten Fach angelangt sind, finden wir nur noch Goldmünzen, kleine Goldbarren und Schmuck, der sehr alt sein muss. Das war's.

Ich lehne mich gegen die Wand, rutsche daran herunter und plumpse auf den Hosenboden. Ich könnte heulen. Diese Aktion war umsonst!

»Es hat nicht sollen sein!« Bruni streicht mir über die Haare.

Ich könnte vor Enttäuschung laut schreien.

Simone rülpst wie ein Proll. »Ganz ehrlich, eins muss man dem Markmann lassen. Bier brauen kann er! Ich habe noch nie ein so leckeres Pils getrunken. Die Sorte habe ich im Getränkemarkt noch nie gesehen.« Sie spielt mit dem Verschluss der Flasche, deren Etikett sie ausgiebig studiert.

Nein! Der Leuchtturm hat den Inhalt der uralten Flasche Bier ausgesüppelt, die wie eine wertvolle Skulptur in der Glasvitrine stand.

Ich springe auf und baue mich nach drei großen Schritten vor Simone auf. Ich reiße ihr die Pulle aus der Hand.

»Bist du noch zu retten? Einfach an fremde Schränke zu gehen? Mensch, das war ein uraltes Bier aus der Produktion von Markmanns Opa!«

»Iieh! … Das konnte ich doch nicht wissen.« Sie hält sich den Bauch und fängt an, wie eine Irre zu lachen.

Bruni hält mich von hinten fest, weil ich im Begriff bin, dem Leuchtturm die Lampen auszublasen.

Ich laufe zum Waschbecken, befülle die Flasche mit Kraneberger und schließe den Bügelverschluss. Das wertvolle Stück wandert zurück in den Schrank.

Auf dem Rückweg ist mir alles egal. Der bekloppte Vertrag, Simones Mundraub und der unheimliche Keller sowieso. Ha, dann siedeln wir eben nach Soltau um. Dann arbeite ich halt nicht mehr mit Bruni zusammen. So einfach ist das!

Ich renne so schnell, wie Lenny es immer macht. Bruni und Doof-Simone haben Mühe, meinem Tempo zu folgen.

Wir verlassen das Gelände, ohne dass jemand Notiz von uns nimmt. Während eines kurzen Stopps am Straßenrand steigen wir wieder in normale Klamotten.

In unserem Haus ist es mucksmäuschenstill. Ich schleiche in den Keller, um dort ein flottes Duschbad zu nehmen. Meine Haut juckt. Ich vermute, dass der Juckreiz entweder durch das Tragen der fremden Klamotten – oder durch puren Nervenstress ausgelöst wurde. Während ich mich unter der Dusche einschäume und drehe, danke ich dem Himmel, dass wir nicht aufgeflogen sind. Wenn ich mir vorstelle, dass der Abend auf dem Polizeirevier geendet hätte und Paul … Nein. Ich stelle es mir besser nicht vor. Es liegt in meinem Naturell, Grenzen zu überschreiten, alles zu versuchen, um ein aus dem Ruder gelaufenes Ruder wieder in die richtige Position zu bringen. Mit ein wenig Stolz darf ich behaupten, dass mir das auch schon sehr oft gelungen ist. Erfolg verwöhnt, macht süchtig auf mehr. Ich lasse erst los, wenn ich erkenne, dass es aussichtslos ist. Während ich meine Haare föhne, stelle ich mir vor, dass ich auf einem hohen Berg stehe und dem Vertrag hinterherschaue, weil er von einem starken Orkan weggeweht wurde. Er wird kleiner und kleiner, bis er auf Nimmerwiedersehen verschwunden ist. Ich finde, dass es an der Zeit ist, wieder ein Leben in Harmonie und Frieden zu führen. Egal, ob in Soltau oder Hamburg.

Ich laufe im Eva-Kostüm auf Zehenspitzen ins Gästezimmer und kuschele mich nicht nur ins Bett, sondern auch an Paul. An der Art, wie er atmet, höre ich, dass er wach ist. Er zuckt zusammen, als ich ihn von hinten umarme und sanft die Haut um seinen Bauchnabel streichele.

Ich beuge mich über sein Ohr und flüstere. »Paul? Sollen wir uns wieder vertragen? Ich wollte doch nur helfen. Ich werde nie mehr solche Dummheiten machen.«

Paul lässt mich nicht länger zappeln.

19. Die Zukunft hängt an einem Nagel

Die Sonne lacht vom Himmel. Finchen ist wie immer ein glückliches Kind, Paul strahlt mich an, ich strahle zurück.

Die Nacht war kurz, weder Paul noch ich zeigen Ermüdungserscheinungen. Ganz im Gegenteil, wir sind fitter denn je. Wenn ich an die süßen Stunden denke, die wir im Gästezimmer verbracht haben, bekomme ich eine Gänsehaut.

Ich schlüpfe in eine grüne Bluse und bitte Paul, den kleinen Knopfverschluss im Nacken zu schließen.

Er streicht meine Haare beiseite und küsst sanft den Haaransatz an meinem Hals. »Wenn du magst, können wir uns wieder streiten und uns dann heute Nacht wieder vertragen.«

»Oh. Ich werde sehen, was ich dazu beitragen kann. Mir wird schon was einfallen.«

Paul lacht und dreht mich zu sich um. »Du siehst hinreißend aus, Möhrchen.«

Finchen hat beschlossen, sich nicht in ihren Hochstuhl setzen zu lassen. Sie macht sich so steif, dass ich ihrem Willen nachgebe und sie laufen lasse. Sie trippelt albern hin und her und lässt sich von ihrem Papa füttern.

Paul zieht die Stirn kraus. »Möhrchen, du beendest diesen Wahnsinn heute …«

Ich reagiere ein wenig ungehalten. »Ja, doch!« Meine Stimmlage wird weicher. »Bitte, Paul, es reicht. Lass uns nicht mehr darüber reden. Ich mache das schon!«

Jetzt druckst er ein wenig herum. »Ich weiß, dass das Thema Soltau dich nervt. Freunde dich mit dem Gedanken an, dass wir Hamburg verlassen werden. Mir gefällt das im Grunde auch nicht, aber es muss irgendwie weitergehen.«

Ich schlucke schwer und nicke. Um abzulenken, berichte ich das Neueste aus meinem Elternhaus, worüber sich Paul köstlich amüsiert.

Simone findet es klasse, dass ich mit Paul wieder im Reinen bin. Weniger gut findet sie, dass wir uns mit dem Gedanken ›Soltau‹ vertraut machen sollten.

Sie schnieft leise. »Menno. Emil und Finchen werden sich aus den Augen verlieren, jemand anderen kennen lernen und später nicht heiraten.«

Ich ringe mir ein Lächeln ab. »Tja, es wäre schon schön gewesen, Simone. Dann muss sich Emil halt in Paula verlieben.«

Finchen und Emil laufen auf der großen Dachterrasse herum, sie schleudern ihre Teddys durch die Gegend und haben wie immer Spaß zusammen.

Bevor ich sentimental werde, verabschiede ich mich und mache mich zum letzten Mal auf den Weg in die Brauerei.

Ich treffe meinen Noch-Chef bereits auf dem Parkplatz. »Hoppela! Da hat sich aber jemand hübsch gemacht.« Er starrt auf meine Oberweite, die unter dem weichfließenden Stoff der Seidenbluse nicht zu übersehen ist. »Grün … die Farbe der Hoffnung. Ich liebe Grün.«

Er legt seine Hand leicht auf meinen Rücken. Ich vergrößere den Abstand zwischen uns. »Eine Wiese ist grün, Frösche sind grün … Wussten Sie, Karotte, dass ich Frösche liebe?« Markmann rückt wieder auf. Er möchte mich in den Fahrstuhl geleiten, ich mache eine Drehung nach rechts und sprinte die Treppe hinauf.

Der hat echt einen Oberknall. »Nein. Sie sollten einen küssen, vielleicht wird eine Prinzessin daraus.«

»Hoppela, Sie können ja richtig witzig sein, Karotte. Sie haben nicht nur Temperament, sondern auch Esprit! Das liebe ich!«

Meine Wimpern klimpern ihn an. »Haben Sie gleich einen Augenblick Zeit für mich? Ich möchte etwas mit Ihnen besprechen.«

Er leckt sich über die Lippen. »Aber natüüürlich habe ich Zeit für Sie! Immer. Ähm … kommen Sie. Wir gehen in meinen Privatbereich, in dem die Wände keine Ohren haben. Ich möchte nämlich auch etwas mit Ihnen besprechen.«

Ich verdrehe die Augen, als er unser Büro links liegen lässt und mich in Richtung Flurende schiebt. Er öffnet eine Tür, hinter der sich ein kuschelig eingerichtetes Wohnzimmer mit einer pompösen Rundcouch befindet, über der ein großer Spiegel angebracht ist. An den Wänden hängen bunte Gemälde, die mich stark an Opa Heinis Kunst erinnern.

»Setzen Sie sich, Karotte. Machen Sie es sich bequem. Käffchen?«

»Ähm … ja, gerne.«

Er verschwindet in einen Raum, in dem sich eine Küche zu befinden scheint. Wasser rauscht, Geschirr klappert.

Ich begutachte die Bilder. Ich vernehme seine Stimme. »Wissen Sie, ähm … weißt du, manchmal übernachte ich hier. Wenn es spät geworden ist. Darum habe ich es so häuslich eingerichtet.«

Mein Hals juckt. Kann es sein, dass der mich gerade geduzt hat? Ich entscheide spontan, darüber hinwegzuhören, laufe weiter und bleibe wie angewurzelt vor einer antiken Kommode stehen, über der ein Bilderrahmen hängt, in dem unter Glas ein Dokument gerahmt ist. Ich muss es nicht näher in Augenschein nehmen, eine der Unterschriften auf dem Wisch ist definitiv die von Paul. Über dem Schriftstück steht in Großbuchstaben: Pachtverlängerungsvertrag.

Mein Herz beginnt wild in meiner Brust zu schlagen. Meine Freundinnen und ich stellen die verrücktesten Dinge an, um an dieses Dokument zu kommen, und wo finde ich es? Nicht hinter zentimeterdickem Stahl, sondern an einem kleinen Nagel an der Wand in Lennys Firmenkuschelraum.

Circa vierzig Zentimeter vor meiner Nase hängt unsere Zukunft in einem Bilderrahmen an einem Nagel an der Wand. Ich strecke meine Hände aus und ziehe sie blitzschnell zurück, weil Lenny kommt.

»Magst du Zucker? Es ist verrückt, ich frage immer erst, ob die Mädels Zucker mögen, wenn ich ihn schon in den Kaffee gerührt habe.« Er reicht mir eine Tasse.

Als ich sie mit zittrigen Händen entgegennehme, klappert sie so auf dem Unterteller, dass ich sie auf die Vitrine stellen muss.

Markmann führt seine Tasse mit gespreizten Fingern zum Mund. Er schlürft laut. »Bevor wir uns deinem Anliegen widmen, kommen wir zu meinem. Tja, … ich erwarte am späten Nachmittag Besuch. Könntest du für eine angenehme Atmosphäre sorgen? Kerzen und Kerzenhalter findest du in einer Schublade in der Küche. Im Kühlschrank liegt Obst. Würdest du es nett auf einem Tablett anrichten? Aber das muss unter uns bleiben … ähm, ich möchte Linda nicht damit belasten.« Er fummelt einen Schlüssel von seinem Schlüsselbund und reicht ihn mir.

»Aber, natürlich! Das ist doch Ehrensache. Ich schweige wie ein Grab.«

Ich könnte vor Freude um mich treten und greife nach dem kleinen Metallteil.

»Ach, Karotte, du ahnst nicht, welche Freude du mir damit machst.«

»Ach, Herr Markmann. Sie ahnen nicht im Geringsten, wie sehr *ich* mich freue.«

»Ich muss gleich los, ich habe in Altona einen Termin und bin erst gegen Mittag zurück. Ähm, was wolltest du mit mir besprechen?«

»Hm.« Meine Finger schnippen in der Luft. »Na, so was!« Ich kichere albern. »Vergessen ... ich habe es tatsächlich vergessen.«

Wir verlassen die privaten Gemächer, ich schließe die Tür und lasse den Schlüssel in meiner Handtasche verschwinden. Markmann kommt nicht mehr mit ins Büro. Er zwinkert mir verschwörerisch zu und rauscht von dannen. Er hat es eilig, seinen Termin wahrzunehmen. Ich gehe ebenfalls nicht ins Büro, sondern laufe zurück zu dem kleinen Flurfenster, von dem man den Parkplatz überblicken kann. Meine Finger trommeln nervös auf der Fensterbank. Nach wenigen Minuten sehe ich Lenny, der mit großen Schritten zu seinem Auto läuft. Dabei wirft er den Autoschlüssel in die Luft und fängt ihn wieder auf, steigt ein und parkt rückwärts aus.

Nachdem er das Gelände verlassen hat, düse ich zurück in seine Privaträume, reiße den Bilderrahmen förmlich von der Wand und nehme das Dokument an mich. Ich rolle es groß zusammen und lege es in meine Handtasche, als wäre es ein rohes Ei. Ich denke nach. Mir ist danach, ein Blatt Papier einzurahmen, auf dem nur das Wort »Ääätsch« steht. Da ich mir nicht sicher sein kann, ob Lenny nicht eher aus Altona zurückkommt, schiebe ich diesen Gedanken beiseite.

Ich renne bis zu unserer Bürotür, dann trete ich langsam ein. »Sorry, Linda, ich bin ein wenig zu spät.«

Sie winkt ab. »Ist doch egal, Lenny ist nicht hier. Er wollte zwar kurz kommen, ist er aber bisher noch nicht.«

Sie nimmt ein Telefongespräch an.

Ich nehme einige handschriftliche Notizen, die ich im Laufe der Tage gemacht habe, fingere den Verlängerungsvertrag aus meiner Handtasche, laufe langsam zum Kopierer und fertige davon eine Farbkopie. Obwohl ich mit dem Rücken zu Linda stehe, bin ich mega nervös. Der Kopierer surrt leise. Ich zwinge mich, langsam zum Schreibtisch zurückzulaufen und das Original sowie die Kopie in meine Tasche zu legen.

Auf einen kleinen Zettel schreibe ich zwei Nullen und halte Linda das Papier unter die Nase, sie nickt verstehend. Ich klemme meine Tasche unter den Arm und laufe in aller Seelenruhe auf den Flur, dann überschlagen sich meine Füße.

Nach wenigen Minuten hängt die gerahmte Farbkopie an der Wand. Ich hüpfe wie bescheuert auf der Stelle und presse eine Hand vor den Mund, um vor Erleichterung nicht loszukreischen. Ohne genauer hinzuschauen, fällt der Dokumententausch nicht auf.

Ich bin glücklicher als glücklich und male mir aus, wie groß Pauls Augen werden, wenn ich ihm den Vertrag präsentiere.

Er wird erst ungläubig auf das Papier starren, dann wird er mich stürmisch in die Arme nehmen und mich voller Dankbarkeit zärtlich küssen.

Jetzt muss ich tatsächlich pinkeln und tanze in Richtung Toilettenräume.

Anschließend rufe ich zuerst Bruni, danach Simone an. Beide sind total aus dem Häuschen.

Im Büro empfängt mich ein herrlicher Kaffeeduft. Linda strahlt mich an. »Lenny hat mich gefragt, ob ich mit nach Sylt fahre. Hach, ich freue mich richtig.« Sie balanciert zwei Tassen, ihr Mund steht nicht still. »Heute sehen wir uns leider nicht, denn Lenny wird lange arbeiten müssen. Das ist das Los, wenn man mit einem Geschäftsmann liiert ist, die haben ja ständig im Betrieb zu tun.« Sie plumpst auf ihren Schreibtischstuhl.

Ich verkneife mir ein Lachen. »Ja, für mich wäre das nichts … Ich meine, wenn mein Mann ständig im Betrieb so viel zu tun hätte wie dein Lenny. Ich kann mir vorstellen, dass das ein schweißtreibender Job ist.«

Sie kichert. »In seinem Haus mache ich mich immer breiter. Gestern Abend habe ich schon einen Teil meiner Garderobe mitgenommen und fein säuberlich in den großen Kleiderschrank im Schlafzimmer gehängt. Lenny hatte nichts dagegen.«

Linda im Glück. Ich freue mich für sie. »Oh. Dann werden ja bald die Hochzeitsglocken läuten.«

»Darauf kannst du Gift nehmen. Den lasse ich nicht mehr aus den Händen.«

Ich seufze. »Was gibt es Schöneres als die Liebe?«

Sie wird nachdenklich. »Nach der Ehe mit Gregorius dachte ich, die Welt geht unter. Ich fühlte mich unendlich allein. Dann habe ich Schnuffi kennengelernt. Online. In einem Chat. Kein schöner Mann, aber ein lieber Mann. Er ist um einiges älter als ich. Mein Umfeld konnte nicht verstehen, dass ich mit ihm zusammen war. Aber die kannten ihn nicht genau. Oberflächlich betrachtet machte er eher einen sonderbaren Eindruck. Er hat mich zum Segeln eingeladen, wir verbrachten auf seinem Boot romantische Stunden. Schnuffi ist in dem Segelclub, in dem Lenny Vorstandsvorsitzender ist, die beiden sind miteinander befreundet.«

Ich starre Linda an. Ihr Gesicht verschwimmt vor meinen Augen, ein anderes taucht auf. Eine Visage, die mich sehr stark an Dröpjes erinnert. Meine Hand wedelt in der Luft, ich verscheuche es.

»Na ja, als ich Schnuffi signalisierte, dass ich mir ein gemeinsames Leben mit ihm vorstellen könne, hat er mich fallengelassen wie eine heiße Kartoffel. Plötzlich fiel ihm ein, dass er bereits drei Mal verheiratet war, dass er beziehungsmüde sei und ich im Grunde seine Tochter sein könnte. Das war's dann. Er ist in seinen gelben Porsche gestiegen und davongebraust.«

Ich muss husten. Es riecht nicht nur nach Dröpjes, es stinkt wie ein Fass Buttersäure zum Himmel nach diesem Fiesling.

»Für mich war es zu diesem Zeitpunkt eine Katastrophe, ich hätte ihn mehr gebraucht denn je. Dann hat sich Lenny um mich gekümmert, was Schnuffi zu diesem Zeitpunkt sehr recht war.«

»Hat es Lenny nicht gestört, dass du vorher mit seinem Freund zusammen warst?«

Sie tippt sich gegen die Stirn. »Lenny hat einmal wöchentlich einen Termin bei einem Neurologen. Er ist ein wenig verdreht im Kopf, verpeilt. Der schnallt vieles nicht. Etwas Besseres konnte mir gar nicht passieren.«

Sie greift nach ihrer Handtasche und hält wieder die Postkarte in der Hand. Ich kann das Motiv erkennen. Ein Strand, auf dem in geschwungener Schrift *Bella Italia* steht.

»Jetzt schleimt er sich wieder ein, am Sonntag kommt er aus Italien zurück. Aber jetzt ist es zu spät! Welchen Vater würdest du dir für dein Kind aussuchen? Den Prokuristen einer Kaugummifabrik oder den Boss eines gigantischen Brauereiunternehmens?«

Ich trinke meinen Kaffee aus. Ich möchte ihr sagen, dass ich nicht verstehen kann, wieso man sich überhaupt mit einem dieser Typen einlassen sollte, sage es jedoch nicht.

»Du wirst wissen, was für dich und dein Kind am besten ist, Linda.«

Sie nickt und zerreißt die Ansichtskarte in kleine Stücke.

»Logisch. Es ist gut so, wie es ist.«

Für mich ist der Ball rund. Lenny ist nicht der Vater von Lindas Kind, sondern Dröpjes. Ich weiß nicht, ob ich das alles wirklich wissen wollte.

Es wird Zeit, dass ich meine Kündigung schreibe und mich von Linda verabschiede.

Nachdem ich das Schreiben ausgedruckt habe, unterschreibe ich lediglich mit dem Namen *Karotte*.

Linda fällt aus allen Wolken, als ich ihr sage, dass ich mich gleich verabschieden und ab morgen nicht mehr im Büro erscheinen werde.

»Aber … warum? Was ist passiert?«

Ich druckse ein wenig herum. »Ich habe etwas anderes gefunden, für ganze Tage. Würdest du das Lenny bitte ausrichten? Sag ihm, dass es meiner Tante wieder besser geht.«

»Also, du solltest es Lenny schon selbst sagen. Er wird am Rad drehen.«

Ich weiß, dass ich mich unhöflich verhalte, das geht mir jedoch im Fall Markmann vollkommen am Hintern vorbei. Ich schiebe ihr den Umschlag zu, in den ich auch alle Schlüssel gelegt habe, die zum Haus gehören.

»Die wenigen Tage lassen wir unter Probearbeit laufen. Meine Arbeitspapiere habe ich noch nicht in der Personalabteilung abgegeben. Ich habe wirklich sehr gerne mit dir zusammengearbeitet, Linda. Du warst eine tolle Kollegin.« Ich stehe auf und umarme sie kurz. »Pass auf dich und dein Kleines auf. Viel Glück!«

Ich raffe meine Sachen zusammen. Nichts wie weg hier.

Mir ist bewusst, dass ich eine total verwirrte Linda im Büro zurücklasse.

Im Laufschritt eile ich ins Erdgeschoss, dann über den Parkplatz zu meinem Auto und steige ein. Ich wähle Pauls Handynummer und sage ihm, dass ich soeben die Zelte in der Brauerei abgebrochen habe. Er atmet erleichtert aus.

Am Pförtnerhäuschen bremse ich kurz ab und winke dem schwerhörigen Mann freundlich zu.

Simone hält den Vertrag in den Händen. Sie strahlt über das ganze Gesicht und wedelt ihn wie eine Irre durch die Luft. »Den wirst du doch bestimmt sofort zu Paul bringen, was?«

Ich nehme ihn Simone vorsichtig aus der Hand. Es ist mir nicht geheuer, wie grob sie damit umgeht.

»Nein, das werde ich nicht! Das wird heute Abend gemacht, bei Kerzenschein und Wein. Ganz romantisch, ich werde Paul Stück für Stück darauf vorbereiten.« Ich ziehe ein Schüppchen. »Vergiss nicht, wie sauer er reagiert hat, statt mir zu vertrauen. Ein klitzekleines bisschen lasse ich ihn schon noch zappeln.«

Simone schiebt ihre Brille auf die Nase, die heruntergerutscht ist. »Hm. Geh doch mit ihm essen. In einem ganz tollen Restaurant. Da gibt es bestimmt auch Kerzenschein und leise, schöne Musik. Dann schlabbert ihr was Schönes und du schaust ihm dabei immer in die Augen. Warte mal … ich habe was ganz Originelles.« Sie rennt zum Küchenschrank. »Hier, ein Zeitungsbericht. In der Innenstadt hat ein neues Restaurant eröffnet, ein spanisches Steakhaus. Willi war schon mit Kunden dort, das Essen soll vorzüglich sein. Die haben sogar diese Schimmelsteaks und ganz ausgefallene Salatsaucen.«

Ich reiße ihr den Artikel aus den Händen. »Wow! Das ist genial! Genau das Richtige für diesen feierlichen Anlass.«

Simone stellt einen großen Topf Möhrengemüse mit Mettwurst zum Erwärmen auf den Herd. »Ihr müsst aber noch hier mitessen.« Sie seufzt. »Eigentlich schade, dass du Fine nicht mehr jeden Morgen bringst. Ich habe mich schon richtig an die kleine Motte gewöhnt. Emil wird sie auch vermissen.«

Ich stehe langsam auf und umarme Simone und wiege sie hin und her. »Weißt du was, Simone? Ich habe dich so lieb, du bist der liebste Leuchtturm von der ganzen Welt. Danke. Danke, dass du mir … uns so geholfen hast.«

Simone fängt an zu flennen. Sie reißt ein Blatt von der Küchenrolle ab. »Menno, sag nicht so schöne Dinge über mich, das bringt mich glatt zum Heulen.«

Es ratscht laut. Ich benötige auch ein Schnäuztuch.

Fine wandert nach einem dicken Schmatzer mit den Worten »Good night« ins Bett. Ich bin so euphorisch, als hätte ich zweihundert von diesen homöopathischen Kügelchen geschluckt, die Simone gestern intus hatte. Mein Kopf ist leergefegt. Linda, Lenny, der olle Keller, der Pförtner und die komplette beschissene Brauerei sind Lichtjahre von mir entfernt. In meinem Kopf ist nur noch Platz für Paul, Fine und unsere Zukunft.

Jetzt kommt es auf die richtige Planung an. Ich rufe meine Mutter an und frage, ob Fine heute Nacht in der Birkenstraße schlafen könne, weil Paul und ich ausgehen wollen. Sie bejaht es sofort. »Was für eine Frage, Karo. Du weißt doch, wie sehr wir uns freuen, wenn unsere Enkelchen im Haus sind.«

Anschließend wähle ich die Rufnummer des neueröffneten Steakhauses. In diesem First-Class-Restaurant ist es nicht so einfach, noch einen Tisch zu ergattern. Mein näselnder Gesprächspartner mit spanischem Akzent drückt mich mehrfach weg, dann sagt er wieder »Una segunda, Señora«. Nach weiteren »Una segundas« teilt er mir erfreut mit, dass er mir noch einen Tisch um 20 Uhr für zwei Personen anbieten könne. Ich nehme sein Angebot sehr gerne und dankbar an und freue mich schon jetzt auf eins der berühmten Dry Aged Steaks.

Meine Füße stehen nicht still. In Rekordzeit habe ich die unterste Etage gewienert. Zum Abschluss schlage ich im Wohnzimmer die Sofakissen auf. Anschließend begebe ich mich in den Garten und pflücke Rosenblätter, die ich sorgfältig in eine Tupperdose lege, die in meinen Nachttisch wandert. Sie werden aufs Bett gestreut, wenn Paul heute Abend im Bad verschwindet, um seine Zähne zu putzen.

Eine Flasche Wein und Gläser verstecke ich unter dem Bett. Ich krame im Kleiderschrank nach schwarzen Dessous, die ich unter mein Kopfkissen schiebe.

Den Vertrag rolle ich vorsichtig zusammen und binde eine rote Schleife darum. Die Schriftrolle lege ich in eine Schublade. Fertig. Perfekt!

Ich klatsche in die Hände und freue mich wie Finchen, wenn sie sieht, dass ich ihr ein Brot mit Leberwurst bestreiche.

Die restliche Zeit, in der meine Tochter noch im Reich des Schlummerlandes ist, verbringe ich damit, das rote Etuikleid aufzubügeln, das Paul so sehr mag.

Wenig später krame ich aus der hintersten Ecke meines Kleiderschranks die *Manolos* mit der roten Sohle hervor, die ich Bruni abgeluchst habe. Sie passen hervorragend dazu. Mit einer ehrfürchtigen Geste stelle ich sie griffbereit in die Schuhablage hinter der Tür.

Ich schlage mir vor den Kopf. Mensch, das Wichtigste habe ich total vergessen! Paul muss wissen, dass er zeitig zu Hause sein muss, ich rufe ihn an.

Er ist im ersten Moment verunsichert. »Es gibt etwas zum Feiern? Hm. Habe ich etwas verschwitzt? Unseren Hochzeitstag? Deinen Geburtstag, Möhrchen?« Er lacht.

»Nein, du hast nichts verschwitzt.«

Er verspricht, pünktlich vor Ort zu sein.

Finchen ist wachgeworden, sie ruft nach mir. »Mama … Oba tata.«

Fine überschlägt sich fast, als sie durch das Gartentor läuft. Sie hat ihre Cousins Max und Moritz entdeckt, die sich mit Plastikschüppchen gegenseitig eins auf die Zwölf geben. Hanni und Nanni knien daneben und feuern die Jungs an. »Fester, fester …« Dabei klatschen sie in die Hände, zwischendurch winken sie mir zu. »Hallo, Karo!«

Meine Schwester kommt aus dem Haus und begrüßt mich flüchtig. »Die Jungs benehmen sich heute wieder unmöglich.« Sie rennt auf die Wiese und keift ihre Söhne an. »Wehe, hier gibt es gleich Geschrei! Dann haue ich mit und *ich* treffe garantiert! Könnt ihr nicht ordentlich miteinander spielen?«

Max streckt seiner Mutter die Zunge heraus, Moritz zieht eine Grimasse und holt erneut mit dem Schüppchen aus.

Conny winkt ab. »Macht doch, was ihr wollt. Es sind ja eure Köpfe und nicht meiner.«

Hanni und Nanni kichern. Sie nehmen Finchen in die Mitte.

Gundula und meine Mutter sind dabei den Tisch zu decken, der an ein schattiges Plätzchen in den Garten gestellt wurde. Heute steht das gute Porzellan auf dem Tisch.

»Schau mal mit, Karo, ob wir alles haben.« Ich werde gedrückt.

»Ich glaube, die Zuckerdose fehlt noch.«

»Oh. Ja.« Gundula läuft los.

Mein Vater kommt in Shorts und Unterhemd aus dem hinteren Teil des Gartens. Er hat die Rosenschere in der Hand, seine Hände sind total verdreckt.

»Ach, Hermann. Du bist ja immer noch nicht umgezogen. Jetzt aber flott. Und … bürste deine Fingernägel. Was soll der Herr Reporter von uns denken?«

»Hallo, Karo! Ich werde heute gemaßregelt wie ein Pennäler. Hermann hier, Hermann da! Wozu soll ich mich denn umziehen und mich waschen?«

Opa Heini kommt aus dem Bungalow. »Weil du wie ein Penner herumläufst. So empfängt man keinen Besuch.«

»*Ich* bekomme keinen Besuch, Vater. *Ich* nicht! Das ist dein Besuch! Lass dich in Ruhe interviewen und fotografieren, ich arbeite derweil weiter. Meinen Kuchen esse ich am Bachlauf.«

Opa Heini grinst. »Du bist ja bloß eifersüchtig, dass sich alles um mich dreht.«

Der schmutzige Finger meines Vaters wandert an seine Stirn.

Ich setze mich lachend an den Tisch und spähe unter die Fliegenhauben. Zwei schöne Torten warten darauf, verspeist zu werden.

Mein Großvater trägt ein schlichtes braunes Hemd, dazu kurze weiße Leinenhosen und braune Sandalen. Auf seinem Kopf sitzt heute ein kleiner Strohhut. »Prima, Opa. Du siehst klasse aus. Ein Anzug wäre wirklich zu steif gewesen.«

»Jau.«

Conny stibitzt mit dem Finger etwas Sahne von der Schwarzwälder Kirschtorte. »Tja, Opa. Nun hast du einen Anzug für umme gekauft, was? Da hat das Wort *umme* eine ganz andere Bedeutung.« Sie kichert.

»Tja, Conny. Der Opa kann sich das leisten. Der Opa kann sich fünf Anzüge für umme kaufen, denn der Opa hat viel Geld.«

»Hallo? Ich komme von der Presse, mein Name ist Berger. Bin ich hier richtig? Bei den van Gochs?«

Ein wohlbeleibter älterer Mann, um dessen Hals ein großer Fotoapparat hängt, betritt den Garten.

»Jau. Hereinspaziert.« Opa Heini läuft ihm entgegen.

Herr Berger macht einen sehr sympathischen Eindruck. Seine grauen Haare verdecken geschickt die Halbglatze, weil sie von hinten nach vorne gekämmt sind. Lustige blaue Augen funkeln uns an.

Unser Großvater übernimmt die Vorstellung, dann lässt sich Herr Berger schwerfällig auf einen Gartenstuhl fallen. Gundula und meine Mutter bedienen ihn zuerst mit Kaffee und Kuchen.

Der Kopf meines Vaters erscheint kurz zwischen zwei Sträuchern, dann verschwindet er wieder.

Hanni und Nanni versorgen zuerst ihren werkelnden Opa mit einem Teller Kuchen, anschließend sich selbst.

»Die Kleinen lassen wir mitessen … Ruft uns aber, wenn die Fotos gemacht werden. Wir haben nämlich schon in der Schule erzählt, dass wir in die Zeitung kommen.«

Max schreit jetzt wie am Spieß, Hanni schimpft laut mit ihm, sie ahmt Conny nach. »Nein, Max! Nicht mit den Fingern den Kuchen essen … Ach, mach doch, was du willst. Sind ja deine Hände.«

Herr Berger lacht. »Köstlich! Hier ist ja richtig Leben in der Bude.«

Nach fröhlichem Geplauder und drei Stückchen Kuchen lobt Herr Berger die Backkünste der Damen des Hauses. Mama und Gundula erröten. Er klopft zufrieden auf seinen Bauch. »So, Herr van Goch. Dann erzählen Sie mal was über sich und über Ihre große Leidenschaft, das Malen.«

Gundula und Mama werfen Opa liebevolle Blicke zu. Conny legt den Kopf zur Seite, ich picke mit dem Finger Kuchenkrümel vom Teller.

Opa Heini schiebt den Strohhut nach hinten und lehnt sich zurück. »Tja, ich male seit ewigen Zeiten. Die Staffelei und die Farben haben mich fast mein ganzes Leben begleitet. Schon als kleiner Junge konnte ich mit Holzkohle und Papier mehr anfangen, als mit Glasmurmeln. Im Kunstunterricht bekam ich einen Einser nach dem anderen. Ernsthaft fing ich an zu pinseln, als ich zwanzig Jahre alt war.«

Herr Berger schreibt mit. »Interessant! Haben Sie noch Bilder aus dieser Zeit?«

Opa lächelt wehmütig. »Schön wär's. Das Hochwasser hat sie neunzehnhundertzweiundsechzig zerstört, damals, als unser ehemaliger Altkanzler Helmut Schmidt in Hamburg den Kampf gegen die Fluten aufgenommen hat.«

Meine Mutter räuspert sich, Gundula reibt sich die Nase, Papas Kopf taucht wieder zwischen den Sträuchern auf. Er verzieht das Gesicht so, dass ich loslachen könnte.

»Sie waren hinüber. Drei Jahre Arbeit wurde durch die Sturmflut zunichtegemacht.«

Im Gesicht meiner Mutter zuckt es. Sie ist die Erste, die aufspringt und ins Haus läuft. Anschließend hält Gundula nichts mehr auf ihrem Stuhl.

»Schrecklich! Wie müssen Sie sich gefühlt haben ...« Der Stift des Herrn Reporters saust über das Papier.

Opa Heini seufzt. »Ja, es waren schwere Zeiten für mich.«

Jetzt springe ich auf. Das kann ich mir nicht länger anhören. Opa Heini verkauft sich besser als ein Paar Markensocken für zehn Cent. Conny folgt mir auf dem Fuß.

In der Küche amüsieren wir uns köstlich über Opas Schilderungen.

»Wenn es dem guten Zweck dient, und das soll es ja, darf Opa ruhig ordentlich auf den Putz hauen.«

Kaum zu glauben, aber Conny stimmt den Worten meiner Mutter zu.

Wenig später sitzen wir wie die Hühner auf einer Leiter auf der Treppenstufe im Wintergarten und warten darauf, dass Herr Berger das Interview mit Opa beendet hat.

Opa Heini läuft mit dem Reporter in Richtung Bungalow.

»Aha. Jetzt werden die Bilder präsentiert.« Ich springe auf und reiche erst Gundula, dann meiner Mutter die Hand, um ihnen auf die Beine zu helfen.

Mein Vater kommt angeschlurft. Er brabbelt leise vor sich hin. Seine Stimme wird erst lauter, als er vor uns steht. »Mann, ich möchte wissen, woher Vater diese Einfälle hat.« Er verschwindet kopfschüttelnd im Haus.

Wir beeilen uns mit dem Abdecken der Kaffeetafel. Der Kuchen stand lange genug in der Wärme.

Mit Kamm und Bürste bewaffnet setzen wir uns zu den Kindern auf die Decke. Erst werden Max und Moritz – letztendlich Fine schick gemacht, denn gleich wird Herr Berger den Fotoapparat auf Opa Heini und seine Urenkel richten. Hanni und Nannis Haare liegen perfekt.

Eine Viertelstunde später sind Opa Heini und Herr Berger zurück. Opa muss sich mit geradem Rücken auf einen Gartenstuhl setzen.

Auf sein rechtes Knie klettert Max, auf dem linken macht es sich Moritz bequem. Finchen wird auf die Schultern ihres Urgroßvaters gesetzt. Hanni und Nanni posieren rechts und links daneben.

»Goldig, einfach goldig.« Ein glucksender Laut verlässt Herrn Bergers Lippen. Er schüttelt den Kopf, seine Wangen schwabbeln hin und her. Die Kinder lachen, es macht: Klick.

Der Profi lichtet den Künstler und die junge Generation zusätzlich aus anderen Perspektiven ab.

Wenig später verabschiedet sich Herr Berger. Opa Heini begleitet ihn bis zum Gartentor. Es ist nicht zu übersehen, dass er auf den fülligen Mann ohne Unterlass einredet. Herr Berger legt den Kopf nach rechts, dann nach links, er spielt mit dem Gurt, an dem der Fotoapparat hängt. Opa Heini zückt seine Geldbörse und stöbert darin herum. Geld wechselt den Besitzer. Berger nickt, schlägt in Opas dargebotene Hand. Beide Männer lachen.

»Was haben *die* denn?« Die Augen meiner Schwester verengen sich zu schmalen Schlitzen.

»Ach, Opa heckt doch immer was aus. Was weiß denn ich?« Mama lacht.

Als Conny hört, dass Finchen heute bei unserer Familie übernachtet, weil Paul und ich ausgehen wollen, fängt sie an zu meckern.

»Du kannst ruhig mal sagen, wenn ihr etwas unternehmt. Anton und ich hätten euch doch begleiten können!«

Um jeden weiteren Gedanken im Keim zu ersticken, fahre ich meine Schwester an. »Ganz echt, Conny. Paul und ich haben etwas ganz Persönliches zu feiern. Dabei können wir Anton und deine Gesellschaft nicht brauchen.«

Sie verzieht beleidigt das Gesicht.

Finchen will sich zum Abschied nicht von mir küssen lassen. Sie macht ein giftiges Gesicht und dreht den Kopf zur Seite.

Das Temperament meiner Tochter gefällt Opa Heini, der langsam angeschlendert kommt. »Sei froh, dass sie dich nicht vermisst, wenn du sie hierlässt. Du könntest den Abend mit Paul nicht genießen.«

Ich gebe Opa Heini recht, der zu Gundula läuft und seinen Arm um ihre Schultern legt.

Der Rest der Familie lässt sich gerne von mir küssen. Meine Schwester dreht allerdings auch den Kopf zur Seite.

Ich winke allen zu und sage, dass ich morgen, gegen 9 Uhr, Finchen abholen werde.

Alle wünschen Paul und mir viel Spaß. Außer Conny. Sie gähnt.

Zu Hause beschließe ich, mich eine halbe Stunde aufs Sofa zu legen. Ich schließe die Augen. Meine Füße tasten nach einem Sofakissen und spielen damit. Über fehlenden Nervenkitzel und Aufregung konnte ich während der vergangenen Tage nicht klagen. Mein Arm baumelt von der Couch, die Haut kribbelt so, als würde die Anspannung langsam daran herunterfließen und auf den Fußboden tropfen.

Linda und Dröpjes. Die Vorstellung, dass die beiden ein Paar waren, ist so absurd, dass ich mich leicht schüttele. Ich gähne laut. Wo die Liebe überall hinfallen kann?

Ob sie mit Lenny glücklich wird? Ich wünsche es ihr von ganzem Herzen. Lindas Geheimnis ist gut bei mir aufgehoben. Aus meinem Mund wird niemand erfahren, was sie mir anvertraut hat. Dieses Wissen hilft niemandem.

Wie wird Paul mit Dröpjes umgehen, wenn er weiß, was tatsächlich hinter seinem Rücken vor sich gegangen ist? Ich kann mir nicht vorstellen, dass er weiter mit ihm zusammenarbeiten möchte. Ein Prokurist, der am Untergang der Firma beteiligt ist, in der er arbeitet? Das geht gar nicht!

Nun, ich habe den Besen eingestielt, Paul muss fegen.

Als ich Pauls Auto höre, erhebe ich mich langsam und strecke mich.

Er sorgt schnell dafür, dass wieder Leben in meine müden Glieder kommt. Er wirft sich neben mir aufs Sofa und kitzelt mich durch.

»Warum erfahre ich nicht, dass Opa Heini uns morgen zum Essen eingeladen hat?«

Ich rolle mich wie ein Igel zusammen, um meinen kitzeligen Bauch vor Pauls Fingern zu schützen. Ich kreische regelrecht. »Weil du um 15 Uhr noch arbeitest … darum.«

»Aha! Du willst mich nicht dabeihaben, was?« Seine Finger spielen auf meinen Rippen Klavier. »Er hat mich angerufen, *natürlich* bin ich dabei.«

Mein Atem geht so schnell, dass Paul mich in die Arme nimmt und so lange wartet, bis ich wieder normal Luft holen kann. Er küsst mich.

»Danke für die Einladung, Möhrchen. Ich komme nicht dahinter, warum du mich an einem sonnigen Donnerstagabend in ein Restaurant entführst, das schimmliges Fleisch auf der Speisekarte stehen hat.«

Ich habe wieder Oberwasser. »Nun. Lass dich einfach überraschen, Herr Geiger.«

Ein Kissen fliegt an Pauls Kopf, dann flüchte ich in Richtung Treppe, um als Erste im Bad zu sein. Paul ist schnell. Auf der obersten Treppenstufe bekommt er mich zu fassen.

»Ich freue mich, dass wir heute einen kinderlosen Abend verbringen. Bin ich ein schlechter Vater?«

Meine Faust trifft leicht sein Kinn. »Ja. Das bist du! Aber, im Gegenzug auch ein wundervoller Ehemann.«

Wir teilen uns den Badezimmerspiegel. Paul rasiert sich, ich drehe meine Haare auf große Lockenwickler. An Gesprächsstoff mangelt es nicht.

Mein Mund steht nicht still. Ich berichte von Herrn Berger und Opas Interview, in dem er maßlos übertrieben hat. Von Max und Moritz, die sich gegenseitig verhauen haben, und meinem Vater, der wie ein Dreckspatz durch die Gegend gelaufen ist.

Paul berichtet mit einem schrägen Seitenblick, dass er am Dienstag in Soltau einen letzten Termin habe. Meine Hände wickeln weiter Haarsträhnen auf runde Plastikteile.

»Ich werde meinen Namen unter den Vertrag schreiben. Ist das in Ordnung für dich, Karo?«

Meine Antwort fällt lässig aus. »Klaro!«

Er zwinkert mir im Spiegel zu. »Du wirst sehen, es wird dir dort gefallen.«

Ich grinse. »Wenn du es sagst …«

Dann schweigen wir, jeder hängt seinen Gedanken nach.

Paul steigt in Jeans, dazu wählt er ein blaues Hemd, dessen Kragen geöffnet bleibt, dazu ein farblich passendes Jackett.

Er lässt mich allein, er will ein Taxi ordern, damit wir beide ein Glas Wein trinken können.

Ich föhne über meine Haare, schlüpfe in das rote Etuikleid und lege eine schwarze Halskette um. Mein Make-up ist dezent. Ich will hauptsächlich die Lippen betonen und trage knallroten Lipgloss auf.

Die Haare bürste ich über Kopf und werfe sie mit Schwung in den Nacken. Das Ergebnis kann sich sehen lassen. Großzügige Locken umrahmen mein Gesicht. Den krönenden Abschluss bilden die *Manolos.*

Da soll mal einer sagen, dass Männer keine Ahnung von ausgefallenen Damenschuhen haben! Pauls Augen bleiben an meinen Füßen haften, die grazil Stufe um Stufe die Treppe hinunterstöckeln.

»Ui!« Er steht langsam auf.

Ich breite die Arme aus und drehe mich vor Paul im Kreis. »Ist es recht so, Herr Geiger?«

»Du siehst umwerfend aus. Diese Schuhe, wow!«

»Ähm … tja. Sie sind neu. Ganz neu. Ich habe sie im Schaufenster einer Boutique gesehen und konnte nicht daran vorbeigehen. Es war Liebe auf den ersten Blick.«

Es klingelt. Unser Taxi ist da.

Simone hat nicht zu viel versprochen. Das Steakhaus hat ein gemütliches, rustikales Ambiente. Es ist in Nischen eingeteilt, die durch gemauerte Rundbögen aus Natursteinen genug Privatsphäre bieten. Ein Ober begleitet uns zu unserem Tisch. Im Hintergrund läuft leise spanische Folkloremusik.

Paul übernimmt das Aussuchen des Weins. Auf der Speisekarte stehen so viele Köstlichkeiten, dass es mir nicht leicht fällt, eine Vorspeise zu wählen.

Letztendlich entscheiden wir uns für Langostinos al Ajillo und Dry Aged Black Angus Beef mit gemischtem Salat.

Wir stoßen an, die Gläser klingen leise.

Paul schaut mir tief in die Augen. »Wie hat Markmann reagiert, als du ihm Adieu gesagt hast?«

Das Thema ist mir mehr als unangenehm. »Och. Der hat es gelassen hingenommen. Ich hatte ja im Grunde nicht viel mit ihm zu tun, weißt du. Guten Morgen, guten Weg, das war es eigentlich schon. Na ja. Einmal hatten wir außer Haus eine Besprechung. Wegen des Malzes. Wusstest du, dass Malz für die Bierherstellung gekeimt und jedes Korn exakt 2,8 Millimeter groß sein muss?«

Paul lacht. »Nein. Es hört sich aber interessant an.«

»Wusstest du, dass Malz nicht nach Öl oder Benzin riechen darf?«

»Nein. Ich kann es mir aber vorstellen.«

Ich lenke das Gespräch in eine andere Richtung. Paul lässt sich sofort darauf ein, über Finchen zu sprechen.

Kurze Zeit später serviert der Ober die Gambas in Knoblauchsauce. Wir genießen sie.

Die Steaks, die eine Viertelstunde später serviert werden, schmecken vorzüglich. Die Portionen sind so groß, dass wir es nicht schaffen, die Teller leerzuputzen.

»Willst du mir nicht langsam verraten, was der Anlass ist, heute zu feiern?« Paul schenkt Wein nach.

»Nein. Erst zu Hause. Hier erfährst du kein Wort.«

Paul kann nicht verbergen, wie neugierig er ist. Er trinkt den Wein schneller, als er es normalerweise macht. Ich nicke ihm zu, was heißen soll: ab nach Hause.

Paul gibt dem Ober ein Zeichen, zückt die Scheckkarte und bittet den freundlichen Mann, ein Taxi zu bestellen.

Wir warten vor dem Restaurant auf den Chauffeur. Ich kuschele mich dicht an Paul und schließe die Augen.

Mein Herzschlag beschleunigt sich, als ich plötzlich ein »Hoppela!« vernehme.

Lenny steht vor uns. Die Hände lässig in den Hosentaschen vergraben, wandert sein Blick zwischen Paul und mir hin und her.

Paul sagt lahm: »Hallo, Lenny.«

Ich sage nichts, denn mir hat die plötzliche Begegnung mit diesem Trottel die Sprache verschlagen.

»Schau, schau, die Karotte. Läuft mir einfach davon, direkt in die Arme des Herrn Geigers.«

Bei dem Wort *Karotte* legt Paul seinen Arm fester um mich. Er übernimmt das Wort. »Du willst ins Restaurant? Lass dich nicht aufhalten, Lenny. Das Essen ist ausgezeichnet.«

Markmann hört nicht hin. Ich bete, dass er die Klappe hält, er hält sie jedoch nicht.

Er schnippt mit den Fingern und schaut mir in die Augen. »Ich habe dir vertraut, Karotte … Du hattest es tatsächlich geschafft, mein vollstes Vertrauen zu genießen. Es hat mich ein wenig geärgert, dass du den Kuschelraum nicht mehr hergerichtet hast, so wie wir es besprochen hatten. Du warst doch einverstanden. Es hat mich geärgert, dass du mich mit einem läppischen Brief abgespeist hast.«

Paul atmet schwer. Er lässt mich los, ich wanke leicht. »Hören Sie auf, Herr Markmann. Sofort!«

Er grinst Paul breit an. »Nun, die Geigerin ist dem Herrn Geiger davongelaufen, da reißt er sich einfach meine Frau van Goch unter den Nagel. Sie passt in dein Beuteschema, nicht wahr? Gutaussehend und temperamentvoll. Sehr temperamentvoll. Ich wette, du hast sie sofort in der Brauerei angerufen, nachdem ich sie dir vorgestellt habe. Pfui, Geiger. Es ist fies, jemanden abzuwerben.«

Markmann blickt nicht durch. Er ahnt nicht im Geringsten, dass *ich* die Geigerin bin. Ich schaue nervös die Straße hinunter. Wann kommt denn endlich das beschissene Taxi!

Seine Finger schnippen wieder. »Wie oft ich für dich den Safe geöffnet habe. Ein Kugelschreiber für deine kranke Tante, einen für die liebe Hildegard und einen für Gudrun.«

Ich schreie ihn an. »Gundula! Nicht Gudrun! Und hören Sie auf, mich zu duzen!«

Er sieht an mir herunter. Dann sticht er richtig zu. »Nun, trotz allem freut es mich, dass du dich entschieden hast, die Schuhe zu behalten. Schick, sehr schick.«

Pauls Miene ist versteinert. Lenny klopft ihm auf die Schulter. »Sie steht auf *Manolo-Blahnik*-Schuhe. Ich habe ihr drei Paar geschenkt. Ich hatte einen kleinen Überschuss in der Portokasse. Du musst lange Kaugummis herstellen, um dir diese Sekretärin leisten zu können.«

Vor uns hält mit quietschenden Reifen ein Taxi, in dem etliche bunte Lichterketten angebracht sind. Paul lässt Markmann und mich stehen, öffnet die Beifahrertür und steigt ein. Laute indische Musik dröhnt mir entgegen. Der Fahrer trägt einen Turban, er bewegt seinen Oberkörper und die Arme, wie der Hauptdarsteller eines Bollywood-Films. Dabei krakeelt er: »Hachminijaaa … hullamina … hachminijaaa.«

Ich schlage Markmann die Clutch vor den Kopf. »Arschloch! Sie beschissenes, blödes Arschloch!« Ein Absatz dieser dämlichen Schuhe bohren sich mit voller Wucht durch Markmanns Leinenschuh, der sich sofort rötlich verfärbt. Er geht in die Knie und stöhnt laut. Dann schleudere ich diese unglückseligen Teile von den Füßen und renne barfuß zum Taxi.

Wir liegen nicht auf Rosenblättern in unserem Bett, sondern sitzen am Küchentisch. Wir trinken keinen Wein, sondern Mineralwasser und … ich trage keine schwarzen Dessous, sondern meinen Bademantel, der sich auf meiner Haut ganz kratzig anfühlt.

Auf dem Tisch liegt der Pachtverlängerungsvertrag. Paul hat sich nicht wirklich darüber gefreut. Er hat ihn in Augenschein genommen, dann wie eine schmutzige Serviette fallen gelassen. Er starrt die Wand an.

»Paul. Es war alles ganz anders, wirklich.«

»Natürlich. Es ist immer anders, Karo. Immer.«

Ich schlage auf den Tisch. »Verdammt! Ich konnte dir nicht im Detail erzählen, was ich vorhatte. Du hättest mir dazwischengefunkt! Ich musste einiges erfinden, sonst hättest du mir die Tour vermasselt. Und die Schuhe … nun … ich wollte sie nicht. Dann kam Bruni auf die Idee …«

Paul lacht. »Auf *den* Satz habe ich gewartet: *Bruni hatte eine Idee.*«

Er steht auf. »Ich geh jetzt schlafen. Ruf Bruni an. Oder Simone. Ihr schwimmt auf der gleichen Welle, ich komme da nicht mehr mit. Ich will nichts mehr hören.«

Ich springe auf und verstelle ihm den Weg. »Stopp. Markmann wollte nicht mehr in unserem Gebäude expandieren. Er wollte es an Dröpjes verpachten. Dröpjes war schon lange im Begriff, sich selbstständig zu machen. Als Kaugummihersteller … die beiden sind gute Freunde.«

»Was?« Paul kneift die Augen zusammen. Er lässt sich zurück auf den Stuhl fallen.

Es dauert fast zwei Stunden, bis ich Paul alles erklärt habe. Ich beginne mit dem Aktenvernichter und erkläre genau, wie ich an Connys Arbeitspapiere gekommen bin … berichte vom Telefonat zwischen Dröpjes und Markmann, das ich im Treppenhaus belauscht habe … rechtfertige die Camcorder-Aktion, durch die ich an die Zahlenkombination des Safes gekommen bin. Ich rattere alles herunter und fühle mich mit jedem Satz, den ich beichte, leichter. Paul fährt sich immer wieder durch die Haare, während ich rede wie ein Wasserfall.

Die Hoffnung erfüllt sich nicht, dass Paul mich am Ende meiner Schilderungen in die Arme nimmt und sich über den guten Ausgang der Geschichte freut.

Er steht wortlos auf und geht schlafen. Die Tür des Gästezimmers fliegt zu.

Mir steigen Tränen in die Augen. Da haben wir's. Wozu die Wahrheit sagen, wenn man dafür im Nachhinein noch bestraft wird.

20. Opa Heini macht es spannend

Die Nacht war lang. Ich habe mich stundenlang im Bett hin und her gewälzt.

Es ist ganz still im Haus, das Bett im Gästezimmer ist leer. In der Küche hat Paul keine Spuren hinterlassen. Die Kaffeemaschine ist unbenutzt. Paul hat das Haus verlassen, ohne zu frühstücken. Boah! Der kann aber auch stur sein. Positiv ist, dass der Vertrag nicht mehr auf dem Küchentisch liegt. Ich muss lachen. Ich wusste es! Er freut sich also doch!

Mit großen Schritten flitze ich ins Bad und bekomme einen Dämpfer. Der Vertrag klemmt unter der Metallklappe des Toilettenpapierhalters. Aha! Ich soll mir also den Hintern damit abputzen.

Ich setze mich mit voller Wucht auf die Klobrille. Nach einigen Minuten widerstehe ich der Versuchung, es tatsächlich zu machen. Das Papier wandert dorthin zurück. Wenn Paul mag, soll er sich dieses Vergnügen gönnen. Eines weiß ich jedoch ganz sicher. Nach Soltau darf Paul alleine auswandern. Ohne mich!

Nach einigem Hin und Her widerstehe ich auch der Versuchung, Paul anzurufen. Ich fühle mich ungerecht behandelt.

Ich frühstücke ebenfalls nicht zu Hause. Mir ist nach Gesellschaft.

Finchen sitzt auf Opa Heinis Schoß. Sie hilft ihm beim Umblättern der Zeitung. Meine Mutter stellt ein Gedeck und einen Eierbecher für mich auf den Tisch, ein weichgekochtes Ei wandert hinein.

»Fine war wieder so lieb. Sie hat geschlafen wie ein Stein. Das Kind ist wirklich pflegeleicht.«

Ich nicke.

»Na? Habt ihr euch gestern schön amüsiert? Dein Paul und du?«

Ich unterdrücke ein Gähnen. »Ja. Und wie!«

Gundula kichert. »Die Nacht war bestimmt kurz.«

Mein Mund öffnet sich erneut ganz weit. »Ja.«

Opa Heini lacht. »Hier ist er, der Artikel.« Er setzt die Brille auf die Nase und liest ihn laut vor.

Wir applaudieren.

»Ich wusste gar nicht, dass du ein so bewegtes Leben hattest.« Mein Vater reißt zwei Pflaster von seinem Gesicht. »Mann, die neue Rasierklinge ist vielleicht scharf ...«

»Du weißt vieles nicht, mein lieber Hermann.« Mein Großvater füttert Finchen mit dem Gelben vom Ei.

Ich klimpere mit den Augen.

»Mein Gott, du bist ja wirklich noch hundemüde. Leg dich nach dem Frühstück oben für ein Stündchen hin. Sonst schläfst du am Ende heute Nachmittag ein, wenn Opa Kaffee und Kuchen in dem Restaurant spendiert.«

»Nee. Es gibt keinen Kuchen.« Opa grinst.

»Dann eben Aufschnitt und Brötchen. Ist doch egal, wobei Karo einschlafen wird.« Die liebe Gundula schüttelt den Kopf. »Satt wird sie dann nicht, egal von was.«

»Oder Jägerschnitzel«, fügt mein Vater ergänzend hinzu. »Lecker!«

Der Zeigefinger meiner Mutter wandert an ihre Nasenspitze. »Vielleicht aber auch Canapés mit Matjes, nicht wahr, Vater?«

Opa Heini krümmt sich vor Lachen, Fine zieht ein krauses Näschen und lacht mit.

»Fragt Finchen! Ihr habe ich es vor dem Frühstück verraten.«

Ich hätte es mir denken können. Meine Mutter hat zwar versprochen, mich um 10 Uhr zu wecken, sie hat es aber nicht getan.

Um kurz vor 12 Uhr werde ich wach und fühle mich viel besser. Fine und ich essen in der Birkenstraße noch mit zu Mittag, dann machen wir uns auf den Heimweg.

Zu Hause darf Finchen schlafen. Ich telefoniere derweil mit Bruni und Simone und lasse mich trösten. Paul hat recht. Wir Mädels schwimmen tatsächlich auf einer Welle. Da kann er wirklich nicht mithalten.

Finchen ist so schick, dass ich einige Fotos mit dem Handy von ihr schieße. Ihre speckigen Beinchen schauen unter dem wadenlangen, lindgrünen Kleidchen hervor, ihre Füßchen stecken in hübschen Sandalen.

Ich schlüpfe in ein schwarzes, schlichtes, ärmelloses Kleid und Riemchensandalen, um die Schultern lege ich eine hauchfeine Stola.

Ein Blick auf die Uhr zeigt mir, dass Paul längst hier sein müsste. Ich gehe davon aus, dass er noch immer sauer auf mich ist und dem Essen fernbleiben wird. Opa Heini wird enttäuscht sein.

Hanni und Nanni toben vor dem Haus meiner Eltern herum. Sie rennen um Antons Auto und versuchen sich gegenseitig zu fangen.

Ich laufe geduldig hinter Fine her, die langsam durch das Gartentor in den Garten trippelt. Zwischendurch pflückt sie Gänseblümchen von der Wiese.

Meine Mutter kommt mir entgegen. Sie zuppelt an der Jacke ihres Kostüms. »Ach, ist das unbequem. Wenn ich meinen Kittel nicht anhabe …« Sie lacht. »Stell dir vor, Frau Mutz und eine Frau mit einem Köfferchen sind vor einer Stunde gekommen.«

»Frau Mutz? Was will *die* denn hier?« Frau Mutz ist die Besitzerin der Boutique, in der Gundula ihre gesamte Garderobe einkauft. Ich mag sie nicht, weil Paul und ich einmal bei ihr waren, als ich mit Fine schwanger war, und sie meinen Mann so angeschmachtet hat, dass es eine Frechheit war.

»Keine Ahnung! Sie trug mehrere Kleider in Kleiderhüllen. Gundula war total überrascht. Opa hat gelacht und gesagt, dass er sie mit einem schönen Outfit überraschen wolle. Er habe Frau Mutz gebeten, einige Kleider zur Auswahl mitzubringen.«

Conny kommt angepest. »Boah. Der alte Mann macht es ja wieder einmal richtig spannend.«

Anton lacht. »Typisch Opa!«

»Hildegard … Hildegard, wo bleibst du denn? Ich bekomme den Krawattenknoten nicht hin.« Mein Vater steht ungeduldig vor dem Wintergarten.

Mama eilt zu ihm. »Ja, doch. Ich komme ja schon.«

Opa Heini taucht vor dem Bungalow auf. Er steckt in einem piekfeinen grauen Anzug, unter der er eine Brokatweste und ein blütenweißes Hemd trägt. Er macht einige Kniebeugen, seine Lackschuhe sind auf Hochglanz poliert.

»Mensch, Opa. Du bist ja todschick!« Ich bin begeistert.

Dann kreischen die Zwillinge vor dem Haus so laut, dass uns Hören und Sehen vergeht. Ich schnappe Finchen und laufe Mama, Papa, Conny, Anton, Max und Moritz hinterher.

Pauls Mercedes kommt langsam angefahren. Sein Auto ist geschmückt. Auf der Motorhaube liegt ein riesiges Blumengesteck aus weißen und roten Rosen, an den Türgriffen sind rote und weiße Luftballons in Herzform an lange Fäden gebunden. Er öffnet alle Fenster, in ohrenbetäubender Lautstärke ertönt Bruno Mars' Song *Marry You.*

Meine Eltern schlagen lachend die Hände vor das Gesicht. »Das gibt es doch nicht! Nein!«

Paul steigt beschwingt aus und öffnet den Kofferraum, aus dem er einen Brautstrauß mit roten Rosen hervorholt. Er sieht in dem dunkelgrauen Anzug so gut aus, dass es in meiner Magengrube sticht. Paul lässt uns links liegen, er sprintet zu Opa Heini, der sich lachend die Hände reibt, und drückt ihm den Brautstrauß in die Hand. Dann sprintet er weiter, in Richtung Bungalow.

»Was ist? Was schaut ihr so? Heute wird geheiratet!« Unser Großvater breitet die Arme aus, er hat Tränen in den Augen.

Frau Mutz und die Frau mit dem Köfferchen kommen uns schmunzelnd entgegen. Sie verabschieden sich von Opa. »Alles gut, Herr van Goch. Lassen Sie sich überraschen. Viel Glück!« Sie verabschieden sich dezent.

Dafür kommt Herr Berger mit seiner großen Kamera. Er hält sich nicht lange mit der Begrüßung auf, sondern knipst wild drauf los.

Der Song *Marry You* läuft in einer Endlosschleife. Mittlerweile strecken sämtliche Nachbarn die Köpfe aus den Fenstern oder Türen.

Jetzt sind alle Augen auf den Weg gerichtet, der vom Bungalow zum Wintergarten führt. Gundula kommt. Sie hat sich bei Paul eingehakt, seine Hand tätschelt beruhigend ihren Unterarm. Gundula trägt ein champagnerfarbenes, wadenlanges enges Kleid mit einem tiefen viereckigen Ausschnitt und rote Pumps. Ihre Haare sind toll gestylt.

Ihre Hand wedelt vor ihrem Gesicht, sie kämpft mit den Tränen. »Ach, Heini, was hast du dir nur wieder ausgedacht?«

Opa läuft ihr mit feierlichen Schritten entgegen. Er geht in die Knie und überreicht Gundula den Strauß. Es wird mucksmäuschenstill.

»Liebste Gundula. Du bist die Welt für mich. Mit dir möchte ich alt werden. Willst du mich heiraten?«

Conny hüstelt leicht. »Hä? Ihr seid doch schon alt!«

Mama ruft: »Psst!«

Gundula wankt leicht hin und her. »Ja, Heini. Ja, ich will!«

Dann ertönt ein tosender Applaus, Taschentücher werden herumgereicht.

Paul gibt Anweisung, wer mit wem fährt. Zuerst geht es zum Standesamt, in dem Gundula und Opa Heini das erste Mal »Ja« sagen.

Anschließend gibt es tatsächlich Canapés, die ein Catering-Service feierlich an runden Tischen vor dem Standesamt serviert. Allerdings nicht mit Matjes, sondern mit Lachs und französischem Käse. Sektkorken knallen.

Wir bewundern die Eheringe, die Opa Heini ausgesucht hat. Er hat sich nicht lumpen lassen, Gundula trägt einen schmalen Ring aus Weißgold, der rundherum mit Diamanten besetzt ist.

Nach einer halben Stunde macht Paul Druck. Er klatscht in die Hände und mahnt zum Aufbruch.

Der Höhepunkt des Tages naht: die kirchliche Trauung.

Herr Pfarrer Bald strahlt, als er das Brautpaar begrüßt. Er kassiert die Eheringe ein, weil sie unter dem aufmerksamen Blick des Herrn im Himmel noch einmal an die Finger gesteckt werden sollen.

Max, Moritz und Finchen bekommen kleine Blumenkörbe in die Hände gedrückt. Paul erklärt den Jungs, dass sie die Blütenblätter auf den Boden werfen sollen. Finchen ist nur schmückendes Beiwerk, sie versteht nicht, was hier vor sich geht. Sie wedelt mit dem Korb hin und her.

Dann stellen wir uns hintereinander auf und betreten das Gotteshaus. Es ist unglaublich. Opa Heini hat an alles gedacht. Eine Sängerin steht neben dem Altar und singt ein herzergreifendes Volkslied in russischer Sprache.

Gundula presst kurz ein Taschentuch vor die Lippen, dann fängt sie sich wieder und lächelt ihren Heini zärtlich an.

Finchen schimpft laut, weil Max und Moritz den Boden schmutzig machen. Sie bückt sich immer wieder, hebt die Blüten auf und legt sie in ihr Körbchen.

Paul sitzt nicht so nah neben mir wie sonst. Zwischen uns könnte sich problemlos Herr Berger setzen, wenn er nicht permanent fotografieren würde.

Die Musik verstummt, die Sängerin setzt sich auf einen Stuhl, Herr Bald kommt. Er hält ein großes Buch in den Händen.

»*Liebe Gundula, lieber Heinrich, liebe Familie des Brautpaares.*«

Es fällt mir schwer, mich auf die Rede des Herrn Pfarrers zu konzentrieren. Der Sitzabstand zwischen Paul und mir gefällt mir nicht. Er ist zu groß. Ich rutsche ein wenig näher an ihn heran.

»*Nur wer wirklich lieben kann, ist glücklich. Die schönsten Worte, die sich zwei Liebende sagen können lauten:* Du *bist mein Glück. Das* Du *ist ein Zauberwort, dem wir in dieser Stunde große Beachtung schenken wollen. Nicht* ich, *sondern* du.«

Ich rutsche noch ein wenig näher zu Paul. Ich flüstere in sein Ohr. »Hörst du, dass sage ich auch immer.«

»*Werdet nicht müde, um den anderen zu werben. Jeden Tag aufs Neue. Zeigt euch ständig, wie wichtig ihr euch seid. Besonders dann, wenn ihr streitet.*«

Mein Kopf wandert wieder zu Pauls Ohr. »Also, mir bist du schon wichtig, Paul … auch wenn wir streiten.« Er antwortet nicht.

»*In jeder Ehe gibt es Höhen und Tiefen, es gibt Schönes und weniger Schönes.*«

»Da hast du es. Es ist vollkommen normal, dass es auch mal nicht so schön ist …«

»*Verbiegt euch nicht und versucht nicht, den anderen zu verbiegen. Akzeptiert euch so, wie ihr seid, wie ihr euch kennengelernt habt.*«

»Hast du *das* gehört? Du wusstest genau, wie ich bin. Erst ›Ja‹ dazu sagen, und dann meckern … Ich bin halt, wie ich bin.«

Meine Mutter stupst mich ärgerlich an. »Pssst!«

»*Auch wenn ihr den anderen enttäuscht habt, verliert nie die Zuversicht. Vertraut auf Gott, denn er hilft euch dabei, mit euch wieder ins Reine zu kommen, und das spiegelt sich in der Partnerschaft wider. Ihr seid nicht allein.*«

Jetzt beugt sich Paul zu mir. »Wirst du jeden Sonntag in die Messe gehen? Du brauchst sehr viel Hilfe … der liebe Gott wird viel Arbeit mit dir haben.«

»Ja.«

Er nimmt meine Hand. »Ich rede von der Frühmesse.«

»Ja. Ich verspreche es.«

»Wirst du auf dem Rückweg frische Brötchen mitbringen?«

Ich muss lachen und flüstere. »Ja.«

Paul legt seinen Arm um mich, ich kuschele mich ganz fest an ihn.

21. Was man nicht besitzt, kann auch nicht gestohlen werden

Der Montag fängt gut an. Die Sonne lacht vom Himmel. Ich genieße die Fahrt ins Büro und fühle mich leicht und unbeschwert. Finchens inneres Gleichgewicht ist ein wenig durcheinandergeraten, Paul hat sie zu meinen Eltern gebracht. Sie muss ein wenig Schlaf nachholen.

Ein turbulentes, aber wunderschönes Wochenende liegt hinter uns! Gundulas und Opa Heinis Hochzeit wurde so ausgiebig gefeiert, dass es eine wahre Freude war.

Opa hatte das Fest perfekt organisiert, alles lief wie am Schnürchen. Gefeiert wurde nach der kirchlichen Trauung in einem urigen Gartenlokal, das bis über die Grenzen Hamburgs für sein Ambiente und die erlesene Küche berühmt ist.

Eine Musikband hat uns mit schwungvollen Liedern verwöhnt, wir haben ordentlich das Tanzbein geschwungen. Die Kleinen haben wir zu vorgerückter Stunde in einem Nebenraum auf gemütlichen Liegen schlafen gelegt. Opa hatte schon vor Tagen ein Kindermädchen organisiert, das die Kinder beaufsichtigt, damit wir in Ruhe die Feier genießen können.

Hanni und Nanni haben bis in die frühen Morgenstunden mitgefeiert.

Conny hat sich richtig besoffen. Gegen 2 Uhr hing sie in den Seilen und hat Rotz und Wasser geheult, dass Opas schönes Erbe nun Gundula zufallen würde. Anton, der ebenfalls total schicker war, hat sie getröstet. »Isch doch egal, dann mach isch halt mehr Überschtun… schtunden.«

Am Samstagabend wurden die engsten Nachbarn zum Essen eingeladen. Auch hier hat Opa so vorgesorgt, dass niemand in der Küche stehen musste, um zu kochen. Ein Partyservice lieferte ein kaltes und warmes Büffet, inklusive Geschirr- und Gläserservice.

Am Sonntag, in aller Herrgottsfrühe, hat mich Paul tatsächlich aus den Federn geschmissen. Schlaftrunken hat er gelallt: »Der liebe Gott wartet auf dich.« Dann hat er sich wieder umgedreht und weitergeschlafen.

Ich schwöre, ich wollte mein Versprechen einlösen. Wirklich. Der Wille war da, meine Füße haben mich jedoch nur bis zum kuscheligen Bett des Gästezimmers getragen. Schließlich ist der liebe Gott überall, da muss man nicht extra in die Kirche laufen.

Am Nachmittag haben Paul und ich ausgiebig miteinander geredet. Paul hat keinerlei Bedenken mehr, dass wir das Feld räumen müssen. Das Recht sei auf unserer Seite. Auch wenn er es nicht zugegeben hat, ich weiß, dass er mir unendlich dankbar ist.

Mein Auto tuckert langsam in die Tiefgarage. Ah! Da ist er ja. Schnuffi steigt aus seinem gelben Porsche und winkt mir mit einem gekünstelten Grinsen zu.

Ich schließe die Tür meines Autos betont langsam.

»Hallo, Frau Geiger. Ich grüße Sie! Ich habe mich wirklich gut erholt, wirklich. Italien ist eine Reise wert.«

»Hallo, Herr Dröpjes!«

»So, so. Dann wollen wir mal wieder. Ich komme direkt mit zum Chef.« Er wedelt mit einem Brief in der Luft. »Ich habe etwas Schönes für Ihren Mann.«

Ich steige in den Aufzug und gähne gelangweilt.

»Ich hoffe, Ihr Mann ist bei guter Stimmung.« Er wippt auf den Zehenspitzen.

Die Fahrstuhltür zischt leise, Dröpjes trottet hinter mir her.

Bruni fällt mir um den Hals, Dröpjes geht durch zu Paul. Maria begrüßt mich auch recht stürmisch.

Nach drei Minuten ruft Paul mich zu sich.

»Tja, Möhrchen. Schau mal, Herr Dröpjes hat gekündigt.« Er hält mir das Schreiben unter die Nase. »In einem halben Jahr ist er nicht mehr für uns tätig. Wir müssen uns um Ersatz kümmern. Übernimmst du das?«

»Aber ja, Paul.« Ich drehe mich auf dem Absatz um und lasse die beiden allein.

Noch bevor ich mit Bruni einen Satz wechseln kann, rauscht Dröpjes an uns vorbei. Er verlässt fröhlich pfeifend unser Büro.

Ich renne ihm hinterher. »Warten Sie, Dröpjes. Ich möchte Ihnen kurz etwas mit auf den Weg geben.«

Er bremst ab.

»Sollten Sie Ihrem Busenfreund Markmann über den Weg laufen und er Ihnen die Geschichte einer Karo van Goch erzählen, tun Sie so, als hätten Sie diesen Namen nie in Ihrem Leben gehört, verstanden?«

»Hä? Wie meinen Sie das?«

»So, wie ich es gesagt habe. Oder wollen Sie für den Rest Ihres Lebens Unterhalt für ein Kind bezahlen, das Markmann anstelle des richtigen Vaters großziehen wird, *Schnuffi*?«

Er ringt um Fassung. »Tja, also … hm. Gut, dass Sie das erwähnt haben. Diesen Namen habe ich tatsächlich noch nie gehört.«

Paul hat mit Markmann um 11 Uhr einen Termin vereinbart. Er möchte, dass ich ihn begleite.

Bis dahin bleibt genug Zeit, Bruni von Opas und Gundulas Hochzeit Bericht zu erstatten. Sie ist zu Tränen gerührt. Dass Paul und ich uns ausgesprochen und wieder richtig versöhnt haben, findet sie himmlisch.

Paul lenkt den Wagen langsam auf das Brauereigelände. Linda springt auf, als wir das Büro betreten, und öffnet die Tür zu Lennys Zimmer.

»Nehmen Sie schon mal Platz, Herr Geiger. Herr Markmann müsste jeden Augenblick hier sein.« Paul geht durch, ich bleibe neben Linda am Schreibtisch stehen.

Sie flüstert. »Hui. Dein neuer Chef ist aber ein ganz flotter! Lenny hat mir erzählt, dass er dich abgeworben hat. In den würde ich mich glatt verlieben.«

Ich lache. »Ob du es glaubst oder nicht, Linda. Ich liebe ihn. Und er mich auch.«

Sie kichert. »Wow. Glückwunsch!« Linda hält mir ihre linke Hand hin, an deren Ringfinger ein dicker Klunker steckt. »Lenny und ich sind seit Samstag verlobt! Du glaubst gar nicht, wie glücklich ich bin.« Ich umarme sie herzlich und sage, dass mich das sehr freut.

Ich laufe in Markmanns Büro und setze mich auf einen Stuhl neben Paul, der vor Lennys Schreibtisch steht. Meine Finger trommeln nervös auf der Stuhllehne.

Wenige Sekunden später kommt Lenny angehumpelt. Er bewahrt Contenance und begrüßt uns höflich.

Paul kommt sofort zur Sache. »Tja, Lenny. Der Verlängerungsvertrag ist wieder aufgetaucht.« Er lacht und schlägt sich vor den Kopf. »So was Dummes. Er lag bei mir zu Hause und nicht in der Firma. In meinem Arbeitszimmer.«

Lenny holt tief Luft und nickt langsam. »Hoppela. Tja … wenn das so ist.«

»Tja, so ist es.« Paul öffnet seinen Aktenkoffer und legt ihm die Kopie vor.

Lennys Zungenspitze spielt ›Kuckuck‹. Mal ist sie zu sehen, mal nicht.

Er reibt zerstreut seine Schläfen. »Glückwunsch, Geiger … tja. Glückwunsch. Du solltest ihn einrahmen und an die Wand hängen.«

Ich kichere albern. »Sagen Sie jetzt nicht, Herr Markmann, dass Sie ein so wichtiges Dokument in einem Bilderrahmen an der Wand hängen hatten … ähm, haben? Das könnte doch ganz einfach jemand stehlen und gegen eine Kopie austauschen.«

Paul lacht. »Quatsch. Herr Markmann hat doch den Vertrag gar nicht. Und was er nicht besitzt, kann er weder an die Wand nageln, noch kann es ihm gestohlen werden.«

Markmann reibt sich die Nasenspitze. Ich bin mir sicher, dass er nun weiß, wo die Glocken hängen.

Paul und ich lachen noch, als er den Wagen startet. Wir beschließen, einen Blitzbesuch bei meiner Familie zu machen. Sie müssen die Neuigkeit erfahren, dass Soltau vom Tisch ist.

Bevor Paul den Rückwärtsgang einlegt, küsst er mich. »Aber vorher machen wir einen Boxenstopp bei Frau Mutz. Ich habe mit ihr telefoniert. Weißt du was? Sie hat ein Paar wunderschöne Schuhe. Hohe Hacken und mit so einer roten Sohle und einem schwarzen Schleifchen vorne drauf.«

Ich falle Paul um den Hals.

Danksagung

Temperament hat rote Haare ist mein dritter Roman, den ich wieder mit viel Herzblut geschrieben habe und der ohne die Mithilfe anderer nicht entstanden wäre.

Bedanken möchte ich mich bei den Lesern meiner Bücher, denen Karo & Co ebenso ans Herz gewachsen ist wie mir. Obwohl Handlung und Personen frei erfunden sind, bin ich immer wieder erstaunt, wie viele Menschen sich in meinen Geschichten wiederzuerkennen glauben.

Danken möchte ich besonders den Lesern, die mir mitgeteilt haben, dass meine Lektüre sie durch schwere Zeiten begleitet hat und ihnen half, für eine Weile ihre Sorgen zu vergessen.

Wie immer danke ich meinem Göttergatten für sein Verständnis und seine hervorragenden Kochkünste. Außerdem ist er der beste Probeleser, Kritiker und Mutmacher der Welt.

Bei Corinna Rindlisbacher (www.ebokks.de) bedanke ich mich, wie immer, für das Korrektorat, das Layout und die Covergestaltung. Wenn Corinna sich an die Arbeit macht, haben grammatikalische Fehler, falsch gesetzte Kommata keine Chance. Danke, dass du dich durch zweihundertachtundsiebzig Seiten Konjunktionsschwäche gekämpft hast.

Meiner Großcousine Doris danke ich für die liebevollen Rückkopplungen. Liebe Doris, es ist ein schönes Gefühl, dass es etwas zwischen Himmel und Erde gibt, das uns verbindet.

Der Redaktion *LebensArt Kirchhellen*, im Besonderen Jana Golus, danke ich für die Artikel über meine Bücher, die in dem Magazin erscheinen.

Inhalt

16970258R00173

Printed in Poland
by Amazon Fulfillment
Poland Sp. z o.o., Wrocław